LES ALOUETTES NAÏVES

Première publication : Julliard, 1967

ISBN 2-7427-1169-4

Illustration de couverture :
Assia Djebar, Casablanca, 1965

ASSIA DJEBAR

LES ALOUETTES NAÏVES

roman

BABEL

PRÉFACE

Un livre est le contraire d'un enfant. Sitôt qu'il paraît à la réalité après la gestation, on s'en détache. C'est mon cas, tout au moins.

Il m'est donc difficile de parler de ces *Alouettes naïves*, mon quatrième roman. J'ai mis deux ans pour l'écrire (par à-coups, quelques semaines de coulée, puis des arrêts soudains, comme des indifférences) ; j'ai laissé ensuite dormir le manuscrit un an quasiment. Maintenant c'est fini, j'aimerais dire : "On n'en parle plus." Or justement un livre, c'est toujours à partir de ce moment qu'on en parle, ou mieux, qu'il tente, lui, de parler aux autres.

Pour y introduire, je n'ai pas d'intentions à exposer : ni claires ni simples. Ce livre existe, c'est tout, et je souhaite qu'il tienne sur ses jambes. Bien sûr, je dois en expliciter le titre : voici quelques années, en lisant *Le Maghreb entre deux guerres* de Jacques Berque, j'apprenais un détail : les danseuses des Ouled-Naïl en Algérie près de Bou-Saada étaient appelées par les soldats français "Alouettes naïves". Je demandai un jour à Jacques Berque les raisons de ce surnom. Il m'expliqua qu'il ne s'agissait que d'une déformation de prononciation, *ouled* donnant "alouettes" et *naïl* "naïves". Un quiproquo avait donc fait jaillir cette image.

FIDÈLE A UN RYTHME ANCIEN

Il n'y a aucune danseuse ouled-naïl dans mon roman, et presque pas, je crois, de soldats français. Le lieu le plus fréquent n'y est point Bou-Saada, mais Tunis que je connais mieux, et Alger, ainsi que la campagne et quelques petites villes du littoral algérien.

J'ai choisi la réalité de mon pays, le Maghreb : une réalité non point seulement féminine, mais globale. Ces danseuses-prostituées de Bou-Saada n'existaient dans leur magie de pacotille que pour soldats et touristes étrangers.

Pourquoi ? Parce que les guerriers de la tribu avaient auparavant léché la poussière ; alors, dans la débâcle, ne demeurait que cette danse, dérisoire certes, mais fidèle encore (oh ! si confusément, si faiblement) à un rythme ancien, et à l'ombre de notre vrai style. Ombre qui a permis à l'équivoque de déboucher sur ce surnom joliment précieux : les "Alouettes naïves". L'exotisme de ce tableau de Bou-Saada correspondait à une réalité sinistre (la prostitution des danseuses), tout en exhalant un vague souvenir de noblesse (les Ouled-Naïl ont été autrefois une splendide tribu guerrière) que ne pouvait percevoir l'œil étranger, mais qu'il nous faut, nous, restituer.

UN TANGAGE INCESSANT

Cette explication que je donne est évidemment *a posteriori*. Je crois, dans ce livre, avoir cherché justement à restituer un rythme pareil à cette danse avec son équivoque. Soyons francs : tantôt notre présent nous paraît sublime (héroïsme de la guerre de libération) et le passé devient celui de la déchéance (nuit coloniale), tantôt le présent à son tour apparaît misérable (nos insuffisances, nos incertitudes) et notre passé plus solide (chaîne des ancêtres, cordon ombilical de la mémoire). Par ce tangage incessant, et parce que nous faisons constamment le grand écart entre le passé paralysé dans le présent et le présent accoucheur d'avenir, nous, Africains, Arabes et sans doute d'ailleurs, nous marchons en boitant quand nous croyons danser, et vice versa. C'est pourquoi nous nous demandons parfois si nous avançons.

Je ne prétends pour ma part avancer qu'en écrivant.

ASSIA DJEBAR,
*1er octobre 1967**

* Cette présentation a été publiée dans *Jeune Afrique* (octobre 1967), quelques jours avant la parution de l'édition originale, à Paris.

Première partie

AUTREFOIS

Si tu marchais sur un terrain plat, si tu avais la bonne volonté de marcher et que tu fisses néanmoins des pas en arrière, alors ce serait une affaire désespérée ; mais comme tu gravis une pente aussi raide que toi-même vu d'en bas, les pas en arrière ne peuvent être provoqués que par la confirmation du sol et tu n'as pas à désespérer.

FRANZ KAFKA,
Journal intime

I

C'était une journée comme les précédentes : le soleil dur sur nos têtes tandis que, dans une jeep trop vieille, nous cahotions de l'aube au couchant sur les pistes pierreuses de la frontière. On s'arrêtait deux heures, trois, à chaque camp de réfugiés. Mes compagnons faisaient leur travail, notaient les besoins, discutaient avec le responsable ou l'infirmier ; moi… comment oublier le spectacle ? Je m'y plongeai en son cœur : un sourire furtif ici, un gémissement de malade sous une tente, un regard là, emporter avec moi ces signes seuls. Ensuite la jeep démarrait, l'instant difficile : on levait la main, on murmurait un salut. Un sursaut de la voiture, nous partions. Assis près du chauffeur, je regardais enfin les rescapés de la guerre : ils nous faisaient face, tournaient le dos à l'horizon, "les frontières", disaient-ils paisiblement, comme si, dressés devant le ciel, ce n'était pas au bord d'un cratère qu'ils attendaient mais tout contre l'avenir, ce mot riait de certitude au fond de leurs yeux de vieillards hâves et bibliques, sur le visage tanné des femmes, les vieilles surtout qui devant nous s'étaient lamentées parce que leur réserve de tabac à priser s'épuisait et qu'elles ne sauraient prier, la gorge sèche, tous ces jours durant, ces jours où la farine manquait, où les distributions de vivres se trouvaient retardées, pourquoi, c'était à nous à le dire, pourquoi et les jeunes filles, Danaïdes sauvages, habillées par la Croix-Rouge internationale, se fatiguaient à aller chercher l'eau du seul puits, au-delà des collines, qui ne s'était point asséché.

La piste s'allongeait blanche dans la poussière. De temps en temps, l'un de nous commentait le bilan, qu'un officier de l'armée de libération nous avait annoncé la veille dans l'un des campements où nous passions la nuit. Il commençait donc, distraitement, sachant bien que la discussion ne s'amorcerait pas, il faisait trop chaud et, après ces six jours de randonnée, nous commencions tous à nous lasser de la chaleur éclatée avant l'aube, de la piste trop mauvaise, de la jeep au moteur rouillé qui, une ou deux fois par jour, obstinément, demandait grâce… Au cours de ces pannes maudites, seul Ramdane, le chauffeur, sifflotait un air de valse musette, souvenir du temps où il allait au bal le samedi soir à Saint-Etienne, sans se douter, alors, de l'irruption de cette guerre.

Nous en avions donc vraiment tous assez, mais personne ne voulait l'avouer, à quoi bon, il fallait bien visiter ces camps, faire le relevé des retards d'approvisionnement, le compte des nouveaux réfugiés, puis se hâter de revenir à Tunis où l'on était décidé, cette fois, à ne pas se laisser surprendre par l'hiver.

C'était une journée comme les précédentes, sauf que nous parvenions au terme du voyage, le lendemain. Nous : quatre hommes à peine un peu plus brunis, un peu plus amaigris excepté Ramdane qui, outre sa gaieté continue, conservait une face joufflue et rose, au-dessus d'un corps dégingandé ; il avait trente ans, comme moi, en paraissait dix de moins avec ses yeux candides, son air heureux, sa démarche molle qu'il accentuait, d'une manière presque claudicante. Nous ne roulions plus sur une piste, mais sur une route goudronnée, tout fraîchement sans doute tant elle paraissait bleue sous ce soleil de quatre heures de l'après-midi. Peu avant, nous nous étions arrêtés dans le dernier camp ; il nous avait paru opulent en comparaison de ceux du Sud que nous avions visités : les familles avaient pu emporter dans leur fuite une partie de leur bétail, et elles avaient reconstruit elles-mêmes des cabanes de branchages et de terre battue. Devant ces chaumières éparpillées dans une végétation d'arbrisseaux, de touffes de genêts et de lauriers-roses, c'était fini, on oubliait les tentes, la steppe brûlée par l'été, le manque d'eau, l'épuisement enfin de l'humanité debout qui, les jours précédents, nous avait partout accueillis.

Nous approchions du dernier gîte d'étape, Le Kef, une bourgade vivante où, une semaine auparavant, nous avions passé la nuit. Derrière moi, le docteur s'était mis à parler ; il se voulait érudit, ou mettait de la coquetterie à le paraître. Il évoquait l'histoire du Kef et il fallait reconnaître qu'il avait des dons certains de conteur : à l'écouter, on oubliait qu'il nous faudrait dormir à nouveau dans ce caravansérail moyenâgeux où nous avions déjà été la proie des punaises, dans des chambres bourdonnantes de moustiques, parce que se trouvait fermé l'unique hôtel de la ville, une bâtisse tenue par un vieux colonial lié autrefois à une organisation terroriste ; parti depuis, il avait néanmoins refusé de vendre, si bien que les adolescents du village, hargneux quand ils erraient devant les volets baissés, murmuraient que le patron gardait l'espoir de revenir, avec ses anciens maîtres.

Le docteur en était à raconter comment les Français, au siècle passé, avaient investi la petite ville. Ramdane s'était arrêté de siffler, mais quand le conteur finirait, il déviderait à nouveau, c'était sûr, le fil aigrelet de la valse. Moi, j'écoutais, mais mal et de temps en temps ; je souffrais du dos, je surveillais au loin la tache du Kef qui s'agrandissait. J'avais hâte de m'y trouver, de marcher, d'être seul... Soudain, je me fis abruptement cette remarque : que les peuples jeunes, c'est-à-dire insolents de misère et d'espoir, manquent tout à fait d'humour.

Car je commençais à m'irriter contre quelque chose de sourd que j'avais senti, tous ces jours, se lever peu à peu en moi, à travers les poussières de la route, devant ce spectacle que j'avais voulu fuir selon des façons à chaque fois inventées, en particulier ne point regarder en bloc ces vieillards immobiles contre le ciel, mais tenter de les saisir l'un après l'autre, chacun dans une illusoire individualité, alors que ce qu'ils proposaient aux témoins comme moi, c'était leur chaîne indissoluble contre ce perpétuel horizon qui n'avait pas dissimulé la guerre, c'était leur être uni comme l'étaient leur foi et leur immobilité – et l'un d'eux s'applique à donner, avec une méthode paysanne, le compte de leurs besoins, les matricules des cartes d'alimentation, le nombre reçu de litres d'huile ou de kilogrammes de ce fromage fermenté ou déjà pourri des surplus américains que, malgré leur faim, les femmes ne parvenaient pas à manger car elles n'avaient jamais goûté que les fromages de leurs chèvres, souvenir tout à la fois de la paix d'hier et de leurs demeures désormais cendres...

Oui, je l'avais reconnue, cette exaltation chaque fois assassinée et qui renaissait chaque fois en moi, comme si j'avais toujours dix-sept ans, que j'étais révolté et allumé d'orgueil. Ainsi hier devant les réfugiés qui attendaient, depuis trois ou quatre ans, ou ce matin, face à l'arc de triomphe romain surgi noblement au milieu des sables, devant ces hardes et ces ruines ou à cause d'elles, j'aurais pu, pourquoi pas, m'appuyer sur ce romantisme d'adolescent pour le débiter en discours, parler moi aussi de la lutte, de la victoire à venir, de la souffrance et, surtout, Dieu comme j'étais naïf, de la chance que nous avions d'être nés à une époque où notre pays allait accoucher de sa libération. Mais je m'étais tu, ou presque, tout le long du voyage. Voici même que je cherchais à déterrer contre moi, contre nous, une lacune convaincante, un défaut amer. L'humour, en effet, nous en étions démunis, mais ce rire englouti quelque part dans des siècles d'esclavage et de sommeil, un jour, qui sait bientôt, resurgirait noir.

Ce sujet de conversation, je l'abordai avec Rachid, rencontré ce même soir, dans une ruelle du Kef. Au fond d'une gargote sombre, puis la nuit dans le dortoir que nous partageâmes avec des campagnards venus pour le marché du lendemain, nous reprîmes en chuchotant nos discussions de jeunesse interrompues pendant ces six années de guerre.

En entrant, Nfissa crut que la maison avait changé, rapetissé peut-être ? Non, pas exactement… Son père, devant elle, ouvrait le lourd portail :

"Fais attention à la marche", murmurait-il ainsi qu'il le faisait toujours avec les visiteurs, comme si, d'être allé chercher sa fille trois cents kilomètres au sud, dans cette caserne, qui ne semblait pas une prison, plutôt un camp de légionnaires romains sur le limes des plateaux berbères, comme si, de la leur avoir arrachée, elle, toujours si longue et presque maigre, silencieuse, ses yeux démesurément ouverts, l'avait rendue étrangère à ces lieux qui ne s'étaient point altérés.

Le battant gris du portail frappa son même bruit mat ; ils traversèrent le hangar. Une seconde, Nfissa crut retrouver l'ombre de la carriole que le père avait vendue avec la jument blanche, une dizaine d'années auparavant, pour acheter une camionnette d'occasion, celle-là même qui, péniblement mais sans défaillance, les avait ramenés… Nfissa ouvrit la seconde porte d'entrée qui donnait sur la cour arabe et le vestibule des chambres. Sur le seuil, elle se figea. Si Othman, derrière elle, souffla, posa la valise… et Nfissa comprit que ce qui avait changé, c'était la lumière.

Elle prenait son temps pour contempler les lieux : le marbre de la cour, le même : grisâtre, les carreaux de céramique du bassin, fendillés et passés, là le coin des lessives hebdomadaires sous les pampres de la vigne, où gisaient, renversés les uns sur les autres, en une hutte de bronze, plusieurs bidons noirs pour le lessivage des matins ; le long des piliers du vestibule, le jasmin qui grimpait contre le mur du fond, puis s'étalait horizontalement, couvrait toujours de son ombre fignolée un bon tiers de la cour et, près de la porte, se mêlait à la vigne jaunie ; "le jasmin", prononça Nfissa comme elle l'avait fait dans la prison quand, pour tromper l'ennui et effacer le mur, dessiné d'insultes obscènes, elle avait imaginé avec effort les fleurs fluettes et blanches, trop légères, semblait-il, pour porter les effluves de leur parfum tenace mais si frais… Présent lui aussi dans sa délicatesse, et qui n'avait été pour Nfissa ni une odeur des champs ni celle des jardins andalous, plutôt une senteur de fête pâle, dans le passé évanouie. Les portes vertes des chambres, le trou béant du grenier au-dessus, le mur du fond qui s'enfonçait légèrement où trônait autrefois l'antique métier à tisser de la grand-mère puis de la vieille tante, la fenêtre grillagée de la cuisine avec ses pots de basilic, tout, choses et lieux, marbre et plantes, jusqu'aux pierres, jusqu'aux fleurs, Nfissa s'en persuada dans un regard lent : ils l'accueillaient de leur fidélité imperméable. Mais la lumière…

Alors, Nfissa aperçut sa mère, assise à sa même place, qu'on aurait dit presque rituelle. Les jambes en rond, installée directement sur le carrelage, ou sans doute sur une peau de mouton si râpée qu'elle disparaissait. D'un mouvement circulaire de ses bras nus, elle secouait le tamis – et Nfissa, pour elle-même : "Dieu, nous sommes lundi, le jour du couscous !" La porte toujours ouverte, Nfissa encore arrêtée et surtout attentive… mais le père, au lieu d'attendre ou pour ne point déranger sa fille, s'éloignait jusqu'au jardin afin d'inspecter, manie de fermier qu'il reprenait comme pour se rassurer définitivement, la basse-cour installée sous les mandariniers.

Nfissa perçut le pas qui crissait sur les cailloux, ne bougeait pas, détachée alors seulement de la pénombre de sa cellule (petite et propre n'eussent été l'odeur qu'elle n'avait su définir, le mur souillé, et la lampe électrique posée dans un coin, nuit et jour) ; elle semblait avoir été posée là, brusquement, sur le seuil familial, les yeux aveuglés de jour ; toute durée anéantie depuis le moment où le père avait quitté l'officier en répétant à deux ou trois reprises : "Je vous remercie, mon colonel"… Nfissa, sursautant à ce possessif, avait pris le parti de se taire durant le retour, sans véritable hostilité, plutôt mal à l'aise puis malade quand, au milieu du parcours elle descendit sur la route et vomit longuement. "Les tournants ? demandait le père. – Non, répondit-elle, l'odeur de la prison." La voiture avait roulé plus doucement.

Là-bas, les poules et le paon s'ébrouèrent devant la présence du maître de maison, Lalla Aïcha releva la tête, secouant d'un mouvement harmonieux les franges de sa coiffe de moire qui lui retombait sur l'épaule, exactement comme dans une noce, elle, toujours la plus coquette et légèrement apprêtée ; ses mains de dame déguisée en bergère continuèrent un moment de passer la semoule avec des gestes précautionneux. Elle regarda vers la porte ; le silence (le père revenu par-derrière), une soie tendue au profond de l'azur.

Enfin, Nfissa s'avança, sans courir pourtant ; marchant, le corps en avant, d'un trait allant s'incliner aux pieds de la belle et ample femme assise, et de nouveau pensant à la lumière : elle pâlissait le contour des choses, des êtres, du visage que Nfissa embrassait maintenant, le cœur remué soudain – elle pleura d'un coup, sans préparation, au contact de la fraîche peau maternelle.

— Mma !

Une fois de plus Nfissa s'attendrissait ; le père, derrière, ne bougea pas, ne prononça pas le moindre mot ; les autres filles accouraient, sortaient, l'une de la cuisine, le visage rougi, l'autre de la porte du fond, un peigne à la main et les cheveux épars, la troisième, en quelques bonds agiles de chèvre, se mêlant toutes inconsidérément au courant de l'étreinte. Nfissa, en larmes, Lalla Aïcha, le cou penché et chuchotant mais si faiblement que, par la suite, Nfissa s'interrogera sur la réalité de la plainte :

“Ma petite fille chérie… adorée… mienne ! Mon propre foie !”

Les trois sœurs s'agglutinaient à l'arbre de corps entrelacés. Elles aussi, balbutiant, puis au sein de l'effervescence des retrouvailles gémissant n'importe comment ; seule, Nadjia, la plus jeune, les lèvres serrées, préoccupée avec une curiosité vorace à dévisager l'arrivante comme si Nfissa apportait sur ses traits, dans ses gestes et l'accent de sa voix un peu basse, les signes mystérieusement révélateurs du monde qui l'avait jusque-là ravie.

Si Othman fixa le groupe, l'air presque désemparé – chuchotements de femmes, complicité des voix tremblantes, soupirs cassés ; il les contempla toutes de son regard de solitaire, une ride fit papilloter ses paupières, emplit son visage d'un reflet de peur sournoise – ainsi, lors de la rencontre avec Nfissa dans cette salle nue de caserne où, dans les brasées de l'aurore chevauchant les montagnes proches, il avait pleuré dans une tristesse insoutenable. Il fit du bras une ébauche de geste, un ordre allait-il donner, mais il tourna le dos sans qu'aucune des femmes le vît, traversa la cour ombreuse et disparut dans une des chambres, sous la vigne.

— Dieu est grand ! Dieu est clément ! Tu n'as pas changé !

— Vois, Houria, vois, elle a presque bonne mine !

— Oh, le miracle, ô Dieu le miséricordieux, elle est là, mère, mère, c'est vrai…

La mère avait donc murmuré une fois, deux fois contre l'oreille de Nfissa, les mots de l'abandon, ou de l'instinct fêlé, puis elle s'était, à sa manière indolente, laissé emporter par l'enthousiasme de ses filles qui entremêlaient leurs exclamations de prisonnières. Toujours assise, sa poitrine gonflée sous l'organdi rose, son corps répandant un éclat de beauté paisible dans cette cour modeste mais illuminée de soleil à cette heure, telle quelque plante de potager vigoureuse, rehaussée par l'épanouissement de sa floraison, ainsi cette femme, au milieu du chœur intarissable, s'enracinait, s'immobilisait et, pour ainsi dire, faisait front.

Nfissa, enchaînée à cette exubérance réconfortante, n'avait point quitté les bras de Lalla Aïcha, et ce contact, l'odeur de la peau maternelle, le parfum de rose que la dame utilisait depuis toujours, c'était pour elle un fil souterrain qui, au-delà de ce jour, de cette lumière et de ces bruits de perdrix égayées, l'empêchait de tomber d'épuisement – quand elle sentit sa mère, ou plutôt le corps de celle-ci, chavirer.

C'était la crise ; l'inévitable. Au moment où tout menaçait de s'éparpiller, il semblait que Lalla Aïcha, avec un métier de vieille comédienne, tentât de préserver ce pathos et de le ramener sur elle en un ciel tombé : elle s'évanouissait donc, progressivement, lourde poupée muette ; il fallait courir, vite aller chercher du citron, du parfum, lui entrouvrir le corsage, la soutenir, quand, gémissante, elle marmottait, à la manière d'une miraculée, des bénédictions hagardes ; soudain, sa respiration se suspendait, tandis que ses filles accoutumées à la cérémonie attendaient sans hâte que Lalla Aïcha leur revienne et ouvre ses yeux devenus merveilleusement doux. Elle se relevait ensuite et seule, comme si cette plongée avait été dans un bain de jouvence ; elle se redressait, droite, presque svelte malgré ses formes larges, devant ses filles se déshabillait, un rite alors, s'aspergeait les seins et les épaules d'eau de Cologne, par petits coups spasmodiques, et les jeunes filles, tout ce temps, la contemplaient posément, les plus âgées avec admiration devant sa lenteur souveraine dont le style les impressionnait, elles qui, selon les gens, n'avaient rien pris de la distinction maternelle.

Houria, l'aînée, s'empressait ; elle s'éloigna, revint peu après avec une nouvelle blouse qu'elle tendit en silence à sa mère.

— Votre père… où est-il allé ?

Lalla Aïcha – sa voix avait repris son accent traînant – feignait de s'inquiéter ; ou plutôt (avait-elle jamais manifesté quelque crainte à propos de l'époux effacé ?) elle se donnait le temps de savoir ; puis, avec un mouvement du menton :

— Je vais voir, décida-t-elle.

Elle attarda son regard sur Nfissa ; celle-ci y découvrit enfin ce qu'elle avait attendu en premier : la curiosité tamisée au fond des pupilles jaunes de sa mère qui traversa la cour, disparut dans la chambre, au-dessous de la vigne, comme si elle avait épié l'époux, tout en se livrant aux effusions – tant de fois, Si Othman avait senti la présence de sa femme derrière son dos, ni surveillance ni protection, plutôt une compassion qui dédaignerait l'illusion.

Nfissa se tourna d'un coup vers Nadjia, constata à nouveau combien cette lumière de crépuscule blanc ne s'altérait point.

— Nadjia... Comment vas-tu ?

Nfissa sourit. Les deux autres sœurs, Houria et Zineb avec ensemble, se retournaient vers leur benjamine dont les yeux ne se détachaient pas du visage hâlé de Nfissa.

— J'avais cru que tu ne reviendrais jamais ! cria Nadjia, et ni Houria ni Zineb ne surent définir le ton de l'exclamation.

— Nadjia !... chuchota Zineb.

Mais Nfissa en elle-même :

"Elle seule n'a pas changé !... oui, j'en suis sûre ; à peine un peu plus femme, mais le même regard, les mêmes prunelles allumées sous le front sans grâce... elle seule."

Nfissa fit un pas, prit par le bras Nadjia et avec élan :

— Tu ne m'attendais pas... n'est-ce pas ? Je comprends... je sais !

Nfissa bafouilla ensuite, bouleversée mais trop tard ; un émoi la pénétra ; non, vraiment, elle ne comprenait plus : devant elle, devant Houria et Zineb, Nadjia, sans même lever les mains pour cacher son visage, pleurait en cascade et ses sanglots semblaient de colère, de rancune.

— Nadjia ! appela une seconde fois Nfissa.

Elle étreignit sa jeune sœur, la secoua. Nadjia ne disait rien, de pierre paraissait-elle, avec des hoquets puérils déformant son visage buté. Nfissa, l'âme interrogative, retrouvant les caresses anciennes sur les cheveux crêpelés de leur "dernière" comme elles l'appelaient toutes, Nfissa leva la tête, oublia Houria et Zineb scandalisées et tandis qu'elle écoutait les sanglots devenus saccadés – un ruisseau de printemps sous les arbres – de Nadjia qui s'effondrait, elle regarda autour d'elle la cour, la chambre du fond où déjà la mère recueillait de Si Othman les nouvelles, le hangar derrière, ainsi qu'une partie du jardin dont on n'apercevait que le néflier vénérable, elle écoutait la douleur de l'enfant qui ne tarissait pas, tandis que les silhouettes de ses sœurs s'éloignaient, hâtives et ménagères ; enfin Nfissa se sentait revenue, rétablie, et la lumière répandue en intruse sur les choses se dissipa.

La nuit approchait, lui semblait-il ; elle s'annonçait dans la voix défaite de Nadjia, bien qu'il fût, en cet instant, à peine plus de midi. La nuit approchait et la lumière qui l'avait aveuglée était celle des jours passés, d'où son père – avec quelle ténacité besogneuse, cela la touchait – était venu la tirer. Car une fête auparavant s'était célébrée. Parce que Nfissa l'avait vue rarement zébrée de sang et de mort, elle pouvait aujourd'hui, sans bouleversement, reprendre place dans l'ordre de la maison profonde.

II

Cette rencontre avec Rachid, comme elle me fut providence ! Le soir, dans ce village blanchi où les femmes, sur les terrasses, étouffaient leurs conciliabules d'invisibles, notre jeep lentement évitait les grappes d'enfants piailleurs qui, de mauvaise grâce, se rangeaient sur les côtés de la ruelle sale. Un groupe de cinq ou six hommes dont Ramdane, tout en conduisant avec précaution, remarque les pataugas et l'habit kaki sous les pans des burnous bruns :

— Tiens, des frères !

Il klaxonne deux coups brefs, adresse une joyeuse grimace de sa face lunaire au groupe anonyme. La voiture les dépasse. Je me détourne à peine, écoutant en moi l'accent des mots habituels : "Des frères !", quand je reconnus parmi eux, le dernier, de mon côté… oui, Rachid !…

Il n'avait pas tourné la tête, il regardait au loin, marchant en avant et, maintenant encore, il me suffit de fermer les yeux pour retrouver l'allure de sa démarche qui m'avait frappé avant que je le reconnusse. Il avançait, silhouette haute, léger balancement des épaules qu'il avait larges, un peu courbées toutefois d'une façon esquissée qu'on ne remarquait que lorsque ainsi il se hâtait, ressemblant, je le perçois à présent, à quelque oiseau des mers du large frôlant les flots dans un vol orgueilleux : derrière la protection de ses ailes amples, dans le sillon tracé au sein de l'azur, d'autres oiseaux le suivent, prêts, sinon, à se laisser fléchir de lassitude.

Rachid avançait et je distinguai ensuite son profil : les pommettes hautes qui faisaient rétrécir les yeux sombres, le dessin du front et du nez droit, d'une pureté de race, type de visage comme on en trouve encore dans nos montagnes les plus hautes (pourtant, au temps du collège, je me souviens avec quelle désinvolte indifférence il me rapportait que son grand-père maternel était à demi turc, de Salonique précisément, et nous en riions alors, dissimulant une secrète vanité parce que, comme cela était fréquent à nos organisations de jeunesse scoute, l'Orient nous causait une nostalgie vague, tels ces fauves des zoos de capitale auxquels quelque bruit sourd et prolongé rappellerait le mont Kenya).

Rachid ne m'avait pas vu. Il paraissait absent et dans ce village arabe qui sortait de l'été comme d'une tempête immobile, de le retrouver ainsi me laissa pantois. Il y avait eu, si loin en arrière, notre adolescence commune, notre ville commune, notre quartier, le même – existait-il encore, encaissé, vieillot et immuablement blanc, appuyé contre des coteaux si verts, d'une verdure extraordinairement vivace pour un coin du Maghreb, ces chênes, ces pins, ces peupliers au bord de l'oued et des ruisseaux bruissants –, notre maison, la même, au pied de la montagne, au pied de la guerre désormais. Rachid dans le dédain de sa démarche y songeait peut-être, même si sa mémoire ne s'y fixait pas à cet instant précis où je le rencontrai loin du combat et des départs, loin des prisons traversées par moi et par lui séparément, au cours d'un exil que nous allions partager. Soudain cette marche dans la ruelle me parut chez lui, comme un seul mouvement en avant, issu des lointains d'une terre en fusion, de couches entrecoupées de flammes, de poursuites et de morts successives, au-delà de ces cinq dernières années où je ne l'avais jamais revu, où quelqu'un, une fois, en prison avait déclaré devant moi, sans savoir que je connaissais Rachid, mais m'informant à tout hasard puisqu'il nous savait de la même ville, qu'il était mort – Rachid mort ? Je n'avais pas voulu le croire, malgré les détails : erreur d'une patrouille, peu avant le couvre-feu, et l'informateur ajoutait qu'il ne savait en vérité s'il s'agissait bien de Rachid ou de son frère ; peut-être confondait-il, il était seulement sûr de la véracité du récit : un jeune homme abattu au crépuscule, par erreur, avait-on dit dans le Journal, c'était au début de la guerre, avant la généralisation de la répression dans les villes.

Le lendemain de ce récit, le détenu avait été transporté dans une autre prison ; j'avais persisté dans mon doute ; néanmoins une peur m'était restée. Comme j'avais été ensuite heureux l'an dernier, à mon arrivée à Tunis, lorsque d'anciens combattants de la "Willaya IV" avaient semblé reconnaître Rachid que je leur décrivais, qui, d'après eux, aurait été commissaire politique dans un des secteurs de cette "Willaya" ; il serait redescendu dans la capitale pour des liaisons avec les réseaux clandestins ; ensuite, ils ne savaient plus, peut-être avait-il changé de "Willaya", peut-être était-il demeuré dans la capitale – si bien que la première version pouvait n'être pas détruite par la seconde, puisque lui, ou son frère, avait été abattu non loin du domicile paternel… Le premier informateur m'avait précisé que le lendemain, le père avait dû reconnaître le cadavre, qu'il avait même reçu, dans une cérémonie dérisoire, les "regrets" d'un officier important. Or, je l'imaginais aisément, Rachid, avec la hardiesse que je lui connaissais dans le passé (lorsque sa famille était partie s'installer à la capitale, ce qui m'avait permis pendant deux années de loger chez eux et de poursuivre mes études de façon plus économique), avait fort bien pu décider un soir d'aller chez lui alors qu'il se savait recherché ; il était tellement attaché à son vieux père, surtout à sa mère de santé trop fragile, dont il avait peur constamment qu'elle ne mourût d'une crise cardiaque, brusquement, à la suite d'un émoi, et il semblait sûr à l'avance, sans raison, que cet accident, il en serait la cause, par inadvertance, ou ne pouvant faire autrement, comme si sa nature ombrageuse pressentait le temps où ces craintes, ces angoisses frileuses éclateraient en bravades désordonnées.

Il avait donc bien pu entrer chez lui, spéculant sur une ressemblance de silhouette avec son jeune frère, ou choisissant l'instant entre chien et loup pour en entretenir le doute auprès des gens du quartier, ou peut-être oubliant tout simplement son état clandestin (depuis l'enfance, il avait manifesté un goût pour le secret, une façon d'envisager une double vie et de ne pas en parler, sans vraiment la dissimuler mais ne pas en parler, c'est tout, même à ses proches ; cette négligence pouvait donc s'expliquer par l'habitude). La patrouille avait pu le tuer : sans sommation, dans le dos, tel du menu gibier, pourquoi pas ? Puis son cadavre volontairement confondu avec celui du frère, par son père devant les gardes, sa mère recevant le coup en fermant les paupières, laissant son cœur chavirer, et l'ancienne, la puérile crainte de Rachid enfin réalisée ; pourquoi pas ? Rachid mort, ainsi brisé le trajet de cette vie qui s'annonçait d'un dessin si svelte, si profondément et naturellement droit que je l'avais toujours envié.

J'avais envié ce style qu'il avait dégagé et je crois bien que tous, sans le savoir, l'enviaient pour des raisons pareilles, moi seul décelant l'origine, et cela, depuis mon plus lointain souvenir lorsque, à cinq ou six ans, nous étions tous si stupidement cruels dans cette ville accrochée à la montagne parfumée et que nous faisions cercle autour d'un âne agonisant que nous ne pouvions laisser mourir en paix, mais que nous torturions jusqu'à son dernier souffle ; Rachid, le dernier à le faire mais aussi le plus cruel, lui crevait un œil d'une pierre bien aiguisée, accomplissant cet acte lentement, non en bourreau mais, parce qu'il avait le front têtu et l'air dur, comme un prêtre païen, puis il était tombé malade le jour même, gravement, je m'en souvenais aussi, une fièvre mystérieuse et une torpeur sur lesquelles avaient pleuré les femmes, sa mère en particulier, tandis que la mienne avait, pendant des jours, rassemblé toutes les herbes de printemps qu'elle connaissait, en avait fait un breuvage d'un vert profond qu'elle lui avait administré avec une placidité de sorcière reconnue.

Au matin suivant, Rachid se levait, un peu pâli, raidi par un silence étrange dans ses yeux étirés ; il fixait d'un air presque mélancolique le groupe de voisines qui s'interpellaient, félicitaient la science de ma mère, et celle-ci expliquait doctement, son fin visage animé de vanité, qu'il lui avait suffi de faire transpirer le malade. L'on se montrait le matelas tout moite de l'enfant. Rachid contemplait ce beau monde en se laissant changer par sa mère puis s'avançait vers moi ; je lus dans ses yeux une étincelle de complicité, comment dire, de malice, d'indulgence pour ces femelles bruyantes qui allaient saisir cette occasion pour la transformer en fête, nous les trouvions tellement futiles. “Tu viens ?” avait-il demandé, nous étions sortis ; j'avais été heureux de ce ton qu'il avait pris avec moi, non pas seulement parce que, dans cette chambre, j'avais été le seul autre garçon comme lui, le seul autre être sérieux, tendu d'attention et de silence comme lui, mais aussi parce que nous étions amis, ou frères, ou semblables, jamais depuis je n'avais pensé à exprimer ce lien.

Jamais jusqu'à ce jour. Notre jeep continuait. "Arrête !" m'exclamai-je en m'adressant à Ramdane. Il freina. Je m'avançai vers le groupe des burnous gris ; j'eus à nouveau, une seconde, l'angoisse de m'être trompé. Rachid s'arrêta le premier, les autres après lui, en fantômes fidèles.

La façon exacte de nous faire face, je l'ai oubliée : il y eut, il me semble, cette hésitation d'autrefois à ne point nous tendre la main en étrangers, mais à ne pas trouver naturelle l'accolade traditionnelle, par suite d'une crispation de Rachid devant les effusions – je devinais déjà la moue de mépris qu'il aurait quand, dans ces pays d'Orient que le sort m'avait fait connaître, il verrait des hommes se promener quelquefois, main dans la main, avec un naturel tranquille, mais n'était-ce pas Rachid qui avait été élimé par le puritanisme ancestral ?

Oui, j'ai tout oublié : les premiers mots de Rachid, mon élan ; cette hésitation dont je parle, j'insiste pour dire que je la reconstitue comme il m'arrivera de reconstituer d'autres éléments de cette histoire en m'appuyant sur les couches de notre passé, en spéculant sur ce fonds commun que, jamais comme en cette rencontre imprévue, je n'avais senti aussi important pour moi ; sans doute pas autant pour Rachid, mais cela je ne le conclurai que bien plus tard, lorsque je commencerai à déceler combien il avait changé, sans jamais savoir pourquoi.

Ce dont je suis sûr par contre, ce fut de lire, au moment de lui faire face, cette même lueur de malice soudain allumée et aussitôt éteinte, si bien que d'un coup me revint le souvenir, Rachid se levant de ses langes comme Lazare ("Lazare, comment l'appelle-t-on chez nous ?..." autrefois, par de telles questions, nous tentions de rétablir le raccord des connaissances appelées pompeusement humanistes dans le collège français où nous étions élèves, avec les récits bibliques rapportés par le Coran et que nous enseignaient nos grands-mères, les soirs où par ruse enfantine, nous prétendions ne pas pouvoir dormir pour les écouter chuchoter leurs fables).

Tandis que cette image merveilleusement intacte de notre enfance se levait, clarté déchirant la poussière de ce jour, l'écoulement de notre voyage, depuis son extrême dans le Sud jusqu'à ces collines à demi brûlées de la frontière près de la côte, se referma en cercle mort. Soudain, me revint ma pensée précédente : le rire bref dans les yeux redevenus secs, de Rachid transformé en vagabond d'aventure et surgi dans ce soir blanc dont les bruits allaient s'éteindre progressivement lorsque nous irions vers ce dortoir où, parmi des inconnus, nous bavarderions la nuit durant, cette malice – une larme sur la face de Lazare – n'était-ce point là l'humour dont j'avais déploré le manque, parce que, hoquet de ma culture occidentale qui me donnait ces démangeaisons malcommodes, je ne voulais pas m'avouer que j'en étais démuni, moi le premier et sûrement ?

Quand son père avait pleuré, droit devant elle, et le visage figé, la chéchia rouge légèrement en oblique sur le sommet du crâne, Nfissa s'était sentie sèche, en dehors de toute émotion, scrutant pourtant les traits paternels : il n'avait pas ébauché un geste d'étreinte, comme statufié de devoir laisser couler ces larmes qui effaçaient les meurtrissures des mois passés : sa rancune lorsqu'il avait reçu cette lettre de Nfissa ("Chers parents, pardonnez-moi la peine que je vais vous faire, je monte au maquis...", message au ton compassé et aux excuses banales dont tant d'adolescents avaient accompagné des mots semblables puis vite s'étaient tournés vers le bel, l'exaltant avenir), la peur ensuite que Si Othman avait refoulée, quand les policiers étaient venus à diverses reprises le questionner sur sa fille, elle qu'il avait élevée avec ce qui paraissait de l'audace : ne point la cloîtrer, lui permettre de continuer ses études, l'autoriser même à se fiancer seule, tous ces pas dans l'inconnu pour arriver à quoi ! un interrogatoire devant des agents de police judiciaire, un refroidissement avec le maire d'origine espagnole qui le prenait désormais pour un "rebelle"... il y avait eu ensuite ces journées de démarches lorsque ce même maire l'avait prévenu, en pleine nuit, de l'arrestation de Nfissa et l'avait recommandé à diverses personnalités de la ville voisine, une suite de visages impersonnels, pour finir, ce colonel qui avait déclaré, dès les premiers mots de Si Othman, qu'il lui rendrait sa fille, que cette dernière "avait dû se lancer dans l'aventure par amour pour cet étudiant, un fanatique, lui, c'était sûr...", qu'il voyait bien que le père était "un Français musulman véritable", l'officier avait répété ces mots avec conviction comme s'il en possédait le prototype personnellement et qu'il pouvait juger sur pièces ; Si Othman avait bafouillé des termes de reconnaissance, puis il s'était redressé. A l'aube, il attendait sa fille. Quand elle était entrée, sans sourire, surgissant comme une ressuscitée, il avait balbutié quoi, son nom sans doute, puis brusquement ces pleurs, cette fatigue...

Nfissa regardait les larmes couler, une ou deux gouttes en suspens sur les moustaches fines et le temps de la prison, un mois tout au plus, lui parut comme une coulée grisâtre ; au-dessus, toujours allumée la maudite lampe introduite là dans sa cellule par le geôlier, une recrue de France qui bégayait et tentait de sourire quand, une fois par jour, on laissait Nfissa pénétrer dans une salle de lavabos, que le garde refusait de fermer la porte mais prétendait tourner le dos. Après, elle ne sortait même plus si bien que la blancheur de la lampe lui picotait les yeux ; les derniers jours, elle pensa à la voiler d'une pièce de tissu kaki arrachée au blouson d'homme trop large qu'elle portait depuis son arrestation dans la clairière. Ce jour-là, rêva-t-elle, où elle avait pleuré et elle se dit, en cet instant au parloir, que cela ne lui arrivera plus jamais, cet abandon de l'être, ce refus de la tristesse ou de la vraie joie (mais ne défaillit-elle pas ensuite dans le sein maternel ?).

Elle avait pleuré, et l'aube avait surgi du vaste horizon. Dans la solitude de la prison, elle revécut dans ses détails cette matinée de la mort de Karim : le moment où l'on avait porté son corps, puis ceux des quatre autres, une heure seulement après le début de l'engagement, les paysannes autour d'elle en ronde ; quelques-unes gémissant à coups plaintifs, puis la voix rauque de la plus âgée, une femme blonde d'une cinquantaine d'années, entonnant un thrène, les autres en chœur répondant par des cris prolongés qui perçaient le ciel, au centre, Nfissa se baissant vers Karim et pleurant non sans une mélancolie doucereuse, refusant de voir le cadavre et percevant bien davantage le cercle de deuil près d'elle, l'agitation dans le reste du hameau, les lueurs de l'incendie dans la vallée au loin et, au-devant, les partisans en taches mobiles sur les pentes de la montagne proche. Nfissa pleure en silence, une vieille qu'elle ne voit pas lui recommande de prier, alors qu'elle voudrait dire

"Dieu, que c'est beau !", absurdement, peut-être aussi demander pardon à Karim, puisque déjà elle l'oubliait, elle le tuait à son tour. (Ne lui avait-il pas dit un jour au milieu de leurs gamineries et mimant quelque rôle : "Tu me verras mort !") Elle s'obligea enfin à le contempler ; soudain ce désir : à la vieille qui l'assistait : "Donnez-moi donc son blouson", dit-elle avec vivacité. On le lui remit, ainsi que divers papiers, parmi lesquels leur unique photographie ensemble, un an auparavant, que Karim avait nommée : "Photo de fiançailles".

Eclatement de l'aube. Debout, pleureuse dressée, Nfissa n'avait même pas songé que le corps serait jeté dans une fosse, sans être lavé, sans linceul, avec des prières pourtant et ce thrène qui se modulait lentement, se faisant plainte puis chant de triomphe. Alors, la montagne avait existé : ses buissons, ses haies de cactus, ses grenadiers en fleur autour de la dechra et des cabanes avec leurs poteries suspendues aux linteaux des portes.

"Karim !" répétait une voix en elle ; en arabe, cette même voix chantait, pleurait :

"O mon frère, mon frère !"

Une tendresse intarissable l'emplissait pour Karim comme s'il avait été plus jeune qu'elle, plus faible aussi mais toujours vivant, non, pas ce paquet enveloppé de couvertures de l'armée française, saisies avec un camion d'armes lors d'une précédente embuscade.

L'autre "sœur", comme on appelait Fatouma qui, à l'instar de Nfissa, avait été à la fois institutrice, assistante sociale et infirmière ces derniers mois, s'était approchée avec un groupe de partisans que Nfissa n'avait pas vu arriver.

— L'encerclement ne va pas tarder..., remarquait Fatouma.

Nfissa séchait ses larmes, s'apercevant soudain qu'elle avait pleuré tout ce temps, le cadavre à ses pieds, elle si éloignée pourtant de cette image de veuve qu'elle présentait.

La voix de Fatouma, sans compassion, hâtive seulement, son lourd visage trop brun, presque hostile quand il s'agissait d'attendre. Dans de telles circonstances, la décision incombait à Nfissa : se replier ou se déguiser. Fatouma obéissait sans souplesse.

— Déguise-toi, si tu le désires… fit distraitement Nfissa. Moi, je ne le peux plus, tu sais bien.

C'était à cause de ses yeux verts qui avaient rendu son signalement repérable, expliquait-elle les premiers jours dans la maison paternelle, lorsque ses sœurs la questionnaient et qu'elle répondait mais par bribes car le silence étouffait sa voix, son regard resté là-bas dans cette lumière descendue de la montagne ; l'encerclement progressait, il fallait faire vite, déjà Fatouma avait revêtu, avec une promptitude de figurante d'opérette, la tunique vive de paysanne, la coiffe au brun rougeâtre et aux longues franges qui auréolaient son visage ; elle se saupoudrait le visage d'un mélange de cendres mouillées, tandis que la grande femme qui chantait tout à l'heure enterrait les vêtements des “maquisards”. Les corps, où étaient-ils ? Mais Nfissa n'eut pas le temps d'interroger. Elle répéta, la même voix fraternelle en elle : “Karim, mon frère, mon…”, déjà un guide, un berger d'une quinzaine d'années arrivait :

— Nous devrions partir, il est temps, ma sœur.

Le groupe de partisans se dispersait, leur chef s'avançait au-devant de Nfissa :

“Bonne chance”, souhaitait-il et la course avait commencé… Elle, Smaïl le guide, et Lila qui avait tenu à partir par peur au dernier moment bien que, depuis son arrivée au village, elle n'eût jamais rien manifesté d'autre qu'une gaieté de touriste en vacances.

— Que le pays de mon père me paraît beau ! s'exclamait-elle souvent. Maintenant voici qu'elle supplie Nfissa :

— Je reste avec toi !

— Oui, mais il faut marcher, courir !

A trois la longue course, puis la chasse, la cachette de multiples fois, la grotte pour finir quand les soldats s'étaient approchés… Tous les trois enlacés, les bras en arceaux sur les épaules, les trois têtes respirant à peine, un brouhaha de voix au-dessus d'eux. L'attente avait duré d'infinies minutes ; ensuite, ils étaient sortis. Lila reprend ses chuchotements, sourit, avec une inconscience effrontée :

— Tu vois, je peux courir !… oh ! le ciel…

Nfissa ne répondait pas. La matinée touchait à sa fin ; en ce mois de printemps, le soleil restait pâle, elle s'en souvenait, et dans sa prison revoyait les nuages gris ou d'un bleu souillé qui le moutonnaient. Le guide avait attendu, puis, devant les deux têtes féminines levées vers l'azur :

— Non, pas d'orage avant la nuit ! prédisait-il avec une assurance de vieil homme.

— Ils sont certainement encore au village !… remarquait Lila songeuse puis, soupirant avec l'énergie de ses seize ans, elle s'impatientait, désirait gambader.

— Arriverons-nous jusqu'à la forêt ? demandait Nfissa en consultant du regard Smaïl qui scrutait l'horizon.

— Je ne vois rien… les maudits !…

Il insultait l'ennemi par habitude, dès qu'un doute le tourmentait. Ses yeux se reportèrent sur Nfissa. Leur regard était bref mais on n'y lisait aucune hâte, quelque chose de paisible au contraire, pensa Nfissa.

A demi courbés, ils coururent d'un seul trait, à travers champs et ce fut à ce moment-là qu'un hélicoptère, dissimulé jusqu'alors derrière les arbres, les avait repérés. Smaïl, derrière les deux filles, avait crié au milieu du mitraillage : "O Dieu !"... Lila gémit, va pour s'arrêter. Nfissa, revenue d'un bond vers elle, la poussant, criant de toutes ses forces : "Cours !... Cours !..." ensuite, elle ne s'était même plus retournée ; une force levée en elle, immense, comme si elle devait courir jusqu'au bout, "le bout – ajoute-t-elle dans son récit à ses sœurs – ce n'était pas seulement l'orée du bois" ; elle courait donc et dans cette vigueur presque heureuse, l'idée la transperça d'avoir tué à cet instant Karim, de l'avoir abandonné au milieu du village parmi les femmes aux voix déchirées d'allégresse... elle courait, entendait derrière son dos Lila qui soufflait, n'en pouvant plus. Nfissa la poussa par le bras, elles parvinrent enfin à la première ligne d'arbres. Elles s'affalèrent dans les buissons, reprirent un moment leur souffle puis, accroupies, elles tâtonnèrent quelque peu car, dans la pénombre de la forêt, leurs yeux restaient pleins du soleil, et du vert dansant de l'herbe, durant la course.

Nfissa montrait du doigt à sa compagne la tache de l'hélicoptère qui tournoyait, et toutes deux se croyaient soudain dans quelque jeu. Alors, Lila si jeune, haletante encore, lui parut ressembler tout à fait à Nadjia, racontait Nfissa.

— Tu te souviens, poursuivait-elle tournée vers la benjamine, quand, à la ferme, nous inventions des courses jusqu'aux bosquets d'eucalyptus ? Cela durait des heures... et toi qui avais peur du chacal...

Nadjia ne répondait toujours pas, tandis que Zineb et Houria alternaient leurs interrogations, que Lalla

Aïcha faisait semblant de n'écouter qu'à demi, pendant qu'elle allait et venait de la cuisine au salon.

Installée dans le lit conjugal, elle en ferait l'exact compte rendu, le soir, à Si Othman, et son ton ferme laisserait supposer qu'elle était la seule dépositaire des confidences de Nfissa.

— Elle me ressemble, je l'ai toujours dit, affirmerait-elle avant de balbutier des lèvres quelque prière.

Dans la pièce de séjour où le poste de radio vieillot voisinait avec les tamis de couscous, les peaux de mouton entassées dans un coin, et la commode d'acajou, les sœurs harcelaient Nfissa qui, accusaient-elles, s'arrêtait au meilleur moment. Nadjia intervenait soudain en ironisant, jusqu'à faire pleurer Houria tellement susceptible :

— Il s'agit pour vous d'un film, vraiment !...

Elle sortait – mais quelques jours plus tard n'avait-elle pas fini par demander, d'une voix rogue :

— Pourquoi as-tu abandonné le guide ?

— Les ordres, répondait Nfissa.

— Pourquoi as-tu abandonné le guide ?

Nfissa, vivement, avait rétorqué qu'elle n'était pas une héroïne, qu'à ces moments-là, on ne pensait qu'à s'en sortir et que s'il lui fallait à nouveau courir ainsi, oui, elle dévalerait les champs jusqu'à l'orée du bois. Sur ce, Nadjia avait éclaté en pleurs pour la seconde fois depuis le retour de Nfissa, sans explication, avec violence et comme en se déchirant. Nadjia sortait alors et Nfissa avec une grimace d'enfant :

— Je courais... je courais comme un lièvre !

— La belle combattante que voilà ! faisaient les deux grandes en chœur.

La première, Lila avait aperçu la clairière.

— Attention, ne bougeons pas ! murmurait Nfissa. Ils nous ont repérées, mais c'est trop tard pour eux...

L'heure est proche où ils doivent redescendre vers la vallée.

Lila obéit, s'assit contre Nfissa, les mains sur les genoux de cette dernière.

— Je pourrais courir la journée entière ! s'exclamait-elle avide.

Nfissa l'embrassa soudain car c'était cela, découvrait-elle, qui les réunissait, cette façon insatiable d'aller de l'avant... Trois mois auparavant, Lila était arrivée en voyage avec son père (un commerçant exilé et marié à une Française) ; elle s'était enfuie pour suivre des jeunes lycéens qui lui avaient parlé de résistance ; depuis, le vrai voyage avait commencé pour elle, elle apprenait tout en même temps : les mots usuels d'arabe, l'accolade avec les hommes, les embrassades avec les femmes, le protocole minutieux de la vie villageoise, jusqu'au sol nu des cabanes, dans les hameaux, jusqu'à l'emphase des cris de joie, jusqu'au silence qui se creusait dans les groupes. Elle vivait goulûment, les yeux élargis par les successives découvertes, devenant l'amie de Nfissa pour cela même, sans qu'elle l'ait pourtant compris, ni peut-être Nfissa elle-même, mais Karim, extérieur et lucide, dissertait à ce propos. Les soirs de réunion, il taquinait Lila, lui posait invariablement la question destinée en fait à Nfissa qui feignait l'ignorance :

— Lila, quel est ton plus grand défaut, le même que chez Nfissa ?

Lila répondait avec un brin de cabotinage :

— L'orgueil, lieutenant !

Elle se figeait au garde-à-vous, mais Karim, si maigre dans son uniforme, le cou long, le crâne rasé, hochait la tête avec un sourire narquois. Il se tournait vers Nfissa qui prenait sa mine renfrognée.

— La curiosité ! rétorquait-il.

— Banal ! se plaignait Lila. Parce que nous sommes femmes !

Nfissa s'éloignait, agacée puisque c'était un rappel à la discussion que provoquait souvent Karim :

— Tu ne m'aimes pas ! répétait-il, c'est par curiosité de l'amour et de mon amour que tu m'acceptes.

— C'est faux ! protestait Nfissa qui répugnait aux déclarations de tendresse.

Devant la flaque ensoleillée de la clairière, elles restèrent longtemps assises, rêveuses, comme sur quelque rive. Lila parlait doucement : sa mère, que faisait-elle aujourd'hui ? Leur pavillon de banlieue parisienne, elle l'aimait, on y trouvait ses poupées partout, mais désormais elle se disait devant chaque cabane en flammes que c'était la maison de banlieue avec ses poupées et ses murs grisâtres qui brûlait.

— Et mon père ? continuait Lila inlassable. En réalité ma mère n'a jamais accepté sa race… Ses amis, il les voyait au-dehors. Elle voulait lui faire oublier… oh moi, je ne me laisserai pas faire, je retrouve tout !

Son discours avait continué longtemps ; tout à coup, ils furent là ; scintillement des ceinturons… La clairière devenue entièrement métallique, et Lila continuait, tête baissée, ne se rendait compte de rien. Seize ans et pour la première fois un passé…

— "Trop tard !" calcula Nfissa qui se rappela le chapelet de malédictions de Smaïl : "Les maudits… les…"

— Oh ! s'écria Lila dans un souffle…

Ils furent devant elles, un cercle aux multiples yeux ; un homme cria, avec un accent provençal :

— Eh ! les voilà !… les alouettes !

Lila lança ses bras autour du cou de Nfissa ; il fallut l'en arracher ; elle pleurait, se débattait, une crise de nerfs, jugeait Nfissa qui, muette, se leva. Quand bousculées, elles traversèrent au milieu du groupe la clairière, Nfissa se sentit définitivement arrachée à Karim.

Les jours qui suivirent, elle ne pensa qu'à lui. Distraitement, sans douleur, mais sa présence emplissait la cellule. Elle souffre encore de la déchirure, qui l'a transpercée là, au centre de la clairière ; mais elle n'explique rien à ses sœurs, elle ne donne pas les détails de l'arrestation.

— Dans une clairière, précise-t-elle seulement à Zineb.

— Ils n'étaient pas partis ?

— Il n'y eut pas d'orage ?

— Ils nous ramenèrent au village, poursuit Nfissa.

— Que Dieu vous assure sa bénédiction ! murmure Lalla Aïcha qui, de la cuisine, écoute, en versant du beurre fondu dans les jarres, puis le miel dans les bocaux.

— Brûlent-ils vraiment tous les villages ? demande Houria à voix basse.

— Toutes les paysannes, y compris Fatouma, étaient assises contre les roseaux sous la garde d'une sentinelle. On nous fit monter dans un camion devant elles. Il nous fallait évidemment ne pas les reconnaître ; aussi, à force de faire semblant, je ne les ai même pas regardées. Quant à Lila, elle avait retrouvé son sang-froid, bien plus, son insolence…

Nfissa s'arrête un instant, puis continue avec amusement :

— Au revoir ! lui dit un soldat qui restait là devant le camion.

— Je vous enverrai une carte postale ! répondit Lila, et elle lui cracha au visage.

L'auditoire s'esclaffe, Nfissa se lève :

— Je désire dormir, soupire-t-elle, tous ces jours, je tombe de sommeil, pourquoi…

Lalla Aïcha décide de lui réserver le grand lit pour elle seule :

— Dors, dors !… Tu as besoin de grossir… tu n'es pas belle à voir !

La chambre est profonde. Dans le lit à baldaquin où autrefois les quatre filles s'allongeaient auprès de la vieille grand-mère, Nfissa sombre dans un sommeil aux lames translucides qui déroulent les mêmes images distordues en couleurs fluides. Au réveil, Nfissa se sent revivre.

— Qu'est devenue Lila ? demande quelques jours plus tard Nadjia, à brûle-pourpoint, au milieu du repas familial que la présence du père rend toujours un peu solennel.

— C'est en partie grâce à elle que Nfissa est libre, déclare Si Othman. Sa mère a réussi à faire jouer des influences à Paris pour la liberté provisoire de sa fille, et donc pour celle de Nfissa.

— Tout ce que tu as fait, n'est-ce rien ? s'exclame avec aigreur Lalla Aïcha qui se retourne vers Nfissa et d'un regard soutenu veut dire : "Allons, remercie ton père !…"

Nfissa, maussade, se tait ; puis, comme si elle étouffait :

— Laissez-moi donc ! murmure-t-elle.

Au fond de la cour où elle s'isole, assise à même le carrelage, près du bassin, au milieu des fleurs de jasmin tombées comme à chaque crépuscule, Nadjia vient la rejoindre. Le grenier au-dessus du vestibule leur fait face ; aussi évoquent-elles mélancoliquement les pigeons si nombreux durant leur enfance, et disparus depuis, en ce temps de guerre.

"La guerre, ce n'est pas chaque jour la guerre, se remémore Nfissa. C'est comme dans un voyage… il se produit des haltes. Quelquefois elles semblent ne jamais devoir finir… On est alors en dehors de tout, vraiment de tout !…”

Ce village où était mort Karim avait été le terme d’une marche de plusieurs jours, après qu’ils eurent fui une zone interdite et passé au-delà des montagnes. Auparavant, leur groupe de combattants s’était terré longtemps dans une immense forêt de cèdres.

— Nous sommes en quarantaine ! s’impatientait Karim.

Jours de bonheur, songe Nfissa. Plus de dix fois dans la journée (elle allait chercher l’eau, aidait aux repas même si le cuisinier se montrait plus habile qu’elle, participait à des marches de repérage, la nuit, à la lisière), aux moindres gestes qu’elle faisait, à sa façon prompte de se retourner pour heurter le regard de Karim, elle se répétait :

— Je suis heureuse !

Elle s’exclamait ainsi spontanément devant Karim qui se taisait, elle enchaînait sur la couleur du ciel, sur la fréquence des avions au-dessus de leur tête, sur leur avenir à tous. Il répondait alors, il continuait, l’enthousiasme le gagnait et ils se surprenaient à chuchoter ensemble pour ne point être entendus des autres.

Dans les rêves, ces dialogues la poursuivent, mais indistincts, un murmure ténu. Au creux du lit de l’aïeule, dans la pénombre de la chambre – derrière le rideau qui la sépare de la salle de séjour, toute la famille au cours des veillées baisse la voix pour ne pas réveiller Nfissa –, elle se croit redevenue enfant lorsque, en pleine nuit de ramadan, Nadjia et elle se réveillaient, déçues d’entendre les adultes levés et attablés avant l’aube que signalerait le chanteur des rues ; seules les filles étaient exclues de ce qu’elles enviaient comme un vrai festin parce qu'elles n'avaient pas encore l'autorisation de jeûner le jour. D'autres fois, ainsi abritée, l'oreille tendue vers les bruits familiers de la demeure, Nfissa pense à la peur. On en parlait tant en ces jours de forêt où chacun des partisans évoquait qui une arrestation, qui des sévices subis, qui l'émoi d'être pourchassé. On en parlait tant et elle l'avait si peu connue.

Une première fois, elle se rappelait nettement, le jour de leur départ. La petite voiture neuve de Karim (sa mère qui le gâtait venait de la lui offrir à son dernier anniversaire, comme si elle pressentait qu'il allait partir, alors qu'elle venait d'accepter, de mauvais gré il est vrai, ses fiançailles avec Nfissa) roulait hors de la capitale. Karim conduisait vite, Nfissa à ses côtés tenait sur ses genoux une valise de cuir qui contenait, ironisait Karim, "mon pyjama de soie et mes plus belles chemises". Nfissa chantait, il sifflotait, s'imaginait en voyage de noces bien que celles-ci ne fussent décidées que pour la fin de leurs études, trois ans encore. Nfissa fermait les yeux, écoutait le vent de la vitesse, ramenait le col de son manteau de pensionnaire autour du cou, ouvrait les yeux pour s'inonder du soleil de novembre quand elle vit, au bout de la route, les premiers militaires : un contrôle. Juron de Karim.

— Je ne suis même pas sûr d'avoir tous les papiers, grogna-t-il ; il accéléra, puis hésita ; allait-il foncer ?…

— Arrête ! ordonna Nfissa.

Pendant la vérification, elle ne leva pas la tête. A une question d'un officier :

— Vous n'êtes pas encore majeur ?

— Si, répliquait la voix un peu rauque de Karim.

— Je m'excuse, insista le soldat, vingt et un ans seulement le mois prochain !… Où allez-vous ?

Dans le silence qui suivit, tandis qu'elle donnait la valise à un autre soldat, Nfissa surprit le cou d'adolescent de Karim en sueur… Elle détourna les yeux, les leva vers l'officier qui furetait dans les papiers et avec un sourire d'espionne :

— C'est mon fiancé, intervint-elle d'une voix claire. Il a tenu à me raccompagner chez mes parents pour le dimanche. Il fait beau, nous prenons la plus longue route…

L'homme se révélait galant, saluait. On leur rendit la valise après la fouille. Sans mot dire, Karim démarrait. Nfissa, qui s'était rapprochée de lui d'une façon manifeste pour l'officier, restait collée à lui, mais, peu après, il la repoussait, elle s'irritait. Une dispute puérile s'étalait entre eux, elle, croyant s'y jeter avec obstination alors que, au plus profond de son être, c'était la peur subite du jeune homme qu'elle s'acharnait à vouloir oublier… En cours de route, ils s'arrêtèrent pour faire monter deux jeunes garçons qui les attendaient ; Karim continuait à se taire. Ils roulèrent jusqu'à une bourgade qu'ils évitèrent. Ils déjeunèrent dans une ferme : le propriétaire qui paraissait riche parlait un arabe rude ; il tint à les servir lui-même dans la véranda de son jardin, mais ne proposa pas à Nfissa d'aller retrouver les femmes, alors qu'elle en mourait d'envie. La voiture resta garée dans un hangar ; on la dissimula ensuite dans les foins, non sans que Karim lui eût jeté un regard d'adieu, sous l'œil moqueur de Nfissa. La bouderie persistait, mais ils se mirent à marcher dans les sentiers qui montaient. Le fermier les avait chargés de provision, puis longuement bénis. Nfissa avançait la première, mal à l'aise dans ses souliers trop neufs de skieur. Devant elle, la montagne bleu sombre s'assombrissait encore sous le crépuscule qui glissait hâtivement en cette saison. Nfissa pressait le pas, gagnée peu à peu par la sérénité du panorama. Elle se tourna vers Karim qui la suivait près des deux autres ; elle vint lui prendre la main :

— Je suis si contente d'arriver…

Il lui pressa la main en retour et ils continuèrent d'un même pas. La nuit s'approchait comme une louve ; elle les poussait par-derrière, rétrécissait autour d'eux la ligne des coteaux. Ils s'arrêtèrent au gîte convenu, y retrouvèrent les premiers partisans. Malgré l'émotion des salutations, Nfissa se crispa lorsqu'elle se vit la seule fille, puis elle revêtit l'uniforme : "Femme-soldat", chantonnait-elle pour Karim. Elle croyait vivre alors ; tout derrière elle ne s'était-il pas figé : jusqu'à la voiture sous les foins dans la ferme, jusqu'à la capitale, et leurs cours à l'université ?

— Tu pensais tout de même à nous ? demande Lalla Aïcha après le petit déjeuner, instant où elle aime s'attarder en bavardages diffus.

Appelle-t-elle les confidences, ou seulement la tendresse, la douceâtre tendresse filiale ?

— Bien sûr ! répond Nfissa à sa mère, avec bonne volonté. Mais, comment dire, il me semblait que vous étiez en dehors de tout, épargnés, un monde où rien de la guerre n'existait… Je ne m'inquiétais pas. Pourtant, je n'ai jamais songé que je pourrais vous revoir.

Elle s'interrompt, ce n'est point l'heure des souvenirs. D'ailleurs, y a-t-il une heure pour cela ? Et des souvenirs en a-t-elle ? Non, se révolte son être profond, non, elle avait rêvé, comme autrefois quand elle se disait à elle-même, recroquevillée sous le jasmin, la tête enfouie dans les genoux : "Rêvons à ce que j'ai rêvé", et ses rêves d'enfant n'étaient que défilés de couleurs sur un écran pailleté, assise en plein jour au-devant des roucoulements des pigeons dans le grenier, elle revoyait les irisations nocturnes, entrouvrait les paupières pour apercevoir au-delà de cette moire imaginaire les ombres claires de la maison, de sa mère, les allées et venues des autres enfants. De la même façon à présent, au creux du lit où elle gît en chien de fusil, elle ferme les yeux, gémit sur les limbes d'un songe cahoté et les images anciennes – de cette nuit, des précédentes, de la vie d'autrefois… non… images seulement – se mettent à papillonner dans une aura adoucie comme la lumière de ces longs jours où Karim et Nfissa vécurent dans la forêt. Leur groupe avait dû en sortir après quatre ou cinq semaines, sans qu'on les eût repérés, simplement parce que les avions du courrier militaire avaient pris l'habitude de lancer leurs bombes au-dessus des bois, un peu au hasard. De petits incendies allaient s'étendre à des secteurs limitrophes et leur couperaient les liaisons. Tous avaient regretté le départ, sauf Karim impatient de combattre. A ses côtés, Nfissa, le dernier jour, contemplait les flammes d'un incendie, près de l'endroit qui les avait abrités, un feu sec, alimenté par un sous-bois touffu ; avec des crépitements, les langues fauves léchaient les troncs des chênes et dans l'ombre de la chambre, Nfissa croit réentendre les claquements irréguliers ; la veilleuse pâle près du lit lui semble la bougie de l'aïeule qui refusait d'éteindre malgré les protestations des fillettes, chandelle hésitante qui se consumait peu avant l'aube lorsque la vieille octogénaire se levait toute cassée pour la première prière – mais ne paraît-elle pas aussi à Nfissa, les paupières à demi fermées au point d'entrevoir l'ombre de ses cils, ce rougeoiement des foyers d'incendie que tentait d'éteindre, au cours de leur marche, leur groupe de maquisards ?

III

Enfants, le mangeur de scorpions nous terrorisait tous.

— Te souviens-tu de son nom ? demandai-je à mon ami, le soir des retrouvailles.

— Bou-Kabous, je crois.

“L’homme au fusil”, surnom que nous lui donnions ou sous lequel il se présentait lui-même, nous l’avons oublié, l’un et l’autre.

— Un homme de la secte des Aïssaoua, cela je me le rappelle, dis-je, Dieu, comme il nous faisait peur !

— A moi, plus qu’à tout autre, je crois.

Rachid, en souriant, ajoute :

— Précisément parce qu’il m’effrayait, il me fascinait…

Dans notre quartier qui portait le nom de Rachid, l’homme restait des heures assis, empaqueté de hardes, l’épaule ou le mollet quelquefois nu, et noir de saleté. Dès l’aube, il s’installait au fond d’une des impasses du voisinage : les hommes qui sortaient de leurs demeures se détournaient en maugréant, les femmes à leur tour montraient la tête de leur porte entrebâillée, l’insultaient longuement pour qu’il s’éloignât et ne déparât point leurs maisons qu’elles prétendaient bourgeoises. Nous, les bambins, en grappes agglutinés (“de quel âge exactement crois-tu ?", demandais-je à l'ami à la mémoire fidèle. "Six ans, guère plus", répondait Rachid), nous le dévisagions de loin comme une épave splendide et horrible à la fois : ses yeux extraordinairement brillants, sa barbe touffue, son front bombé donnant au crâne par plaques déplumé des proportions étranges, tout de sa personne respirait l'arrogance. Un seigneur à la poitrine nue, nous semblait-il. Il retirait de sa robe dépenaillée des objets mobiles ou des bêtes étranges, nous n'en distinguions que les formes, et quand il ouvrait la bouche, nous reculions car l'éclat de ses dents ("des dents de nègre" avait invectivé une mendiante qui passait) nous rappelait les contes de nos aïeules la nuit, et tous nos cauchemars. Jusqu'au jour…

Rachid interrompait l'évocation – je m'apercevais soudain de son ennui, voulait-il seulement effleurer le passé –, posait des questions sur les réfugiés et leur situation aux frontières, sur l'atmosphère dans la capitale étrangère gonflée d'émigrés. Je donnais des détails ; un groupe d'inconnus nous abordait, demandait d'où nous venions, me prenait comme Rachid pour un combattant de l'armée de libération ; le cercle d'auditeurs s'agrandissait, posait questions après questions sur "l'intérieur" comme on disait. J'avais vite remarqué combien les réponses de Rachid étaient laconiques, banales même, comme s'il se prêtait à l'interrogatoire mû uniquement par un respect pour leur attention collective : il les fixait l'un après l'autre d'un regard lent, coupant quelquefois une question pour remarquer :

— Cela vous intéresse donc ?

L'un d'eux gravement protestait :

— Ne sommes-nous pas deux pays frères ? En vérité, notre solidarité n'a rien d'étonnant ; parle-t-on de la solidarité des doigts de la main ?

Nous n'avions pas à les remercier de leur intérêt, certains d'entre eux n'étaient-ils pas partis aussi pour cette même guerre ?... L'homme, un paysan moustachu à l'accent chantant, s'abandonnait au lyrisme, faisait des citations du Coran. Rachid écoutait.

Nous étions plus d'une vingtaine à dormir dans cette salle ; je me levais, m'éloignais tout en pensant que l'émotion ne provenait peut-être pas seulement du voisinage des frontières, mais aussi de la beauté du dialecte parlé ici. En outre, il y avait comme un rythme particulier à cette attente des réfugiés, ces hommes sortis du drame mais maintenus au bord ; pouvait-on affirmer que le vertige naissait d'y vaciller ou de s'en délivrer ?

Au fond de l'impasse, Bou-Kabous n'avait pas bougé : ce jour-là Rachid s'était décidé à approcher l'homme ; nous étions alors seuls comme si la présence du groupe piailleur avait jusque-là gêné notre audace. Je dis "notre" alors que Rachid, le premier, s'avançait, mais j'avais suivi tout naturellement. Nos espadrilles lancées en arrière, nous glissions pieds nus : l'idée de surprendre hypocritement l'inconnu au moment où il dormait tête renversée, bouche ouverte, était mienne... Je ne me souviens en vérité que de la lenteur de cette marche, de mon émoi derrière Rachid, puis de notre amitié avec Bou-Kabous, quelques jours plus tard. Nous nous asseyions chaque matin au même endroit, Rachid près de l'étranger, moi, près de Rachid : l'homme sortait de son sac des scorpions, nous expliquait comment il les tuait ; je tremblais, contre moi je sentais la crispation de Rachid mais nous regardions fascinés, heureux même et depuis, pour moi, le bonheur ne peut être que cet acide qui durcit et refroidit tour à tour.

De ses doigts bruns et agiles, Bou-Kabous coupait net les pinces des crustacés ; de l'ongle il fendait la peau à vif puis mangeait tranquillement la chair rosâtre :

— Un goût de jaune d'œuf, proclamait-il, mais plus sucré.

Nous refusions de partager son repas, moi en secouant silencieusement la tête, Rachid avec une morgue maussade :

— Je mange du jaune d'œuf chez moi.

L'homme devait se plaire en notre présence : le quartier, sans doute, ne lui semblait plus hostile. Les mégères avaient cessé de l'insulter ; ce que nous leur avions rapporté au sujet des scorpions suffisait à alimenter leurs bavardages dans les cours où elles se groupaient pour le goûter ; nous-mêmes, nous ne quittions Bou-Kabous que lorsque nous humions l'odeur du café fort qui nous parvenait par-dessus les terrasses. L'une des femmes qui se lamentaient d'apprendre d'où nous venions remplissait de lait une tasse que nous apportions fièrement à Bou-Kabous ; soudain troublé, il plongeait sa face dans l'ustensile mais au retour, ma mère décidait, devant les autres femmes de la maison, que cette tasse de cuivre serait réservée au mendiant qu'on disait si sale. Au milieu des parentes et voisines, Rachid, avec malice, donnait les détails qui faisaient pousser des cris suraigus aux jeunes filles et murmurer des malédictions aux vieilles :

— J'ai vu des poux sur ses sourcils et dans sa barbe. Savez-vous ce qu'il m'a répondu ?

A mon tour, je continuais, complice :

— Il a dit : "Laissez-les, mon fils, ils sont au pâturage."

Dans le tollé général, nous nous enfuyions à moins que mère n'annonçât qu'il fallait nous conduire ce soir même au bain maure pour nous épouiller.

“Précisément parce qu’il m’effrayait, il me fascinait”, avait déclaré Rachid qui dort maintenant, partageant ma couverture. Je reste seul à contempler encore les deux garçonnets assis près du mangeur de scorpions, au fond de l’impasse blanche, contre le mur de la plus belle maison du quartier, ceinturant un verger dont nous apercevions les orangers.

Douze ou treize ans plus tard, dans la capitale, je longe avec Rachid un mur semblable. Ma peur que je dissimule cette fois autant à moi-même qu’à mon ami (dans ce dortoir surchauffé je rétablis désormais le lien), cette peur que j’ai cru appeler “gêne”, parce que ma condition de provincial pouvait l’excuser, s’était réveillée dès l’instant où Rachid gaiement avait décidé :

— Allons donc au bordel !

Il n’avait pas fait d’autre commentaire. Le ton naturel de l’invite – comme il aurait pu dire : “Allons au cinéma” – ne prêtait point à la familiarité. En route, il s’était attardé dans les ruelles encombrées de marchands d’agrumes, puis dans la longue rue des fripiers où il semblait avoir tant d’amis ; je lui étais reconnaissant de faire ainsi semblant de ne pas voir mon inexpérience à ma démarche, à mon visage tendu d’adolescent au bord du grand saut (triste initiation du sexe, angoisse du vide et du ventre de femme…) ; peut-être, après tout, ne faisait-il même pas semblant.

Tout en m’arrêtant avec Rachid pour saluer d’un bonjour nonchalant, au coin d’un marché, des consommateurs de thé ou des joueurs de dominos, parmi les senteurs d’épices et de mandarines écrasées sur la chaussée, j’enviais mon ami d’aller et venir dans cette “Casbah”, ainsi nommait-on ce cœur de la capitale, où les escaliers multiples marquaient, imaginai-je, les degrés de son agenouillement à travers les siècles.

Le bordel n'était pas ouvert. Ma peur qui avait rampé en moi le long des murs allait disparaître… Le coin ici, au sommet de la ville, était désert, un lieu de recueillement plutôt ; je compris que les filles dormaient encore à cette heure. Lorsque la journée avancerait, on ne pourrait plus distinguer ni le crépissage du mur ni ses dalles de céramique vers le bas, des files d'hommes de tous âges lents ou pressés stationneraient ; ils n'auraient certes pas l'air de chiens battus comme je vis plus tard nos ouvriers et chômeurs sur les trottoirs nocturnes des villes d'Europe ; chez nous, je ne sais pourquoi, je percevais sur leur physionomie une gaieté imperceptible, une lueur dans le regard émoustillé, rarement une froissure.

A quelques mots de Rachid que je ne compris pas, la porte s'ouvrit. Nous entrâmes. Patio couvert et aux minces colonnes de marbre, murs aux peintures dorées, un plafond alourdi de décorations de stuc reblanchi, le tout respirait, me semblait-il, une violence criarde et majestueuse : lycéen, j'avais ainsi recréé les temples païens émiettés dans les sables d'Abyssinie. Nous attendions dans la pénombre.

Rachid, sans s'occuper de moi, alla tirer les rideaux qui masquaient de hautes lucarnes donnant sur la rue ; le matin finissant illumina la laideur baroque des lieux. L'air contraint et le sachant, je m'étais assis sur un divan. Rachid se retourna, me jeta un clin d'œil et, me montrant un escalier :

— L'escalier de service ! chuchota-t-il.

Je n'eus pas le temps de répondre, la maîtresse de maison apparut, puis, à son signe, les filles remplirent le corridor de rires légers.

Rachid, salué en familier, objet des embrassades, de l'effervescence des femmes, ne bougeait pas : souriant, tranquille comme un prince. De la place que je n'avais pas quittée, j'assistai à une vraie scène de famille ; impression de quotidien, de douceur presque dans l'exubérance collective et un je ne sais quoi de joué, de détendu. Un instant, je me crus dans un foyer secret de Rachid ; les fards des joues peintes, les épaules ou les cuisses nues de certaines, les cheveux épars, les rubans, tel minois rieur ou tel œil triste au-dessus d'un sourire lent de putain, jusqu'à la gérante, point trop vieille ni trop matrone comme on pouvait s'y attendre, avec une tendresse de chienne fripant les poches de ses yeux noircis au khôl, et les rideaux de velours qui s'ouvraient au fond, et l'escalier "de service" qui commençait à servir puisque dans le bordel ouvert, les premiers clients ne s'attardaient pas au salon mais montaient déjà, bref ce désordre, ces éclats de laideur vivante me paraissaient avoir été ordonnés mystérieusement par le vrai maître de céans, Rachid que je connaissais depuis toujours, qui pourtant dans ces lieux m'était mieux révélé, comme si ce décor de vulgarité le montrait plus magnifique, heureux de l'évidente joie des femmes autour de lui. Il ne faisait pas le moindre geste mais conversait, badinait comme avec des dames du monde, avec même plus de déférence, et c'était sa bonté réelle qu'il éparpillait.

Il ne m'avait pas oublié. Ma peur grignotante – réveillée près du Bou-Kabous de notre enfance – resurgit lorsque le cercle des filles se tourna vers moi et qu'elles me contemplèrent avec une curiosité presque grave, hésitant à m'accepter, mais Rachid venait de prononcer, je l'avais entendu, le mot "frère".

— De père et de mère ? demandait l'une, la plus vieille, aux hanches et aux jambes maigres.

— N'y a-t-il que ceux-là ? répliqua sèchement Rachid, et il fit un signe à une jeune femme rousse aux yeux noirs qui s'approcha de moi.

Meriem, dans sa chambre qui ressemblait à une cellule, resta à mes côtés sous le drap, après l'amour. Elle ne parlait pas, avait posé sa tête sur ma poitrine (premier abandon d'un être contre mes flancs). Je me souviens d'un détail (et je ne peux m'empêcher d'en rire ce matin, tandis que nous nous levons, que l'un après l'autre nous nous rinçons la tête sous la fontaine de la cour mal empierrée du caravansérail ; Rachid me demande la raison de pareille humeur, je la lui avoue et pour la première fois nous restons là, entourés d'une nuée d'enfants mendiants qui admirent l'uniforme de Rachid, nous restons là, pleins de pensées de femmes…) : oui, la putain au prénom chaste et au regard triste se reposait et mon seul souci alors, tandis que, nu entre les draps, je ne bougeais pas, était de ne savoir quoi faire de mes bras ; je les gardais en arceau au-dessus de ma tête ; je me trouvais ridicule de n'avoir étreint aucune femme. Elle me demanda une cigarette ; je fus trop heureux de sauter du lit, de lui donner le paquet et de m'habiller.

— Tu parais si jeune, remarquait Meriem toujours étalée sur la couche, ses seins deux coupes pleines et blanches, ton frère te dépasse d'au moins quatre ans, n'est-ce pas… je me trompe ?

Elle prenait un ton maternel. Une vanité me secouait, je préférais m'en aller, et grommelai un adieu. En bas, la foule devenait dense. Rachid était parti. Mme Roberte, la gérante, s'empressa autour de moi et se rendant compte de mon indécision parce que je ne savais comment sortir, déclarait en arabe que je ne lui devais rien, que Rachid s'était occupé de tout, qu'elle demandait à Dieu que je leur revienne souvent, que c'était ma propre maison… Deux ou trois filles qui fumaient distraitement, sans un regard pour des campagnards encombrés de toges et qui les jaugeaient, me faisaient des gestes amicaux de la main. Mme Roberte m'accompagna jusqu'à la porte.

A la fontaine, l'uniforme de Rachid a décidément bien du succès auprès des enfants. Quelques garçonnets nous entourent. Rachid s'amuse à leur donner à boire en dirigeant vers chacun un grand jet d'eau oblique. Le plus âgé attend son tour avec deux bidons, "pour les jardins", ajoute-t-il en désignant de la tête une direction. Des fillettes s'approchent avec une jarre à deux ventres, d'autres avec des vieux bidons d'essence, mais toutes avec des bébés accrochés à leurs reins fragiles ou sur leurs épaules. De petites vieilles femmes.

— V'là les filles ! v'là la corvée d'eau, chantonne un bambin.

— Pour les maisons et les jardins, répète le même enfant grave.

Rachid et moi, nous décidons de nous promener dans ce quartier périphérique de la bourgade que nous avions crue riche... Quelques enfants nous suivent. Rachid soudain importuné parle à voix basse. L'heure arrive où mes compagnons de la jeep doivent venir me retrouver.

Cette année où je pris le chemin du bordel, je n'aimais pas les moments où nous arpentions les ruelles grises voisines de la gare. Une fois par semaine, en effet, je prenais le train pour notre ville natale ; alors Rachid s'assombrissait, lui qui, depuis l'installation de son père (clerc de notaire, il avait suivi son patron français dans la capitale), avouait se sentir une âme d'exilé. Plus de trois ans s'étaient écoulés après ce déménagement ; nous avions, pour la première fois, été séparés. Nous ne nous rencontrions qu'aux vacances scolaires et aux fêtes musulmanes, même courtes : la force de la tradition poussait le père de Rachid (je l'appelais "Sidi" puisqu'il était à la fois mon demi-oncle maternel et quasiment mon père adoptif) à revenir avec ses deux fils et sa femme, de santé si fragile, à la maison ancestrale où ma mère, désormais seule maîtresse des lieux, les accueillait avec des embrassades vigoureuses et des bénédictions mouillées de larmes. Trois longs étés pour notre fraternité d'adolescents – l'été, la petite ville devient un lac de fraîcheur, les bourgeois de la vallée et du Sahel remontent chez nous, se réclamant de quelque origine andalouse, prédominante ici, ou du sang des anciens seigneurs turcs dont le métissage avec le fonds berbère permet, à des générations de citadins, une morgue de rois détrônés.

Ensuite, Sidi avait décidé que je m'installerais chez eux à la capitale. Rachid et moi devions perfectionner ensemble notre arabe ; un ami de Sidi, théologien et *fqih*, avec des titres d'universités orientales, nous enseignerait grammaire, littérature et jurisprudence arabes. A dix-sept ans, nous pouvions consacrer une année à ne point être travestis en bacheliers de l'Occident, tel était le thème préféré de Sidi.

— Mes fils ne seront point des intellectuels mutilés, concluait-il.

Rachid avait accepté, moi j'hésitais : je n'avais pas avoué mon désir de commencer des études de médecine ; j'appréhendais un retard d'un an. Sidi avait fini par me convaincre et en avait été heureux, victoire personnelle dont il se cachait la vanité, tant il était assuré de la justesse de son opinion.

Il avait triomphé de la même manière huit ans auparavant, lorsque mère s'opposait à ce qu'on arrêtât l'instruction coranique qui nous prenait inutilement deux heures par jour.

— Inutile le Coran sacré ? s'indignait mère qui en avait toujours voulu à Sidi d'être le seul adulte, dans la maison, à ne pas faire sa prière.

— Dieu ne te pardonnera pas ! osait même soupirer la femme de Sidi, tante Hafça.

Avec passion, Sidi avait objecté :

— Le comprennent-ils vraiment, ce Coran ? Ils ont appris des versets par cœur dix fois, à quoi cela leur sert-il ? Mais qu'ils possèdent plus tard la langue du Prophète ("Que le Salut soit sur Lui", chuchotait le chœur féminin), qu'ils lisent tous les chefs-d'œuvre de notre littérature, n'est-ce pas cela qu'il leur faut surtout ?

— Et dans ton collège, arguait mère avec hargne, c'est cela que la France leur enseigne ?

Sidi donnait les détails du programme, tentait d'expliquer la nécessité des sciences, des mathématiques.

— Défends la France ! gémissait mère avec lassitude. Faut-il que j'entende cela ! Oui, Hafça a raison, Dieu et son Prophète (que le Salut soit sur Lui) ne te le pardonneront pas !

— Que nos enfants deviennent de bons musulmans, c'est là notre devoir, murmurait tante Hafça en craignant toutefois que son mari ne l'entende.

Mère avait fini par céder. Rachid et moi, l'oreille collée contre les battants de la porte, nous écoutions la discussion, craignant surtout que l'obstination de ma mère ne finisse par nous séparer à l'école.

— Tu es mon frère, tu es l'homme, concluait celle-ci pour se cacher sa défaite… Mais jamais par la suite elle n'eut pour moi les élans d'autrefois. Aujourd'hui encore, il m'arrive de regretter cet éclair de fierté dans ses yeux sombres lorsque, enfants, nous revenions chargés de notre planche de l'école coranique. Sur le bois poli, le *fqih* avait dessiné avec la pointe du roseau les premiers mots du verset que nous apprenions.

Adolescents, nous errions donc une fois par semaine aux alentours de la gare. Rachid se révélait maussade ; il détaillait à voix basse les déceptions de son transplantement. En principe, je quittais la capitale chaque vendredi soir. Ma mère et mes sœurs m'attendaient pour les deux derniers jours de la semaine. J'avais à régler mille petites affaires : pour la scolarité de mes sœurs aller voir l'institutrice, emmener ma mère chez le médecin, ou chez l'*oukil* qui s'occupait de ses procès avec ses cousins pour son héritage en oliviers... Je la soupçonnais quelquefois de s'inventer à dessein des courses, néanmoins nécessaires, pour le seul plaisir de traverser la ville, elle voilée, grande et forte, chaussée de babouches d'homme, avec à ses côtés son fils dont elle devenait de plus en plus fière, comme elle l'avait été de Sidi, son "frère unique" après son veuvage précoce.

Je revenais le lundi chez Rachid sur les hauteurs de la capitale. Leur maison, une villa sans beauté mais entourée d'un vaste jardin, avait été construite lentement au fur et à mesure des économies de Sidi et grâce à la vente du verger que nous avions possédé en montagne. Les cours du cheikh avaient lieu chaque après-midi entre les deux prières ; auparavant, nous avions travaillé Rachid et moi tout le matin ; aussi, le cours fini, tandis que le cheikh allait lire le Coran à la mosquée que les notables du quartier subventionnaient, nous nous échappions vers la ville et là, nous nous séparions. J'allais ordinairement au foyer estudiantin où se regroupaient les jeunes musulmans de l'université ; j'ignorais la destination de Rachid jusqu'à ce jour du bordel qui me permit de savoir qu'il fréquentait le vieux cœur de la cité, comme si, de tourner le dos à ce qui en faisait la capitale – agitation, Européens, mendiants, étudiants, le "modernisme" en somme – le consolait et lui donnait l'illusion de ne pas avoir quitté "chez nous".

— Tu répétais, te souviens-tu : "je marche difficilement avec le temps..."

— C'était quand ces belles paroles ? Elles sont de moi puisque je sens que je pourrai les redire... répond Rachid.

Je ne peux continuer : la jeep survient. Présentation de mon ami à Ramdane, puis au docteur et à l'infirmier. Nous décidons de prendre un thé avant de repartir. Le docteur et Rachid semblent se connaître ; l'un et l'autre cherchent :

— Où... de quelle famille... de quelle ville... n'es-tu pas parent avec un tel ?...

— Le père de ta mère est l'oncle du mien... Il a eu quatre fils, tes oncles, mes cousins...

La trame des liens généalogiques s'esquisse, comme toujours, quand nos compatriotes se rencontrent pendant cette guerre, comme si, dans la plaine de cette saignée immense, d'entendre le même sang rassure et fera croire que nous résisterons par nos aïeux et nos grands-pères et nos oncles paternels, et les oncles maternels de nos mères, etc. J'ironise. Peut-être suis-je agacé par la patience en ce domaine de Rachid. Peut-être... et je m'aperçois avec étonnement que douze heures après nos retrouvailles en dépit de ces cinq années d'absence, j'éprouve un sentiment d'irritation.

— C'est la durée qui triomphe...

Ne disait-elle pas quelque chose de semblable, Meriem que je retrouvais régulièrement, cette première année de ma vie d'homme ? Dans le lit, tandis que je fume, elle me raconte sa vie banale :

— De faire tellement l'amour, je ne sais plus ce que c'est ; pourtant on en parle tant... au moins dans les chansons d'Orient. Moi, c'est comme manger ou... (elle ajouta une grossièreté), est-ce qu'on en parle ?

Un jour, à brûle-pourpoint, je la questionnai :

— Rachid vient-il souvent ? Pourquoi ne monte-t-il avec aucune ? Pas une seule fois vraiment ?

J'insistai.

— Une seule fois ! proclama-t-elle, avec moi ! Et elle éclata d'un rire qui la déchira...

— Cela dure... cela dure ! hoquetait-elle.

Je ne compris pas alors. Mal à l'aise, je l'ai laissée pleurer à coups plaintifs.

— Je pars, si tu ne t'arrêtes pas ! menaçai-je enfin.

Meriem sécha ses larmes mais, par la suite, je montai avec d'autres filles bien qu'à mon arrivée, elle se libérât des sollicitations. Je tournais la tête. Mme Roberte me souriait avec une indulgence qui m'agaçait, comme s'il s'agissait d'une brouille d'amoureux... J'entends encore la voix de Meriem ; aujourd'hui encore je ne peux ni la définir ni la comprendre : “cela dure... dure !”

La jeep démarre. Je fais signe de loin à Rachid. Dans quelques jours, peut-être la semaine prochaine, il me rejoindra.

— Service des affaires sociales, lui ai-je répété, tu m'y trouveras.

— Sociales, je n'oublierai pas, répond Rachid avec une ombre d'ironie.

Je converse avec mes compagnons aujourd'hui. Deux heures de route pour arriver. L'infirmier me taquine.

— Heureux de retrouver une amie ?

— Ah ! ces célibataires, plaisante Ramdane qui chantonne.

— Malgré la guerre, je fais des gosses, dit-il avec des larmes de clown dans la voix.

Nous rions. Nous sommes gais. Nous oublions les réfugiés.

"Sociales". Rachid a répété ce mot. Son ironie n'est pas la mienne. Je dirige ma moquerie contre l'autre, celui qui me fait face et dont, en définitive, j'ai besoin. Rachid, au contraire, ressemble à un passant distrait, un voyageur qui s'étonne d'autres mœurs et s'en amuse. Il ne vise personne... Il...

Nous sommes arrivés à Tunis en pleine chaleur. Faire le rapport, classer les papiers, voir le patron du service, tant de choses dans des bureaux trop petits et mal aérés...

— Tu as besoin d'une sieste, conseille un camarade.

Mon air est si absent qu'on croit à la fatigue.

Au milieu de l'après-midi, le bus nous arrêtait à la place populeuse qui surplombe le port ; Rachid et moi nous ne nous séparions pas toujours. Il nous arrivait quelquefois d'aller retrouver ensemble un autre camarade d'enfance, Mourad, dans la boutique de son père, un grossiste en alimentation. Mourad, empâté, le visage blanc, les cheveux châtains et l'œil clair – ce qui le faisait trouver "beau" par nos vieilles – nous accueillait gaiement... Sa nostalgie et sa passivité morne disparaissaient à notre vue. Le père, un homme énergique à l'habit traditionnel et à la démarche vive, insistait pour que nous vinssions plus souvent :

— Mourad ne vit vraiment qu'avec vous..., affirmait-il devant son fils qui lui jetait alors un regard presque haineux.

Nos réunions étaient futiles. J'aurais préféré que nous sortions, mais Mourad prétendait qu'il ne pouvait s'absenter du magasin. Rachid n'insistait pas ; tout au long de nos bavardages, il aimait observer les clients, leurs discussions avec le père qui dérangeait son fils, l'apostrophait, les caisses que l'on pesait et que l'on chargeait... Par les grandes baies ouvertes, le port paraissait proche. Tous les trois, nous restions là à observer les bateaux qui entraient avec de longs mugissements, Mourad, debout entre nous deux, semblait découvrir à son tour cette animation industrieuse... Et Rachid devant l'agitation de la maison "Bouchatti et Co" :

— L'odeur de l'argent, soupirait-il avec grandiloquence, puis il donnait un coup de pied aux traînées de sciure qui parfumait les emballages.

La conversation préférée de Mourad, cette année-là, concernait les femmes. Sa curiosité, inlassable, devenait angoissée. Il harcelait Rachid de questions, comme s'il était évident que celui-ci avait en ce domaine une expérience que nous convoitions. Rachid répondait à Mourad mais toujours par des banalités amusées, jamais il ne prenait le ton de confidence, en quelque domaine que ce fût d'ailleurs, et encore moins en celui-ci.

Je retrouve – tandis que débarrassé enfin des responsabilités du voyage, je rentre dans la chambre meublée que j'ai louée à la limite de la ville européenne et de la médina, près de "la Porte de la Mer" – je retrouve la scène à la suite de laquelle l'invitation au bordel avait été lancée. Ce jour-là, Mourad nous avait accueillis d'un air excité. A mon étonnement, il avait proposé de sortir.

— Allons nous promener ! au diable le père et ses millions ! s'exclamait-il dans un sursaut.

Nous sortîmes. Rachid devant Mourad se révélait docile, comme on l'est avec un enfant. Quand il viendra me chercher dans mon bureau à Tunis, je l'interrogerai à brûle-pourpoint sur Mourad :

— Mourad, maintenant qu'il est mort, et si tristement – dira-t-il après un instant de réflexion – je sais ce que j'aimais en lui : son innocence, je crois, oui, c'est cela… mais sa paresse, sa lâcheté, quel homme pitoyable aurait-il fait.

Nous nous promenions donc sur les quais du port, longeant les bateaux que je n'avais jamais aperçus si proches (la mer me laisse froid, fermé, sans imagination). Mourad se hâtait ; marchant derrière lui, je le découvrais plus petit et plus gras encore que dans les bureaux de son père où il restait assis… à moins que ce ne fût l'élégance surannée du complet au veston croisé, des souliers étincelants, qui le rapetissait.

— Que nous valent ces atours et ces détours ? questionnai-je persifleur.

— Un peu de patience, je vais vous raconter…

Il nous forçait à nous asseoir.

— Les autorités croiraient, à nous voir, que nous préparons au moins un complot pour dynamiter le port ! Cela s'est déjà fait… le complot du moins…

— Condamnation à perpétuité, continuai-je après Rachid. Le père de Mourad achèterait des députés pour nous réduire la peine…

Mais nous avions vingt ans et nous n'étions point conspirateurs, même pas Rachid dont les yeux, sous la boucle de cheveux noirs, s'éclairaient d'amusement. Devant le spectacle de la ville penchée au-dessus de la mer et des bateaux qui tremblaient à ses pieds, Mourad nous racontait par le menu sa première amourette…

Elle s'appelait Saïda. Non pas une servante, précisait Mourad, craignant que cela n'ennoblît point son histoire. Leur maison était belle, une vraie demeure bourgeoise. La femme de son père y avait amené depuis des années une fille des hauts plateaux d'où ils étaient originaires.

— Elle est issue d'une famille maraboutique, affirmait avec respect Mourad, une “fille adoptive”, oui c'était cela.

Certes elle devait être métissée de sang noir tant elle était brune, les traits du visage légèrement empâtés mais pas des cheveux crépus, au contraire. Elle les huilait tous les soirs et les lavait au henné plusieurs fois par semaine. Mourad décrivait Saïda avec des détails : son corps "fuselé", il répétait ce mot, ses seins, ses jambes, ses mollets... il décrivait et je le regardais, lui : ses yeux clairs, d'un vert imprécis qui les faisait paraître bleus, avaient des éclairs durs ("innocent" pourquoi ? je me le répéterai longtemps, devant Rachid à Tunis, cette première soirée nous paraît longue parce que j'ai tenu à lui montrer la médina, puis les quartiers européens, et les lieux que je commence à aimer dans cette seconde capitale où Rachid est mon invité).

— Cette beauté, depuis quand la connais-tu ? interrogeait Rachid complaisamment : il entretenait Mourad dans ses confidences.

— Oh ! depuis qu'elle est enfant... Mais je la découvre seulement ces quelques jours... depuis un mois... Elle a seize ans, la "jouvencelle" ! déclamait-il.

Depuis plusieurs nuits donc, Mourad attendait comme un chat que toute la maison dorme : père, marâtre, les cinq enfants et les multiples vieilles parentes qui habitaient à demeure ainsi qu'il est d'usage dès que l'opulence touche une famille. Les nuits d'été restent longues, même après les veillées tardives. Mourad laissait sa lumière allumée ; il lisait, croyait-on. Cela lui permettrait de sortir souvent avec bruit de sa chambre, d'aller faire sa toilette, de laisser couler le robinet du bassin, ces bruits rassuraient et les femmes, plus sournoises et attentives que le maître de maison qui ronflait aussitôt, s'y étaient habituées. Jusqu'au jour...

Il attendait de nous questions, protestations et impatience devant le suspense qu'il ménageait, à l'instar des romans policiers dont il était le consommateur quotidien dans les locaux paternels. Mais je me levais, je quittais le groupe, je me promenais seul le long des cargos où ne m'intéressaient que les mousses étrangers qui vaquaient sur le pont sans un regard pour la ville, aussi tranquilles que nos femmes dans leurs patios encombrés d'enfants... Oui, les marins sur leurs bateaux me font penser à nos femmes ; leur air absorbé et distrait à la fois... "L'aventure", vraiment, je me demandais pourquoi on en parlait tant dans les livres que j'avais lus à douze ans. L'aventure à mes yeux, c'était ma ville, cette capitale bruyante et flétrie où, cette première année, se glissait en moi l'impression d'un départ... Vers quoi ? Je ne savais le dire. Rachid me trouvait-il provincial et jeune ?

— Non, disait-il, oublieux, c'est cela, tu t'es si bien détaché de nos montagnes.

Comme j'aimais nos conversations et non point ces confidences sucrées de "fils de famille" que nous servait Mourad. Je protestais en ces termes quand nous quittions celui-ci qui ne m'en avait pas voulu de mon indifférence ; Rachid, avec indulgence, tenait à me faire part de la suite de l'histoire.

— Crois-tu, il n'a pas couché avec Saïda. Chaque nuit, il se lève, il se glisse furtivement dans la chambre où elle dort. Il s'approche d'elle dans le noir, l'appelle... Elle fait la morte. Il repart. Cette dernière nuit, il s'est allongé contre elle, l'a caressée longuement ; d'après lui, elle fait celle qui dort mais il est sûr qu'elle est réveillée. Elle est prudente – rit à demi Rachid –, elle reste enveloppée dans sa couverture sur la natte.

— Que trouves-tu d'intéressant à ces amours ancillaires ? dis-je avec violence.

Rachid ne répondit rien à mon éclat. Nous continuâmes à marcher. Il avait eu un bref regard dans ma direction. Nous devions nous diriger vers la gare, c'était un vendredi matin. Ensuite, je m'en souviens, Rachid me fit sa proposition du bordel et changeant aussitôt de trajet, nous montions vers les hauteurs.

Plus tard, lorsque je quittai Meriem puis Mme Roberte, je ne me préoccupai que du mensonge à forger à l'intention de ma mère puisque, ce jour-là, je lui avais préféré, à elle et à mes sœurs, des prostituées.

Elle rencontra Karim à sa seconde année d'université, alors que la pension ne lui offrait plus le charme de ses couloirs chuchotants, malgré la présence d'une cinquantaine de femmes de tous âges et de toutes conditions, étudiantes, employées ou célibataires tout simplement, qui faisait la demeure pareille aux maisons de son enfance lorsque les nuées d'enfants disparaissent ou se taisent, les jours de deuil par exemple.

Devant Nadjia qui a murmuré "ton fiancé..." Nfissa évoque ces jours d'automne. C'était alors, elle le comprend à cet instant du souvenir (qui ne tue pas, oh non, qui éclaircit), comme si la beauté du monde qui l'entourait et la soulevait où qu'elle allât, s'était non pas éparpillée au-dehors mais avait ruisselé sur elle.

"En moi ?..." songe-t-elle.

Depuis sa sortie du lycée, et depuis que son père (ne l'avait-elle pas défié en promettant de passer son baccalauréat en tête de sa classe, performance qu'elle avait accomplie avec une allégresse d'ambitieuse ?) lui avait permis d'aller à l'université ("libre je suis", chantonnait-elle les premiers jours, en allant de sa pension à la faculté), elle éprouvait un sentiment de victoire, ou de chance, elle ne savait : marcher seule dans une rue animée et passer inaperçue devenait source de joie aiguë ; s'arrêter devant n'importe quel magasin, contempler les objets en spectatrice – et il lui arrivait de rester là non contre une vitrine de bijoutier, mais devant un magasin de jouets, l'émerveillement de l'enfance lui parvenait seulement maintenant, et il ne dépendait que d'elle de se sentir dix ans en arrière – quelle situation neuve !

Elle marchait et elle n'était que regard… les vitrines, les magasins, les cafés, les choses enfin lui sautaient aux yeux, bien plus fortement que les êtres, passants ou promeneurs, dames élégantes ou vendeuses en blouse blanche qui se recoiffaient au seuil de leurs magasins ; car les "autres" existaient en ombres. Quand une silhouette de belle femme la croisait, Nfissa observait furtivement, mais bizarrement elle croyait ne percevoir que l'image, comme au cinématographe, non la réalité. Peut-être jugeait-elle d'après elle-même et sa propre sensation car, oui, vraiment, elle n'était que regard ! A diverses reprises, les premières fois, il arrivait qu'un promeneur se glissât derrière elle, ou s'arrêtât à ses côtés devant une vitrine pour lui susurrer quelque invite. Là, un groupe de jeunes coqs lançait une galanterie… faits banals. Elle s'éloignait, n'en ressentait ni révolte ni colère impuissante, contrairement aux années précédentes lorsque, dans sa petite ville écrasée de chaleur, quelque soldat égaré sifflotait derrière elle et Nadjia, et qu'elle réagissait devant l'affront avec une violence disproportionnée. Il lui semblait dorénavant qu'on la prenait pour une autre, que le passant s'illusionnait, n'apercevait à son tour que son image seule ; en vérité, Nfissa dans la rue déambulait telle une invisible, légère, si légère…

Merveilleux anonymat ! Jamais elle n'a songé qu'elle l'avait voulu inconsciemment pour se protéger... S'était-elle vraiment habituée à ne point se soucier des airs scandalisés, ou simplement de l'œil vindicatif des vieilles tantes et aïeules, lorsque, en la dévisageant, elles répétaient, parce que Nfissa sortait sans le voile traditionnel qui l'aurait complètement recouverte :

— Honte ! Tu sors nue !

Nue, c'était l'obscénité du vocable, qui les faisait revêches avec Nfissa puis avec Nadjia, et cela à partir de leur âge nubile ! Nfissa ne s'y était pas tout à fait habituée. Mais, en étudiante qui allait régulièrement à ses cours matin et soir, évitait d'autres sorties comme elle l'avait promis au père qui lui faisait confiance, elle oubliait les séquestrées ; son regard était avide, sa jeunesse invulnérable... Lorsque, dans la foule, elle apercevait des femmes voilées, bonnes pour la plupart, qui circulaient un couffin à la main, prenaient le bus, fourmis aux pas pressés et dont le courage robuste apparaissait dans la manière même de se voiler, Nfissa leur souriait, tentée, parce qu'elles lui rappelaient son milieu et sa famille engloutie dans sa bourgade, d'aller percer leur incognito. Désirant dire avec un rire :

"Savez-vous, je suis vous-même, ou votre sœur."

Elle n'en faisait naturellement rien, se hâtait plutôt à ses cours, se sentait soudain étrangère dans la rue, mais forte, oh oui ! Prête à marcher à un combat et puisque le combat proposé n'était que l'attention demandée par ses cours de géologie, ces élans la rendaient consciencieuse et durcie... Une étudiante modèle, se disait-elle d'elle-même en se dédoublant, car elle avait l'impression de jouer encore, surtout de jouer au bonheur...

Cette complicité, qu'elle éprouvait avec des inconnues, qui interrompait souvent sa condition d'exilée (et de solitaire car elle n'eut pas une seule amie cette première année-là), elle la manifestait en cédant sa place dans un tramway.

— Tiens, petite mère, assieds-toi, murmurait-elle en arabe.

— Merci, ma fille, je t'ai prise, pardonne-moi, pour une chrétienne.

Et la femme qui la couvrait de bénédictions participait pour Nfissa à la beauté environnante... Dans des lieux publics, à la poste, à la mairie, elle se proposait spontanément pour aider telle ou telle femme qui ne savait point lire les formulaires ni reconnaître le numéro d'un guichet, et, dans le dialogue arabe qui s'échangeait, Nfissa s'imaginait déposer le masque devant l'inconnue qui s'étonnait ; une fois, l'une se referma dans une hostilité immédiate :

— Tu es des nôtres, toi, toi !... nos filles marcheraient nues, c'est donc vrai ?

— Oui, laisse-moi t'aider puisque tu le demandes.

Mais la vieille maugréait ; que cette jeune fille habillée comme une Occidentale lui répondît dans la langue maternelle, elle se méfiait : ne parlait-on pas d'Européens qui faisaient semblant de s'islamiser pour espionner ?

Même dans cette période de "bons services" que Nfissa prodigua des jours durant, de rompre ainsi son faux-semblant de femme affranchie n'altérait pas sa sensation de légèreté partout où elle allait, et quoi qu'elle fît. Plaisir pur de la solitude, elle s'en rendit compte quand elle commença à le décrire à Karim, avec jouissance.

— Non pas seule, mais regarder les autres, et se sentir comme un regard qui dévore tout !...

Pourtant cette ivresse se tarissait, bien qu'elle n'osât encore se l'avouer. Le regard était désormais celui de ce jeune homme à peine plus âgé qu'elle.

— A dix-neuf ans, est-on un homme ? lui dirait-elle.

Ce premier vertige était peu à peu tombé depuis ce jour où, dans cette cité d'étudiants toute neuve ("la plus belle d'Afrique", répétait-on alors partout et l'Afrique paraissait une jungle se déroulant au-delà), Nfissa était allée voir Ourida, une camarade.

Après le restaurant, Karim s'était détaché d'un groupe d'étudiants, et il s'était détaché en même temps avec confiance de la raideur malhabile des autres (pareille à une susceptibilité d'infirmes, celle-ci séparait en deux clans étudiants et étudiantes "musulmans" comme on disait, les désignant par leur foi, à défaut de leur ethnie qu'on prétendait ignorer). Karim donc s'était approché des deux jeunes filles installées sur un banc au-devant d'une pelouse ; Nfissa l'avait regardé : adolescent à l'allure racée mais chétive, trop long et maigre, et jugea-t-elle, trop bien habillé avec une recherche inhabituelle ici.

D'un bond, Karim enjamba la haie, foula la pelouse – au loin le groupe de ses camarades curieux le surveillait, s'attendant sans doute à ce que, dans l'élan de son mouvement imprévu, il allât s'agenouiller devant le banc des jeunes filles en robes claires, deux taches de fleurs sur la verdure. Il s'arrêta droit, avec un sourire timide qui toucha Nfissa et d'ailleurs il s'adressait à elle, se présentait, soutenait qu'ils étaient parents… Elle allait interrompre les prétextes, s'étant préparée avec Ourida à des dénégations enjouées devant la ruse qu'elles décelaient. Mais bien qu'elle crût alors qu'il mentait, Nfissa rencontra son regard, un regard d'oiseau qui la troubla. Elle demeura sans voix tandis qu'Ourida venait à son secours.

— Ne voyez-vous pas qu'elle ne vous croit pas ? protestait-elle, et elle lui serrait le bras comme à une sœur d'armes.

Karim ne s'arrêtait pas : avec un éclair vainqueur qui l'exaltait tout entier, il donna à Nfissa des précisions :

— Ma mère est la cousine germaine de votre père, je me suis renseigné, elle me l'a affirmé elle-même aujourd'hui encore... Elle avait cessé depuis quinze ans de voir sa famille parce que mon père lui refusait toute sortie... J'ai même dû vous rencontrer autrefois, je m'en souviens mal car j'avais six ans à peine... mais je me rappelle la noce dans votre ville, dans la demeure de votre grand-mère je crois... une ruelle près du cirque romain...

Il disait vrai : ils étaient petits-cousins. De parler ensemble de leur enfance au cours de leurs premiers tête-à-tête, tandis qu'ils se promenaient dans les allées en fleurs de la cité universitaire, permit à Nfissa de s'habituer à Karim, de rire avec lui, de se taire à ses côtés, de l'oublier, de le tutoyer : un compagnon des jeux d'autrefois dans un monde perdu donne-t-il ce même sentiment de sécurité tremblée, un peu comme si l'on se retrouvait soi-même, comme si le décor passé se réinventait sous vos yeux, au fur et à mesure qu'on prétend le ranimer par la mémoire seule, alors l'angoisse chavire, et l'on peut vivre immobile à jamais, puisque les êtres autour de vous participent avec vous, mais autrefois...

— Tu rêves ? interrogeait Karim, lorsqu'il revenait, avec les autres partisans, de repérages hors de la forêt.

Dans cette première période du maquis, elle se sentait différente face à lui. Une tendresse qu'elle n'avait jamais connue, particulièrement quand elle le voyait partir – puisque malheureusement elle devait rester avec le responsable de l'infirmerie et du ravitaillement. Bien qu'on lui assurât qu'il n'y avait aucun danger, leur groupe n'étant point encore signalé, elle ressentait une vulnérabilité étrange à l'égard de son fiancé ; elle ne lui manifestait rien, n'aurait pas su comment : ses effusions n'avaient été que mines d'enfant gâtée, sourires et gaieté éparse ; mais peut-être aussi se taisait-elle car elle se fermait aux élans qu'il espérait.

"Je suis tellement habituée à lui", se justifiait-elle quand il lui détaillait ses propres sentiments.

"Mon amour... Un abandon, hélas ! non un don", avouera-t-elle plus tard quand elle craindra que ce soit trop tard.

Elle le regardait partir : en quelques semaines, il avait changé ; non seulement bruni, mais acquis de la robustesse, ce qui rendait son visage encore plus jeune, il en était mécontent et ils en riaient ensemble, au cours des veillées, tandis qu'il arrivait aux autres de fredonner en chœur des chants scouts, des mélopées religieuses, jusqu'à des berceuses dont Nfissa reprenait le refrain en sourdine.

— Je ne rêve pas, répondait-elle à Karim qui, essoufflé de la marche, se désaltérait puis venait se reposer, je me souviens. D'imaginaires souvenirs, qui ne sont pourtant pas faux. Vois donc : tu me laisses là, je te regarde partir et soudain autour de nous, n'existent plus ni la forêt, ni le refuge, ni la guerre, simplement toi et moi dans une maison quelconque de chez nous...

— Près du cirque romain, proposait Karim qui entrait dans la réalité de Nfissa.

— Oui, pourquoi pas ? Naturellement, j'ai été voilée à douze ans, lorsque j'ai commencé à avoir des seins ; à seize ans, mon père m'a donnée à toi ; j'en ai, comme à présent, dix-neuf et je reste seule dans la maison au patio plein d'arbres, ceux-là même ! ajoutait-elle en relevant la tête. Tu pars comme tout à l'heure et quand tu t'éloignes j'ai si peur...

— Pourquoi peur ?

— Je ne sais pas, toutes nos femmes ont vaguement peur… cette absence de l'homme dans un dehors qu'elles ne connaissent pas… elles qui sont si bavardes, elles ne parlent jamais de cela, elles ne se l'avouent même pas, elles se dépêchent d'avoir enfant sur enfant pour étouffer la crainte, mais le fœtus dans leur ventre la suce dès les premiers mois, s'enroule tout autour et elles donnent ainsi le jour à une humanité dès le départ diminuée… n'est-ce pas vrai ? ajoutait-elle.

Dans la maison familiale, elle revoit le regard de Rachid. Elle croit en saisir la cause ; peut-être s'était-il rappelé sa propre peur devant l'officier, au cours du contrôle sur la route, peut-être croyait-il qu'elle y pensait aussi. Un regard étrangement sec ; Nfissa y découvre presque un ressentiment. Aujourd'hui, elle contemple sa mère qui reçoit au long des jours les multiples voisines venues les mains chargées d'œufs, de sucre ou de semoule pour s'associer à la joie du retour de Nfissa, et Lalla Aïcha remercie tout haut le Seigneur, le Prophète et ses califes d'avoir sauvé sa fille, fait jurer les visiteuses de garder le secret car naturellement les autorités ici n'en savent rien. Nfissa se dit que cette peur, d'essence féminine croyait-elle, s'applique plutôt aux hommes, eux en vérité cernés par les autres. Elle par contre, se disait-elle tandis qu'elle circulait dans les rues de la capitale, seule ou en compagnie de Karim, elle ne connaissait du dehors que la lumière, tant elle se découvrait une faim vorace de n'avoir pas été prisonnière dans les maisons qui n'étaient même plus des harems.

Le ciel, qu'il fût uniforme et d'une pureté cruelle les jours d'été, qu'il fût au contraire gris tourterelle ou strié de nues cotonneuses au cours des pluies d'automne et de printemps (elle descendait une des multiples rues en escalier de la grande ville ; dans une trouée, lui sautaient aux yeux le port, la mer avec quelques grues, ou des machines sales), vite, elle levait la tête, goulûment, comme pour le boire, tant elle savait qu'il s'offrait à elle en toute propriété.

Sa joie bondissante (elle donnait aux enfants mendiants en les remerciant, quelquefois en s'excusant, les jours de désarroi) la tirait en arrière, jusqu'à l'époque du lycée où, pensionnaire et ne sortant qu'aux vacances, la mélancolie des dimanches agonisait : près de la fenêtre de la salle de récréation où chaque soir, au sortir du réfectoire, les filles sautillaient sur des airs de be-bop joués au piano par quelque demoiselle. Nfissa s'asseyait, tournait le dos aux "emprisonnées", comme elles se surnommaient, contemplait l'allée de peupliers par laquelle les colons de la plaine arrivaient en voiture pour faire sortir leurs filles.

Nfissa se disait comme chaque dimanche que personne ne viendrait pour elle (la seule fois où, à la maison, elle s'était plainte, sa mère n'avait-elle pas haussé les épaules : "Le cafard, dis-tu, j'ai demandé à Mme Sintes, ce n'est qu'un insecte sale") ; alors, au cœur de ce spleen, explosait en elle une joie inattendue. Elle se retournait vers la salle profonde où les filles en tablier s'ennuyaient. Elle perçait un groupe, proposait un jeu, secouait quelques indolentes et dans un brouhaha d'insouciance, elle se transformait en boute-en-train, il lui fallait dépenser en prodigue cette force qui renaissait inépuisable. Elle chantait à ne plus avoir de voix ; malgré la pluie, malgré les ordres aigres des surveillantes sur le qui-vive, on sortait dans les cours, on se répandait en jeux violents. Au creux de cette agitation dont elle avait été le ressort, Nfissa goûtait jusqu'à l'extrême une ivresse de solitude.

Et la douceur de s'évader dans le silence des lieux, comme elle aimerait l'évoquer avec Nadjia quand elle la voit, depuis son retour, fuir les conciliabules de la famille, prendre un livre, un ouvrage de broderie ou rester oisive des heures dans une pièce dont les portes-fenêtres donnent sur le néflier et les mandariniers du jardin qui répandent jusque-là l'odeur des fruits encore verts. Nadjia ne fuit pas : simplement, elle ne vit pas au présent. Accrochée, retenue quelque part et dédaignant de le dissimuler.

Ce n'était pas seulement les dimanches qu'il fallait inventer au lycée. Quand les leçons ne se succédaient pas, Nfissa ne se voulait pas astreinte à un rythme d'horloge. Elle mettait, pour conserver quelque fantaisie, toutes les ruses et les mensonges nécessaires – s'appliquait au dessin, une semaine ou deux au point de séduire le professeur, une demoiselle récemment arrivée de France que les élèves trouvaient belle, celle-ci permettait à Nfissa de monter les jeudis au grenier et d'y travailler ses fusains. Seule sous les soupentes, environnée de bustes d'empereurs romains, de Vénus mutilées et grasses, elle dessinait durant des heures, allègre pour plusieurs raisons : d'avoir évité la fastidieuse promenade du jeudi, de rendre la beauté académique des modèles, heureuse aussi du soir qui frôlait le grenier, alors tout le lycée, énorme bâtisse dont elle connaissait les moindres recoins comme ceux d'un être aimé, lui appartenait.

Une autre fois, après une régularité scolaire qui lui valait les résultats les plus enviables ("jouer à la bonne élève", cela rassurait son père de ses audaces dans cette éducation qu'il avait hasardée), une paresse la saisissait, violente comme une révolte. Elle s'imaginait soudain malade, le devenait vraiment et la directrice de l'établissement, une anticolonialiste qui avait un faible pour elle parce que les réussites scolaires de Nfissa lui paraissaient un réconfort personnel, arrivait de son pas de boiteuse raidie. Entourée de sollicitude, Nfissa était transportée à l'infirmerie ; l'infirmière, une dame de quarante ans aux cheveux de jais tirés derrière les tempes, avait un accent corse ; sa voix douce paraissait maternelle. Deux, trois jours allongée et habitée de langueur, Nfissa s'extrayait de tout... On s'inquiétait, on pensait prévenir ses parents ; elle réagissait, se levait le matin, descendait et retrouvait ses camarades dans les classes d'un pas hésitant de convalescente. Puis c'était le cours de français : le professeur, une femme à la laideur étrange, à la maigreur squelettique et aux yeux fardés, récitait soudain, au milieu de l'exercice le plus ordinaire, quelques vers de Baudelaire. Sa voix était belle, ses ongles vernis rouge sang : la vie s'arrêtait.

Nfissa, assise auprès de Karim, au cœur de la forêt, tandis que les chœurs nocturnes des partisans s'éteignent et que chacun rêve à la paix ancienne ou aux visages creux de la guerre, Nfissa s'attendrit en réécoutant ce professeur, qu'elle a vraiment aimée, dévoiler pour la première fois (ma treizième année, se dit-elle), la magie dense des vers :

Mon enfant, ma sœur, songe à la douceur...

Elle continue pour Karim. La discussion se développe sur les livres. Karim a beaucoup lu, plus que Nfissa ; surtout il a une vue claire de l'évolution historique des différents pays.

— Je devrais être instituteur, dit-il quelquefois. J'aime l'effort d'enseigner et jusqu'à ses lassitudes.

La nuit est passée ; l'aube approche. Période d'hésitations, d'incertitudes. On attend de jour en jour la liaison avec d'autres groupes. Un commissaire politique doit arriver incessamment. A cause des avions ennemis, dès le lever du jour, les déplacements se raréfient. Nfissa, dans une grotte aménagée en infirmerie, souffre de l'immobilité.

Les récréations dans les cours se déroulaient mornes au lycée. Chaque année, on mettait un jeu à l'honneur. Nfissa se rappelle l'année des cartes (belote ou poker), et leur groupe de "grandes" qui prenaient des allures de viveurs ; l'époque aussi des premières cigarettes dans les couloirs. Pourtant, elle avait renié, avec un entêtement spasmodique, toutes des fillettes de quatorze ans dont les conventions, les bienséances, tous les rapports de force étaient réels, à peine déguisés pour l'œil des surveillantes.

D'autorité, Nfissa s'emparait d'un ballon de basketball et, sur l'un des terrains de gymnastique, elle passait des heures – longues récréations du jeudi ou du dimanche – à "faire des paniers". Seule, sans public, elle courait, sautait ; dans l'élan de son buste qui suivait une seconde le ballon qu'elle lançait au centre du terrain, elle éprouvait encore l'exaltation de vivre.

Elle n'expliquait rien, ne détaillait pas, mais pensait à cette intensité quand elle décrivait à son père ses loisirs. Si Othman, monotone, conseillait :

— Prends un livre, et lis, ma fille, ne perds pas ton temps…

N'était-ce pas pour les livres – il en avait un respect qui confinait à la dévotion – qu'il avait décidé d'instruire sa fille Nfissa, puis quatre ans plus tard à son tour Nadjia ; il leur avait même offert sa collection reliée de Pierre Loti où l'Orient était sucré et multicolore.

Dès la première année, Nadjia avait mal supporté la pension. Peut-être à cause de la maladie. Nfissa n'allait plus désormais à l'infirmerie que poussée par l'inquiétude pour s'informer de sa sœur. Humeur morne de Nadjia qui fuyait tout le monde, restait dans son coin pendant la récréation. Nfissa l'entourait :

— Pas le cafard ?

— Non.

Quand la petite se détournait secrète, Nfissa, inopinément, se sentait en plein désarroi.

"Revenir chez nous", murmurait une voix en elle…

Au dortoir, on éteignait les lumières. Nfissa, après des journées aux occupations diverses et jusqu'aux versions grecques ou à la tragédie de Médée qui l'avait bouleversée, comme s'il lui fallait aussitôt se projeter en avant dans une défaite seulement d'avenir, Nfissa, dans la pénombre, se transportait avec Nadjia – qu'elle était allée embrasser chez les petites – dans les veillées familiales quand l'une et l'autre se collaient aux genoux de l'aïeule ; celle-ci leur racontait l'histoire de leur tribu dont le fondateur, prétendait-elle, venu du Sahara, avait été surnommé le "Noir" parce que sa mère, tandis qu'elle le portait dans son ventre, l'avait senti remuer trop violemment et, coléreuse, l'avait maudit au point de lui souhaiter "une langue noire". Les fillettes écoutaient la vieille qui, de ses doigts fripés, découpait sur le tamis les vermicelles pour la soupe écarlate des soirs de ramadan. La conteuse s'attardait dans ses récits de plusieurs siècles, bien avant, précisait-elle, "l'arrivée des chrétiens".

— C'est le temps ! concluait-elle maussade, même lorsque le père, amusé par la curiosité des fillettes, questionnait la gardienne du passé sur les révoltes de leur tribu.

Nfissa revivait ces récits en cours d'histoire de France ; quelquefois, au lieu d'écouter, elle chuchotait avec sa voisine, ou regardait par la fenêtre… Enfin la dernière année du pensionnat, quand elle tenait son journal et notait le jour de ses seize ans : "Je suis vieille." Pour se consoler, elle composait des sonnets qu'elle déchirait, ou préférait s'inventer un chevalier servant, sans visage ni identité. Pourquoi ne serait-elle pas comme ses camarades, désormais si suffisantes et l'air important parce que dans les chuchotements du dortoir, chacune d'elles parlait de bals, de flirts, de baisers dans les voitures des jeunes gens ? Une légère envie naissait en Nfissa, non pas de ces aventures mais de ne pouvoir imaginer ce monde où il semblait que fêtes succédaient aux fêtes. Elle ne s'y voyait même pas. Elle n'avait jamais eu de belles robes, comme elle n'avait rien à raconter en retour ; elle s'était donc mise d'elle-même à éviter les confidences, se munissait plutôt d'une lampe pour éclairer sous les draps le roman qu'elle désirait finir avant de s'endormir. Et si la surveillante, revenue hypocritement, soulevait soudain ses couvertures et la surprenait en flagrant délit, combien le scandale nocturne devenait pour toutes plus important !

Nfissa rapportait ces scènes – et les confidences de ses camarades françaises – à Karim. Elle interrompait son récit – celui-là lui avait permis d'avoir du courage – pour interroger avec malice :

— Parle-moi de tes maîtresses !

Karim bafouillait. Elle riait, insistait, pourquoi serait-elle jalouse ? En ce temps-là, toutes les femmes lui semblaient irréelles, elle seule s'imaginant vivre, désirer, tant le trop-plein de vie ne peut faire sortir un être de lui-même : à peine s'il en pousse un peu plus loin les frontières.

IV

Contrairement à ce que Sidi avait espéré, je ne choisis pas d'entrer, comme Rachid, à ce que nous appelions l'Ecole, et qui était, aux yeux de l'administration, non seulement une école d'interprétariat (apprendre à traduire notre langue en ce français que nous avions appris lui-même par un effort de traduction : j'ai toujours pensé qu'il restait en nous quelque chose de cette tension d'inversion et de réversion jusqu'à nous faire perdre notre point nécessaire de stabilité), mais aussi un institut de droit musulman et de théologie, pour transmettre ce qui subsistait d'une pensée momifiée depuis des siècles et dont, depuis des siècles, des croyants agenouillés ne conservaient que l'ombre de l'ombre. L'Ecole enseignait donc de tout : théologie, philologie, exégèse, droit musulman, c'est-à-dire à mes yeux rien d'essentiel.

Dans mes discussions avec Sidi, je raidissais ma position et à l'argument de culture qu'il arguait, je rétorquais que je ne voulais pas être "un homme de plume", comme disent nos paysans d'un ton de respect ou de hargne contre leurs mandarins, mais que j'attendais de la science un pouvoir, ce dont notre pays avait plus que tout besoin. Sidi tamisait la lueur de persuasion de ses yeux, exprimait son regret que je me "politise", mais j'étais libre de décider de mon sort. Il insistait pour que je continue à loger chez eux, ma bourse suffisant à peine à mes livres et à mes habits.

A mon étonnement, Rachid suivait la direction paternelle ; après avoir passé l'examen de l'Ecole, il y entrait en pensionnaire. De là vient que, des années suivantes, je ne garde, à présent, que des souvenirs syncopés : quelques jours effaçant une année, puis une nuit particulière, là toute une période ressuscitée, une autre plus courte. Mais le plus souvent, à travers ces ralentis du temps demeurent des blancs où se déroulait pourtant ce que je croyais ma vraie vie : mes cours de médecine, mes matinées d'externe et mon travail à l'hôpital, les réunions, en outre, de notre cercle d'étudiants, notre journal, nos heurts politiques, enfin mes émois devant une ou deux étudiantes, dont la grâce malhabile d'émancipée finissait par lasser mon intérêt. De tout cela, dont je peux certes me souvenir dans les détails à condition que je m'y intéresse, il me reste une vision pâle comme une photographie passée : la substance s'en est perdue quelque part. Si je n'avais pas retrouvé Rachid, si, depuis, dans un désordre qui est tout le contraire de mes habitudes, ne se levaient tant d'évocations liées essentiellement à lui, j'aurais pu croire que ce dessèchement du passé était chose naturelle, tout au plus, que ces six années de guerre avait accéléré chez moi ce phénomène qui n'est pas exactement l'oubli, de même qu'une maladie sans espoir n'a rien à voir avec la mort vive, langueur plutôt de la mémoire qui s'essouffle, tuberculose du souvenir.

J'habitais avec Sidi et la mère de Rachid que j'appelais simplement Lalla, ma seconde mère en vérité, en un sens, la vraie pour ce qui est de la tendresse et de la douceur attentive : je les quittais en fin de semaine lorsque arrivaient Rachid et son plus jeune frère, ce dernier lycéen au centre de la ville ; je partais vers nos montagnes. Quelquefois, sous le coup d'une résurgence violente, Rachid décidait de m'accompagner : retour à la chaleur enfantine, à la nature en fleur ou frileuse, au soleil déployé sur nos coteaux de vigne, sur nos vergers et les hameaux ceinturés de cactus.

La plupart du temps, de partager, moi, le foyer de Rachid, de veiller, moi, sur ses parents, d'évoquer pour Sidi les premières agitations éparpillées dans le pays, c'était comme si, aux yeux du couple assoiffé de présence du véritable fils, j'avais accepté de jouer celui qui se substitue, tandis que l'original demeurait ailleurs... Je dis cela et, ce qui serait injuste de ma part, je parais en vouloir à Sidi, lui qui, d'ailleurs, n'était même pas mon oncle, seulement le frère de lait de ma mère (orpheline elle n'aurait pas manqué d'être engloutie par la misère s'il n'avait juré à mon grand-père, son maître en sciences religieuses, de prendre soin d'elle autant que d'une sœur véritable). Homme de devoir, Sidi m'avait élevé comme son fils ; Lalla répandait sur moi sa tendresse et la sollicitude de ses yeux agrandis dans son visage osseux se posait sur moi comme sur ses proches. Seul Rachid restait privilégié à nos yeux, comme si nous étions tous complices devant quelque règle d'exception que nous aurions acceptée tacitement : non dans notre comportement ni dans quelque faveur visible ; mais l'attention que nous accordions à Rachid semblait de droit : seul, en effet, il agissait, s'exprimait en pleine liberté et s'il lui arrivait de céder aux apprêts de notre politesse (ne pas fumer devant le père, saluer ses proches par une accolade sur l'épaule, user des formules interminables de bénédiction...), c'était par simple bonne volonté ; il déposait ces déguisements quand il voulait, n'hésitant point à se mettre nu.

Oui, nu, en vérité… Me revient ce jour perdu où mourut Zhor, sa sœur d'un an plus jeune que lui. Morte en couches après huit années de mariage, je crois ; on l'avait mariée à seize ans au fils d'une famille de notables. Je me rappelle à peine le mari, davantage le beau-père, un propriétaire riche des hauts plateaux. Au cours de la noce, Rachid et moi avions joué, en tant que frères de la mariée, exactement le rôle qu'on attendait de nous : lorsqu'à minuit le marié va entrer dans la chambre où l'attend la pucelle parée telle une madone dorée mais tremblante, tremblante… – il traverse le patio allumé alors que, des multiples chambres, la foule de femmes aux yeux de grenouilles lancent au ciel leurs youyous suraigus – nous, les frères de la sacrifiée, nous nous écartons du groupe qui encourage le marié, le pousse, comme un taureau… J'éprouvais de la peine, de la rancœur même et Rachid, je crois, pareillement : en nous l'image de Zhor, vulnérable mais au regard de vierge tranquille, assurée de l'ordre de sa destinée… Le lendemain matin, un dimanche, Rachid et moi avions recherché la solitude : promenades dans des quartiers inhabituels, regards en dessous, vindicatifs, vers le café où le marié, félicité par tous, offrait à boire. Cette matinée était une aube printanière, mais nous évitions avec scrupule les autres ; puis Rachid, devant un bar fréquenté par des Européens et des gardiens de la prison proche :

— Entrons ! que faire d'autre ? Ce jour est mortel…

A l'intérieur, le garçon obséquieux observe ces adolescents de dix-sept ans :

— Que prenez-vous ?

— Moi (je me retourne vers Rachid et pour fendre ce jour à la tristesse inexpliquée, pour étonner peut-être aussi mon ami revenu de la capitale), moi, repris-je sans hésiter, un panaché !

Rachid me fixe d'un regard de vieux, puis calmement :

— Moi, de même !

Ainsi, au lendemain des noces de la sœur livrée, nous accomplissons le premier péché : prendre de l'alcool dans notre bonne ville musulmane.

Huit ans plus tard, après plusieurs fausses couches et deux fois un enfant mort-né, la voici morte elle-même, elle que nous semblions pleurer déjà tandis que nous restions songeurs devant deux bières blondes ; c'était moi – la nouvelle venait d'arriver à la villa, père et mère sur-le-champ avaient appelé un taxi, et étaient partis raidis, Lalla sans une larme, balbutiant à mi-voix le nom de Dieu : "Allah… ô Allah !" – qui devais l'annoncer à Rachid.

Je me souviendrai de ce jour comme on peut se souvenir du jour où un amour se brise, du jour où le cristal de l'âme se fêle puis ruisselle en débris de sanglots, de silence. A l'Ecole, j'attendais dans un hall pareil à un antre de mosquée sans mihrab. Nous sortîmes, prîmes l'escalier qui domine la ville ancienne et le port des pirates d'autrefois – où sont-ils, aigles morts aux ailes desséchées, au bec enfoui dans les tempêtes ? – J'avais proposé :

— Allons au jardin, j'ai à te parler.

Je n'avais pu dissimuler quelque agitation mais, même alors, Rachid ne savait voir combien je vivais ses peines en premier lieu et plus violemment que les miennes. Dans les allées du jardin public, non loin de la coupole dédiée au saint patron de la ville, "l'homme aux deux tombeaux", j'annonçai la nouvelle d'une voix rapide, puisqu'il fallait frapper.

Douleur des hommes véritables ! On cherche le détail original, qui déchire ; rien : un liquide refermé… Rachid s'assit lentement, les bras ballants, la tête droite, le regard au loin, si loin. Le silence… J'attendis l'esprit vide pour ma part, peut-être même sans patience, tant la commisération, qui n'est qu'une peur ou une impuissance devant l'autre, se hâte, hélas ! d'apparaître, et je regardais en même temps les groupes de femmes voilées, d'enfants, qui traversaient le jardin pour éviter les escaliers trop raides… Rachid venait de baisser la tête, immobile… J'éprouvai une inquiétude.

Les touffes de lauriers-roses et de géraniums alternés parfumaient le sentier du parc. Un vendeur d'herbes et d'épices chantait sa mélopée près d'une allée. Rachid, toujours de pierre… Je me mis à penser à Zhor, à ces deux panachés et à mes doutes d'alors : est-ce que, comme moi, Rachid venait de faire son premier pas d'affranchi, est-ce que, comme à moi, ce pas lui avait paru un gouffre ? Il vivait alors à la capitale et celle-ci représentait pour moi espoirs et anarchie. En commandant cet alcool, avais-je paru ridicule ou au contraire libéré ? Déjà, alors, ai-je pensé près de lui, sur le banc où il s'enveloppait de ce qu'il exigeait de vie pour la morte, déjà je dépendais de lui, puérilement certes, mais déjà il représentait pour moi une sorte de double glorieux. Cette image m'assaille aujourd'hui encore à Tunis où nous nous appelons tous "frères", sans doute parce que nous recherchons désespérément une fraternité qui nous affermisse nous-mêmes, au sortir de l'esclavage séculaire.

Nous quittâmes le jardin, j'ai oublié comment, mais le soir de ce même jour, je nous vois faire effort de palabres, parmi des camarades de Rachid, dans un café où ils jouaient tous aux cartes des nuits entières. Ils étaient quatre, moi, le cinquième, tous étudiants de l'Ecole, sauf un homme à peine plus âgé que nous mais le visage fripé, "viveur débauché, trafiquant en tous genres", ainsi me le présenta Rachid quand il se joignit à nous au café :

— Sid Ali, continuait Rachid, et il tient au "Sid", par comparaison, je suppose, au gendre du Prophète.

Je remarquai des plaques rouges sur ses pommettes, son regard vif et une gaieté pointue qui écorchait sa voix. Il ne jouait pas, se contentait d'être spectateur tandis que Rachid, par une provocation qui ne lui était point naturelle, le questionnait sur ses randonnées à travers les villes…

— Il paraît que, dans le Sud, tu as fait le poète sur les places et dans les marchés, est-ce vrai ?

Sid Ali en convenait :

— Je sais plus de poèmes de nos auteurs que votre plus savant professeur de l'Ecole.

Rachid ricanait, tout en continuant son poker, procédait à des sondages, faisant des citations perfides… Les heures passaient et, de ce dialogue émaillé de vers classiques, de ce jeu qui se déroulait sans jamais ne devoir finir, je me souviens comme d'un cauchemar.

De temps à autre, Sid Ali s'éclipsait puis revenait cinq minutes plus tard, sans un mot :

— Il a une bouteille dans la poche, de ces bouteilles plates pour alcoolique invétéré, dénonçait Rachid et son long rire répandait quelque effroi dans le tripot.

Je ne sais comment cette soirée continua, sauf que nous entrâmes au milieu d'une séance de cinéma, cinq jeunes gens trop bruyants tels des marins en bordée, l'un de nous débitant à haute voix des galanteries à la grosse dame qui nous plaçait ; moi, je regardais les images défiler, percevant, au lieu des personnages, des acteurs grimés et déguisés : l'alcool que Sid Ali m'avait fait boire me rendait les paysages du western étriqués ;

le bar et les meubles d'époque ne faisaient plus illusion et jusqu'à la bagarre que je voyais au ralenti :

— Je ne marche pas, gémissai-je ; je ne marche pas, répétai-je tout malheureux.

L'un d'entre nous s'était précipité aux toilettes et nous l'entendîmes, de notre place, vomir comme un porc ; nous en fûmes si honteux que Sid Ali décida :

— Foutons le camp ! Le flic va venir nous vider... Vous ne tenez pas, il fallait le dire, nom de Dieu et de tous ses prophètes !

Seul Rachid, je m'en apercevais alors, restait silencieux ; lointain, révélant son état par une raideur d'Anglais et un visage figé. Dehors, nous entrâmes orgueilleusement dans tous les bars de l'avenue principale, de quoi troubler les groupes d'Européens en train de goûter leur anisette quotidienne et dédaigneux des excès indigènes.

— Frustrés les pauvres, murmura l'un.

— Pour l'alcool seulement, malheur, dit un Corse, pas pour l'amour.

Le Corse était petit, agressif ; il ajouta une ou deux insultes froides. Rachid, le premier, se retourna ; d'un geste d'automate, il frappa, une, deux fois. L'homme tomba à la renverse comme un mannequin de paille. Grondements, agitations, mais un cercle de vide encore... Nous filâmes, une rue transversale, une seconde.

J'ignore exactement ce qui arriva alors... Mon souvenir concerne-t-il les instants suivants, je n'en suis pas sûr ? Je me vois seul avec Rachid. Je me sens guilleret, l'âme un tantinet conquérante. L'incident du Corse me donnait un sourire béat, tout comme si j'avais frappé moi-même ; l'impression d'un stand de foire où l'on vous demande de tirer, de faire n'importe quoi...

Nous jouions donc… quand Rachid éclata en sanglots, tout de go, en pleine rue. Il faisait nuit il est vrai, mais les passants n'étaient point rares, travailleurs de l'aube ou noceurs attardés : il continuait pourtant à marcher, droit, le pas vif comme s'il était seul et qu'il se hâtait, mais de nouveau ces sanglots convulsifs, presque sourds, puis un sifflement qui sortait de sa poitrine déchiquetée. Il s'arrêta au cœur d'une place. Ses bras dessinèrent dans l'air une croix de noyé… geste immense, baroque… J'étais dessoûlé : d'un coup, le souvenir du matin enterré par l'ivresse me revint ; fasciné, je contemplai cette peine d'homme. Rachid fit quelques pas, cessa d'avancer ; il se retourna vers moi comme s'il me découvrait :

— Elle était douce… douce !… Tu la connaissais… murmura-t-il, puis son visage se ferma.

Par ce gémissement, la morte revint en moi comme ces lianes qui remontent autour des cadavres resurgis. Zhor était belle : un visage harmonieux, rond et plein, des yeux larges, un teint d'une blancheur nacrée. Petite fille, elle avait déjà, je me souviens, ce visage de femme tranquille. Je gardai longtemps une photographie : elle six ans et nous presque huit, un jour où Sidi amena à la maison son patron et sa femme ; celle-ci, sans enfants, se perdit en attendrissements et proposa de nous photographier. Lalla qui, de la cuisine, tendait à son époux les pâtisseries pour le café, manifestait son mécontentement : la coutume n'interdisait-elle pas de photographier une fille qu'on voilerait ensuite et dont l'image ne devait pas traîner ? Mais Sidi n'avait pas osé avouer cela au notaire qui nous photographiait donc : nous, trois enfants raidis devant le jasmin de la cour, et il nous avait, une semaine après, donné plusieurs de ces images dont l'une me reste, avec au centre, ce visage de lune harmonieuse de Zhor… Morte !

Quelques jours plus tard, Rachid exprima son ressentiment :

— Morte en couches !… Qu'avait-on besoin d'insister ! Le médecin avait prévenu !… On l'a livrée pour la reproduction de la famille Yacoub… Le mari n'avait qu'à la répudier : elle serait vivante maintenant. Lui, dans trois mois, il va se remarier et il les aura, ses gosses !… mais elle… sa vie… n'était-elle qu'une pondeuse !

Il sortit sur cet éclat, et sa mère, présente, baissa la tête… De l'autre chambre, Sidi avait dû entendre les paroles violentes. Alors, Lalla en pleurs – qui bizarrement semblait en deuil du deuil de son fils, comme si sa fille, une fois mariée, s'était de toute façon à jamais éloignée – me rapporta que déjà Rachid, à dix-sept ans, avait tenu pareil langage en s'opposant au mariage de Zhor. Celle-ci l'avait appris. Des semaines avant la noce, elle avait pleuré parce que son mariage ne plaisait pas à son frère tant chéri – non pas, comme je l'avais cru alors, larmes de vierge qui quitte la maison familiale et qui, au seuil de sa nouvelle vie, savoure la rupture.

N'avais-je pas été, d'ailleurs, vaguement amoureux de Zhor ? Ou est-ce seulement ce visage de fillette sur la photographie du notaire qui ressuscite en moi le charme de l'enfance – ce jour, par exemple, où j'avais donné ma part de soupe piquante à Zhor, ce qui avait suscité la gaieté de tous ; Sidi avait déclaré à ma mère :

— Si tu le maries jeune, je lui donnerai bien volontiers Zhor pour épouse !

Ensuite, dans le couloir où nous nous absorbions tous trois dans des cérémonies, Rachid qui, avant dix ans, était de taille plus petite que moi, avec un regard si naïf, Rachid m'avait présenté Zhor assise mains sur les genoux, paupières baissées et visage peinturluré par nos soins, comme une mariée :

— Je te donne Zhor pour épouse, disait l'enfant en imitant son père.

Ces détails, cette comédie, je ne me les rappelais point le jour des noces de Zhor, lorsque Rachid surtout semblait endeuillé. Mais ils me revinrent dans cette rue de la capitale, à la fin de notre bordée. J'éprouvai à mon tour le désir de parler de la morte, de l'évoquer dans ces scènes enfantines, mais Rachid me quittait brusquement pour aller, je l'appris le lendemain, au bordel. Mme Roberte prenait un air de conspirateur :

— Il est monté, dit-elle, avec Meriem.

De fait, celle-ci semblait revivre : active dans son travail, satisfaisant les clients sous l'air épanoui de la patronne. Et moi, quelques jours plus tard donc, devant Lalla en peine, lorsque Rachid avait exprimé sa colère ("n'était-elle qu'une pondeuse !"), je ne trouvais rien à dire. Lalla pleurait ; devant ses larmes, je ne pouvais que me souvenir, froidement, du regard énamouré de Meriem qui ne sut jamais que son bonheur d'alors venait d'un enterrement qui s'était déroulé loin, dans nos montagnes.

Je ne me rendis chez nous ni cette semaine ni la suivante, si bien que mère descendit à la capitale, emmitouflée dans son voile de laine qui la faisait si provinciale, prétextant des courses à sa visite, mais me fouaillant, au premier baiser, du regard – ne s'attend-elle pas confusément, malgré sa confiance si vaillante, à ce qu'un jour je disparaisse sans crier gare ? A moins qu'elle n'imagine quelque histoire de femme…

Je l'entends chuchoter avec Lalla, dans la pièce où je travaille tous les soirs :

— Tu n'es pas assez fine, ma sœur, je te l'ai dit. La ville est de perdition... Puis :

— Ne te crois pas chez nous... Aie l'œil, je te préviens.

Elle resta trois jours et partit ensuite, rassurée de ne trouver d'autre raison que mon travail. Le quarantième jour de la mort de Zhor, c'est moi qui accompagnai Lalla et Sidi chez nous, dans une voiture que Mourad nous avait prêtée. Rachid avait refusé de venir ; il avait prétexté ses cours bien que, lorsque j'allais le trouver et qu'il accepta tout de même d'aller demander la voiture à Mourad, il passât toute cette période au petit café où les parties de cartes tenaient éveillé leur groupe. A l'approche des examens, chaque année, il restait quelques jours à la maison, travaillant jour et nuit, réussissait souvent de justesse puis haussait les épaules, comme si tout était à oublier.

Maintenant à Tunis, je commence à déceler ce qui alors me fascinait : ces incidents que je revis mettent en relief nos allées et venues autour de Meriem, la prostituée. A cette époque, autant que Rachid je crois, je me remis à la revoir régulièrement, à l'écouter me parler par bribes, dans le lit où elle aimait rester allongée, le visage à plat dans le soleil, endormie ou faisant semblant de l'être, ou fumant et se faisant monter des bières que je ne voulais pas partager avec elle.

— Tu as tort de tant boire, lui disais-je, et de fait, elle maigrissait, ses joues s'étaient creusées, l'éclat de son visage devenait trop vif. Je la forçais à croquer de petits oignons parce que mon cœur se soulevait, à son haleine embrouillée d'alcool.

— Avant, c'était pour oublier, pour tuer le temps... Maintenant... ajoutait-elle, et elle s'interrompait les yeux agrandis de songe.

— Maintenant ? reprenais-je presque agressif.

— Je suis bien, soupirait-elle, si bien !…

J'aurais désiré la harceler de questions, bien que je susse par Mme Roberte que Rachid ne l'avait reprise qu'une seule fois, mais une réserve me paralysa, ou l'absurde principe qu'on n'interroge pas une fille. Je ne dis rien et je l'enviai dans sa manière de suspendre le temps, de s'y installer.

Même alors cependant – et durant tous ces jours où je n'allais au bordel que pour Meriem, jusqu'au moment où elle dut entrer à l'hôpital et mourut, un mois après, de pleurésie – l'idée d'une rivalité entre Rachid et moi ne m'effleura pas. Meriem elle-même qui paraissait presque m'aimer (cette dernière fois où je la vis, où j'allais moi-même au service de phtisio peu de temps avant sa mort, où elle pleura de joie de me voir…) n'y pensa jamais et cette pureté qu'elle adopta, cette rectitude furent les racines – moins d'une année s'écoula entre la mort de Zhor et celle de Meriem – de mon attachement.

Maintenant donc à Tunis, je regarde Rachid détaché de lui comme on peut l'être en quelque sorte de soi-même ; dix ans après, je comprends la raison de ce qui me paraissait étrange, sans que je puisse le définir… Une autre scène, que je rattache mal à cette époque et que je ne situe pas – peut-être est-elle plus tardive –, me permet de mieux déceler ce que je cherche…

Une fois, je me trouvais face à Rachid, chez Mme Roberte. J'étais venu un jour et surtout une heure qui n'était pas miens. J'aurais dû être à l'hôpital, mais la nuit précédente où j'avais assuré la garde d'un camarade, une paysanne était morte presque dans mes bras ; le matin suivant, ne me quittèrent ni l'odeur de son sang ni le bruit de gargouillement de son ventre : elle avait avoué avoir bu du plomb en poudre pour avorter de son huitième enfant.

J'arrivai donc chez Mme Roberte à peu près à l'heure où les gargotes commencent à se remplir, où le soleil de midi éclaire de mauve la chaux des ruelles étroites. Rue de la Grenade, rue du Serpent, rue de Médée ou de Carthage, noms qui vous éclairent, vos seuls sourires. Le bordel bruissait d'une foule déjà compacte ; dans le hall, régnait le bourdonnement des grands jours. Les gens semblaient, à leurs habits et à leurs manières trop bruyantes, des demi-ruraux ; nous devions donc être en début de semaine, un jour de marché probablement ; car les dockers n'arrivaient qu'en fin de semaine, ainsi que les journaliers de notre quartier.

Rachid se trouvait dans un coin, debout, un verre de thé à la main et devisant placidement ; entouré de quatre ou cinq filles, les plus jeunes et les plus fraîches, mais non de Meriem dont je remarquai l'absence aussitôt. Il avait dû sans doute, comme à l'ordinaire, payer en prodigue le temps précieux de celles qui faisaient cercle, à moins que celles-ci aient refusé, s'il avait avoué dès l'entrée qu'il n'avait pas le moindre franc sur lui. Ce qui intriguait Mme Roberte qui commentait quelquefois :

— Toi, je vois, tu es comme tout le monde : ni prodigue, ni pingre, un bon client ! Mais ton frère, lui, certaines fois il est riche comme un prince, et d'autres pauvre comme un mendiant !

Arrêté sur le seuil, je regardai le groupe puis je fis demi-tour et partis.

La même semaine, il m'en souvient, je pénétrai chez nous, un samedi matin je crois. Mère m'avait accueilli avec plus d'embrassades que d'ordinaire. J'avais posé mes affaires dans la pièce de l'étage que mère ne louait plus ("la chambre d'Omar", disait-elle sur un ton grave qui sous-entendait qu'elle comptait bien m'y marier, selon la coutume). Mes sœurs étaient accourues et m'entouraient, trois jeunes filles dont les deux premières se voilaient maintenant tandis que Zakya, la benjamine, quatorze ans, continuait ses études. Elles se mirent à me questionner ; Zakya m'entourait du bras, les deux autres échangeaient avec moi des plaisanteries taquines : "Avais-je maigri ?... Pourquoi laisser cette moustache ?... et ce blouson. Pourquoi pas un vrai complet avec une belle chemise blanche ?..." et l'aînée promettait de me tricoter un gilet, la seconde me demandait comment j'étais en blouse d'externe. Derrière, de sa cuisine, mère souriait, le visage quelque peu fatigué... Un ennui soudain, mêlé à cette tendresse collective, me saisit : la sensation étrange de jouer une deuxième fois une scène connue ; me revint la vision qu'offrait, quelques jours auparavant, Rachid et, à sa place, Mme Roberte avec un sourire indulgent pour le groupe en vérité fraternel de Rachid avec les prostituées.

D'avoir, à cet instant familial, établi une correspondance entre ces deux tableaux (sur le moment, je chassai la comparaison, comme si une pudibonderie me rendait coupable à l'égard de mes sœurs) me fait comprendre enfin le secret de Rachid (à Tunis maintenant il accepte de loger chez moi quelque temps, mais reprend ses errances solitaires, en quoi il m'intrigue derechef). Ce jour où il pleura Zhor et où il tenta de la retrouver en couchant avec Meriem, cette scène ensuite où il apparaissait en vérité un frère parmi des sœurs attendries, sous les yeux de Mme Roberte... Oui, ces images me révèlent qu'alors, seul de notre monde, Rachid se refusait à un émiettement de lui-même : "Vivre en petites cases bien étanches", dis-je maintenant dans nos discussions de militants lorsque nous jetons un regard sur notre vie antérieure à la guerre et que nous tentons de voir en quoi notre mécanisme intérieur était paralysé :

— L'homme, continué-je, sortait de chez lui et sa demeure était un antre où il protégeait femme, enfants, subsistance, plus fragile qu'une tente de nomade au cours de la tempête, impact en lui de stabilité et de tourbillon à la fois.

Dehors le monde qui l'entoure – "colonial", dit-on en englobant ainsi l'aliénation et son vertige – lui oppose son opacité et lui, un myope dans le brouillard, il recherche quelque abri d'où il ne pourra entendre le vent de la plaine : salles enfumées des cafés maures, couloirs des bains maures dont la vapeur fait somnoler, salons des bordels où les fards des filles et leurs pauvres sourires réveillent la chaleur scintillante du désir, jusqu'aux nuages de l'alcool ou du haschisch pour certains au regard égaré posé sur les autres… les autres ! chrétiens, roumis, conquérants, qu'importe, ceux qui nous deviennent statues de marbre ricanant au soleil.

Dérive sinistre de notre milieu de petits-bourgeois effarés, d'hommes qui mangent à leur faim, fiers de connaître la chaîne de leurs ancêtres, mais feignant de ne rien voir du naufrage. Seul Rachid, sans analyser le drame, le devinait déjà, son instinct ayant toujours été sûr, et il sautait aussitôt les barrières : il allait de son même pas et de sa même identité, avec une assurance que je jugeais dédaigneuse, du bordel à la demeure familiale ; il avait souri, passé une matinée auprès des filles de Mme Roberte, avait joué aux cartes dans l'habituel bistrot après avoir assisté à quelques cours avec un laisser-aller d'aristocrate, ensuite il avait dû errer dans la ville neuve où la rumeur lui prêtait de multiples aventures ; enfin, le soir, lorsque quelquefois il venait passer la nuit avec nous, il avait une façon de s'asseoir devant Lalla avec une attention si profonde, avec une chaleur si intense dans le sourire qu'on ne pouvait douter que la pensée des siens ne l'avait nulle part quitté, ce qui pouvait être vrai. Jusque devant les statues ricanantes de marbre que j'évoquais tout à l'heure, il adoptait non point une démarche dialectique de la pensée – je me politisais avant lui peut-être parce que je défaillais davantage – mais un comportement d'homme entier et libre, une aisance qui le faisait non agressif mais violent – et ce n'est pas tellement le Corse tombant en arrière qui me revient en mémoire, mais l'air avec lequel Rachid ensuite s'était détourné, avait fini son verre, nous avions dû l'attendre pendant les secondes de son calme exaspérant, avant de détaler.

Meriem, ai-je dit, n'avait nullement songé à une rivalité entre Rachid et moi. "Je t'aime", gémit-elle un jour devant moi : elle agonisait alors et dans cet état où ma pitié pour elle m'était un poids si lourd (sur son visage méconnaissable, s'étalaient des plaques bleuâtres), je ne lui en ai pas voulu de se tromper sincèrement.

— Parle-moi de tes maîtresses, disait-elle à Karim, puis elle éclatait de rire.

Elle se moquait de lui, et de plus en plus lorsqu'ils se trouvaient seuls ; une camarade leur cédait sa chambre de la cité universitaire, ils prenaient l'habitude de s'y rencontrer le seul après-midi par semaine où l'un et l'autre n'avaient pas de cours. Nfissa, dans la pension où la directrice surveillait les absences, prétextait un travail en bibliothèque ; elle ne mentait qu'à demi puisqu'elle y allait d'abord. Dans cette vieille maison de seigneurs turcs, au fond d'une impasse de la Casbah, Karim la rejoignait. Ensuite, ils se promenaient aux alentours du port, mais les jours de pluie, Nfissa craignait, dans chaque café où Karim voulait entrer, qu'une connaissance ne les aperçût…

La chambre de la cité avait finalement fait l'affaire, au moment où Nfissa demandait à Karim de reprendre l'étude ensemble de leur langue maternelle que l'un et l'autre avaient abandonnée trop tôt. Karim avait accepté, sans enthousiasme, mais tout projet commun signifiait la présence de Nfissa, dont il ne se lassait pas.

L'heure de travail, agrémentée d'impatiences de la part de Nfissa, trop tendue dans l'étude, de disputes aigres-douces provoquées par Karim, finissait et il se faisait, après l'effort, un silence. Nfissa sentait un regard lent de Karim, une concentration de ses traits ; elle se refusait aux taquineries ordinaires, ne s'approchait plus de lui, ne lui tirait ni les cheveux ni la moustache, ne proposait ni de s'asseoir sur ses genoux ni de lui accorder un baiser sur les pommettes ou entre les sourcils ; elle allait préparer un café ou un thé, puis s'apprêtait à amorcer quelque discussion qui paraîtrait audacieuse, comme si de traiter avec Karim tous les sujets qu'elle pensait secrets la dispenserait de voir le trouble du jeune homme. Mais Karim, d'une voix basse de monologue, l'entretenait de son amour qu'elle acceptait, de leur avenir commun auquel elle s'était engagée. Le thème se déroulait grave ; tant qu'il s'agissait de futur, elle suivait Karim sur le chemin, et même le précédait.

Elle se révélait exigeante, en voulait à Karim de la richesse de sa mère, de ses habitudes de fils unique et gâté. Elle s'étonnait qu'il ne s'occupât point de politique, lui demandait des comptes sur son métier prochain et puisqu'il étudiait le droit, elle exposait les possibilités de la profession d'avocat, elle lisait les journaux où il était question de condamnations de nationalistes et s'attendait à ce que Karim promît dès maintenant de faire de son activité plus qu'une vocation, un sacerdoce. Elle l'interrogeait sur ses lectures, qui étaient plus diverses que les siennes ; dans ce domaine, il se montrait rétif devant ses préventions, et préférait l'éclectisme de ses propres goûts. Néanmoins, il subissait l'influence de Nfissa comme si la passion de celle-ci, la flamme de son esprit exigeant jusqu'à l'étroitesse la faisaient plus forte.

Ses gamineries, ses éclats de rire brusques, au milieu des sujets plus graves, comme il les aimait ! Et même ses insolences. Elle avait une tendance à l'emphase : il en était quelquefois attristé, car il rêvait que Nfissa devait devenir une femme exemplaire : or, la qualité qu'il appréciait le plus était, s'imaginait-il, la discrétion. A ce dernier mot, elle ironisait : "La discrétion !" reprenait-elle avec une diction de mondaine ; une lueur dans ses yeux clairs, les cheveux rejetés en arrière, elle ajoutait comme un défi :

— Moi, je n'ai que le mauvais goût des pauvres !

Sa richesse propre (c'était l'année où commencèrent dans les montagnes, et seulement par éclairs dans la nuit des villes, les "événements" comme on disait, euphémisme timoré pour désigner la nouvelle guerre), Nfissa la sentait en elle comme une infinie puissance ; une faim. Le jour de ses vingt ans, ils avaient décidé d'en faire une fête, et tant pis pour la directrice qui darderait ses yeux méfiants sur Nfissa quand celle-ci préviendrait de son absence jusqu'à la nuit. Depuis qu'elle déambulait dans les rues avec Karim et qu'ils avaient pris l'habitude d'aller n'importe où, à leur fantaisie – quartiers ouvriers et populeux, quais du port où le ciel absorbait les lueurs grises de la mer souillée de sciures ou de pelures d'oranges –, Nfissa se découvrait amoureuse de cette ville. Elle voulait la connaître dans tous ses masques, dans sa misère ensoleillée et dans son luxe prétentieux ; à cette époque Karim désirait acheter une voiture : "Nous aurons des airs d'enfants de colons", ironisait Nfissa qui préférait marcher, marcher, comme si, en vérité, on l'avait enfermée trop longtemps et qu'il lui fallait réaliser tous ses rêves d'évasion accumulés.

A cet anniversaire donc, Karim lui fit visiter les quartiers inconnus d'elle ; elle y errait avec des yeux d'inassouvie. Tout lui paraissait neuf.

— Je suis libre d'aller et de venir partout ! s'exclamait-elle ; elle riait.

Soudain, parvenus au sommet d'une côte, ils dominaient la cité qui se renversait à l'oblique, telle une danseuse penchée sur une pointe pour faire la révérence. Nfissa proposait de descendre les escaliers immenses, ils les dévalaient dans une course désordonnée, de quoi faire tourner la tête aux passants sereins ou rire de complicité les enfants qui s'accrochaient à eux parce que Nfissa leur souriait.

Karim emmena sa fiancée – il ne l'appela qu'ainsi tout ce jour – dans tous les lieux qu'elle avait imaginés, jusqu'à la haute ville où s'étendait le quartier réservé. Là, Nfissa longea quelques rues dévorant tout des yeux, mais s'apercevant de la curiosité que leur couple suscitait.

— Partons, dit-elle attristée, on nous prend pour des touristes !

Ils terminèrent leur journée sur une colline d'où la vue sur la baie s'étalait grandiose, dans une auberge où les terrasses s'avançaient face au panorama. Ils prirent d'abord thé et pâtisseries dans le faux décor hispano-turc où les personnalités de la ville se retrouvaient auprès d'une hôtesse élégante et futée ; puis ils s'installèrent dans le parc où le crépuscule les engloutit.

Nfissa se taisait ; frileuse, elle se serrait contre Karim. Depuis plus d'une année qu'ils se connaissaient, ils mêlaient leur fougue avec hâte. Ce soir, avec une lenteur et une tendresse qui émurent Nfissa dont une partie d'elle regardait, regardait (au fond, une statue immobile, elle-même...), Karim prit le visage de la jeune fille et l'embrassa comme on plonge sa face dans une source.

La nuit tombée, Nfissa rentra à son pensionnat. Distraite, mélancolique était-elle ; pourtant, en elle-même, une joie bondissante ne cessait de dégringoler les escaliers des ruelles, se hasardait avec une curiosité muette dans le quartier des filles, enflait, éclatait, fusait jusqu'au ciel partout où ils avaient trouvé des carrefours grouillants de chômeurs, partout où les airs d'Orient des radios se mêlaient aux odeurs des beignets et des fritures de poissons sur le devant des gargotes – et le parfum du thé vert mélangé de menthe enveloppait les hommes emmitouflés de toges brunes, ou de capes claires dans lesquelles ils engloutissaient leur somnolence. Qu'importait la glissée de la nuit dans le parc bien ordonné, qu'importait l'émoi longtemps attendu et longtemps craint de Karim qui l'étreignait, la vie n'était-elle point cet élan qui rythmait les jours et elle-même, confondus. Nfissa s'endormit aussitôt, retrouva le lendemain Karim comme une sœur bruyante, n'alla plus avec lui dans la chambre complaisamment prêtée, prétexta l'approche des examens ; après le déroulement de ceux-ci, elle s'en retourna, pour les trois mois de vacances, dans la maison familiale.

Nadjia et Nfissa passèrent cet été presque entièrement à la ferme que leur famille possédait près de la petite ville. C'était en fait un moulin construit par le père de Si Othman, et laissé en héritage à ses deux fils. Ceux-ci avaient fait élever à côté des machines installées devant la cascade une demeure large et blanche, entourée d'eucalyptus. Le jeune frère de Si Othman, Djafer, lorsqu'on l'avait marié, s'y était installé. Nadjia et Nfissa se retrouvaient cette année-là ("l'année dernière, cela me semble tellement loin… toutes ces fêtes, et vos rires, vos chants chaque nuit, tu t'en souviens, Nfissa… ?" murmure Lalla Aïcha à sa fille qui veut oublier, tandis que Nadjia demeure enfouie dans l'évocation) auprès de leur jeune tante qui s'alourdissait d'une première grossesse. Dans ces lieux habités des souvenirs les plus clairs de leur enfance, comme Nfissa aimait, à l'heure du crépuscule – les machines du moulin s'arrêtent, oncle Djafer renvoie d'une voix joviale les quelques ouvriers qui habitent dans les cabanes dispersées au-delà de l'oued –, évoquer pour Nadjia sa vie à la capitale !

— Tu l'aimes ? interrogeait Nadjia, et il fallait décrire Karim.

— Peut-être, murmurait Nfissa, puis elle disait combien la ville est belle les jours de printemps.

Houria, la deuxième sœur qui depuis trois ans déjà brode elle-même les nappes et les jupons de son trousseau, s'approche du groupe de Nadjia et Nfissa ; son regard sollicite des confidences. Aussitôt elle se scandalise, bouleversée :

— Dieu ! s'exclame-t-elle avec des yeux voraces posés sur Nfissa, tu le vois !

C'est Nadjia qui répond, elle qui a de commun avec Nfissa le besoin de provoquer :

— Non seulement elle le voit, mais elle lui parle, elle se promène avec lui…

Houria demeure sans voix ; Nadjia s'amuse, puis avec une pirouette :

— Et moi, décide-t-elle, mon amoureux, je l'embrasserai la première !

Nfissa s'éloigne, préfère s'approcher de sa tante Djamila, lui propose une promenade au verger. C'est la nuit ; même le métayer est rentré chez lui et ne les dérangera pas. Djamila s'enveloppe d'un châle. Elles errent sous les orangers et les citronniers.

— Chante, chante-nous donc, tante Djamila, demande Nfissa qui s'assoit devant le verger. Djamila connaît toutes les chansons du répertoire andalou ; sa voix est grave, avec des intonations rauques ; elle se déroule lentement.

— Une *qâcida* d'amour, gémit Houria, suivie de Nadjia.

Toutes quatre, à demi étendues en étoile autour de la femme enceinte qui fredonne :

Dans mon cœur, brûle une flamme
Brûle le musc près du mihrab.

— Pas de parole triste, soupire Nadjia tandis que le chant se perd sous les ombrages et qu'un berger qui longe l'oued tousse pour manifester discrètement sa présence.

— N'oublie pas que tu berces déjà l'enfant dans ton ventre, remarque Houria.

Djamila s'interrompt, écoute son propre écho puis reprend :

Meurt la rose entrelacée
De jasmin sur mon front paré.

— Te souviens-tu de grand-père ? reprend brusquement Nadjia d'une voix lointaine tandis que Djamila s'arrête à nouveau et que la nuit elle-même semble écouter sous le feuillage.

— Il aimait tant les chansons andalouses… Il savait toutes leurs paroles, continue Houria.

— Ton chant nous rend vivants les morts, murmure Nfissa.

Surgit soudain la face joviale du merveilleux grand-père. Oui, pense Nfissa, il fredonnait de mêmes airs plaintifs, dont les variations se modulaient harmonieuses tandis qu'il conduisait la carriole. Quelle fête pour les fillettes, lorsqu'il consentait à les emmener avec lui les jours de marché !

Seules Nfissa et Nadjia l'accompagnaient.

— Nous, à cette époque, se plaint Houria, on avait décidé qu'à huit ans nous étions déjà femmes ; on nous a voilées dès cet âge…

Djamila, de concert avec Houria, soupire tout en respirant le parfum des fleurs d'oranger ; l'eau court dans les rigoles, puis oncle Djafer arrive de son pas de fermier.

Grand-père relevait, d'un large mouvement de bras, le pan de son burnous brun. Il se carrait sur le siège de la carriole, les rênes en main, puis il se tournait vers l'arrière où les deux fillettes se blottissaient l'une contre l'autre, et leur clignait de l'œil ; enfin, d'un claquement de la langue, il donnait le signal du départ à sa jument blanche qui prenait le trot. C'était à peine l'aube : Nadjia et Nfissa enveloppées dans un même *haïk* aux raies multicolores, frissonnaient ; les yeux alourdis de sommeil, elles se serraient l'une contre l'autre en percevant à travers leur somnolence l'aurore grisâtre qui se découvrait lentement de part et d'autre de la route. Grand-père fredonnait tout au long du chemin ; il lui arrivait, tandis que la jument trottait de son pas égal, encouragée de temps à autre par les grognements du vieil homme, de saluer un paysan sous un arbre, d'échanger même avec lui quelque propos qui se perdait à l'arrière, et les fillettes s'émerveillaient de tout, surtout du grand-père qui, leur semblait-il, connaissait l'univers entier, puisqu'il se trouvait chez lui sur ces dix kilomètres de route.

Dans la ville où elles parvenaient, on les déposait chez leurs tantes maternelles, "chez nous", avait précisé Lalla Aïcha qui envoyait à ses sœurs des couffins de provisions diverses. Les recommandations qu'elle avait répétées à ses filles, Nfissa, dans la grande maison où l'on s'éveillait à peine, les débitait d'une voix appliquée :

— Pour l'huile d'olive, c'est la saison. Mma vous demande combien de jarres vous prenez cet hiver.

Ou bien :

— Le miel, Mma dit qu'il est très beau cette année. Elle vous en envoie pour la fête.

D'autres fois, il s'agissait des provisions de lentilles, ou de pois chiches, ou de la viande de mouton qu'on avait séchée et salée, des poivrons rouges qu'on avait étalés sur les terrasses de la ferme puis qu'on enfermait dans d'énormes bocaux translucides comme des aquariums. Les tantes, deux veuves et une divorcée, remerciaient, faisaient entrer le cheikh de leur sœur chérie, lui servaient le café avec des pâtisseries, insistaient au nom des saints de la ville, au nom du tombeau du Prophète pour que le grand-père revînt déjeuner et, quand il refusait, comme chaque semaine, se contentant de dire qu'au retour du marché, il reprendrait les fillettes, elles l'accompagnaient jusqu'à la porte en lui souhaitant un pèlerinage à La Mecque, un mariage fortuné pour ses enfants et ses petits-enfants, une fructification sur de longues générations de sa descendance. Il répondait sobrement :

— Que Dieu rosisse vos visages, mes filles !

Alors il se laissait baiser cérémonieusement la main sur le seuil, puis il s'en allait au marché bruissant de palabres. Le retour se faisait ensuite en plein midi, avec quelquefois le regret pour l'une ou l'autre des fillettes de ne pas avoir été oubliée à la ville. A nouveau, elles somnolaient, bercées par le trot de la jument et les chants fredonnés du grand-père qui ne lâchait de temps en temps les rênes que pour glisser sa chique à priser sous la lèvre.

Oncle Djafer s'assoit en face de sa femme, tandis que les jeunes filles ramènent machinalement leurs jupes ou leurs pantalons bouffants de velours contre leurs genoux. Il fume en silence, parle, par monologues entrecoupés, de la journée, des ouvriers, de l'eau qu'il faudra couper, des clients qui sont venus du village pour le blé. Il contemple Djamila, une brune un peu grasse, aux yeux bridés. Une inquiétude l'envahit. Djamila ce soir la lira dans son regard d'homme fatigué. Mais, devant ses nièces, il la dissimule. Des remous dans la région, un colon qui convoite ce moulin, depuis que Djafer alimente les détaillants indigènes de la région. Faudra-t-il se replier en ville et se contenter, pour un temps, de l'épicerie du père ? Mais les premiers groupes de partisans se sont manifestés derrière les collines. Déjà un intermédiaire a laissé entendre à Djafer, au café maure du village, ce même jour, qu'on pensait faire appel à lui pour abriter quelques partisans.

“Il faudra emmener Djamila chez mon frère, au village, songe Djafer. Je prétexterai son état… Moi je resterai là ou sans doute rentrerai-je chaque nuit !…”

Il a un regard pour la maison bâtie récemment, pour les arbres encore frêles plantés par son père ; ici, il se sent chez lui : la rivière, desséchée une partie de l'année expose un lit large, veiné de canaux caillouteux, que recouvrent au printemps les lauriers-roses et les touffes de genêts.

— Et lui, où est-il donc ? soupire Nfissa qui lors de son retour, après les effusions puis les larmes de Nadjia, a appris qu'oncle Djafer a dû partir au maquis.

— Le jour même de sa sortie de prison, murmure Houria qui était sa nièce préférée, tenant de lui ses yeux noyés de bonté molle, il nous a fait ses adieux dans la nuit. Il n'a pas pu revoir Djamila qui, lorsqu'il avait été emprisonné, était allée accoucher chez ses parents. "Vous le lui direz, nous a-t-il recommandé ; si je dois mourir, ce sera les armes à la main." Père l'a accompagné dans la nuit jusqu'à la sortie du village. Personne ne l'a vu.

Nfissa s'inquiète :

— Est-il vivant ? Dans quel secteur, quelle willaya ?

— Oui, gémit doucement Lalla Aïcha, la vieille Thamani qui parcourt encore les douars, tu la connais, celle qui fait l'accoucheuse, nous a transmis deux fois son bonjour. Il est dans ces montagnes mêmes, au sud de notre ville ! Que Dieu le préserve et préserve tous les fils des croyants.

Si Othman est entré dans la pièce. Il semble morne. Nfissa, durant cette première semaine du retour, sent qu'il a changé, mais pas seulement vieilli. A cinquante-cinq ans, il garde tous ses cheveux, coupés presque ras et qui apparaissent à peine argentés lorsque, en famille, il enlève sa chéchia. Se distingue alors le hâle qui assombrit son visage aux traits secs, à peine flétris. Ses gestes, lorsqu'il entre à la maison, restent les mêmes : il se dévêt de son ample burnous, dont il était autrefois fier de dire qu'il faisait venir la serge du Maghreb el Aksa ; en sortant de sa chambre il semble à ses filles plus petit de taille, le torse serré dans un gilet brodé, la silhouette épaissie à partir des hanches par le pantalon à la turque, costume citadin de tradition. Quand il traverse la cour pour s'approcher d'elles, Nfissa observe la démarche raidie du père qui ne veut rien perdre de sa taille. Il pénètre dans la salle commune, y retrouve sa gandoura grise que Houria entretient de soins attentifs, il s'en enveloppe et reprend, dans cette tenue, l'originaire noblesse. Plus tard, peu avant le crépuscule, lorsqu'il aura fait sa prière du soir, il changera de nouveau cette toge pour une autre, blanche et d'une soie plus fine. Il s'installera sous la vigne de la cour, sur un matelas que Zineb ou Houria étendent avec plusieurs nattes, après avoir déversé des bidons d'eau sur le carrelage surchauffé. Dans la fraîcheur ainsi provoquée, avant que la nuit n'exhale son haleine, Si Othman, un chapelet en main, médite, à moins qu'il ne converse avec sa femme et l'aïeule aux yeux blancs et à la voix chevrotante qui exige des nouvelles :

— Djafer, parlez-moi de Djafer, mon enfant chéri !... gémit-elle revendicatrice chaque soir.

Nfissa a observé les habitudes du père. Immuables, sont-elles. Mais, comme à l'instant des pleurs à la caserne, elle perçoit une déchirure. Peut-être parce que, depuis, son père ne s'adresse à elle que tendu, le front préoccupé. Lalla Aïcha s'en aperçoit-elle ?

— Je ne sais ce que père a, avoue Nfissa quelques jours plus tard à Nadjia. Il a changé..., continue-t-elle.

Mais Nadjia avec violence :

— Toi, c'est toi qui as changé !

Le cri a semblé, une nouvelle fois, de haine.

Nfissa continue de paresser au lit jusqu'au milieu du jour. Lalla Aïcha, scrupuleuse infirmière, surveille la mine, les joues et le teint de sa fille revenue. Nfissa dort, dort. Ensuite, elle se réveille, allume aussitôt, s'interroge sur Nadjia.

— Qu'a-t-elle ? Qu'a-t-elle donc ?

La question déroule en elle des volutes sans réponse, puis à Zineb et Houria :

— Chantez-moi quelque chose ! Dansons, pour nous-mêmes, sans fête, sans…

— Sans joie au cœur, réplique Zineb, les fêtes sont finies et plus seulement dans notre maison, partout, dans tous les lieux…

— Quand je pense, murmure Lalla Aïcha, que ma Houria se mariera bientôt sans youyous, sans bruits, sans invités.

Houria sourit à l'évocation de son mariage qui approche, encore une saison à peine, le mois de ramadan, vingt jours plus tard et ce seront les noces… Nfissa, habitée par la nostalgie du folklore, se lamente à demi, tandis que de loin Si Othman observe, un sourcil relevé, les mines déconcertantes de la jeune fille :

— Quoi ! s'exclame Nfissa à l'intention de Houria, avec l'air de demander des comptes, pas de fête le soir où l'on te rougira les mains et les pieds de henné ?

— Non ! dit, volontaire, Zineb.

— Pas de chants la veille du jour où l'on viendra t'emmener ?

— Non ! réplique fermement Zineb.

— Pas de chœurs ni de pleurs dans la foule qui accompagnera la mariée à son départ d'ici ?

— Des pleurs, oh oui ! soupire Lalla Aïcha.

— Pas de cérémonie le lendemain de la nuit de noces ?

— Pas de danses le cinquième jour lorsqu'on entourera d'une ceinture dorée la taille de la mariée ?

— Non, répond à mi-voix Houria elle-même.

— Pas de réunion intime le septième jour ? Pas de rires le dixième lorsque la mariée se rendra au bain maure ? Pas de chuchotements ni de questions après le quarantième jour lorsque la mariée enfin revient en invitée dans la maison paternelle ?…

Houria et Zineb fixent Nfissa qui s'arrête haletante.

— Je danserai sur-le-champ ! conclut-elle, et elle entre dans une pièce loin des yeux du père, elle ouvre le poste qui hurle une chanson égyptienne, elle bondit sur une piste imaginaire avec deux fouloirs dans ses mains.

L'aïeule, branlante, surgit sur le seuil :

— Djafer ! mon fils Djafer !… chevrote-t-elle ; les sœurs réprimandent l'exubérance de Nfissa qui se révolte.

— Que croyez-vous, au maquis, on riait, on chantait, même lorsque les hommes tombaient !

Et elle quitte la chambre où s'étale comme l'odeur d'encens des soirs d'enterrement.

Les fêtes étaient, tout récemment encore, jours de lumière pour les jeunes filles de leur ville.

— Tu te rappelles, évoque Lalla Aïcha devant sa fille préférée, cette année où tant de femmes ont accouché de jumeaux, pour la plupart prématurés ?… Cet été-là, il y avait chaque semaine une fête où aller. Souvent même deux.

Nfissa écoute sa mère. Seize ans avait-elle alors, l'âge à présent de Nadjia. Joie, légèreté de vivre !… Pour chaque mariage, l'agitation joyeuse des préparatifs occupait toute la semaine. Chaque famille où il y avait fête se trouvait alliée soit à la mère, soit au père de Nfissa : ainsi la cité, autrefois capitale de la province romaine et qui maintenant resserrait ses maisons arabes à l'intérieur de murailles en ruine, bien loin du forum mais tout autour du cirque antique transformé en terrain de manœuvres pour les élèves officiers de la caserne, se quadrillait-elle par les multiples réseaux du lignage et ceux-ci, depuis le temps de l'Emir glorieux mais, hélas ! vaincu, restaient les seules racines des habitants dont la réputation d'indolence, due à une émigration andalouse ancienne, n'égalait que la gaieté connue de leurs femmes. D'autres villes, de mœurs plus austères, critiquaient ce qu'elles jugeaient une licence : lorsque la municipalité décrétait festivités et bals pour la minorité européenne, ne voyait-on pas les musulmanes sortir par groupes, taches blanches aux voiles soyeux, emplir les ruelles qui convergeaient sur la place où, autour des fontaines romaines et sous les chênes vénérables, dansaient les colons et les pêcheurs italiens avec leurs épouses...

— Nos femmes, oui, nos femmes et des plus respectables familles dans cette ville qui offre un tel exemple de laisser-aller, ne les voit-on pas autour de la piste et du cercle des festivaliers, former une masse anonyme, des pingouins tournant la tête de droite à gauche puis en sens inverse pour suivre le mouvement de la valse des autres... ?

La famille de Nfissa, à cause de la rigueur du grand-père puis de Si Othman, ne participait pas à ces habitudes. Par contre, les trois sœurs de Lalla Aïcha qui vivaient seules se comportaient comme les autres citadines. La belle saison amenait les fêtes européennes : fête de la cerise puis des oranges, puis de la Sainte Vierge, puis des vendanges, etc. A chaque fois les anonymes aux voiles de soie, au crépuscule, déambulaient en files claires puis regardaient, regardaient, avec des rires excités et des conciliabules de pensionnaires, le bal des étrangers. Les hommes restaient aux cafés maures habituels, ou se réservaient la promenade sur le boulevard au-dessus du port, lieu trop exposé pour qu'une voyeuse s'y hasardât. Et sans doute, la curiosité bruissante de leurs femmes, serrées les unes contre les autres en un troupeau de curieuses immobiles, rendait les hommes presque méditatifs. A peine s'ils jetaient un regard en dessous sur les épouses et les filles des colons, en décolletés profonds, aux bras de leurs cavaliers. Quelquefois celles-ci maugréaient parce qu'un tel public féminin les empêchait, entre les danses, d'aller dans les alentours ombragés, où la pénombre les invitait à des flirts excitants. Aussi ces inconnues leur paraissaient-elles des rivales sur le guet, qui, pour donner le change, pépient malignement.

Nadjia et Nfissa passèrent entièrement cet été chez leurs tantes. Nfissa, entraînée par des cousines et sa jeune tante Djamila, décidait de se voiler elle aussi.

— Ton père, je te le promets, n'en saura rien !...

— Rien, je l'espère... Si, dans notre ville, je lui désobéis, alors il pensera à ce que je peux faire au lycée, s'esclaffait-elle. Peut-être sortir le dimanche avec les filles de colons qui embrassent leurs fiancés dans des voitures !

Et toutes de pouffer devant de telles éventualités.

Nfissa se voilait donc ; on faisait cercle autour d'elle :

— Vrai, le voile ne te va pas si mal ! Et la voilette sur le visage, regardez comme elle souligne bien ses yeux !

— Nos jeunes gens de la ville vont demander à qui sont ces yeux... les demandes en mariage ne vont pas tarder, les marieuses demain seront chez toi...

Tant de plaisanteries !...

Nfissa montrait avec fierté qu'elle savait, d'un geste sûr, relever le pan du voile : elle ramenait les deux coins inférieurs du rectangle de soie sous le menton et le drapé se faisait, ample au niveau des hanches et des coudes, en fuseau contre les jambes à mi-mollet. Une des tantes protestait :

— Attention, voyons, ne le relève pas davantage, tes chevilles sont découvertes !

Nfissa suivait ses compagnes dans les rues d'ombre. Sa démarche devenait plus harmonieuse, elle le sentait : elle se découvrait une majesté ignorée, comme si, de retrouver, dans cette fugue, l'habit traditionnel que toutes les émancipées, au lycée, avaient, par des serments solennels, juré de ne jamais endosser, lui donnait l'impression de devenir reine déguisée. Elle se perdait parmi les voyeuses sous les platanes. Autour d'elle, des exclamations étouffées fusaient en demi-chuchotements :

— Vois, cette danse...

— Et ce couple, ô Dieu, dire qu'ils s'enlacent ainsi publiquement ! Devant leurs pères et mères !

— La danse est un prétexte...

— Regarde, elle a les épaules nues et la main de l'homme sur sa peau !

— O Dieu, que cette honte préserve les croyants !...

— Crois-tu qu'ils ne dansent qu'entre mari et femme ?

— Non, paraît-il...

— Oh, Dieu, je ne le crois pas !...

— Oh !

Nfissa observait, écoutait... Dans la salle de récréation du lycée, lorsque, à la veillée, les pensionnaires dansaient, elle s'était souvent initiée à ces danses européennes. Perdue sous le voile, parmi ses tantes, elle se soudait à ses compagnes, à leur étonnement scandalisé, mais elle se sentait également ailleurs : sur la piste, elle aussi, pourquoi pas, en danseuse sautillant dans un monde fictif, au bras de jeunes gens sans visage, elle seule à connaître (elle marque le rythme du pied) le vertige de la valse, et ses figures les plus élégantes – déguisée donc sous le voile d'où n'apparaissaient que ses yeux, et néanmoins sur la piste, en irréelle qui ne manquerait aucune des frénésies successives. Soudain, elle se lassait de ces masques, des réflexions de prisonnières bêtement effarouchées autour d'elle ; elle levait les yeux vers les platanes hauts, rêvait devant les faces usées des marbres romains, contemplait avec envie les promeneurs masculins sur le front de mer et regrettait de n'être pas un homme pour pouvoir fuir les rengaines, les vociférations du meneur de jeu dans le bal villageois, fuir jusqu'à la mer, là-bas, jusqu'à l'horizon nocturne… Ses lectures ne la remplissaient-elles pas d'une exaltation informe, le soir et durant les longues siestes, où elle n'avait alors comme confidente de ses désordres que Nadjia encore fillette, dont les yeux écoutaient sa sœur, et pleuraient aux mêmes poèmes romantiques ?

Elles rentraient du bal, bien avant les autres spectatrices, car les tantes ne voulaient pas que des femmes de leur société reconnussent Nfissa… Les commères, le lendemain, en feraient parvenir la nouvelle jusqu'à la lignée paternelle, jusqu'à Si Othman peut-être même. On émettait un regret : de n'apercevoir que de loin les stands de la foire envahis par les hommes : jeux de roulette et balançoires. Elles étouffaient des soupirs déçus puis le groupe se hâtait, trottinait dans les ruelles, et, s'il arrivait qu'un militaire éméché osât accoster ces silhouettes voilées, la plus âgée des tantes le rabrouait par une malédiction au nom de Dieu et du Prophète. L'incident continuerait à faire chuchoter les plus jeunes dans la pièce où les femmes s'allongeaient sur des matelas posés sur le sol.

Nfissa écoutait les conciliabules puérils, se rappelait les dortoirs du lycée. L'une des pensionnaires avait peut-être participé au bal et l'idée la faisait sourire que cette Européenne n'eût pu se douter de sa présence parmi les voyeuses. Elle se garderait de l'avouer. Elle avait la sensation, qu'elle retrouva plus tard à la capitale, de voir seule sans jamais être vue. Ainsi la vie, croyait-elle avec une certitude spontanée, lui réservait ses récoltes, lorsqu'elle se mettrait à parcourir le monde, dévorant tout du regard et à tous, pourtant, aussi superbement invisible.

Lalla Aïcha se remémorait les mêmes fêtes. Elle avait tant goûté la vanité de voir ses filles si admirées par les matrones de la ville ; en particulier Houria (Zineb, déjà mariée, ne pouvait se douter, la malheureuse, que son mari serait tué dès le début de la guerre) à la poitrine ample, aux formes généreuses qu'elle tenait de sa mère. Cependant celle-ci manifestait une préférence pour Nfissa ("elle me ressemble", répète-t-elle à l'époux qui a ramené la jeune fille de la caserne), un peu maigre certes au goût des dames, mais si trépidante, songeait Lalla Aïcha.

Dans ces mariages, les yeux de Lalla Aïcha ne quittaient pas le cercle des vierges qui dansaient, avant que l'on servît sur des plateaux d'argent les gâteaux au miel et aux amandes sucrées. L'une après l'autre, le front ceint d'une guirlande de jasmin, elles évoluaient lentement, devant un orchestre de vieilles, dirigé par une chanteuse aveugle qui fredonnait au rythme d'un tambourin. Chaque danseuse gardait les paupières baissées, selon la coutume, mais autour d'elle les conciliabules s'avivaient :

— Celle-ci est la fille de telle famille, sa mère est la fille de tel… bonne éducation… La mère est d'humeur douce ; la fille semble tenir d'elle… les mêmes yeux… les seins, deux pommes sur le marbre.

— Celle-là, je n'en voudrais pas pour mon fils : sa mère et ses tantes ne sont-elles pas de la race des pleureuses… ? La langue bien pendue avec cela… l'autre jour au bain maure…

— Vois celle-ci, elle danse ; Dieu m'en garde, comme une professionnelle…

— Petite mère, regarde celle-ci qui n'ose même pas soulever les paupières… La pudeur d'antan conserve-t-elle encore des traces ?… Un teint rosé !… Elle ferait une belle-fille fort soumise…

Et les commères poursuivaient, par phrases menues, tout en s'éventant les joues et le double menton avec leur mouchoir de dentelle d'un mouvement aussi régulier que celui du tambourin de la chanteuse aveugle. Chants et danses s'arrêtaient une bonne heure, moment du café et des pâtisseries. On commençait à servir la chanteuse et ses compagnes de l'orchestre, pendant que, sur des *kanouns* posés à leurs pieds chauffaient les tam-tams en peau de chevreau. Ensuite la danse reprendrait, et ce serait le tour des jeunes femmes ; vers la fin de la réception, au crépuscule, les danseuses ramasseraient les pièces de monnaie lancées par les convives. Elles les déposeraient dans le tambourin de l'aveugle qui terminerait par un chant de bénédictions à l'intention de l'hôtesse.

Au cours de ces après-midi de fête, dans ces patios surchauffés où l'attention se concentrait sur la mariée assise en idole sur plusieurs coussins superposés et habillée d'un caftan brodé, Lalla Aïcha rêvait à la manière dont elle organiserait – "si Dieu le veut", ajoutait-elle – la noce de Houria : les demandes en mariage affluaient pour sa seconde, et bientôt ce serait, elle n'en doutait pas, de même pour Nfissa, plus tard pour Nadjia.

— Heureuse la mère qui a tant de filles, de véritables roses, lui disait-on, et, derrière le compliment,

Lalla Aïcha goûtait l'envie qu'elle décelait. Elle s'apprêtait à partir, se répandait en éloges selon le protocole :

— Un pèlerinage à La Mecque, pour la vieille grand-mère !

— Que Dieu fasse ainsi pour le mariage de ta seconde, à l'intention de la mère de la mariée !

— Qu'un jeune garçon vienne égayer le bonheur conjugal de ton fils, terminait-elle face à la belle-mère ; celles-ci, en chœur, répondaient :

— Que Dieu fasse ainsi pour le mariage de Houria et de Nfissa !

Lalla Aïcha, en prononçant modestement le "Amen" traditionnel, s'enveloppait avec orgueil dans son voile.

Comme cet avenir de ses filles lui semblait certain, elle appréciait, plus que Nfissa et en tout cas d'un cœur plus sincèrement vaniteux, l'éclat fragile de ces fêtes.

Au cours de la noce, Nfissa se présentait, à son tour, sur la piste, au centre du patio ; contrairement à ses compagnes, elle n'avait pas attendu que l'invite devienne supplique. Avec deux foulards dans les mains, elle s'inclinait devant l'orchestre pour remercier du chant qu'on entonnait en son honneur, enlevait ses souliers d'un geste de gitane, puis dansait, dansait enfin, dansait à perdre haleine : chanteuse et mariée s'évanouissaient dans le tourbillon, un vertige lent la prenait d'abandonner son corps au rythme, quelquefois de le précéder imperceptiblement d'un mouvement de la hanche, d'un frémissement des épaules renversées, doucement comme un iris ployé par une brise d'une figure des bras prolongés par les foulards, telles des ailes négligemment tombées. Et si son succès était grand, peu lui importait en vérité, car, revenue à sa place, assise en tailleur parmi les adolescentes, elle s'efforçait surtout de ralentir son sang qui battait trop vite, et trouvait que le plus difficile du vertige était de l'éteindre en chute harmonieuse. Lalla Aïcha s'épanouissait sous ces éloges ; au cours de la danse, elle avait joint sa voix aux roucoulements aigres que toutes poussaient du fond de la gorge, en l'honneur de Nfissa.

Ces mêmes cris, voici qu'on les pousse à nouveau lorsque dans cette cabane du douar, Nfissa, suivie de Fatouma, s'est jointe aux paysannes en joie.

Nfissa a évolué à son habitude, tout en chantant elle-même :

— Danse de citadine, s'est exclamée Fatouma qui, sur un rythme différent, a exécuté une danse de frénésie : ventre et reins tremblés. Puis toutes les femmes – quelques jours à peine, se souvient Nfissa, avant la mort de Karim – ont dansé dans leurs robes multicolores, taches vivaces qui tournoient dans la pénombre de la cabane… Une autre fois, Karim, apparaissant soudain, contempla dans la ronde Nfissa qui, s'imaginant dans les patios des étés d'autrefois, dansait éperdument. Au milieu d'une figure que rythmaient les battements de mains des spectatrices, elle aperçut Karim, s'arrêta net.

— Que t'a-t-il pris ? interroge Karim, tandis qu'ils se promènent le long de l'oued.

— Rien… rien, fait-elle avec réticence, puis elle avoue à demi irritée :

— J'ai eu honte !

— Que je te voie danser ? s'étonna Karim. Tu me plaisais… Le feras-tu encore ?

— Oh, répond Nfissa, c'est un plaisir de femme – puis elle ajoute plus bas –, un plaisir de solitaire !

Karim retient l'aveu :

— J'ai honte !

Soudain, il s'impatiente. N'est-ce point la réponse qu'à plusieurs reprises il reçoit d'elle tandis qu'il se penche sur le visage de la jeune fille, l'embrasse, veut percevoir un frémissement du corps désiré. Au premier abandon, succède un raidissement, ou pour masquer le recul, une bouderie quelconque, diversion de la part de Nfissa qui fuit.

— Ce n'est pas une réponse ! s'exclame-t-il ce même soir, violent, et à cent lieues du désir ; il proteste :

— Je ne t'ai pas encore dit : donne-toi à moi ; après tout, je ne veux pas te violer !

Nfissa reste muette ; une paresse la couvre, immobilise son corps, l'empêche de comprendre son désarroi. La chasteté, seule ignorance qu'elle consent à assumer, lui est-elle abri ? Croit-elle inexplicablement avoir tout le temps devant elle ?... Karim insiste. Ils se sont assis près des lauriers-roses.

— Tu seras ma femme !... dit Karim doucement, puis :

— Et si je mourais avant ?

Elle proteste :

— Nous nous marierons, laissons ces préoccupations pour plus tard !

Embrassades volubiles... Elle le fuit encore.

— Tu ne m'aimes pas, tu aimes mon amour pour toi ! conclut d'une voix sèche Karim.

Nfissa se lève. Peut-être a-t-il raison, mais elle en repoussait l'idée ; cette période de marches, de découverte de la nature, d'êtres vibrants, tout cela lui paraissait ("le maquis", disait-on) de merveilleuses vacances. Comme elle avait aimé, dans un précédent douar de montagne, s'asseoir aux côtés de Karim et assister aux réunions du parti qui se faisaient solennelles, presque guindées : discours de responsables, thèmes de propagande développés en déclarations monotones, surtout écoute des paysans et des femmes qui s'installaient, leurs enfants accrochés à leurs mamelles ou sur leur ventre… Le programme était approuvé : oui, on construirait une infirmerie, on organiserait des cours d'adultes.

Une fête, la nuit, commençait… Où sont-elles maintenant ces femmes qui riaient et dormaient avec elle ? (Hier, père est entré en déclarant : "Toute la zone où tu te trouvais a été totalement brûlée, des commissaires de la région sont venus cette nuit et l'ont dit à notre métayer !") Où sont-elles, elles qui aimaient tant danser ? si bien que Nfissa, tout en frappant des mains, se tournait vers Karim et Lila et proposait :

— On pousse des youyous, nous aussi ?

Et elle expliquait à Lila novice comment émettre le cri de triomphe traditionnel.

Elle le poussait donc du fond de la gorge, son guttural répercuté sous les oliviers et, tout au long du cri, ses yeux ne quittaient pas ceux de Karim.

— Je suis si heureuse, soupirait-elle dans ces réunions de village qu'on avait dû interrompre : les renforts de l'armée française avaient augmenté dans la vallée et les partisans avaient dû se réfugier en forêt.

Non, ses yeux ne quittaient pas ceux de Karim, car dans les prunelles sombres du jeune homme elle apercevait un arrêt de l'être entier qui la troublait, ce dont elle ne convenait pas, préférant croire à sa vanité chatouillée. De même, cette première fois où elle s'était déguisée à l'approche de l'ennemi : elle était sortie d'une hutte, transformée dans une robe ample à fleurs sur fond parme, le visage entouré de la coiffe aux franges d'un orange agressif, véritable enfant berbère au regard audacieux… Immobile, Karim la fixe ; elle lui sourit. Sa coquetterie, qu'elle revit aujourd'hui dans l'ombre de la demeure familiale, n'était-elle que satisfaction banale de la femme devant le miroir ? Cette fixation dans les pupilles de Karim se confond avec quelque chose en elle…

“Comme si je l’avais remercié, alors, de si bien me regarder, ce qui me permettait à mon tour d’exister vraiment… Non, rêve-t-elle au milieu de ses sœurs qui dévident la laine que Lalla Aïcha a lavée le matin même puis fait sécher au soleil, il n’était pas seulement mon miroir !…”

L’instant où le cadavre de Karim gît à ses pieds, le chant de la paysanne à ses côtés… elle s’est penchée vers Karim… sans peine au cœur, mais quoi donc… en vérité ? Elle cherche, et Nadjia l’observe ; Houria et Zineb se pressent, la mère attend, les tâches vont se multiplier, le père va rentrer…

— Ce sont ses yeux fermés que j’ai remarqués seulement ; en moi la pensée que j’allais moi-même mourir, que je ne connaîtrais plus jamais le désir de danser ; de pousser des youyous, malgré la paysanne ; … oui, quelque chose s’était arrêté… en moi ou en dehors, je ne sais…

Nfissa éclate en pleurs, s’enfuit courbée à demi jusqu’à l’autre chambre, se jette sur le lit d’enfance. Houria la suit, chuchote contre elle, en lui caressant les cheveux :

— Pourquoi… pourquoi… mon petit ?

— Je pleure enfin pour Karim, dit-elle en bafouillant sans lever la tête.

Peu après, Houria retourne vers les autres.

— Peine d’amour, murmure-t-elle, les yeux aigus.

Nadjia reprend sur un ton ulcéré :

— D’amour, vraiment !

Nfissa s’est endormie au creux du lit ; tout se mêle dans les rêves qui l’habitent : les jeunes filles, les guirlandes de jasmin et la vieille aveugle, dont on raconte qu’elle eut tant d’amants, se présentent à ses yeux d'ombre, jusqu'à la "maison haute", ainsi les tantes appelaient le bordel de la ville, parce que sa lampe restait allumée au crépuscule, visible de toutes les terrasses, maison où, lui semble-t-il en songe, les prostituées dansent, nymphes légères, dans une atmosphère moite de vapeur et de silence ; puis, dans un rêve intérieur au rêve, toutes les jeunes filles de bonne famille, toutes les matrones tranquilles et grasses surgissent devant Nfissa, assises à la turque sur une même file, les orbites vides d'yeux mais les mains actives roulant la semoule dans des terrines en bois de merisier. Il faudra emplir celles-ci de couscous, de viandes, de pois chiches, de sauce fumante, les mendiants attendent sans doute devant les portes ; quelque fête ou quelque enterrement se prépare…

— Tu pleures donc ? demande Nadjia qui entre et secoue Nfissa, puis soudain s'affaisse.

— Oh, je t'en prie, Nfissa, pourquoi ne te sauves-tu pas à nouveau ? Pourquoi… nous…

— Au maquis, répond pour elle-même Nfissa brusquement réveillée, je vivais… et je rêve maintenant… Peut-être est-ce le contraire. Je ne sais ce qu'il faut choisir. Me sauver ? Je ne me sauve pas, il me faut aller de l'avant, oui, c'est cela – et elle se soulève – avancer ! Avancer, reprend-elle, mais comment ?… Oh ! Karim est vraiment mort, je cherche à m'en convaincre encore… Ces dernières semaines ne sont peut-être que rêves… peut-être…

Lalla Aïcha, sur le seuil de la porte, regarde ses deux filles sans les entendre.

— Que Dieu vous garde ! que Dieu garde tous les enfants des croyants ! murmure-t-elle comme s'il y avait danger.

V

“Ainsi le prisonnier. Vu du dehors, le cachot est noir, du moins le croit-on. Or, l’ombre pour les prunelles accoutumées n’est que pénombre, puis clarté diffuse bientôt peuplée d’images, de fantômes, de vie ou de son semblant. Tout paraît simple jusque-là. Mettez le captif au seuil d’une porte. Le soleil, la lumière redécouverte… – je ris et sentis mon rire convulsif. Avez-vous imaginé la seconde de transition ? Celle où la fausse clarté de l’ombre est redevenue opaque, tandis que la lumière du soleil à nu s’obscurcit de grisaille, puis pénètre sourdement dans l’être que l’on libère pourtant…”

Je m’interrompis. Oui, je pensais à la prison où j’avais vécu, dans le midi de la France, prison quelconque d’un si petit village. Nous étions deux détenus seulement, et durant la période où je me fâchai avec mon compagnon de cellule, j’avais inventé un jeu puéril, mais particulièrement distrayant les jours de solitude : vers midi, lorsque le soleil d’été éclairait notre lucarne, je montais sur mon lit, approchais mon visage barbu des barreaux, m’emplissais les yeux de lumière puis me retournais brusquement : le noir d’encre derrière moi s’éclaircissait, s’habitait peu à peu de formes, silhouette de mon codétenu, contours du lit, du lavabo…

enfin, au moment de m'habituer à nouveau à mon univers, d'un coup tourner la tête vers le soleil où la même ombre semblait régner dans un lac blanc… Je décris cela d'une voix paresseuse au sein d'un groupe de compagnons à Tunis. Je surveille sur leur visage un arrêt : j'ai décidé en fait de leur présenter Rachid. L'adopteront-ils ? Comment lui-même les considérera-t-il ? Voici que moi, à mon tour, je m'interroge sur eux, avec une soudaine hâte, comme si je veux comprendre ce que nous avons de commun. N'est-ce que l'exil ?

Rachid arrive à l'heure prévue dans ce café, nombril de la ville, que nous avons surnommé *L'Aquarium*. "Pourquoi Rachid plaît-il toujours tant aux femmes ? me dis-je, en notant les regards soudain neufs des trois filles, dont deux Françaises, qui partagent notre table. Le prétexte du physique se révèle vain : certes la prestance de Rachid, l'élégance de sa haute silhouette, de ses gestes, son visage disproportionné mais que le regard brillant des yeux étroits habite d'une mobilité mystérieuse, constamment sous-jacente – comme si l'extrême laideur pouvait surgir au-delà de la beauté apparente – sont pour beaucoup dans l'inévitable intérêt féminin. Pourtant, Rachid présent, on ne songe pas à dire qu'il est beau, mais seulement qu'il existe, silencieux ou poli ou distrait ou distant, forçant l'attention.

Je ne sais pourquoi je m'interroge maintenant précisément lorsque cela n'a plus à mes yeux d'importance, je veux dire : les femmes. Alors qu'autrefois… une douleur que je crois morte m'a laissé une épine, liée – si souvent y ai-je pensé dans cette prison de village ! – à la mort de Meriem.

Ce jour-là, j'étais passé la voir à l'aube. L'interne de service, un camarade, m'avait prévenu qu'elle n'en avait plus pour longtemps et je revois encore l'air étonné de celui-ci, parce qu'il la croyait ma parente. J'entrai. Elle avait les yeux ouverts, un regard qui me parut égaré ; ses cheveux étalés sur le drap, et dont la racine révélait que leur couleur rousse n'était point naturelle, ses pommettes plus saillantes qui allongeaient son nez, ses yeux, seuls restes de sa beauté d'hier, pourtant une douceur persistante posée sur ce visage comme par mégarde, c'était donc elle que Rachid et moi avions également aimée.

Meriem me reconnut. Elle parlait avec peine. Sur le moment, je restai froid en vérité, avec un froncement de sourcils. Par lâcheté, pour simuler un intérêt que je ne ressentais plus (je me souviens avoir regretté dans un éclair : "Pourquoi suis-je revenu ? Une fois, cela suffisait bien"), je me penchai sur ce visage moribond, qui redevint soudain pour moi visage de prostituée : l'image de Meriem contre moi, entre les draps, demandant à boire, puis chantonnant, flottait encore. Trois mois auparavant seulement, Meriem fut ma première épouse et, pendant de si nombreuses matinées... Heures d'amour, et de recueillement dans la cellule ensoleillée, les bruits du bordel me parvenant lointains, comme s'ils mouraient progressivement au large de notre silence. Avons-nous durant quelques heures formé un couple vrai ? Oui, en vérité, et c'était déjà beaucoup. Mais, injustice, voici que cette femme reprend le masque de souillure à l'approche de la mort comme si, dans cette activité qui d'après elle la maintenait en sommeil ("Je fais l'amour comme je dors. Je m'oublie. C'est simple"), son être s'était dissous pour le saut final.

Qu'ai-je besoin de regretter ? De l'avoir revue en étranger ?... Elle ne souffrait pas, du moins le croyais-je.

— Cela va bien ? demandai-je banalement en évitant son prénom. (L'ai-je déjà si vite enterrée ?)

Elle me fixa ; je vis son regard lentement virer… Moi, moi qu'elle voit ou ?… Je suspendis la question. A présent, dans *L'Aquarium*, parmi notre petit clan qui cherche à se définir par rapport à cet étranger, mon ami, je reprends la question : moi, moi qu'elle voit ou… Ma pensée s'arrête face au nom de Rachid, le prononce enfin.

— J'ai soif, un peu d'eau… de l'eau, gémit Meriem.

Je demandai à l'infirmière un verre : de mon doigt, je lui mouillai les lèvres, l'une après l'autre ; par ce geste plus filial qu'amoureux, je tentai d'excuser la distance entre nous. Mon seul don, pensai-je en la quittant.

Elle mourut à la fin de la matinée.

L'interne vint me prévenir dans le service où je travaillais : qui fallait-il avertir ? Je promis de me charger de tout ; j'allai l'après-midi à mes cours habituels. A la fin de la journée, je pris le chemin de la Casbah, montai l'escalier qui longeait le jardin à la coupole. Me voici encore dans le hall de l'école, la mort de Zhor était survenue six mois auparavant environ ; la vie s'évertue-t-elle à dérouler fils et situations identiques ? J'annonçai la nouvelle à Rachid qu'on n'avait pas eu besoin d'appeler parce qu'il allait sortir.

— Un rendez-vous en ville, avait-il dit, mais à mes premiers mots, il ajouta :

— Partons.

— Et ton rendez-vous ? fis-je.

— Aucune importance, une fille. Je laisse tomber.

Nous passâmes une partie de la nuit en allées et venues. A la fois pressés pour régler cette affaire, et tenant pourtant tous les deux à marcher, bien que l'hôpital et la maison de Mme Roberte fussent aux deux extrémités de la ville. L'hôpital d'abord.

— Des parents ? demande l'employé de service.

— Des amis, répondis-je.

Nous emportons des papiers à faire signer : attestation de lieu de résidence ; état civil, etc. Rachid s'irrite, saisit le paquet.

— Allons chez Mme Roberte ! décide-t-il, et nous voilà à déambuler, tandis que les rues se dépeuplent à certains endroits, s'animent à d'autres, par paquets irréguliers.

Mme Roberte nous reçoit plutôt froidement. Elle préférerait laisser tout au lendemain, c'est l'heure d'affluence maintenant.

— Tout de suite, murmure Rachid qui se rapproche, ajoute quelques mots que je n'entends pas d'une voix contenue, presque menaçante.

Mme Roberte hésite, va pour dire quelque chose. (Je l'entendrai quelques jours plus tard raconter à la fille qui a pris la cellule de Meriem : "Ils étaient là pressés, pressés, comme des croque-morts… comme s'il fallait l'enterrer de suite !") Elle signa la plupart des papiers présentés. En sortant, il nous fallut aller au commissariat voisin. Même indécision, chez l'agent de service, puis soumission devant la voix d'acier de Rachid. Notre marche à nouveau jusqu'à l'hôpital.

Je me sentais las ; j'aurais eu besoin de dormir, m'étant levé tôt le matin, mais Rachid semblait infatigable. Comme probablement il m'aurait dit : "Va dormir" mais qu'il aurait continué seul à aller et venir, habité par une ardeur sourde, une irrésistible curiosité me faisait continuer, bien que l'absurdité de cette hâte augmentât ma fatigue.

Je ne sais pourquoi, peut-être pour ponctuer cette agitation – les rues restaient éclairées mais vidées ; ruisseaux de lumière, elles semblaient un décor aussi artificiel que nos démarches – je me mis à raconter à Rachid ma visite : Meriem qui demandait de l'eau, mes doigts sur ses lèvres… Non, à cet instant, je mentis :

— L'infirmière, dis-je, lui mouilla les lèvres.

Rachid m'écouta sans répondre, nous continuâmes d'un pas égal. Un passant, plus loin, reconnut Rachid : Sid Ali, le viveur. Il allait nous aborder quand Rachid le salua d'un geste bref de main, d'un air de le chasser. Nous poursuivîmes notre chemin.

Ainsi (mon souvenir tremble comme la lueur d'une bougie finissante), Rachid ne répondit rien à mon évocation de l'agonie de Meriem. Mais peu après – est-ce vraiment peu après, je ne sais trop... – sans doute à notre retour de l'hôpital où l'on nous promit de s'occuper du transport du corps – il s'arrêta en pleine rue (ma mémoire redevient précise), face à la poste centrale, pâté d'architecture pseudo-hispanique :

— Il nous faut un *taleb* pour dire cette nuit des prières... il nous faut...

— Comment le trouveras-tu ?

Je l'interrompis, mon désir de dormir devenait exigeant.

— Il faut payer ! On paye tout, mais rarement d'une façon correspondante... Des prières pour de l'argent, c'est assez banal... Cela ne nous est pas encore arrivé, c'est tout...

Il fouilla ses poches.

— Le prix d'une place de cinéma, c'est maigre, dit-il, à peine une heure de prière de *taleb*, et encore, peut-être pas dans une mosquée, et sans cierge, et même pas le vendredi !

— Depuis l'âge de treize ans, dis-je, je n'ai plus prié. Ma prière gratuite serait vaine...

Je plaisantai.

— Elle ne m'a pas fait payer, quand je couchais avec elle, murmura Rachid après un silence. Elle n'en parla pas, mais dès le premier instant, je sus que je ne devais rien lui proposer... Il nous faut payer pour elle, maintenant qu'elle couchera avec la vermine...

Son calme devenait si abrupt que je l'écoutais comme s'il parlait de son épouse morte. Je proposai ce que j'avais en poche : j'avais touché la veille un trimestre de ma bourse et me trouvais assez riche…

— Je rentre, décidai-je.

Les jours suivants, je me gardai de l'interroger, mais des années plus tard, je rencontrai le cheikh, notre ancien professeur. Ce jour-là, je sortais de ma première prison et le cheikh avait pleuré en me voyant. Longues embrassades. Evocation de notre adolescence, de Rachid dont je n'avais alors nulle nouvelle.

— J'éprouve un remords, dit soudain le vieux, en plissant les yeux d'émotion. Cette fois où il vint me réveiller en pleine nuit dans ma demeure pour que je prie sur quelqu'un de cher qu'il avait perdu…

— Il est venu à toi ?… m'étonnai-je.

— J'en avais été scandalisé, puis offensé car je pensai alors qu'il se moquait de moi : son père, le lendemain, me confirma que personne n'était mort dans la famille… qu'il me pardonne là où il se trouve !… Savais-je – et il dévida une citation du Coran – savais-je que vous étiez déjà nos véritables héros ?

Interloqué devant son emphase, je protestai :

— N'exagère pas, cheikh, nous étions jeunes, c'est tout…

— Oh ! insistait le cheikh, et sa barbiche frémissait d'un lyrisme sincère, oh ! c'est nous les aveugles, les rabougris, les arbres desséchés par la tornade…

Ses yeux s'humectèrent d'apitoiement sur lui-même ; je le quittai.

A *L'Aquarium*, tandis que le groupe se lève dans un désordre bruyant, j'interpelle Rachid près de moi :

— Tu sais bien, le cheikh…

— Oui ?

J'évoque ma rcncontre avec lui, cette époque de Sarkadji aux créneaux bourdonnant des chants des prisonniers.

— Non, on n'y guillotinait pas encore, répondis-je à l'une des filles.

Larmes et regrets du cheikh importent peu à Rachid. Ce vieillard à la face d'Oriental tremblotant lui rappellera-t-il l'image pâle de Meriem ? Je me prends à en douter. A chacune de mes tentatives pour renouer le passé entre nous, je sens en Rachid comme une surdité volontaire, sans doute pour me décourager. Je ne me décourage pas. Finira-t-il par comprendre qu'il n'y a, dans mon attitude, nul sentimentalisme… mais quoi, en vérité, un besoin équivoque de faire revivre plus intégralement l'autre, le frère inséparable, ou une interrogation, pour m'assurer que Rachid présent est bien celui du passé ? Qu'il le confirme, en se joignant à mon retour en arrière :

— Je suis bien moi-même celui que tu voyais, et pourquoi pas ? tu es toi aussi le même, non pas l'ombre que tu croyais autrefois, ou que tu sembles aujourd'hui.

Aujourd'hui, hier… Est-ce vraiment cette danse cahotante que nous voulons entreprendre en éveillant les souvenirs ? Je ne crois pas. M'indiffère vraiment le temps et, à trente ans, je me sens, avec appétit, projeté en avant. Qu'y a-t-il donc derrière cet intérêt tenace pour ces ombres de la prison, par exemple, lorsque, comme je le racontais tout à l'heure, je retournais la tête du dehors vers ma cellule et que je finissais par me demander, dans cette transition entretenue de l'ombre et de la lumière, où était la prison, où se trouvait l'extérieur.

— La liberté, soupirait dans son coin mon compagnon, d'une voix assoiffée.

Je suis, pourquoi le cacher, heureux d'avoir retrouvé Rachid. Depuis mon retour des frontières, partout ce sentiment m'accompagne, tandis que, en ces mois d'automne, notre service est submergé par une initiative lancée par notre équipe : regrouper les orphelins réfugiés dans des maisons d'enfants. Des amis, certains, des Français, objecteurs de conscience, insoumis, enseignants dans ce pays hôte, tiennent avec nous des réunions pour choisir les méthodes d'éducation et le système pédagogique appropriés. Je n'ai guère d'heures libres, je vois Rachid rarement ; je ne lui parle plus du travail. Peut-être parce qu'il a souri, alors qu'il venait à peine de sortir de la guerre et de sa gueule noire, lorsque je nommai mon service : "Affaires sociales". Pourtant, tandis qu'avec quelques autres, je parcours les environs de Tunis – à la recherche des locaux et du site le plus approprié pour y installer nos enfants – d'abord cinquante garçons, puis cinquante filles, puis, Dieu le veuille comme disent nos vieilles, davantage encore… –, il me semble que c'est notre enfance et son décor, la petite ville encerclée de montagnes, notre quartier à demi rural contre le pied du plus haut massif, et nos rires, et nos fêtes d'alors, que je tente de reconstituer.

Mes compagnons accomplissent ce travail comme un autre. "Les gosses", dit Ramdane que j'ai retrouvé et qui sert tout aussi joyeusement de chauffeur. Nous visitons quelques fermes à louer et, pour finir, une fabrique abandonnée ; ses vastes hangars pourront-ils servir de dortoirs, de salles de classe, de réfectoire ?… Combien de temps, d'argent, pour les frais d'emménagement ?… Tous donnent des conseils, formulent des mises en garde. Ma tâche est de noter, d'établir un rapport pour le lendemain, mon plaisir de regarder ces lieux désolés et de les imaginer demain… non, hier. Autour de moi, le dialogue se poursuit :

— Demain, ce sera la paix. Si vous tardez trop, autant faire de telles constructions chez nous !

— Chez toi, vieux frère, tu auras tout à reconstruire.

— Et pas les maisons, d'abord, mais les hommes.

Oui, vraiment hier :

— Pas de lavabos ! Dans le temps, chez moi, bougonne quelqu'un, la fontaine de la cour suffisait à la toilette.

Ramdane éclate :

— Eh bien non, "dans le temps" comme tu dis, ce n'est plus un critère !

— A noter, cela aussi ?

J'interviens, crayon en main, pour clore la querelle. Trois fermes pour aujourd'hui, cela suffit. On a trouvé une maison en ville, hier, vieille mais pratique, beaucoup de chambres ; pour l'école on pourrait s'arranger avec celles du quartier.

— Mais les gosses, intervient un autre en gesticulant, ça bouge, ça a besoin d'espace. Où pourront-ils s'amuser ? Dans la rue peut-être !

— Comme dans le temps… ironise Ramdane sur un ton vindicatif.

Les discussions continuent pendant que nous traversons cette banlieue qui respire la pauvreté et la gaieté mêlées. A brûle-pourpoint, Ramdane me demande des nouvelles de Rachid.

— Il va bien, dis-je.

Je le sens face à son volant, désireux de poursuivre. Je me cale la tête ; faire comme eux. Ramdane pose d'autres questions sur la date d'arrivée des enfants des frontières, sur le financement pris en charge, en partie, par un organisme international, sur une représentante de celui-ci :

— Une vieille fille danoise, précise-t-il, et il prend l'air important parce qu'il lui a servi de guide depuis son arrivée.

Je l'entends vaguement enchaîner sur le Danemark et "tous les pays riches du Nord". J'ouvre un œil.

— Un paradis ! continue-t-il avec assurance comme s'il y avait habité. Chez nous (il s'arrête, cherche, passe à l'arabe), une terre de soleil et de punaises !

Content de sa formule, il éclate d'un long rire.

— Tas de punaises ! clamait l'aïeule, droite et formidable parce que nous avions dérangé par nos cris d'enfants son heure de méditation religieuse. A Rachid et moi, s'étaient joints les rejetons de la voisine qui occupait la chambre du premier, "l'étrangère", l'appelait-on car elle et son mari venaient d'une ville de l'Est : ils parlaient un arabe au son différent, où la prononciation de plusieurs lettres se confondait si bien que mère s'irritait de ne pas comprendre cet "anglais", disait-elle. Autre nouveauté : le mari, qui avait inspiré confiance à Sidi parce qu'il était fonctionnaire du gouvernement et qu'il pouvait payer une si belle chambre, battait quelquefois sa femme, souvent même quotidiennement.

— Mœurs de Bédouin ! avait jugé l'aïeule avec mépris.

Sidi, sur les remarques de celle-ci, avait dû en faire la remarque à l'homme. Par la suite, on n'entendait plus rien mais mère soupçonnait l'homme (elle crachait à son nom, se maudissait elle-même d'avoir laissé Sidi louer à un "tel bélier dans la maison de nos pères") de bâillonner son épouse avant de la battre. Celle-ci, d'ailleurs, malgré les invites de nos mères, ne paraissait presque jamais, ne se mêlait pas à elles pour prendre le café.

— Aurons-nous le cœur à manger et à rire, si tu es seule dans ta chambre ! disait Lalla, et elle souriait pour apprivoiser l'étrangère.

Chaque année, celle-ci avait un enfant et je ne me souviens d'elle qu'avec un ventre rebondi, dont nous nous moquions, Rachid et moi (à cinq ans, nous le montrions à Zhor en la menaçant de l'ouvrir nous-mêmes pour l'y engloutir ; pendant longtemps, nous comprenions ainsi la mort : une cachette dans le ventre de l'étrangère). Ses enfants se mêlaient à nos jeux, et la maison, dès que les hommes sortaient après les repas, résonnait de nos cris. L'aïeule surgissait donc, menaçante, elle répétait :

— Punaises !... Race de punaises !

Nous fuyions dans la rue.

La vieille retournait à sa chambre toujours noire ; il arrivait quelquefois que Zhor refusât de nous suivre. Elle se glissait contre le mur, au-dessous de la fenêtre de l'aïeule et demeurait là, les yeux grands ouverts :

— Je l'écoute chanter, me disait-elle d'une voix douce quand je venais la chercher. ("Elle était douce... douce", avait sangloté Rachid à la mort de Zhor.) En effet, la voix chevrotante de l'aïeule ne cessait de chanter les versets du Coran, tout en marchant de part et d'autre de la chambre, énergique, acharnée malgré ses quatre-vingts ans... Ce n'était qu'une tante assez éloignée de Sidi et de mère mais elle remplaçait notre grand-mère. Zhor écoutait ces chants avec ravissement ; je revois encore la fillette aux yeux songeurs... jeune fille, au moment sans doute de ses fiançailles, elle gardait cette concentration pieuse du regard quand parvenait jusqu'à nous le chant du muezzin...

— Si je préfère Zhor, avouait quelquefois Sidi très haut, c'est parce qu'elle est pieuse.

Il disait cela quand les soirs de ramadan, nous devions attendre pour dîner, alors que Zhor avait suivi Lalla et mère pour prier d'abord… Et nous restions là, les "hommes", puisque nous nous étions arrêtés dans cette pratique, cinq fois par jour, de la prière commencée pourtant dès nos sept ans selon la tradition… Etait-ce moi, était-ce Rachid qui a rejeté le premier l'humilité ?…

— Tu ne pries plus, avait soupiré Lalla, la voix transparente.

Lequel de nous deux avait répondu ? Moi, certainement car c'est moi – je me le dis maintenant tandis que je rédige mon rapport sur les fermes visitées – qui ai besoin de confirmer, ou plutôt d'affermir par le discours mes actes, leur donnant un je ne sais quoi de défi. Rachid agissait comme distrait des autres, il avait souri simplement à Lalla puis avec une tendresse pleine de grâce que lui donnait sa taille trop haute, il lui avait baisé cérémonieusement la main.

Nous attendions donc, Rachid et moi, âgés alors de quatorze ou quinze ans, auprès de Sidi qui prenait une attitude de méfiance et de satisfaction bourrue à notre égard. Toutefois, il se rattrapait devant nous par une citation abusive de Dieu dans ses discours, et un rigorisme à l'égard de tel ou tel individu connu – malédiction ! – pour aller s'enivrer près du mur des ivrognes, ce lieu que nous connaissions déjà du côté de l'oued. Là, en effet, quelques vieux de la ville musulmane venaient chaque soir boire à leur aise ; boucs émissaires de la communauté des croyants, ils nous fascinaient : une fois, nous étions allés les surprendre sur l'invite de Rachid qui insistait, comme pour un pèlerinage. La plupart, des “anciens engagés, disait-on, dans l’armée française pour l’Indochine”.

— La lie de la région, ajoutait Sidi méprisant.

Nous y étions donc allés… je me souviens que Rachid et moi étions habillés de gandouras blanches dont nous tenions le pan de devant relevé d’une main, et nous marchions clopin-clopant.

— Jusqu’au mur, avait ordonné Rachid.

Devant les quatre ou cinq hommes affalés sur les pierres, sortant avec des airs majestueux quelque bouteille d’un sac en caoutchouc, nous étions restés là à contempler le spectacle, jusqu’au moment où l’on nous chassa à coups de pierre… Or, nous ne pouvions courir car nous étions à quelques jours seulement de notre circoncision – fête dont toute la famille parla si longtemps après, car Sidi avait fait venir les deux chanteurs andalous réputés de la ville. Tout le quartier, hommes d’un côté, femmes de l’autre, avait assisté au concert. Dans l’après-midi, à l’heure qui précède la prière du crépuscule, nous avions été présentés au circonciseur : Rachid le premier, moi ensuite ; nous n’avions pas voulu pleurer en offrant notre pénis au couteau et à la main tremblotante de l’homme qui, invoquant Allah, en avait coupé le bout… Je me souviens, quand on emmenait Rachid dans les bras de son père jusqu’aux femmes, avoir regardé mon sang jaillir et se mêler à la flaque rosâtre laissée par Rachid… De la chambre des femmes, c’est le son plus clair de la voix de ma mère que j’entends monter au ciel en trémolos joyeux, distinct des cris du chœur… Nous gisions ensuite l’un contre l’autre, Rachid et moi, sur le lit à baldaquin, étendus comme “des agneaux”, “mes hommes”, gémit l’aïeule attendrie. Toutes les femmes nous contemplent, ainsi nus jusqu’à la ceinture ; pour nous distraire de la douleur, un foulard est ouvert devant nous, s'y amoncellent pièces de monnaie et même billets que chacune nous offre. Les femmes rient : odeurs d'eau de Cologne, d'eau de rose et de jasmin mêlées… Rachid s'assoupit, je m'entends ensuite gémir imperceptiblement dans un demi-sommeil lourd ; Lalla de sa voix inquiète :

— Il perd encore son sang !

Mère avec son ton de guérisseuse :

— Non, pas d'inquiétude… Mais si cela continue, je lui préparerai un baume.

Dans la chambre, deux invitées nous éventent l'une et l'autre tout en s'entretenant des derniers accouchements dans la ville… Dehors, la voix du chanteur essaie les variations du prologue avant d'entonner l'hymne en l'honneur du Prophète… Jours suivants, jours de vacances ; fiers de notre gandoura blanche, nous nous aventurons tous les deux dans des quartiers inconnus : cet hôtel dans le centre, non loin d'une école : Hôtel de Paris, lisons-nous avec application avant d'approcher, Rachid, plus petit que moi alors et paraissant plus jeune, moi avec mon "regard naïf" dirent les dames que nous y vîmes, le visage peint et parées de robes soyeuses comme dans les fêtes de chez nous ; par la fenêtre, elles se mirent à nous lancer des mots de tendresse. Le soir au repas, moi, tout fier et racontant nos nouvelles relations. Sidi, un sourcil relevé :

— Je vous défends d'aller dans cette rue…

Rachid propose le lendemain :

— Retournons-y.

— Nos premières amies furent des prostituées, tu te souviens ? me dira soudain Rachid le jour où il fut mon introducteur chez Mme Roberte. Elles nous avaient préparé l'une des dattes, l'autre des billes et la troisième nous demandait des nouvelles de notre circoncision…

il n'était pas loin de midi ; à la première silhouette qui de loin ressemblait à Sidi, nous détalions et Rachid, l'air gai, clopin-clopant, ordonnait :

— Préparez-moi des billes, nous reviendrons !

Ma mémoire n'a gardé de cet hôtel que cette fenêtre, au-delà, les rires des pensionnaires que nous trouvions de véritables dames, encore que l'intérieur des lieux nous parût si sombre. Notre audace augmentait tous ces jours, d'où cette promenade au "mur des engagés", notre fuite ensuite, poursuivis par les jurons d'un ivrogne à la barbe blanche… Une pierre de lui m'atteignit, mon pénis encore meurtri saigna beaucoup ce jour-là sans qu'à la maison on comprît pourquoi. Mais l'un des chanteurs andalous, hadj de surcroît (ami de Sidi, il possédait la plus belle boutique de tissus), nous rencontrant là, descendit de son vélo, s'arrêta pour nous demander comment nous allions… il bégayait quand il ne chantait pas, et nous l'aimions parce que son visage vieilli respirait une douceur harmonieuse ("sa voix est si tendre, une tendresse qui va au cœur", disait-on de lui et de son art). Essoufflés par la course, nous cachions mal devant lui notre escapade :

— D'où venez-vous ainsi, les circoncis d'hier ? demandait-il sur un ton espiègle.

Rachid bafouillait, moi je regardais de loin le mur – un vulgaire mur de casernes, qui faisait face aux peupliers de l'oued – et Hadj enfourchait alors sa bicyclette :

— Le jasmin du jeune marié a laissé son odeur sur vos fronts !… que Dieu vous guérisse !

Comme nous avions craint qu'El Hadj ne parlât de notre fugue à Sidi !

Enfin, nous préparons l'arrivée des orphelins des frontières. La vieille fille danoise est de retour. Elle découvre tout en même temps : la guerre et le soleil ; les mendiants de Tunis et les réfugiés. Elle reste là assise parmi nous dans cette pièce aux murs ornés de drapeaux mal cousus... Elle parle des mosquées visitées hier, du chant du muezzin, des danseuses du ventre, et elle rit comme une fillette, avec un rire clair qui plisse son visage rougi de soleil : elle trouve assez de force pour faire la touriste banale au milieu de sa tâche d'expert en charité... et la première tâche m'amuse bien plus que la seconde ne me touche. Me voici engagé avec elle dans un exposé sur notre musique populaire, mes maigres connaissances théoriques en musique andalouse la rencontrent attentive. Elle s'est déjà munie de disques et l'apparente monotonie des airs qui rebute ordinairement l'ouïe occidentale n'a point raison d'elle...

— Notre musique ressemble à nos maisons fermées à la rue dans nos médinas, lui dis-je. Chaque maison ne présente au-dehors qu'un mur, un seul ornement, le loquet en tête de lion.

— L'intérieur serait-il un palais ? ajoute-t-elle amusée.

— Oh non ! dis-je... mais la vie même... Des marbres, certes, mais aussi des rires de femmes, des soupirs, un labeur et un gémissement continuels. Ce contre quoi nous luttons, concluai-je.

Elle sourit ; ce même sourire, elle l'a en spécifiant que leur organisation obéit seulement à des sentiments humanitaires, jamais politiques. De la frime !

Chaque jeudi, parce que Nfissa et Nadjia n'allaient pas en classe, Lalla Aïcha les emmenait au bain maure. Nfissa revit ces heures, lorsque le soir, au seuil du sommeil, elle glisse des rêves de la mémoire aux songes incertains. Le temps du bain, un après-midi étalé dans des buées grises comme si, dans ces salles dallées de marbre où stagnait la vapeur amollissant les corps lourds des femmes, les heures se suspendaient... et de même les sons flottaient dans l'air sous les vitres du plafond.

Nfissa enfant chérissait en sa mère mille détails qui la distinguaient des autres, dans les réunions féminines. Parce qu'elle était d'une famille de notables de la ville proche, parmi les villageoises du bain elle détonnait par les soins dont elle s'entourait sans affectation et Nfissa (à cinq, six ans, elle paraissait fillette banale dont on ne louait que les yeux trop brillants) en ressentait une vanité de coquette : ainsi Lalla Aïcha, en se déshabillant dans la salle recouverte de nattes et de quelques matelas, dédaignait les pagnes de cotonnade que les femmes nouaient sur leur poitrine ; non, Lalla Aïcha gardait, de son trousseau dont elle parlait et qu'elle détaillait plus de dix ans après son mariage, une multitude de robes comme celles que Nfissa vit plus tard portées par les Occidentales sur les plages. Jusqu'à sa pruderie qui paraissait de la plus haute distinction à la fillette qui entrait, habillée comme Lalla Aïcha, d'une robe au dos et aux épaules nus : au cœur du hammam, si par malheur Lalla Aïcha n'avait pu avoir la cabine (il n'y en avait qu'une) réservée, la vieille laveuse qui les prenait en charge devait étaler devant elles un paravent pour que Lalla Aïcha puisse décemment enlever sa robe. Et le coffret de toilette spécial pour le bain ! (Nfissa l'a retrouvé voici quelques jours, en se mettant – préoccupation étrange – à faire l'inventaire des placards où dorment intacts objets ou vêtements de l'enfance.) Dans la ville, ce coffret était classique, il figurait dans tous les trousseaux des mariées où le bain est la sortie la plus importante, mais au village, son luxe détonnait : boîte d'osier rectangulaire, il offrait un extérieur quelconque mais quand on l'ouvrait, doublé qu'il était de satin rose, avec des miroirs qui le tapissaient, des poches pour les serviettes, le linge de corps, les peignes, les tasses de cuivre, Nfissa le fixait à chaque fois du même regard que les villageoises qui tournaient lentement la tête au moment où Lalla Aïcha l'ouvrait : un véritable bijou.

Un rite présidait au bain hebdomadaire. Encore à présent, il demeure puisque Nfissa a accepté de se voiler pour y accompagner sa mère : après une heure de salle chaude – et Nfissa retrouve, comme en un lieu toujours habité par les mêmes êtres fantomatiques, les femmes nues dont certaines se sont enduites bras et jambes d'une pâte épilatoire qui les transforme en clowns violacés, leur face rougie restant immuablement noble ; d'autres femmes s'enduisent les cheveux de henné dont elles conservent le reste en plaques rougeâtres collées sur les parois de la salle.

Nfissa et Nadjia sortaient se reposer avec Lalla Aïcha dans une chambre à la température plus douce : ici, les corps rougis et les chairs amollies s'étalent sur les marches refroidies tandis que, de la main, l'on verse sur les pieds encore chauds des tasses d'eau froide, là, on épluche des oranges, des mandarines – mais à présent, dix ou quinze ans après, le progrès donc, toutes les femmes exigent de la caissière des bouteilles de soda dont quelques-unes discutent le prix avec un plaisir âpre, ce que Lalla Aïcha dédaigne. Nfissa, rendue docile dans cette atmosphère du bain, est là de nouveau, dans cette halte recherchée ; comme autrefois, elle tient dans sa main le même bol de cuivre et elle s'asperge d'eau glacée les pieds et les mains. Nadjia a refusé de sortir, elle se lave à la hâte pour pouvoir ensuite attendre sur un matelas du hall sa mère et Nfissa à qui le rythme du bain leur paraît aussi solennel que celui d'une messe.

Assise pour l'instant, Nfissa écoute les villageoises échanger avec sa mère des propos volubiles, comme autrefois menus potins, chaîne monotone des récents mariages, ou circoncisions, ou enterrements, quarantième jour de ceci, septième jour de cela, mais chaîne entrecoupée à quelques reprises par des nouvelles sur les combats des montagnes, bilans que les tribus des alentours font parvenir jusqu'au village par les vendeuses d'œufs et de volailles. Nfissa écoute à peine, elle observe sa mère qui entrecoupe les récits de louanges à Dieu, ou d'invocations au Prophète : le visage maternel s'adoucit dans cette pénombre moite, il respire la bonté mais avec une sorte de réserve – celle-là même qui autrefois faisait que la présence de la dame ("Lalla", l'appelait-on partout, même de la part des femmes plus âgées, ce que Lalla Aïcha refusait, et c'étaient des politesses à n'en plus finir) diminuait d'un ton les bavardages.

Lalla Aïcha, en compagnie des deux fillettes entrant au bain, c'était un tableau dont la sérénité harmonieuse surprenait les baigneuses ; et quand, le paravent baissé, elle peignait les longs cheveux mouillés de Nfissa ou de Nadjia, comme elle savait recevoir des autres compliments sur les fillettes, vœux pour leur santé, leur beauté, leur mariage et leur fructification quand elles grandiraient ! Nfissa prenait l'air faussement gêné quand l'une des laveuses se penchait pour l'embrasser en disant :

— Comment va notre petite jeune fille ?

Lalla Aïcha répondait paisiblement pour ses filles qui becquetaient un baiser, et la vieille de répondre :

— Tu les marieras bien, si Dieu le veut, ô Lalla ! Elles ont hérité de ta beauté et de ton noble sang.

— Tu te souviens ? demande Nfissa à Nadjia qui sourit à peine de cet attendrissement, la caissière nous offrait une orange, une mandarine, et quand mère refusait, celle-ci prenait un air scandalisé, jurait par Dieu, ce qui était grave et définitif, car, disait-elle, ces fruits venaient du jardin que son époux lui avait laissé à sa mort.

Cette station dans l'antichambre se prolongeait tandis que les premiers groupes de femmes, emmitouflées sous leurs voiles de serviettes, se préparaient à sortir ; le battant, au loin, de la porte s'ouvrait, un brouhaha confus parvenait aux filles de Lalla Aïcha, alors Nfissa se sentait à l'abri, croyant ne plus jamais sortir de ces lieux chuchotants... Soudain un son de cuivre, une tasse tombée, un cri d'enfant que la mère avait trop frotté avec le crin, perçaient la moiteur enveloppante des lieux, puis de nouveau la symphonie douce du brouhaha atténué revenait, tout s'harmonisait, rougeur des visages, adoucissement des voix, vapeur de l'eau bouillante dans l'étuve au trou noir, robinet ouvert en jet trop violent si bien que la gérante de la caisse envoyait une des laveuses sermonner la cliente gaspilleuse, et le balai qui faisait gicler les déchets (cheveux, eau savonneuse) vers les égouts, l'odeur des pelures d'orange que l'on écrasait, enfin le merveilleux bien-être du corps... Oui, Nfissa se sentait (maintenant elle trouve le mot et s'étonne elle-même comme si la pruderie bourgeoise de Lalla Aïcha s'était transformée chez elle en effarouchement intellectuel), se sentait voluptueuse.

Il fallait rentrer dans la salle chaude. Nfissa s'imaginait devenir eau qui coule. Plus rien n'existait : une porte s'ouvrait, du dehors parvenaient encore des bruits de femmes qui entraient, d'autres qui sortaient... Tout finalement s'étouffait comme si Lalla Aïcha et ses deux fillettes avaient coupé l'amarre délibérément, et aux yeux de Nfissa, toutes ces femmes – jusqu'à cette vieille laveuse qui, un mince chiffon entre les jambes, laisse apparaître avec une simplicité d'asexuée un ventre aux multiples rides froissées autour du nombril –, toutes, deviennent fantômes dans un royaume d'ombre chuintante.

Lalla Aïcha se levait, et l'engourdissement devenu bourdonnement si agréable s'étirait, se rompait. On poussait la porte de la salle chaude – aujourd'hui, Nfissa redécouvre cette porte : un bois ancien et noir, au-dessus une roue sur laquelle joue une corde, au bout de celle-ci une énorme pierre bat contre la porte et la referme.

— Tu te souviens ? dit Nfissa à Nadjia qui finit de se laver pour sortir.

— Oui ? demande la sœur avec patience.

— La porte… Tu te souviens ce que nous nous disions de la porte quand nous étions petites et que nous suivions mère pour entrer ici ?

Nadjia sourit, mutine en vérité, presque attendrie ("Les souvenirs te touchent enfin", pense Nfissa).

— Nous disions, évoque Nadjia, c'est la porte de l'enfer.

Au cœur du hammam, Lalla Aïcha précipitait tout : elle lavait la tête de l'une pour la troisième fois, confiait la seconde à la vieille laveuse. Nfissa préférait s'asseoir entre les genoux de sa mère, sentir contre elle le corps gras et la robe de bain mouillée. Merveilleusement passive, elle gardait les yeux fermés jusqu'à ce que Lalla Aïcha lui rinçât les cheveux avec un soin méticuleux. De nouveau, un souvenir surgit en Nfissa qui à présent se lave seule, souvenir de ses cinq ou six ans sans doute puisqu'il s'agit des pleurs qu'elle poussait dès que Lalla Aïcha lui frottait les cheveux. Elle se le rappelle bien, elle pleurait alors par pure habitude… Nfissa s'arrête soudain au milieu de son activité, Nadjia qui s'apprête à sortir la regarde, Nfissa s'arrête et tend pour ainsi dire l'oreille, sursaute parce qu'elle vient de découvrir que, de toute son enfance, c'est là la trace véritablement la plus ancienne (peut-être n'avait-elle que deux, trois ans) : ces larmes tandis que Lalla Aïcha lui lavait les cheveux, elle ses yeux fermés et ces pleurs qu'elle entonne comme un chant qu'elle écoute ; en même temps elle ressent sur sa tête la double pression régulière des poignets de sa mère… elle tend encore l'oreille, écoute au plus profond d'elle-même et du bain maure tout à la fois. Ses pleurs de bébé, un rite qui commençait avec le lavage des cheveux, s'arrêtaient au rinçage quand elle ouvrait les yeux tout picotants. Elle se rappelle en outre qu'à ses jérémiades répondaient celles des autres bébés – les enfants étaient toujours nombreux le jeudi, car les femmes amenaient en bloc toute leur marmaille – et si ce n'était point par douleur, pourquoi ces plaintes, sinon pour participer, au-delà de ces femmes nues dans la vapeur, à un royaume de bébés geignant doucement les yeux fermés sous la mousse du savon, univers de gémissements où les réponses les unes aux autres tissaient entre les nourrissons la véritable distance et la véritable affinité.

Les pleurs durent cesser un jeudi quelconque sans doute, sans que la conscience de cire de Nfissa ait enregistré qu'enfin le premier pas était franchi, hors de l'enfance, ce jardin à la lumière paisible sous un ciel complice.

— Enfin, décidait Lalla Aïcha, ta tête est propre !

Elle cédait Nfissa à la laveuse qui, pour la dernière fois, l'étrillait de dos et de face, au point de lui laisser des griffures longues sur la peau, avec le crin qu'elle utilisait. L'eau était chaude et plus elle l'était, plus la sensation tenait Nfissa que cela durerait sans fin : n'être que ce corps amolli que l'on frotte. Ensuite, bienfaisante douche tiède pour les deux fillettes : la laveuse leur jetait l'eau à pleins bidons par jets obliques, Nfissa restait bien droite, heureuse qu'on abritât sa nudité derrière un drap tendu. Comme si ce corps malingre de fillette était corps mûr de femme, elle ajoute cela maintenant avec indulgence, imaginant sa silhouette de huit à dix ans. Ou est-il le miroir qui, dans la mémoire, garderait intacts tous nos contours et nos images qu'à l'instar de nos actes, nous ne voyons jamais complets, ni même réels, les photographies n'étant que mouvements brisés, entrechoqués.

On apporte les serviettes : une, très large, en pagne sous les aisselles, une autre sur la tête et les épaules. Dernier geste : déverser l'eau froide d'une tasse de cuivre sur un pied, sur l'autre. Nfissa s'approche de sa mère, l'embrasse, la remercie selon la même formule cérémonieuse que dans son enfance – et elle s'étonne d'en retrouver les termes. Lalla Aïcha, en réponse, la bénit. Puis Nfissa embrasse la laveuse ; elle sort : autrefois, enfant raidie de son importance, heureuse de se trouver enveloppée de tant de serviettes roses. Dans l'antichambre du hammam, elle se penche pour embrasser successivement les amies de sa mère – celles-là même qui acceptaient tout à l'heure le mensonge de Lalla Aïcha : Nfissa qu'on avait dit disparue "Dieu sait où", n'était jusqu'alors qu'à la capitale chez une tante. "Prudence, avait-elle recommandé auparavant, il faut penser aux traîtres !" Les mêmes formules trop longues que Nfissa estropiait autrefois, par paresse, mais elle appréciait les réponses consacrées, être comparée sinon à une "jeune fille déjà" ou à "une mariée au visage pudique", au moins à "un ange du ciel".

C'était fini. Au seuil de la chambre froide, une dernière tasse d'eau à verser sur ses pieds et dans le hall, l'attendrait alors, l'attend toujours ; la gérante a déjà étendu le tapis qui, avec la valise et les bols de cuivre, fait partie du trousseau maternel. Nfissa se souvient de ce tapis, pareil à celui de la prière, dont Lalla Aïcha prétendait qu'à l'occasion de son mariage, un oncle le lui avait acheté d'Orient après son pèlerinage à La Mecque. Nfissa s'asseyait, attendait de refroidir, jusqu'à ce que, peu après, arrive Nadjia, petite boule enveloppée de rose, puis la silhouette de mère, dont on distinguait à peine le visage rougi mais qui gémissait, en répétant, comme si elle allait s'évanouir : "O Allah, ô Allah !..." La gérante apportait un coussin, Lalla Aïcha se reposait, tout en collant contre ses flancs moites chacune de ses fillettes qui ne bougeaient pas, mais s'ennuyaient, Nfissa s'en souvient. Ce léger somme de sa mère lui paraissait interminable, comme une punition qui leur était infligée pour elle ne savait quelle faute.

Lalla Aïcha se redressait, ordonnait à ses filles de s'habiller, leur essuyait les cheveux, les leur enveloppait dans un bonnet de satin aux pans brodés ou festonnés, leur ajoutait par-dessus une mantille de dentelle scintillante, orgueil des fillettes. Lalla Aïcha s'habillait prestement, mettait son voile, rangeait tout, pliait le tapis, laissait là la valise que Si Othman ferait porter plus tard ; elle passait de groupe en groupe pour dire un mot de courtoisie ou simplement une bénédiction à chaque femme dont elle n'oubliait ni le prénom ni celui de sa progéniture. Le même rituel, aujourd'hui. Elles sortent.

Après quelques pas, quand le trio avait à traverser la place pour parvenir à la grande maison, Nfissa qui trottinait en avant, les yeux regardant avidement de part et d'autre, était toujours vaguement étonnée – l'âme comme interrogative – de retrouver le village, les ombres des hommes au café à leur place inchangée, au loin le kiosque vieillot qui servait pour les fêtes des Européens, muet et nostalgique ; et si les gens remarquaient les joues en feu, le teint frais de Nfissa et de Nadjia de part et d'autre de leur mère dissimulée par son voile de soie blanche ("voici la femme de Si Othman qui sort du bain", sur ce thème s'échangeaient les phrases paresseuses des consommateurs), il semblait à Nfissa qu'elle revenait d'un monde enchanté que ne connaissaient pas les autres, c'est-à-dire les hommes. Là-bas, la vapeur, la chaleur, les dalles ruisselantes perpétuellement, le corps mouillé des femmes pépiantes, les voix geignardes des bébés qui fermaient les yeux, tout cela fondu dans un brouhaha persistant aux oreilles de Nfissa le faisait d'une douceur lointaine et proche à la fois, comme le serait un rêve souple, les nuits où toutes les portes se ferment et où l'on se calfeutre lorsque mugit dehors le vent tourbillonnant du sud.

Au lycée, le jeudi, se déroulait la cérémonie de la douche. Une odeur de vapeur vague, mais avec quelque chose d'âcre et d'amer comme dans les maisons pauvres les jours de grande lessive, se répandait le long des couloirs et dans les salles d'étude où l'on venait tous les quarts d'heure appeler par leur nom les élèves. Le tour de Nfissa arrivait ; peu après, elle se retrouvait en combinaison, grelottante, devant les douches dallées de planches ; elle évoquait alors avec tristesse les jeudis de Lalla Aïcha. La voici au milieu de camarades, non, d'étrangères qui n'avaient rien de commun avec son enfance… seule ensuite sous la douche. Il fallait se dépêcher. Le temps était compté. La surveillante pressait la cérémonie de sa voix aigre.

Malgré les règles de caserne, le mirage de l'eau opérait. Nfissa entendait l'une des jeunes baigneuses chanter un air à la mode, une autre lui répliquer par un air de danse ; bientôt, tout un concert de voix parvenait à noyer dans un bourdonnement juvénile les commandements de la surveillante. Celle-ci demandait le silence qui se rétablissait peu à peu quand soudain – on était à l'instant du rinçage – Nfissa, heureuse d'une audace qui la fouettait tout autant que l'eau froide, entonnait gravement une chanson andalouse dont l'arabe surprenait, ce que Nfissa voulait : il lui semblait alors que sa maison, sa mère, ses tantes, sa vieille ville et toutes ses soirées chuchotantes de l'été parmi les siens surgissaient au milieu du lycée. La surveillante lui devenait ennemie, ce qui entretenait dans les cours, dans les préaux ou dans les veillées des dortoirs, les conversations des groupes. Si l'incident se répétait et devenait ensuite prétexte à mille tracasseries entre la "femme-gendarme" et Nfissa, la directrice venait en faire le reproche "douloureux" à son élève préférée ; Nfissa baissait la tête faussement contrite, cachant hypocritement un sourire pour elle-même, car elle s'apercevait alors que l'audace, ou l'insolence, ou la bravade contre toute autorité, est souvent comme une poussée éblouie et vivace du passé. Celui-ci resurgit à la conscience dans l'acte présent, et l'être entier se sent poussé en avant contre n'importe quoi, n'importe qui. Poussé et libre. Nfissa rêve… raconte à Lalla Aïcha l'histoire de ces chansons arabes qui lui éclataient dans la gorge sous la douche du lycée. Lalla Aïcha : "Et Jacqueline ?" demande-t-elle, épelant le prénom français avec hésitation, puis elle rit à nouveau.

Les filles se moquent de la mère qui n'a pas réussi à prononcer le moindre mot de la langue française. Toutes les quatre par connivence – c'est la première fois depuis le retour de Nfissa – continuent le jeu : Lalla Aïcha, le regard brillant, poursuit :

— Jacqueline et… les – elle cherche, cherche le mot, l'a tout à fait, puis enfin –, les me-rin-gues !

On la félicite :

— Oui, tu sais le français ! Oui, tu l'aurais appris… Oui, tu as de la mémoire !

Nfissa écoute, et dans ce tableau des visages chers, elle les remercie avec intensité de se conjuguer ainsi, par leurs sourires, leur éclat et jusqu'à la ressemblance des traits qui éclate lorsqu'elles forment un bouquet autour de la mère épanouie, elle les remercie de rendre présent un si menu fait du passé… Nfissa, les premières années de classe, revenant un jour en annonçant l'invitation de Jacqueline, cette camarade dont elle décrivait les cheveux blonds coiffés en "boucles anglaises", que la maîtresse avait fait asseoir à côté de Nfissa parce qu'elles étaient les deux meilleures élèves. C'était la fête de Jacqueline. "La fête, quelle fête ?" demandait-on à la maison, et Nfissa ne savait quoi répondre ; il y avait, disait-elle, une histoire de calendrier, "chez eux" tout était ainsi marqué, voilà que Zineb riait d'un rire moqueur qui roucoulait… "Chez eux, on fêtait même les anniversaires", et Houria pouffait, mais Nfissa trouvait que c'était bien, qu'on pourrait faire comme eux ; la grand-mère avait rétorqué :

— Faire comme eux ?… Ces chrétiens ! Faire comme eux !

Elle était allée tout de suite prier Dieu, par crainte des anniversaires sans doute, si bien que par la suite, Nadjia éprouvait un malin plaisir à évoquer les fêtes des chrétiens.

Un jour, Nfissa et Nadjia n'avaient-elles pas apporté à Lalla Aïcha un châle brodé par elles : "La fête des

Mères" ; il avait fallu expliquer, de nouveau Houria avait pouffé, l'aïeule prié, et Si Othman avait souri. Lalla Aïcha ne les avait pas embrassées comme l'avait pourtant annoncé la maîtresse aux élèves ; Nadjia et Nfissa avaient dû prétexter "des ordres de la maîtresse" pour faire accepter l'objet soudain encombrant, confuses de s'être ainsi comportées comme des Françaises. Il n'y avait plus eu de fête des Mères depuis...

Mais ce jour-là... Lalla Aïcha répète le mot : "meringues", ses filles joyeuses se dispersent, seule près de Nfissa, Nadjia prend un livre. Lalla Aïcha retourne à sa cuisine, toute fière d'un frigidaire récent apporté par Si Othman... Nfissa, ce jour-là, était donc allée pour la première fois chez Jacqueline, Lalla Aïcha avait tenu à préparer sur-le-champ des gâteaux aux amandes et au sucre, des "cornes de gazelle". Nfissa n'avait pas voulu, Si Othman avait demandé si cela se faisait "chez eux", peut-être Nfissa serait-elle la seule fillette à apporter des gâteaux, mais Lalla Aïcha se souciait peu de fête ou de cadeaux à faire, elle invoquait la loi de la tradition : sa fille entrerait pour la première fois dans une maison étrangère et elle aurait les mains vides ! Non, cela ne se ferait pas du vivant de Lalla Aïcha, peu importe que les Français comprennent, c'était ainsi, ou Nfissa n'irait pas. Si Othman avait dû accompagner Nfissa jusqu'à la demeure du nouvel instituteur, et c'était là finalement que, sur le seuil de la porte, il avait tendu le plat de gâteaux blancs enveloppé dans une serviette ("qu'ils me rendent mon assiette et ma serviette, elles sont de ma mère, que Dieu lui assure le salut !" avait recommandé Lalla Aïcha).

Le soir, Nfissa avait fait le récit de la fête enfantine ; deux détails, elle s'en souvenait, avaient surtout fait l'objet de commentaires. Jacqueline avait une "marraine" et

Nfissa, une nouvelle fois, n'avait pas su expliquer devant la curiosité avide de Lalla Aïcha : non pas une mère, Jacqueline en avait une, non pas une grand-mère, elle n'était pas vieille, ni une tante, elle en était sûre, une nourrice ? Non plus, Nfissa et Nadjia n'avaient-elles pas une nourrice à la ferme… ? Personne n'avait compris, pas même Si Othman, et quand Lalla Aïcha l'avait interrogé, légèrement agressive – n'était-il pas l'homme après tout ? – il avait dû aller prendre un dictionnaire pour chercher le mot… Ensuite Nfissa avait parlé d'un gâteau qui lui avait paru bizarre, tout blanc et s'effritant, vide à l'intérieur ; elle avait prononcé le mot qu'elle avait appris : "meringues". Lalla Aïcha l'avait ensuite prononcé scrupuleusement, lentement : "me-rin-gues".

Encore aujourd'hui, près de quinze ans après, Nfissa entend la voix maternelle prononcer ce terme pour la première fois, et l'instant surgit grave, fleurit dans la mémoire. La curiosité de Lalla Aïcha durant les mois suivants demeura en éveil ; souvent, elle répétera le mot dans des réunions de matrones, elle décrira : "Creux, blanc, s'effritant quand on le mange." Des années plus tard, Si Othman avait emmené Nfissa à la capitale pour y passer son premier examen important. Ils entrèrent dans une pâtisserie. Intimidée par ces lieux publics, Nfissa demande, soudain inspirée : "Une meringue" puis sourit en levant la tête vers son père. Si Othman, guindé mais noble dans son costume de citadin arabe, s'attendrissait au milieu des clients européens de la boutique élégante :

— Nous allons apporter des tas et des tas de meringues à ta mère !

On avait ainsi fêté le succès scolaire de Nfissa dans la grande maison ; Nadjia elle-même s'était empiffrée de cette pâtisserie à la douceur écœurante. Sur la balançoire du jardin installée à la branche noueuse du vieux néflier, Nadjia assise répandait des miettes de crème sèche sur son visage, tandis que Nfissa parlait de la capitale, des rues si animées, des magasins…

Oui, ces instants, ces menus faits, ils semblent tous accrochés à la seconde où, après la voix de sa fillette endimanchée, Lalla Aïcha avait prononcé le mot “meringue” avec une attention, un exotisme tremblants de poésie fugitive. Instant lié à cette cour, non loin du bassin, sous les pampres de la vigne : ce devait être la belle saison, car on aimait alors installer la table basse à cet endroit ; les jeunes filles étendaient un matelas pour Si Othman et des peaux de mouton tout autour pour elles.

Juste au-dessus, le hangar que la nuit noyait d'ombre ; seul le pigeonnier avec ses roucoulements rythmés imposait sa présence, et il arrivait que Nfissa oublie les propos qu'échangeaient sa mère et son père, celle-là interrogeant patiemment celui-ci, pour se sentir proche des oiseaux au-dessus de leur tête, tenter de distinguer le pigeon blanc qui lui était réservé et pour lequel, dès l'aube, elle escaladerait avec Nadjia le petit escalier de l'étable près de la mangeoire de la jument, et resterait des heures entières à surveiller son pigeon, à l'attendre quand il reviendrait de ses vols. Fut-ce à cette époque que Houria, en contemplant d'en bas les colombes, soupirait avec un accent à demi douloureux ?

— Elles s'échappent chaque jour, elles…

Lalla Aïcha soulignait la réflexion d'un regard de désapprobation. Nfissa, du haut de son perchoir, imaginait une sarabande, ou une danse arabe qu'elle improvisait tout en chantant, se donnait en spectacle devant sa mère et ses sœurs, heureuse d'éparpiller sa gaieté, mais son pigeon revenait, elle cessait ses mimes, s'absorbait devant lui et rien ne semblait s'arrêter tout ce jour. Nfissa et Nadjia descendaient du grenier, s'attardaient dans l'étable pour bavarder avec la jument dont Nfissa retrouvait le regard fidèle et tendre dans ses rêves de la nuit ; elles allaient dans la basse-cour, se poursuivaient sous les arbres du verger, rivalisaient d'audace sur la balançoire, puis les poupées en chiffon à ranger dans un coin du hangar, les jasmins à enfiler en guirlande, la table basse à mettre avec Houria à la place paternelle, et la journée continuait, Nfissa riait encore, conversait avec grand-mère, redemandait le récit de l'ancêtre qu'un siècle auparavant les Français conquérants avaient tué dans une bataille, mais dont ils n'avaient jamais pu retrouver la tête pour la brandir à la pointe de l'épée, "encore une fois ce récit, grand-mère", et le temps continuait, la joie bondissait en avant, Lalla Aïcha se mettait en colère contre le désordre de la chambre des filles, parce qu'on ne respectait pas la sieste de l'oncle Djafer quand il venait, ensuite l'heure du goûter où la détente s'ouvrait pour tous, Lalla Aïcha sortait de ses bocaux des fruits confits et des confitures différentes, les femmes entretenaient par habitude un bavardage oisif, l'une d'elles se levait pour la prière à moins qu'elle ne soupirât, saisie d'une brusque paresse, et l'aïeule n'en finissait pas, tout ce temps, d'égrener son chapelet, s'interrompait quelquefois pour interroger les petites sur les versets du Coran les plus connus, enfin Lalla Aïcha s'installait devant le métier à tisser avec une tante, mais ce détail est loin, si loin, dans le profond de l'enfance... (Nfissa se remémore l'époque où cette tante habitait dans une maison voisine, une maison éclairée par des quinquets, pauvreté qu'elle n'avait pu supporter ; ensuite divorcée, elle s'était réfugiée chez Lalla Aïcha...) loin, si loin dans ses souvenirs,

Nfissa voit le jour se dérouler indéfiniment, l'heure du crépuscule s'introduire comme en suspens, silence mauve à peine adouci, se reflétant en secret sur le premier visage de la nuit ; lorsque, alors, celle-ci éparpillait son ombre, à peine si Nfissa et Nadjia trouvaient la force de souper, souvent elles s'endormaient en pleine veillée, étendues comme des corps blessés sur les matelas, près de la vigne. Dans ses premiers rêves, Nfissa entendait confusément les propos alternés de ses parents, le rire perlé de Houria, les prières douces de l'aïeule qui s'endormirait dans le même grand lit que les jeunes filles, en les bénissant longuement et en leur recommandant, au cours d'un de leurs réveils, de ne point oublier la *chahadda*. "Il n'y a qu'un seul dieu, c'est Dieu", répétait à sa suite la voix chuchotante de Nfissa, et la vieille, autrefois, avait coutume de chauffer les pieds froidis de la fillette en les frottant doucement de ses mains sèches… oui, en vérité, il semblait à Nfissa que le jour, que la vie ne finirait jamais, puisque même le sommeil devenait un lac de chaleur d'où elle jaillissait comme d'une source à chaque fois ressuscitée.

VI

Cette année-là, dans le quartier qui porte le nom de Rachid, là où les jardins de banlieue s'adossent contre les vieilles maisons blanchies, le vendeur de vaisselle avait rendu les femmes comme folles. C'était un étranger, avec une face rusée d'Oriental, les cheveux dissimulés sous un fez fort prétentieux. Il était arrivé avec le printemps – soleil clair malgré le froid non disparu – et d'une voix chevrotante, à l'accent "levantin" dit quelqu'un, il annonçait aux ménagères derrière leur porte qu'il échangeait tous les vieux habits et les vieilles babouches qu'on voulait contre de la vaisselle "moderne". Un garçon près de lui traînait une brouette avec quelques échantillons de bassines, de bidons et divers ustensiles, mais aussi des verres "incassables", prétendait "l'impudent", les femmes riaient tout excitées devant ce trésor qu'elles contemplaient par-dessus les terrasses.

Le premier jour, le Levantin n'eut aucune chance. Il déambula partout, sa mélopée s'arrêtait quelques minutes puis reprenait ; à l'heure du café, les femmes qui se rassemblaient dans les cours ne parlaient que de cette brouette et de ces verres incassables, on se demandait comment... Depuis le mangeur de scorpions de l'année précédente, jamais un inconnu n'avait soulevé pareil émoi.

— Il ne fera aucun échange ! prédit une invitée de Lla Toumia. Ce ne sont pourtant pas les vieux vêtements qui manquent !

— Comment ferons-nous lorsque, au début de l'hiver, les mendiants se présenteront sur nos seuils ?... Cela ne se fait pas, les laisser repartir avec un peu de pain seulement et pas la moindre vieille couverture !... commenta Lla Toumia.

Ce fut à la maison du juge pourtant que le vendeur de vaisselle fit sa première affaire : le jour même, peu avant le crépuscule et le retour des hommes dans les ruelles. Il est vrai que l'épouse du juge avait élevé trois garçons – que la protection de Dieu soit sur eux ! – mais qu'ensuite, depuis dix années, à cause, disait-on, de la malédiction d'un plaideur, elle n'avait plus enfanté. Leur servante, une mulâtresse des plateaux du Sud, avait donc entrouvert la porte, appelé l'homme qui, las de fredonner, rasait les murs. Il s'était approché, les voisines à l'affût n'avaient rien saisi des chuchotements de la servante, puis celle-ci avait sorti plusieurs paquets enveloppés de papiers ; peu après, tous les objets de la brouette convoitée pénétraient dans la maison du juge.

— Cela ne m'étonne point d'elle ! dit la vieille tante chez Lla Toumia. Son mari juge selon des lois torves, et elle, la voilà prête à transgresser les coutumes de la charité !

— De toute façon, remarqua une autre dans une autre maison, réplique rapportée de trois ou quatre sources différentes aux bain maure de la ville, le lendemain, de toute façon, un pauvre n'est jamais sorti de chez elle les mains pleines. A peine du pain et quelques fèves... et encore, sèches comme son cœur à elle !

Malgré ces phrases venimeuses, si la femme du juge fut la première cliente, elle ne fut pas la seule. Pendant plus d'une semaine, le vendeur avec sa brouette eut fort à faire… Toutes les belles couvertures tissées depuis des décennies, pour peu qu'elles aient été attaquées par les mites ou qu'elles aient été trop lavées dans les sources des environs, partaient sur la brouette ; des babouches de cuir brodé, à peine fendillé, étaient sacrifiées pour ces verres dits "incassables" qui furent à la mode, cet été-là, dans toutes les noces.

On raconte même qu'une jeune femme, Attika, l'orpheline à la beauté piquante et à la tête si légère, mariée depuis deux ans à un menuisier de fort bonne réputation, homme honorable qui ne manquait pas la prière du soir à la mosquée principale, Attika donc, pour acquérir une petite bassine en plastique – à peine de quoi laver les langes de son bébé –, alla chercher la kachebia *usagée de son mari ; il ne la mettait pratiquement plus, et rarement quand il sortait. Or, quelques jours plus tard, le malheur voulut que, malgré la saison, un froid secoua la ville, la recroquevilla trois jours de suite et, comme chacun sait que rien ne vaut un lainage anciennement tissé pour résister à une bourrasque et garder une chaleur douce contre le corps, Hamid, le vénérable menuisier, demanda à sa femme la vieille* kachebia.

— Ta kachebia *? avoua Attika, toute tremblante. Je l'ai donnée pour cette bassine…*

Rouge de colère, Hamid prononça trois fois la formule de répudiation.

— Mais où s'en alla Attika ? demanda la vieille tante. Puisqu'elle est orpheline.

— Un cousin l'abrita, murmura Lla Toumia. Elle pleura tant après son enfant dont elle fut séparée

qu'elle tomba malade... Elle a perdu toute beauté... Comme elle fait pitié, lorsque je la rencontre au bain maure !

Au bain, la gérante est fort distinguée et encore belle, malgré l'approche de la cinquantaine. Habillée comme pour ses noces : bijoux d'or au cou, aux oreilles, aux poignets et aux chevilles, robe de moire à la longue traîne, elle trône devant la caisse avec une noblesse qui ne se dément pas depuis près de vingt ans.

— A vivre continuellement dans la vapeur et l'ombre de midi au crépuscule, dit Lalla Aïcha toute rosie de retour du bain, cela lui a donné tant de rhumatismes !

Nfissa et Nadjia avaient été mises au lit dans la chambre d'enfants, Houria et Zineb s'affairaient autour de leur mère. Zineb avait, pour la première fois, préparé des "cornes de gazelle" que sa mère soupesait maintenant.

— A quoi cela lui sert, elle n'a ni enfants ni frère ou sœur à qui laisser son héritage..., continuait Lalla Aïcha d'une voix absente.

C'était, dans le village, la seule femme qui pouvait décemment lui être comparée : aussi se laissait-elle souvent aller à écouter les médisances des visiteuses.

— Tient-elle son bain de sa mère ? demandait Lalla Aïcha qui pourtant savait...

— Que raconte-t-on ? répliquait une commère. Elle a été épousée par tel... (elle avançait une tête complice, chuchotait de façon que les jeunes filles n'entendent pas), épousée dans la rue !

— Que Dieu nous sauvegarde ! murmurait Lalla Aïcha, les yeux brillants, et fière de servir les gâteaux de sa fille.

— Un tel rapporte qu'elle était moins que rien !... Elle allait retrouver l'homme au magasin... Il tirait

ensuite le rideau de sa porte ! Elle avait quinze ans alors, et c'était une vraie beauté.

— Les hommes d'autrefois, mon Dieu ! s'exclamait Lalla Aïcha, et dire que pas un ne manquait à sa prière !

— Est-ce mieux aujourd'hui ? Ils font le mal en public.

On échangeait d'autres invocations pour conjurer le sort et, soudain, Lalla Aïcha se précipitait à la cuisine : le paprika avait brûlé dans la marmite, ses filles mouraient de confusion, un tel oubli devant une voisine… qui conclurait qu'à quatorze et quinze ans l'une et l'autre, elles n'étaient même pas bonnes à marier ! "Que Dieu et que le Prophète – sur lui, le salut du Très-Haut ! – nous pardonnent, être là à espionner ces menues paroles sur une gérante de bain maure et oublier la marmite !"

La journée ensuite en était toute bouleversée. On redoublait d'activités ménagères bien que Lalla Aïcha n'eût fait aucune réprimande, on accueillait les jeunes tantes arrivées de la ville pour une visite de quelques jours avec des embrassades excitées sous le jasmin qui fleurissait à peine. Toutes s'installaient ensuite sur des peaux de mouton, après qu'on eut plié les voiles et répandu sur chaque arrivée de l'eau de rose ou de l'extrait d'œillet ; les nouvelles de la ville, récentes fiançailles, prochaines circoncisions, étaient rapportées par-dessus le crissement des gousses de fèves que Zineb ouvrait, ou des feuilles d'artichaut que Houria tirait avec un couteau de cuisine.

— Les mets de printemps, comme je les aime chez vous ! disait la plus âgée des sœurs de Lalla Aïcha.

Celle-ci les emmenait ensuite visiter le verger et la basse-cour. Nfissa et Nadjia, insouciantes, retournaient sous le pigeonnier, seules Houria et Zineb, leurs mains s'activant avec régularité, ne bougeaient pas, soudain songeuses.

Regrettaient-elles d'être jeunes filles déjà ? Hier encore, de l'âge de Nfissa et Nadjia… A huit ans, elles avaient dû se voiler, alors que maintenant Si Othman parlait de collège pour Nfissa qui venait d'avoir neuf ans.

— Tu te souviens d'Antar et Abla ? chuchota Zineb.

Presque du même âge, elles avaient souvent au même moment les mêmes mélancolies.

— Ce film… soupira Houria.

Le seul qu'elles aient jamais vu ! A huit ans, le plus grand événement de leur vie : leur oncle Djafer, un jeune homme alors, avait décidé de les emmener à ce film égyptien qui passionnait la région. Lalla Aïcha les avait habillées en garçonnets en les emmitouflant dans de petites toges de laine… En vain, on les avait reconnues, les hommes avaient rapporté la nouvelle dans leur famille.

— Des filles au cinéma ! c'est tout ce qu'il manquait !

— Bientôt, dans un cercle d'hommes, l'un commencera : "La fille telle", et un autre répondra : "Oui, je l'ai vue hier soir au cinéma !…" Honte !

Tant de vieilles avaient maugréé au village et même à la ville que Lalla Aïcha en avait été informée. Quelques jours plus tard, Zineb poursuivait sa sœur sous les mandariniers en l'appelant, comme dans le film, avec l'accent des nomades d'Arabie : – "Ya Antar ! Ya Antar !" – et leur mère avait dû accourir :

— Taisez-vous donc !… Les gens ont été assez offensés comme cela !

Elle avait parlé le soir même à son époux :

— Tu veilleras aux libertés de ton jeune frère désormais !… Qu'il se marie et qu'il donne toute licence à sa femme s'il le veut, je ne craindrai pas alors l'opinion des autres !

Si Othman n'avait pas répondu. Etendu sur le lit conjugal, il cherchera longtemps le sommeil ; une tristesse s'empare de lui, un malaise…

— Que dis-tu ? interroge Lalla Aïcha, somnolente.

— Rien, répond l'époux, puis il reprend plus haut la formule de rigueur : j'atteste qu'il n'y a qu'un seul dieu c'est Dieu et que…

— Il n'y a qu'un seul dieu c'est Dieu et Mohammed est l'envoyé de Dieu ! proclama Lakhdar devant l'assistance, puis il fendit la foule et s'approcha du cadavre.

— Il n'y a qu'un seul dieu c'est…, reprirent en chœur tous les autres, pendant que Lakhdar – soixante-dix ans, haut et raide, une fleur au turban – s'inclinait au-dessus de son meilleur ami. Il ne souleva pas le drap, il ne contempla pas le visage.

Il prit place près de la tête du mort, et le bourdonnement qui avait cessé à son arrivée reprit. Au loin, dans les autres chambres, un cri de femme vite étouffé, quelque clameur… Dans la pièce surchauffée de monde, l'atmosphère de sérieux se détendit peu à peu, imperceptiblement d'abord, puis…

— Lorsque arriva pour Moïse l'heure de sa mort fixée par Dieu, commença Lakhdar, tête baissée.

— Celui-là, sa manie des histoires ! grommela Sidi et il regarda Lakhdar : comment son maître, qu'il avait vénéré plus que son père, si grave, si austère, avait pu s'accommoder de la compagnie de cet original ?

— Lorsque arriva pour Moïse l'heure de sa mort fixée par Dieu, reprit Lakhdar sans relever la tête, Dieu envoya l'archange Gabriel qui trouva Moïse au pied d'une montagne, heureux de goûter à la vie. – C'est l'heure fixée par Dieu ! annonça Gabriel à Moïse. Je viens te retirer la vie ! – Moïse voit rouge et se fâche : – Je ne veux pas mourir ! Décampe d'ici ! et il insulta grossièrement l'archange Gabriel.

— Moïse ? interrogea un naïf scandalisé.

— Et pourquoi pas ? rétorqua Lakhdar en relevant les yeux. Quand il s'agit de la vie !... Gabriel retourna donc à Dieu en se plaignant : – Ton Moïse ne veut pas. – Dieu, toujours calme, répéta son ordre et Gabriel s'exécuta. Mais Moïse était têtu : – Je ne veux pas mourir ! s'exclama-t-il. – C'est Dieu qui m'envoie, protesta Gabriel faiblement. – Va dire à ton Dieu que je ne veux pas ! répondit Moïse irrité et hautain.

— "A ton Dieu ?..." répéta le même naïf. C'est comme cela qu'il a osé parler, Moïse ?

— Comme cela. Gabriel s'en retourna une seconde fois bredouille. Cette fois, Dieu se mit en colère. Furibond, il devint : – Je t'ai donné un ordre. Je veux être obéi sur-le-champ. – C'est Gabriel qui était tout penaud... Il s'en retourna, tout embarrassé, auprès de Moïse. – Encore toi ? maugréa Moïse. Gabriel n'eut que le temps de balbutier : – Mais Dieu... – Je ne veux pas mourir ! Je ne veux pas mourir !... – Moïse se leva et... que croyez-vous qu'il fît ?

Toute l'assistance écoutait maintenant. Sidi, qui avait tenu à ce que Rachid soit là, malgré ses trois ans, ainsi qu'Omar – le petit-fils du défunt –, se leva seul et accompagna les enfants dehors, jusqu'aux chambres des femmes.

— Son poing dur comme celui d'un vrai champion, il le lança dans l'œil droit de Gabriel. Et l'archange, l'œil ensanglanté, s'en alla hurler de douleur auprès de son Dieu.

Quelques-uns pouffèrent, au sein de l'assistance guindée.

— Lakhdar est retombé en enfance ! murmura un dévot.

— Propos d'un incroyant, ou au moins d'un enfant de six ans ! gronda un second dévot.

Mais Lakhdar n'était qu'au début de sa verve.

— Le dernier tremblement de terre dans la région remonte à quatre ans, n'est-ce pas ?… Quand le taureau noir se manifestera-t-il encore ?

— Le taureau noir ? interrogea, l'œil rond, un brave homme à la voix innocente.

— Oui, le taureau noir qui porte le globe terrestre en équilibre au bout d'une de ses cornes. De temps en temps, il s'énerve et, en parfait taureau dressé pour le cirque, il fait passer le globe terrestre de l'une à l'autre corne. Et la terre alors tremble une nouvelle fois… Je l'ai toujours dit : faites attention aux cornes du taureau !…

La moitié de l'assistance était hilare, les rires devinrent plus forts que de simples murmures. Ceux qui ne riaient pas se contenaient avec dignité, le visage tout contrit.

Lakhdar se leva, droit et maigre, une rose pourpre fichée au-dessus de son turban blanc. Il fixa longtemps ses yeux sur l'ami qui, pendant plus d'un demi-siècle, l'avait écouté dévider ses sornettes. Alors, quelques assistants, ceux du moins qui ne riaient pas, s'aperçurent que le vieux Lakhdar pleurait : deux ou trois larmes vite séchées et qui n'eurent pas le temps de tomber sur le linceul blanc.

— Il fait si chaud dans cette chambre ! reprit Lakhdar. Diable, diable… (un frisson dans la salle, un arrêt), c'est le diable dans son enfer qui vomit sur nous lentement !

Les rires furent unanimes dans la chambre de deuil. Toujours debout, Lakhdar, après avoir parlé avec la gravité d'un ventriloque inspiré, se remit à pleurer son ami.

Dans les salles où s'entassaient les femmes, Lla Toumia, assise dans un coin, ne bouge pas. Elle a subi les condoléances des visiteuses ; autour d'elle, quelques étrangères ont poussé des cris, l'une a déchiré ses longs cheveux, une autre improvisé un thrène. Lla Toumia, malgré la coutume, n'a pas pleuré.

— Les hommes, eux, ne savent pas supporter, quand l'épouse meurt, disait une femme que Lla Toumia ne reconnut pas… (Depuis le matin, toute la ville défilait…) Tant de femmes à faire manger, songea Lla Toumia, le couscous ne suffira pas.

— Mon père adorait ma mère, répondit une inconnue. Il disait toujours qu'aucune femme ne la valait… A soixante-cinq ans, il a été veuf ; le quarantième jour de la mort de Mma, il célébrait ses noces.

— La mariée était jeune ?

— Quarante ans… Une belle femme, pieuse, savante… Elle savait lire et écrire… Mais la bru de mon père s'est mise à la jalouser… Alors mon père dut divorcer… Il se remaria une troisième fois.

— Le pauvre homme !

On appelait Lla Toumia des cuisines. Elle se traça avec dignité un chemin entre les femmes voilées assises toutes à même le carrelage, des grappes d'enfants pleurnicheurs autour d'elles.

— Comme elle est pâle ! chuchota une inconnue que Lla Toumia frôla.

— Perdre son père un an après avoir été veuve, la pauvre !… Que va-t-elle devenir ?

— Elle a un fils ! Elle le fera grandir et viendra le jour où elle l'assiéra avec fierté face à elle !…

Près des cuisines, sous un hangar rapidement aménagé, le repas se terminait : couscous et viande pour une centaine de convives, plus les enfants… Mais déjà les tolbas entonnaient le chant d'adieu, celui qui fait frémir les cœurs. On ordonnait aux femmes de s'abriter, Sidi et trois cousins apportaient la planche sur laquelle on étendait le mort, quelques femmes se mirent à hululer telles des hyènes. Lla Toumia fit un pas hors du seuil de la chambre ("Voir son visage, hoqueta-t-elle, voir sa forme au-dessus des quatre épaules d'homme"), Dieu ! s'écria-t-elle, la mère de Rachid près d'elle dut la soutenir, on fit cercle, on l'allongea, visage toujours muet, sans la moindre larme de circonstance, sans le moindre verset coranique de réconfort. Dieu ! répéta-t-elle dans un souffle, puis elle s'évanouit à cause de la chaleur suffocante de la pièce.

— Petite mère, suppliait Nfissa dans le lit, blottie contre l'aïeule, parle-nous de ton époux… Personne autre que toi ne l'a connu… pas même père.

L'arrière-grand-mère restait lucide ; c'était le ramadan ; dans la ville voisine, chacun rendait visite à une maison amie au cours de veillées indolentes, et les enfants trottinaient, les bras chargés de pâtisseries, dans les rues d'ombre. A la maison, le père était rentré avec des noix, des amandes, des dattes et des raisins secs, il les avait éparpillés en petits tas devant ses quatre filles, on avait tiré l'aïeule de sa méditation religieuse pour effeuiller devant elle les "cœurs de palmiers".

— Parle-nous de ton époux, petite mère, suppliait à son tour Nadjia.

— J'ai été mariée à douze ans… Fille unique, j'avais été gâtée par mon père. Alors me voilà dans ma nouvelle demeure ne sachant rien faire : ni pétrir le pain ni tourner le tamis du couscous… et aucune notion du travail de la laine ! Or, que vaut une femme qui ne sait travailler la laine ?… Un jour, mon beau-père apporte à sa vieille une tonne de laine, elle en fait le partage entre ses quatre brus, moi y comprise. Chacune devait tout faire seule : laver la laine, la battre, la nettoyer, la carder ensuite naturellement, la filer, enfin tisser soit une toge pour l'époux, soit…

— Et tu as appris tout cela ? s'exclama Houria.

— A douze ans ?

— Ce qui m'a été le plus dur, voyez-vous, mes fillettes, c'était me lever tôt !… Ce que je dormais, je dormais à votre âge !… Un jour, je ne sais pourquoi, je ne me suis réveillée qu'à huit heures… Huit heures, vous vous rendez compte !

La vieille hocha la tête, sourit malicieusement en tâtant de l'index son dentier.

— Ma belle-mère, scandalisée par ma paresse, avait dit à mon mari : "Va lui chercher son père ! On n'a pas fait venir une princesse !" Elle avait raison, bien sûr… Donc je me réveille, je bâille, je m'étire, quand soudain j'entends mon père tousser derrière la porte de ma chambre. Je me lève pleine d'effroi, toute tremblante je le fais entrer ; mon père avec calme m'interroge : "Qu'y a-t-il ? Pourquoi m'a-t-on fait venir ? – Rien, rien…, je réponds, confuse. Je ne me suis pas réveillée, ce matin !" Il me regarde alors avec sévérité et me menace : "La prochaine fois, si je viens et je te trouve au lit à pareille heure, tu pleureras des larmes de sang !", puis il s'en est allé.

Toutes les filles se trouvaient maintenant réunies dans le lit autour de l'aïeule.

— Alors... continue !

— Des années plus tard, j'ai appris la suite... Après être sorti de ma chambre, il avait retrouvé dans la rue mon beau-père qui était son meilleur ami. Il paraît qu'il s'est mis alors dans une belle colère, une vraie cette fois : – "Comment, parce qu'elle s'est levée à huit heures et un jour de ramadan, vous me faites venir !... C'est encore une enfant, voyons, et toi, je t'avais prévenu !" L'autre, paraît-il, lui a demandé pardon... Moi, naturellement, je n'en avais rien su et, depuis ce jour, j'avais si peur que mon père revienne ainsi, en toussant derrière ma porte, à mon réveil, que chaque aube me trouvait debout dès quatre heures du matin, à l'heure où mon époux se levait et partait vers les jardins paternels. J'avais déjà pétri et cuit le pain au four, et mis quelquefois le repas sur le kanoun *quand ma belle-mère et mes belles-sœurs se levaient... Alors, j'avais toute la matinée pour m'installer à l'intérieur du métier à tisser et continuer la couverture ou le voile de laine que je faisais.*

— C'est ce métier qui est là ? demandait une fillette.

— Celui-là même, répondit l'aïeule. Sans me vanter, après quelques années dans la demeure de mon époux, je n'avais pas ma pareille pour le filage et le tissage... Ma belle-mère disait de moi : "Voyez Fatima, elle file une laine fine comme la langue du serpent !"

Les fillettes entraient tout à fait dans le lit, on allumait un quinquet, Nfissa redemandait :

— Mais ton époux, petite mère, tu ne nous en as pas parlé !...

— Mon mari, hélas, que Dieu lui pardonne et lui accorde le salut, après la mort du "vieux" qui, lui, était un homme juste, mon mari devint violent et brutal... Il me

battait quelquefois... Une fois pour quasiment rien : j'avais oublié de ranger une assiette de galettes, après le petit déjeuner... Il était entré à la fin de la matinée, il s'aperçut de ma faute, se saisit de la pierre de taïmoum *qui lui servait pour ses ablutions ; il me la lance au visage... La pierre m'ouvre le front juste au-dessus de l'œil (le Prophète, que la grâce soit sur lui, m'a protégée !) et mon mari se remet à prier imperturbablement.*

— Et après ?

— Après... Voici que mes belles-sœurs s'affolent parce que, le même jour, la visite de mon père m'est annoncée. Que vais-je lui dire ? Sachant que mon mari me battait, il m'aurait fait sortir sur-le-champ. Mes belles-sœurs me supplient : "Trouve un mensonge ! Nous ne voulons pas que tu partes !" Même la vieille s'y est mise et m'a conseillée : "Dis à ton père que c'est la génisse. – C'est la génisse que tu m'as offerte, lui dis-je. Quand j'ai voulu la traire, elle m'a donné un coup de sabot. – Maudite cette génisse qui a manqué d'aveugler ma fille ! s'exclama mon père qui jura sur le Coran qu'il ramènerait cette génisse le jour même et la conduirait à l'abattoir... Et me voilà en train de pleurer cette nuit-là, tant j'aimais cette génisse... mais je pleurais doucement pour que mon époux puisse dormir !

Est-ce à cause de tous ces récits que l'aïeule s'est remise à aller à la mosquée du village ?

— Tu ne devrais pas ! lui disait son fils avant de monter dans sa charrette jusqu'à la ville et en emmenant Nfissa et Nadjia. Bien peu de femmes y vont, maintenant que c'est la France.

— La France ? grommelait l'aïeule. Que m'importe ?

A cette époque, elle pleura un jour, et sa peine fut aussi grave que lors de la génisse perdue : l'imam du village était mort.

— Depuis vingt ans que je faisais la prière derrière lui !… Il savait si bien dire le tarawih *: réciter les sourates les plus longues pour commencer, les plus courtes ensuite, suivaient alors vingt agenouillements.*

Lla Toumia revint à elle, se dressa parmi les parentes. Ensuite, silencieuse, elle s'absorba dans les multiples tâches ménagères qu'occasionne un enterrement. Le septième jour de la mort coïncida avec l'entrée du ramadan et, malgré l'absence du cheikh ressentie vivement, on salua ce mois bienheureux par de la joie : les enfants allumaient des cierges et parcouraient les ruelles en chantant des hymnes, les hommes priaient toute la nuit…

Le vingt-septième jour du jeûne, Lla Toumia se hasarda à évoquer le mort, Omar et Rachid dans un coin jouaient au lancer des noyaux d'abricots.

— Mon père, dans sa jeunesse, passait cette "nuit de la Destinée" à réciter le plus possible de sourates. Une année, lors de cette même nuit, il rompit le jeûne avec une pomme et il se précipita à la mosquée… Il lut soixante sourates d'un trait, sans s'arrêter… A la fin, son maître l'interrompit : "Agenouille-toi, ô Mahmoud !" Mon père s'agenouilla et son maître sortit.

— La nuit du vingt-septième jour, se rappela la vieille tante en visite, les tolbas *lisent le Coran chacun à son tour et chacun debout sur une seule jambe… L'émulation les saisit alors : qui tiendra le plus, qui, sous l'ivresse religieuse, ne sentira plus son corps ?*

— Cela, c'était autrefois !… En ces jours nouveaux, ne règne que l'incroyant… Nos propres fils (la femme qui parlait se leva et s'apprêta à partir). Oui, nos propres fils quelquefois dans l'incroyance ! gémit-elle en se drapant dans son voile d'une soie un peu raide.

— Les meilleurs ont disparu ! dit la vieille.

Les enfants se serraient, filles ou garçons, en ces soirs où la nostalgie de la horde inexplicablement s'infiltrait dans les cœurs (tout prétexte était bon : une noce, une mort).

— Votre aïeul (que Dieu l'ait en Sa miséricorde !) avait cinq fils, parmi lesquels votre grand-père… Le premier fils, Baba Taïeb, avait une manie : à intervalles réguliers mais d'une façon constante, il poussait un rugissement : "O Allah !" Quelquefois, ses frères le réprimandaient : "Dis le nom de Dieu en toi-même, ou entre les lèvres, pourquoi ainsi ? – "Ce n'est pas de ma faute ! Cela me prend sans que j'y prenne garde, cela me soulage !"… Un jour, je revenais du cimetière avec un groupe de femmes ; de loin, nous voyons un homme qui s'avance, enveloppé dans un large manteau vert. Soudain, un cri : "O Allah !" – "Le pauvre, dit une femme, ce doit être un derviche !", mais j'avouai, avec quelque aigreur certes : "Ce n'est pas un simple et c'est lui qui se veut derviche !… C'est le frère de mon époux."… Tenez, même dans les enterrements, il se mettait au milieu des tolbas *qui récitent, dès que ceux-ci s'arrêtaient pour reprendre souffle, alors Baba Taïeb rugissait : "O Allah !" et nous, ses parents, sa femme, ses filles, nous nous lamentions dans notre coin : "Baba Taïeb qui ne sait toujours pas se tenir !"*

La récitante dévidait dans ses doigts un cercle de son chapelet, puis reprenait :

— Le deuxième fils, on disait de lui "le pèlerin parti à La Mecque et qui revint nu".

— Nu ? s'esclaffait-on.

— On l'avait volé là-bas et il ne portait plus que sa gandoura. Il leur fallut s'associer tous pour lui acheter des vêtements. Comme il avait mis toutes ses économies de savetier pour aller à La Mecque, on avait

cherché à le retenir : "Laisse ton argent pour ta vieillesse, tu n'as même pas de fils... – Non, répondit-il, cette fois, mon cœur s'est dressé du désir de la Maison de Dieu", et c'est ainsi qu'il partit.

— Le troisième ? demanda une voix timide.

La récitante prit son temps : ses yeux humides et rétrécis ne lui communiquaient que la lumière du passé.

— Le troisième fut un homme de bien : Hadj Bachir, mort à quarante ans sur la route qui descend à la plaine. La diligence allait se renverser : il prit les devants, sauta, tomba dans le fossé, mais la diligence s'effondra sur lui. Les autres voyageurs, qui n'avaient pas bougé, furent sains et saufs... Lui, on l'emmena dans la ville voisine, on le fit entrer dans le couloir d'un bain maure et on le laissa là face à la mort. Elle mit une demi-journée pour se saisir de lui. Auparavant, certains des marchands de passage qui le connaissaient se recueillaient devant lui, tout rêveurs, puis partaient pleins de tristesse. "Quel homme est en train de mourir !" disait-on... On raconte qu'une chaleur torride s'abattit ce même jour dans la ville.

— Personne n'alla lui chercher un médecin ? interrogea un jeune auditeur.

— A cette époque, l'on disait, répliqua l'aïeule sur un ton rogue, "médecin et hôpital ?... médecin de la France, hôpital de la France !"...

— Le quatrième fils, reprit-elle après une pause, on l'appelait le Soudanais parce qu'il alla vivre sept ans près du Soudan... – Comment est-ce chez eux, mon oncle ? lui demandaient ses neveux et nièces à son retour. – Ils dorment toute la journée sur le ventre, disait-il. Dès que le soleil se couche, ils se lèvent et alors quelles nuits ! Danses, chants, concours de poésie, cercle de causeurs... on vit sous la lune, dans ces

pays… Quand je leur parlais d'eau qui coule dans les rigoles, ils riaient, n'y croyaient pas ou disaient seulement : "Le paradis, c'est donc chez vous ?"

— Et le cinquième, petite mère ? dit un enfant.

— Le cinquième, ce fut votre grand-père, que Dieu le tienne en Sa sauvegarde !… Je l'ai épousé à quatorze ans, il en avait vingt-huit… – et elle s'arrêta.

Par la suite, elle reprit le récit, non pas le même ; de voir tant de frimousses autour d'elle lui rappela probablement scène pareille, elle à quatorze ans, jeune mariée et trouvant dans la nouvelle demeure celle qu'on appelait "la vieille" qui, à quatre-vingts ans, ne se décidait pas à mourir…

— C'était la mère de mon beau-père, leur grand-mère donc à tous et dont personne pourtant ne voulait, aussi restait-elle dans ma chambre et, pendant huit ans, elle ne sortit pas de son coin. Ses brus – dont ma belle-mère – ne l'aimaient pas, ce sont des choses qui arrivaient même autrefois. Quand elle se mit à faiblir, je les prévins dans la cour, elles répondirent : "La vieille ne mourra pas ! Elle nous enterrera." Après huit jours, je lui fermai les paupières et sortis à nouveau dans la cour pour leur annoncer : "Mma Rékia est morte", et elles de sangloter, les hypocrites, de se défaire les cheveux…

La récitante se tut un moment, papillota ses yeux humides :

— Durant ces huit ans, dans son coin, elle me parlait, me parlait, et je l'écoutais… L'année où les Français entrèrent dans notre ville, elle était jeune épousée. Toute la famille s'était groupée dans la plus grande pièce, comme un vaste hangar, et ils n'en sortaient pas, paraît-il, ni hommes ni femmes. Seul le cheikh, lui votre ancêtre, un fils de janissaire turc et de femme berbère,

restait dressé sur le seuil, nuit et jour… Or, dans ces jours d'effroi, voici que Mma Rékia accoucha, et d'une fille. Dehors, on entendait le bruit du carnage et des balles, mais à côté d'elle sa belle-sœur s'était mise à maudire le sort de l'accouchée : "Une fille ! tu nous donnes une fille !… tout juste bonne pour une race d'esclaves !…" – "Etait-ce ma faute ?" pensa Rékia, et elle se dit : "Fille ou garçon, n'étions-nous pas tous là serrés comme dans un poulailler à l'approche du chacal ?… Ah, j'entends encore cette femme me maudire, me maudire… Alors, ma petite fille nouvellement née poussa un premier gémissement en plein milieu du silence, puis un second plus long et plus distinct, et elle mourut… J'ai toujours pensé que Dieu me l'enleva à cause des malédictions de ma belle-sœur, elle, de la race des pleureuses, la mauvaise !… J'ai eu par la suite cinq garçons, l'un après l'autre, cinq garçons et pas une seule fille… C'était l'année où les Français entrèrent dans notre ville", soupira Mma Rékia.

Deuxième partie

AU-DELÀ

C'est le repos éclairé, ni fièvre ni langueur,
sur le lit ou sur le pré.
C'est l'ami ni ardent ni faible. L'ami.
C'est l'aimée ni tourmante ni tourmentée.
L'aimée.
L'air et le monde point cherchés. La vie.
[...]

RIMBAUD,
Veillées

1

Près de Tunis, un vieux village se perche sur une colline, coule le long d'un des versants ; en bas, une baie profonde et la mer trop bleue ; à l'horizon, une montagne. Le soleil reste immuable tout le jour, puis, sans transition, la nuit s'installe à son tour et la pureté de l'éther étincelant s'atténue à peine adoucie : vainement, l'œil recherche alors, au sein de l'immense harmonie, le nœud de cet éblouissement.

Dans ces lieux, pendant deux, trois mois, ou davantage, je les fais vivre ensemble, et le calme de ces jours, survenu dans leur existence tout à fait brusquement, n'est comparable qu'à la transparence du ciel qu'ils contemplent sous la fenêtre, à chacun de leurs réveils. Si Omar considérait ces deux durées entrecroisées ou parallèles, mais chaque nuit englouties dans un lit bas au centre d'une des chambres nues de la maison de marbre, si, extérieur à eux mais de tous les étrangers le plus proche, il tentait de reconstituer (il ne le fera même pas plus tard) le déroulement de leur été clair, peut-être éprouverait-il quelque désarroi ; celui-ci déjà l'habite lorsque, du haut de la colline – il leur rend quelquefois visite dans ce "village au bord de l'eau" –, il interroge la mer plate sans surprise, le sable dont il connaît la finesse, et les deux "cornes", comme on appelle ici le sommet de la montagne hautaine, un volcan mort ; il interroge, mais confusément, mais vaguement, car il cherche dans le paysage le secret de cette splendeur.

Elle, femme désormais, s'est-elle jamais demandé quand, à quelle seconde irremplaçable ou durant quel rite répété fidèlement, elle a touché la source – la sienne en même temps que celle de l'homme qui l'a enveloppée ? Quand ? Au couchant sans commencement ni fin tandis que la nuit, se glissant toute, semble soudain se renverser pareille à la femme, lorsque leur oreiller tombe du lit et que, succédant au premier abandon puis au docile émoi, s'éveille en elle l'ardeur dressée, et c'est alors pourtant que son corps ploie… quand ? Lors de sa nuit de noces, ou dans les heures fluides qui s'y penchèrent, ou par la suite, dans la seule succession des journées qui surgissent, sobres tiges d'iris d'un bouquet de fête, ou dans l'écoulement du quotidien, alors que le silence ne se brise même pas de leurs voix tantôt chuchotées lorsqu'ils forment longuement un arbre accouplé, tantôt zigzaguant de rires quand, séparés l'un de l'autre dans la demeure qui leur paraît un palace, ils s'interpellent de salle en salle, non, le silence dure encore, coule entre eux, en eux… Elle ne cherchera à rien fixer, même rétrospectivement, peut-être parce que, ces jours disparus (tout disparaît), elle ne s'en sentira jamais exclue.

Le bonheur n'est pas une île ni un royaume d'oubli ; toujours, même enfant, geignant au bain maure, les yeux piquetés de savon, fillette rêveuse et rieuse, adolescente désordonnée, toujours hier, toujours, je l'espère pour elle, demain – et comme j'aimerais dire indéfiniment si ce récit se laissait tisser sans fin –, elle est tenue par des fils tenaces la reliant à quoi… ? Le faisceau se trouve là, aurore et nuit : deux, trois mois, ou davantage, près de la mer trop bleue, de la montagne à l'horizon, dans le village-au-bord-de-l'eau. Faisceau qu'elle se garde de dénouer ou de revivre par la mémoire qui veut comprendre et qui tue. Mais je suis là moi, l'auteur, non, l'imitateur, qui suit en boitillant la même route ; je m'efforce de me couler contre elle pour mieux la surprendre, ou la trahir. Et si j'avais plus de talent, ou si je percevais mieux l'amour pour elle de l'homme qui l'a ainsi comprise définitivement, ce serait le regard de celui-ci, son cœur, que j'habiterais pour la cerner, la recréer, l'aimer enfin comme il l'aime, car il l'aime !

Je ne peux me substituer à lui. Ce ne serait pas ses yeux seuls qui me tiendraient – homme-miroir, homme-arbre, homme enfin –, mais également sa part d'ombre, son être inversé, son attente. Un poids auquel je me trouverais accroché, et tout ce passé qui me gêne... Comme si l'homme était en vérité la colline surplombant la baie ; or, du sommet de celle-là ne saisit-on pas l'éclat de la mer, et toute la gloire du paysage ainsi proposée anonymement ? Mais à l'instar de l'homme, la colline offre un versant contraire, aveugle, un dos tourné au sable marin, à la lune des nuits d'été, pente piquetée d'arbrisseaux épineux, de végétation bâtarde et de cahutes misérables, un défi dans un détour, là, tout près, en dépit des “ah” d'ébahissement des touristes qui se plantent en haut, en dépit des cars pleins d'Allemands gravissant péniblement la rue sinueuse du village blanc jusqu'à son point culminant, un tombeau de saint populaire devenu lieu de concerts hebdomadaires.

Ils vécurent dans le bonheur deux, trois mois, ou davantage.

2

Le jour de son mariage, sa robe est toute simple et elle oublie même de la choisir blanche. Elle arrive l'après-midi dans leur demeure, accompagnée d'une tante. Elles ont pris un taxi dans la ville, y ont juché les deux valises, l'une lourde de livres, l'autre de linge et de quelques bibelots encombrants, tout le trousseau. Assise près de Lla Fatouma qui, de temps en temps, soupire doucement "mon Dieu !" puis se répand en lamentations au Seigneur :

— Quelle est cette époque pour que nous fassions ainsi nos fêtes, sans chants, ni danses ni visages amis... ?

Nfissa vit presque un jour ordinaire, un peu plus calme et plus attentive au spectacle de la banlieue, ruelles pauvres par endroits, villas prétentieuses ou coquettes à d'autres. Elle tient les clés de la maison, que lui a données Rachid la veille.

— Aujourd'hui je serai sa femme !

La phrase plate flotte en elle ; les mots l'emplissent tandis qu'à ses côtés Lla Fatouma, lasse de se plaindre, amorce un dialogue avec le chauffeur :

— Mon fils, vous êtes heureux dans votre pays de pouvoir chanter et rire en mariant vos enfants ! Jusqu'à quand les nôtres s'uniront loin des leurs, dans l'exil ou dans les pleurs ?...

— Ma mère, répond l'homme d'une voix respectueuse, nous ne serons heureux que lorsque vous le serez. Car votre peuple et le nôtre ne forment qu'un seul peuple...

Ils sympathisent, et Lla Fatouma, devant la maison, tandis que Nfissa paye, se répand en bénédictions sur l'homme :

— Que Dieu fleurisse ton visage, qu'il fructifie ta maison ! Qu'il colore ton sort des couleurs du bonheur, de la paix...

Le chauffeur remercie tout en comptant sa monnaie.

La porte ouverte, Nfissa s'arrête sur le corridor. Elle n'est venue qu'une fois depuis que Rachid a loué cette maison bien trop belle, et trop grande pour eux seuls, a-t-elle pensé alors. Lla Fatouma entre, va de pièce en pièce, déambule lourdement, revient au patio où Nfissa debout, observant un rayon du soleil moribond qui traverse les vitres du patio d'hiver, s'habitue à la maison profonde, vide de meubles, sauf dans leur chambre peut-être... Lla Fatouma reprend ses gémissements mais son œil curieux accompagne les remarques. Nfissa l'écoute de loin, se noie dans un silence en elle fondu, surgi de ces marbres froids.

— Si nous sortions au jardin ? propose-t-elle enfin, les deux valises près de ses jambes.

Elle veut voir finir le jour, n'est-ce pas pour ce jardin aux dimensions modestes, orné de bassins à l'ombre de quelques orangers et grenadiers, arrangé comme dans une miniature d'Orient, que Rachid a désiré la villa, malgré son loyer trop onéreux ? Dehors, devant les nénuphars qui se ferment dans l'eau grise et verdâtre, Nfissa sourit : tout près, une terrasse contre un mur orné de céramiques ("là, a-t-elle décidé lors de leur visite, chaque soir j'étendrai des nattes") ; un jasmin y courbe ses branches mal retenues par un grillage. Son parfum paraît soudain aux deux femmes un signe de fête et Lla Fatouma, attendrie par ce rappel des noces d'autrefois où, au-dessus des pâtisseries au miel fondu, des viandes épicées et des confitures, planait, parmi les femmes parées de satin ou de velours vivaces, la douce, l'insistante odeur du jasmin dont les guirlandes, sur les fronts et les gorges opulentes, ne se flétrissaient qu'au soir tombé, à la lumière des quinquets.

Vive malgré ses rhumatismes et ses chevilles enflées, Lla Fatouma se met à chantonner une chanson des jeunes filles de jadis :

O bonnes gens, écoutez mes mots !
Entre la Kaaba et son tombeau,
Celui qui, tel l'argent, jamais ne pâlit…

— J'ai oublié la suite, soupire-t-elle en cherchant les paroles nostalgiques, mais Nfissa, un instant dans la ferme de son enfance, au milieu de ses sœurs et de sa jeune tante, tandis que dormaient hommes et bêtes, et que les voix féminines déroulaient les mêmes couplets, Nfissa continue la complainte puis elle s'impatiente :

— Cueillons des fleurs ! Faisons des guirlandes !

Le soleil se couche contre le jardin, en se reflétant dans les bassins sous les arbres taillés en parallélépipèdes. La jeune fille et la vieille femme étalent leurs mouchoirs pour recueillir les fleurs frêles, dentelle frémissante qui s'égoutte. A petits coups, Lla Fatouma secoue le tronc du jasmin, Nfissa se courbe pour ramasser la floraison sur les dalles où elle étendra plus tard nattes et peaux de mouton dans la fraîcheur nocturne.

La nuit est déjà commencée lorsque Rachid revient du restaurant où il a réuni ses camarades pour le repas de noce ; il trouve les deux femmes assises, silencieuses dans le patio illuminé comme pour un gala et ce n'est ni la robe de l'épousée ni l'éclat de son regard qu'il reçoit en premier don, mais la guirlande immaculée dans les cheveux noirs de Nfissa ensommeillée. Un sourire entre eux, de lui, ou d'elle, qu'importe.

Il sort à nouveau de la maison pour raccompagner Lla Fatouma – la vieille est à ce point scandalisée qu'elle ne dit mot jusqu'au retour à la ville :

— Comment, a-t-elle maugréé auparavant devant Nfissa, comment ne sait-il pas qu'on ne doit jamais laisser une mariée seule, le jour de ses noces ?

Nfissa l'a consolée :

— Ne crains rien ! Il n'y a plus de voleurs de mariée désormais. C'est la guerre !...

Ensuite, nullement convaincue :

— Hâte-toi donc mon fils, ton épouse est seule ! recommande Lla Fatouma sur un ton maussade à Rachid qui la quitte.

— Oui, mère, je me hâte, répond-il tout bas.

Plusieurs jours durant, Rachid et Nfissa ne sortiront pas de la grande maison.

3

Depuis plus de vingt ans, Nfissa dort dans la même position : à plat ventre, les jambes écartées en croix, les bras au-dessus de la tête, croisés en couronne et servant d'oreiller, tel un corps fusillé, cadavre de garçonne sans poitrine ni visage, immobilisé le long de la nuit, les jambes seules gigotant pour défendre leur espace – autrefois parmi les sœurs et l'aïeule dans le lit ancestral et n'arrivait-il pas qu'à l'aurore, Nfissa et Nadjia jaillissent au même instant du sommeil en se dévisageant avec haine de s'être combattues à coups de pied vigoureux dans leur inconscience ? A peine si, les saisons de grand froid, Nfissa enfant a laissé ses pieds se réchauffer dans le creux des mains calleuses de l'aïeule, le souvenir de son corps roulé en boule malcommode encore vif dans sa mémoire et lié indéfectiblement à la complicité que lui inspirent les vieilles de son monde.

Vingt ans après. Sept nuits au moins ont été nécessaires pour que, les portes du sommeil entrouvertes, la volonté de l'homme endormi parvienne à dénouer ce raidissement juvénile, et il la recherche, ses bras l'entourent, la retiennent, se rappellent à elle. Une heure passe. Soudain, Nfissa lui échappe, glisse, se retrouve enfin sur le ventre, jambes en croix ; toujours endormi et têtu, Rachid insinue ses propres jambes dans la croix femelle, en fait une tige enfeuillée, et le cadavre redevient femme, et la femme ramène elle-même ses bras, recherche les épaules de l'homme, dessine sa couronne, mais autour du cou masculin, caresse de son visage sans regard la nuque tant aimée au soleil. Une heure, deux heures ; leurs corps réunis. De nouveau, elle échappe, ses jambes se révoltent, se raidissent en solitaires ; se réveillera-t-elle comme autrefois face à sa sœur une courte seconde ennemie ? Rachid endormi est tenace, doux et tenace ; ses mains aveugles caressent les jambes, qui vivent devant ses yeux le jour, la nuit sans nulle cesse ; les voici redevenues dociles, elles se croisent d'elles-mêmes pour qu'ils naviguent ensemble, en travers du lit, leurs pieds se recherchent, jusqu'à leurs orteils qui s'emmêlent. Nfissa gémit de bien-être, son premier mot d'amour ; la couronne de ses bras se recrée, en emprisonnant les épaules vigoureuses, la tête aux longs cheveux marche sur la poitrine de Rachid, sa taille, ses hanches vivent en lentes vagues, son corps s'enroule mais le souvenir ressuscite, Nfissa se retourne d'un coup, au risque de le réveiller. Sa poitrine s'agite seule à l'autre bout du lit, les bras de Rachid errent un instant, s'allongent, tentacules exigeants, la retrouvent, la traînent à lui, ainsi jusqu'à l'aube, sept nuits au moins, un couple qui se forme, se dénoue, se referme, s'accroche et se combat jusqu'à la lumière du réveil, sur l'autre rive : quatre yeux emmêlés dans quatre bras et deux corps nus et longs qui tentent obstinément de recomposer leur originaire unité.

4

Le soir tombe ; ils sortent, prennent la route qui quitte le village et serpente entre les collines, puis dessine plusieurs méandres en direction du centre balnéaire à la mode. Nfissa, marchant distraitement, regarde sur le bord des coteaux quelques maisons, fermées, aux volets repeints : devant chacune, elle rêve y avoir habité avec Rachid, y avoir été heureuse au milieu d'échos et de songes, sans doute dans une autre vie, "passée ou à venir", se demande-t-elle. Ils parviennent ainsi, devisant, se promenant – il semble que le jour finissant les suive faiblement dans leur marche – jusqu'à la bourgade estivale où se retrouvent les familles bourgeoises, et les fonctionnaires des ministères de la capitale. Au fond d'une crique envasée, ou plus loin sur la plage de sable qui s'étend jusqu'aux roches de l'horizon, barbotent encore des groupes d'enfants et de femmes grasses ; parmi celles-ci, un voile découvre de temps à autre le visage ou le décolleté de la gorge, les jambes nues jusqu'à mi-cuisses dans les ressauts de la vague qui fume.

Devant le spectacle, Nfissa et Rachid s'arrêtent : le soleil s'enfonce d'un coup dans l'eau glauque et l'atmosphère demeure égarée dans une lumière translucide, au gris délavé ; la nuit n'a point encore atteint la côte. Elle attend, comme par nonchalance, que, sur le prétentieux boulevard du front de mer où s'assemblent les adolescents, s'allument toutes les lampes, orgueil de la municipalité qui fait des frais en cette saison. Alors, un déluge multicolore jaillit, salué par l'exclamation unanime des promeneurs en deux files, jeunes filles d'une part, jeunes gens de l'autre, dont les voix, en cette occasion unique de la journée, se conjuguent.

Dans cette ambiance provinciale de cris et de petits émois, Nfissa et Rachid, attendris en étrangers de passage qui acceptent avec plaisir de se plier au jeu de la monotonie environnante, parcourent à leur tour une, deux fois, le boulevard. Cela leur fait un sujet de conversation durant quelques minutes :

— La beauté blonde de l'endroit, commente Nfissa, a aujourd'hui changé de robe...

— Le garçon à lunettes et au nez pointu la dévore toujours des yeux...

— Une jeune fille à l'air doux et effarouché est apparue... nouvelle dans le lot des filles de famille à marier...

Le groupe des mères n'est pas loin ; assises sur les bancs, aux extrémités du boulevard, elles s'absorbent dans les papotages : toilettes, "responsabilités" du mari, promotion de tel ou tel, prix des légumes ou du poisson du jour. Mais, par brefs coups d'œil, elles épient les allées et venues de la jeunesse de la ville, "son avenir", dit Rachid qui remarque que sur ces cinq cents mètres de boulevard, se préparent les mariages de l'année, le destin donc de la prochaine génération, dans quinze ans le tour de leurs enfants et ainsi de suite, cinq cents mètres de boulevard en décor perpétuel. Nfissa sourit ;

le ridicule de la ronde ne la blesse pas, elle s'étonne du ton acerbe de Rachid qui poursuit :

— Voici ce que nous voulons atteindre donc, la prochaine étape du progrès que nous réclamons !...

Nfissa refuse l'amertume.

— Pourquoi pas ? s'exclame-t-elle sans passion, et dans son fond peut-être indifférente. N'est-ce pas tout de même préférable aux mariages de chez nous que décide la vieille mère qui jauge par elle-même, soupèse, décide et dépose la proie toute fraîche, un beau jour, dans le lit de son fils chéri ?

Rachid ne répond pas, entraîné quelquefois par la gaieté de Nfissa – ainsi s'étale le bonheur dont elle jouit même au cœur de ses pensées féministes auxquelles il forme contraste.

D'autres fois, Rachid s'entête, malgré l'absolu de son ambition :

— Pourquoi ne peut-on pas franchir d'un seul saut toutes les distances ? De l'asphyxie à la liberté crue sans passer par le rose bonbon ? Le vrai, le vrai tout court et non pas ces ersatz de libération !

Il continue, il généralise comme toujours, il condamne, il s'arrête parce que Nfissa observe les promeneuses, leur trouve une grâce timide dans leurs fausses audaces ou leurs rires de gorge, lorsqu'un garçon passe apparemment lointain et qu'elles balancent de part et d'autre leurs jupes amples, certaines jeunes filles vraiment gracieuses, juge-t-elle, d'une joliesse fugitive qui, sitôt l'assouvissement des noces passé, disparaîtra et le visage empâtera, les grossesses qui déformeront leur taille, maquilleront de sérénité leurs traits incertains.

La nuit glisse et s'installe ; la mer, invisible, murmure à courtes plaintes léchées. Nfissa désire effacer toutes leurs paroles.

— Si nous allions manger… (puis continuant sa pensée), je souhaite à toutes la chance qui me poursuit !

— Es-tu une femme libre ? l'interroge Rachid presque distrait.

Il lui caresse d'un mouvement des doigts le haut du poignet ; un silence. Nfissa perçoit le désir des doigts, leur recherche.

— Pas libérée du bonheur ! décide-t-elle avec un rire vaniteux.

Elle lâche Rachid, court devant lui ; ils s'engagent à présent dans une ruelle étroite. Long couloir qui les mène à l'endroit qu'ils retrouvent chaque soir… Nfissa, la première à la porte de l'auberge et de son palmier nain, attend Rachid qui vient lentement, sans la quitter des yeux, et lorsqu'ils pénètrent, le visage animé, ayant repris un bavardage badin, il semble aux autres convives que ces jeunes étrangers sont des maîtres de maison insouciants, arrivant sans remords après leurs invités. Car leur place est réservée. Une servante aux beaux bras bruns, des tatouages bleus de Bédouine éclairant son visage sous ses cheveux crépus, les salue d'un lent sourire. Nfissa lui répond avec reconnaissance.

Les lieux seraient quelconques, d'une simplicité pauvre : tables de stands de foire, bancs en bois blanc, seul un coin entouré de roseaux et installé à la mauresque avec des matelas étendus sur des nattes ; mais au centre de la cour, attraction de l'auberge, un chameau aux yeux bandés tourne une noria. L'eau du puits est d'une renommée locale, ainsi que les beignets à l'œuf et aux câpres, et les brochettes piquantes. Un vieillard aux pieds nus, à la face noire, suit le chameau qu'il fouette de temps en temps sur sa bosse maigre puis qu'il arrête, après une ou deux rondes en l'honneur de chaque client qui entre.

Nfissa et Rachid mangent avec gourmandise. Au moment du thé, Nfissa et la jeune Bédouine bavardent avec des sourires mutuels. Rachid rêve devant la bête dont le gardien passe de-ci de-là pour vendre son eau dans des tasses de cuivre. Puis le couple se penche sur la balustrade du côté de la mer qu'on ne distingue pas mais qu'on entend ; un potier voisin, derrière le mur, chante d'une voix de ténor :

"O nuit ! ô nuit !"

Il s'interrompt quelquefois et pénètre dans l'auberge ; un œillet blanc sur l'oreille, il se dresse au centre, conversant avec le chamelier ou proposant nonchalamment ses gargoulettes aux clients avant de s'approcher du coin où, sur les matelas qui leur sont réservés, les chanteurs andalous, trois hommes en pantalon bouffant et au fez écarlate, caressent le luth et le rebec avant d'entonner quelque complainte qui se confond avec le murmure de la mer lointaine. Rachid fredonne, imperceptiblement. Nfissa l'écoute, distraite et en même temps dans un bien-être intense. En plein milieu du concert, le vieillard arrête la ronde du chameau épuisé ; avant de détacher l'animal, il lui enlève le bandeau grisâtre ; l'œil égaré de la bête tangue, ne sait où se poser, et Rachid, qui regarde, retrouve le vrai silence…

— Pourquoi sembles-tu triste ? interroge Nfissa, s'habituant à ce folklore et à cette tranquillité villageoise.

— Etre triste un moment au milieu du bonheur… répondra plus tard Rachid tandis qu'ils se lèvent.

La soirée ne finira pas. Ils marchent, pourquoi marchent-ils tant ? C'est Nfissa qui paraît suivre. De déambuler ainsi jusqu'aux heures proches de l'aurore procure à Rachid une fatigue qu'il apprécie, dont il sait gré à sa femme parce qu'elle n'en demande nulle merci et le corps de Nfissa rappelle à Rachid à la fois l'asphalte retournant entre les collines jusqu'à leur village, et la liane se balançant tout au long du parcours. Nfissa bavardant, fredonnant sans s'épuiser. Le coq chante.

Leur fenêtre restera ouverte sur les orangers ; ils vont s'endormir et Rachid répète, son bras gauche enlaçant le buste de l'épouse (la tête bouclée, un poids sur son épaule), penché, il répète :

— Parle... parle-moi.

La voix de Nfissa détaille paisiblement le boulevard, le chameau, les convives : son plaisir d'emmêler ses pieds toujours froids aux pieds de Rachid, ses jambes aux jambes de Rachid, puis sa voix soupire à plusieurs reprises, ardente et lascive et lasse – "Je t'aime ! ô combien je t'aime" ; l'homme l'entend, bien qu'il dorme déjà, ayant enfin réussi à chasser sur les limites du sommeil les fantômes d'autrefois. Parce que le présent dure, jour et nuit, même si Rachid rencontre quelquefois face à face la tristesse blanche, même s'il s'inquiète, recule, puis demande de l'aide.

— Parle-moi... Parle-moi...

L'épousée dort ensuite d'une respiration égale, sachant à quel moment détacher sa tête endormie pour que l'épaule de l'aimé ne s'ankylose point, puis creuser son propre corps tandis qu'ils se retournent d'un même mouvement sur le côté droit : elle ne s'échappe plus, elle se lie et s'enroule et se retrouve.

Parce que le présent dure, jour et nuit.

5

Peut-être faut-il préciser le reste du décor. Lorsque leur sommeil arrive au terme, le soleil est presque au zénith et déverse une lumière aveuglante sur le patio, quand ils se lèvent, quand ils rient. L'homme se change en se rasant ; il accroche une glace de célibataire à un clou dans n'importe quel mur ; elle, à demi vêtue, mange ; elle a toujours faim le matin, confitures, miel, fruits. Elle danse dans le patio, elle se peigne, elle revient vers lui, lui essuie blaireau et rasoir, essaye contre sa joue la joue de près rasée, puis va au jardin, revient, ne tient pas en place décidément et cela dure, combien… Quelle importance ?

La mer demeure, ainsi que la baie, au bas du village : on y parvient par une route ensoleillée qui descend poussiéreuse, caillouteuse, que parcourent pendant des heures les vendeurs de graines de pastèque et de bouteilles de soda américain. La route fatigue, mais la plage immense s'aperçoit à chaque trouée. Rachid y chemine à midi ; il est vêtu d'un short court ; son torse nu est large, bruni de plus en plus chaque jour, ses jambes un peu maigres, "de montagnard", a-t-il dit à Nfissa qui les aime. Elle ne l'accompagne que rarement. Il nage seul dans la mer, une heure ou plus, avant de s'endormir sur le sable, alors qu'elle arrivera, vêtue de blanc ou n'importe comment. Elle se baigne peu parce qu'elle ne sait pas nager – peut-être parce que les femmes dans son enfance ne se baignaient pas. Par deux fois, Rachid l'a entraînée : leurs cabrioles dans l'eau, elle accrochée sur l'épaule de Rachid qui la lance en arrière, son effroi dans le saut, toute la plage et la route et le village renversés quand elle se noie brusquement et que Rachid la sauve sous les eaux, ces deux matinées de rire suspendues dans l'azur s'incrustent directement dans ses jeux d'enfant, de dix ans en arrière… Elle en remerciera Rachid plus tard. Pour l'instant elle arrive, robe blanche, sandales aux pieds, puis ils flânent, recherchent l'ombre proche de l'eau. Ils rentrent chez eux sous le chœur des cigales du sentier ; ils ne ressortiront que pour les promenades du crépuscule et de la nuit claire.

Au cours de ces après-midi sur la plage, des femmes voilées viennent en groupes ébouriffés. Je ne sais pas qui elles sont, des courtisanes, des danseuses ou des petites-bourgeoises libres pour une journée. Elles enlèvent tout : voile, robes à fleurs. Elles sont grasses, blanches et surtout joyeuses. Elles ignorent les maillots, se croient près du bassin d'un patio infini, ou dans la vasque des hammams d'autrefois. Une combinaison de nylon collée à leurs formes, elles touchent du pied l'eau froide sous le soleil pâli, elles s'accroupissent dans les vagues, se savonnent, se lavent, rient quelquefois à s'éclabousser et leurs voix de petites filles lascives dérangent le calme de la plage d'où, avec pudibonderie, les vendeurs de graines de pastèque et de limonade se sont éloignés ; quelques enfants ventrus gisent abandonnés sur le sable et pleurent, pendant que le rire féminin continue, continuera jusqu'au sang du couchant déversé avec profusion sur la baie.

6

Dans la médina de Tunis, bruissante comme une ruche ou silencieuse soudain, les heures de somme, tel un ventre vidé et envahi d'ombre, Lla Fatouma, pour éviter de se sentir seule depuis le mariage de Nfissa, a laissé la plus grande partie de sa maison, autrefois pleine de ses filles, à sa voisine et belle-sœur.

Zouina a un visage d'ange, le teint éclatant des femmes à la fraîcheur bovine. Un ange, mais si grasse. Déjà à seize ans, le jour de son mariage – elle alors si fière d'épouser un "cheikh", un savant, non pas "un jardinier, un vulgaire agriculteur" comme ses parents installés dans une ferme de banlieue –, déjà son corps opulent faisait l'admiration de toutes les matrones de la noce :

— Quels beaux enfants elle donnera à Cheikh Youssef !

Et telle autre :

— Quels yeux de génisse ! non, elle ne tient sa beauté ni des parents de sa mère ni de ceux de son père !…

— Ne dit-on pas qu'elle descend en droite ligne du marabout du village-au-bord-de-l'eau ? Une manifestation de la bénédiction de l'aïeul !…

La noce, vingt ans auparavant, se déroule dans les éloges, plus chaleureux que n'exige la politesse de circonstance, et la toute jeune mariée, l'œil trop vif, le visage auréolé d'une couronne, la gorge épanouie masquée de plusieurs colliers, couverte d'or aux poignets, aux chevilles, à la taille, ainsi parée comme une idole païenne, Zouina jouit des murmures et des compliments tout en rêvant à la nuit précédente – nuit de noces – où l'homme, de l'âge de son père, s'est approché d'elle, où tranquille elle a observé le trouble dans les yeux déjà séniles, où elle s'est laissé prendre sans même souffrir, l'esprit froid tout au long de l'acte et calculant ensuite ce qu'elle ferait après la fête, puisqu'elle serait la maîtresse de cette maison si grande qui lui a plu, comment elle agirait pour montrer à sa famille qu'elle n'est plus une campagnarde, qu'elle a désormais des toilettes, des coiffes de soie et de moire, des bijoux d'or et de perles.

Assouvi, l'homme la caresse lentement, intimidé soudain par le calme figé de l'épousée, le corps blanc ainsi étalé parmi les draps sous le ciel de lit en cuivre doré. Elle maintenant, mi-puérile, mi-provocante, tâte la barbe en pointe du cheikh et rit de son nouveau rire qui roucoule longtemps avant de se libérer, presque aigu, en éclats brefs. Cheikh Youssef écoute ce rire le pénétrer ; le désir l'envahit une seconde fois mais il n'ose, il interroge l'enfant aux yeux de joie :

— Aimes-tu cela ? dit-il en bafouillant…

Elle ne répond pas, s'enhardissant pourtant à caresser encore la barbe, et il insiste, presque paternel, presque craintif : "Aimes-tu cela ?", puis, lorsque avec violence il l'habite, de nouveau au cœur du plaisir, comme affolé, tandis que le désir bat à ses tempes, à ses reins :

— M'aimeras-tu ?…

La seconde fois, elle ne gémit pas, bien qu'elle ait mal, mais elle serre les dents, une lame de couteau glisse dans son corps mou sans parvenir à le recomposer ni à le faire frémir. Elle serre les dents, se rappelle sa sœur divorcée qui, le regard torve et la bouche amère, se plaignait autrefois avec l'accent du ressentiment :

— Les hommes, ils ne recherchent que les femelles éhontées qui aiment ça… l'affreuse chose !

Et elle invoquait la protection de Dieu contre Satan – alors, à l'instant où l'homme, essoufflé, se repose de l'effort, l'œil rêveur posé sur Zouina, celle-ci rit une seconde fois, doucement, aigrement, puis, reposant la main sur la barbe du maître, première de ses décisions personnelles, elle avoue :

— Oui, petit père, j'aime…

Cheikh Youssef se soulève de l'oreiller, contemple avec une curiosité surprise le corps nu de Zouina, sans même l'envie de le caresser, le recouvre du drap, se serre tout contre le flanc de la femme qu'il croit désormais docile et murmure, un accent triomphant dans la voix, le même compliment que dira l'une des vieilles, le lendemain, lors de la réception qui sert à exposer la mariée à l'opinion des bonnes dames de la ville – il soupire donc, vainqueur ou le croyant en tout cas : "O ma génisse !"

C'est désormais son appellation favorite. Elle lui permet d'en recouvrir toutes ses humeurs. Il insulte sa femme quand il entre chez lui et ne trouve pas la maison rangée : matelas sur le sol étalés, coussins, couvertures pêle-mêle sur les tapis et sur les nattes. Le voici qui se répand en long chapelet de reproches :

— Campagnarde habituée aux gourbis et non aux palais, vache qui n'est digne que des bergers.

Zouina se tait ; en quelques gestes, elle lève les tapis, range les matelas en un seul monceau derrière le grand lit, pose le repas, puis quand l'homme sort enfin, les voisines des chambres du rez-de-chaussée entendent l'insolent rire d'enfant qui se prolonge, qui descend jusqu'à elles par-dessus la rampe.

Zouina quitte sa chambre, revient à elles puisque en fait, toute la matinée, elle l'a passée en bavardages, en commérages, en joyeuses médisances ; l'entrée du maître lui fournit un nouveau prétexte : elle mime la scène, reprend les reproches et rit, rit, tout son corps, qui engraisse de plus en plus, tremblant de frémissements réguliers. L'une des filles de Lla Fatouma, jeune fille innocente encore, s'enhardit à demander :

— Comment, ma tante, il t'insulte et cela ne te peine donc pas ?

Et Zouina, légère malgré ses formes lourdes, pivote avec lenteur, s'étonne sur un ton de simplicité naïve :

— Les hommes, que font-ils d'autre à la maison ? Chez nous, aux Ouled-Smaïn, ils battent leurs femmes une fois par jour au moins. Elle s'arrête, a une pensée drôle, puis ajoute : Crois-tu, ton oncle, il ne me bat même pas ! Elle rit de nouveau : Mes amies d'autrefois ne voudraient pas le croire !

Toutes la regardent en silence ; quelques-unes sourient avec indulgence, seule la vieille mère observe cette "enfant du diable" avec malveillance, ne l'aimant pas depuis le premier jour, le manifestant à son fils, lorsque, régulièrement une fois par semaine, il vient s'entretenir respectueusement avec sa mère "des choses de Dieu". Celle-ci, sa coiffe aux longues franges de soie encadrant son maigre visage (yeux sévères et bouche aux lèvres fines), déclare avec un calme d'entêtée :

— Mon fils, je n'aime pas ta femme !

Et lui, d'une voix basse que la vieille sait hypocrite, répond humblement :

— Tu as raison… Mère. Je la répudierai bientôt… Je suis résolu !

La mère ne souffle mot alors, car aucun divorce n'a eu lieu dans la famille.

La comédie finie, Zouina remonte, laissant dans le patio aux mosaïques fêlées le reste de sa belle-famille. Elle s'isole dans son appartement, suspend ses rires, s'occupe pendant les heures de l'après-midi à peigner ses longs cheveux de jais dont la tresse lui bat les cuisses. Elle ouvre ses valises doublées de satin rose et tapissées de petits miroirs, revêt son caftan de velours noir qui rehausse son teint et, dans la chambre qu'enveloppe peu à peu l'ombre qui vient des terrasses, elle attend le retour de l'époux. Il rentre tard, s'attarde au préalable en bas auprès de sa mère et de sa sœur avant de monter silencieux pour dîner, prier, et aimer la femme qui oublie les insultes du matin ; le cérémonial nocturne commence.

Le lendemain, Cheikh Youssef se réveille tard. Les hommes sont partis à leur travail : échoppes d'artisans et boutiques des souks ; les femmes déjà remuantes, parmi le brouhaha des enfants qui geignent et criaillent, seuls le maître de maison et sa femme encore emmêlés sous le ciel de lit. Zouina se lève la première, le lit crissant sous son poids ; elle met son déshabillé de la noce, descend auprès des autres femmes, les yeux lourds, les cheveux épars, la gorge découverte. Sans façon, elle emprunte à la belle-sœur qui se tait quelques pâtisseries, ou le sucre, ou même du café moulu qu'elle prépare pendant que le cheikh se dresse à son tour, appelle d'une voix aigre une des fillettes du bas qui arrive, craintive devant l'œil terni de l'oncle, et lui présente savon et serviette. Il se lave à grande eau devant le bassin, accomplit ses deux prières du matin, celle de l'aurore en retard donc – la vieille mère en bas qui l'entend ne pardonne pas –, renvoie la fillette, baisse le rideau de la chambre pour pouvoir prendre, près de Zouina qu'il trouve toujours embellie le matin, le petit déjeuner servi sur plusieurs plateaux de cuivre argenté autour de la table basse. Il boit, sa main caressant la gorge pleine de la femme, "ma génisse", murmure-t-il, et Zouina libère son premier rire de la journée en cascade bondissante qui traverse le rideau baissé, passe au-dessus de la rampe et parvient jusqu'aux ménagères du rez-de-chaussée qui soupirent soudain de fatigue au milieu de leurs nichées.

Enfin, Cheikh Youssef sort, sa gandoura immaculée, le fez haut lui allongeant le visage aux moustaches fines et masquant son crâne chauve. Le long des rues étroites du quartier il marche droit, ayant presque fière allure et il se plaît à imaginer, non sans vérité peut-être, que, des terrasses basses dont il côtoie les murs, les voisines l'admirent et soupirent d'envie pour la jeune épousée qui, honorée ainsi par ce noble "savant", jouit en même temps d'une si belle maison, de tant de bijoux, de...

Quand il rentrera à l'heure du déjeuner, il s'emportera, s'irritera, s'ébattra dans des colères d'impuissant avant de ressortir à nouveau pour aller au magasin de son frère qui sert de lieu de réunion à ses amis de passage : cadis, oukils, *lecteurs du Coran, théologiens, l'élite de la capitale. Zouina, la porte de nouveau fermée, rit encore, mime la scène de l'autorité et de l'intrusion, et les jours passent – sont passés identiques, son corps s'élargissant comme une fleur d'eau inassouvie, ses yeux plats s'éclairant chaque nuit et chaque matin, la prière de l'aurore se faisant en retard malgré le ressentiment de l'aïeule ; passent les jours identiques, oh oui ! et la vie, à Zouina, apparaît presque éternelle.*

7

— Je t'aime, combien je t'aime !

C'est Nfissa qui chuchote le soir.

— Je le sais, répond Rachid rêveur... Tu m'aimes dans le présent.

— Oui... – Nfissa hésite, le bonheur est-il un soleil que n'absorbe jamais la nuit entière ? – Oui, aujourd'hui, chaque jour comme aujourd'hui !...

— Je te demande le présent et le passé. Et l'avenir ! (Il a crié.) Je te demande l'éternité !

Non, Rachid ne prononce pas ces mots exigeants – ou pas encore. S'il doit les dire, sa voix sera déchirée, il se lèvera, il marchera, seul, totalement seul, étouffant comme dans une révolte. Nfissa étonnée se taira d'ignorance. L'éclair ne luit jamais dans un ciel immuable. Non, Rachid ne prononce pas ces mots exigeants – ou pas encore.

8

Par contre, il demande, et si souvent, que Nfissa décrive ses sensations quand il l'habite. Elle se tait parce qu'elle cherche, ou parce qu'elle lutte. La mémoire du corps est difficile à effeuiller, touffue, mais seule pour Nfissa, elle le sait de mieux en mieux chaque nuit, seule la mémoire du corps est fidèle, seul le présent du corps qui dort puis se réveille, qui dure, puis sommeille inaltéré, seul il ne se multiplie pas. Elle se tait parce qu'elle cherche ; les mots lui manquent pour dépeindre la lueur dans l'antre de son corps ombreux.

Rachid interroge, elle-même s'interroge dans la même coulée. Ainsi la première fois où malgré la peur, ses dents claquent, son corps se raidit. Patiemment Rachid : "Détends-toi…" "Je m'abandonne, pense-t-elle intensément, je me donne." Mais ses dents claquent, son ventre est dur, ses jambes crispées – ses yeux se livrent, jusqu'à son effroi qui devient doux, ses dents claquent, cherchent la nuque tendre de l'homme, le creux au centre de la poitrine vaste, les hanches, tout ce qu'elle devine de bon dans le corps vigoureux de Rachid. Il entre en elle. Instant de la déchirure : un éclair qui illumine les recoins du corps et sa demeure végétale, mais il est à la fois bien davantage que déchirure ou simple souffrance, lame de couteau dans la laine de l'abandon ; tout à fait au fond pourtant, comme une bête hurlant le refus, la révolte aveuglée, le durcissement dressé : "Non !", un corps peut-il hurler "non !" en son profond et que ce soit pourtant un don, yeux ouverts à l'intérieur du mystère, bouche béante qui crie, puis se révulse d'éblouissement… Quel est le nœud, quel est le mystère ?

— Je ne sais pas, répète souvent Nfissa qui, engloutie sous le poids nu de Rachid, en revient toujours à la violence de la première nuit.

"Dans cette nuit, rêve-t-elle, il y a une nuit… Je n'oublierai jamais, mais pourquoi ce «non» en moi, qui n'était point le refus… comme la limite de l'abandon… au-delà."

Dans le sang qui sourd, rivière lente, flots attristés, c'est comme si le corps ainsi écartelé entre diverses voies se recompose dans la simplicité de la fatigue, dans les morsures de la blessure. Le refus transformé en pleurs, l'effroi à la face de haine libéré des profondeurs féminines que l'homme reçoit dans la peine et un vague regret…

— Ce n'est rien, ce n'est rien, dira jusqu'à l'aube Nfissa qui, peu à peu, ne souffrira plus mais qui, les nuits suivantes, serrera les dents au moment de l'amour, tentera de franchir seule et aridement le passage. Un jour surgira le plaisir mais, au préalable, pendant combien de temps ne se vivra-t-il qu'en attendrissement et que dans les mille nuances du sentiment.

— Je me livre, répètent les yeux ouverts.

Même si le plaisir ne survenait pas, même si Rachid n'était point guide patient dans la forêt nocturne et incendiée, les brûlures et les flammes importent peu quand, au cœur du feu solitaire, vous éclaire l'éclat d'un acier inextinguible, soleil blanc de la sérénité.

9

Lorsque le plaisir devient réalité, inconsciemment elle refuse de le laisser déborder dans la plaine du temps ; elle veut oublier, elle oublie sinon le bien-être et le calme. Oui, elle oublie et la recherche et la chasse ; parce qu'elle ne se sent ni la proie ni le chasseur, elle ne sait qui reçoit, qui donne, elle regarde et le visage de Rachid devient sa propre face qu'elle n'oublie pas. Dans la plaine écorchée de râles, elle ne sait distinguer ni son plaisir ni celui de Rachid ; elle le subit comme une mer inconnue où tous deux se baigneraient, elle ferme enfin les yeux car ouverts, elle se croit aveuglée.

Que dire de Rachid ? Tout ce qu'il donne seul semble réalité ; ne voulant écouter que la femme, c'est lui qu'il écoute. Il le sait et comme il voudrait le dire ! Alors il s'approche à tâtons ou avec une impatience fausse. De la hâte attendrie, Nfissa ne voit que l'amour et la douceur. Elle s'en nourrit, elle embellit, docile, de plus en plus le devient-elle et éblouie, mais lucide ?

— Au maquis, tout était beau, je t'assure… J'étais…

— Heureuse ?

Fin d'un dialogue. Bavardage malgré le sujet sérieux, bavardage puisque tout, les siens, son enfance, et jusqu'à la guerre, tout lui paraît autrefois. Un passé qui vit encore et qui la rassure ou l'inquiète, mais elle est certaine d'être désormais au-delà. Au-delà du présent des autres. Au-delà du monde. Bavardage donc.

Rachid, en l'interrompant, sursaute. A lui, rien n'est indifférent. Son bonheur est le moyeu de la roue, le nœud de l'immense scandale. Il sursaute devant les moindres mots de sa femme, ceux qu'elle prononce par inadvertance. Son attention autrefois avait des griffes qui lacéraient ; elle a des mains qui retiennent tout.

"Un tamis devant l'œil du soleil", dit un proverbe de chez nous, pense Rachid qui reprend, qui demande :

— Plus heureuse que maintenant ?

Elle ne peut répondre. Il est sur elle (ils sortent d'une des siestes paresseuses de l'été qui flamboie dehors). Il la couvre de baisers, répétant spasmodiquement sa question comme si c'est son présent qu'il veut révéler – il la prend ensuite, violemment, sans tendresse, mais il ne s'endort pas après : il la caresse plus doucement, avec des précautions attentives. De nouveau, une ardeur goulue. Nfissa est lasse, sans la paix habituelle, elle non plus ; une inquiétude s'éveille en elle devant la passion de Rachid, une interrogation qui s'élargit à deux ou trois reprises puis disparaît lorsque ses sens approchent de l'orgasme, sans l'atteindre. Elle ferme les yeux et veut s'endormir, fuir l'impatience de Rachid, elle n'aime nullement que leurs désirs rencontrés donnent lieu ainsi à une lutte, elle attend aussi avec une sorte de peur grignotante en elle, allumée par instants comme une veilleuse rouge, elle attend les premiers mots de Rachid.

Il la prend à nouveau. Le désir de Nfissa s'épanouit alors, s'élargit comme une fleur qui, sur un océan, prendrait progressivement des proportions immenses jusqu'à… jusqu'à ce que sa conscience, un instant mais éternel, soit engloutie – et le spasme la laisse gémissante, hors d'elle. Rachid s'affaisse à ses côtés, écoutant les dernières plaintes de la femme noyée en elle-même, perdue dans les vagues d'une mer grise, écoutant Nfissa qui respire maintenant doucement parce qu'elle s'endort peu à peu, et une tendresse sèche envahit Rachid, lui, amer et encore, toujours profondément triste, tendresse qui seule ressemble au bonheur puisqu'il a réussi encore une fois à pousser Nfissa en avant, vers ces rivages muets de l'océan de volupté.

— Tu es heureuse maintenant ?

Le soir de ce même jour, marchant sur la route en pleine nuit, il redit cette phrase, et sa voix est basse parce que sa mémoire, un aigle aux serres tenaces, reste accrochée aux instants précédents.

"Je suis pleine", pense-t-elle, mais elle ne le dit pas.

Contrairement à Rachid, elle endort sa mémoire. Et parce qu'elle sent son corps léger et souple, elle part sur un autre chemin, "une fausse piste" juge Rachid car ce qu'il aime le moins en Nfissa, ce sont justement les couleurs rosâtres du sentiment, comme si la naïveté de sa conscience plate de jeune fille continuait à affleurer par plaques.

— Crois-tu que ce serait bien que nous ayons un enfant… des enfants ?

Cette question, cette fois : elle joue l'attendrissement anticipé devant les vapeurs de la maternité.

— On verra bien…

Elle se contente de noter le ton indifférent et comme en elle-même, le sujet n'a pas répondu davantage à un besoin mais à une simple attitude de joliesse, elle continue à marcher près de lui, se pend à son bras, se soulève tout à fait brusquement pour lui planter un baiser dans l'ombre et chante pour finir, heureuse, éclaboussante de spontanéité, d'insouciance malgré la nuit.

— Je t'aime, je t'aime !… fredonne-t-elle ; pour rire, elle y met de la grandiloquence, elle l'entraîne, ils courent et Rachid trouve la route belle, mais pas la vie… la route et Nfissa, une ombre devant lui, sautillant sous les arbres, dans la nuit.

10

Elle est assise dans une voiture à côté de lui. La voiture est arrêtée. Il se lève pour aller acheter des cigarettes. De le regarder s'éloigner devant elle, puis revenir, lui cause – elle, la femme aimée si ardemment – une douleur de rupture.

Le même jour, quelques heures après, ils s'installent dans un café. Discussion banale. Dix fois dans une heure, elle commence paresseusement :

— Trouvons un sujet de discussion… De quoi allons-nous parler ?

Et ils repartent, sur le même ton oiseux, nonchalant.

Soudain, en travers de cette tranquillité, telle une aile bleue d'oiseau au-dessus d'un lac gelé, l'angoisse revient ; elle le regarde intensément (il est de profil, l'écoutant, un air quelque peu distrait, ses yeux étroits et si brillants, comme un flou de lumière autour de lui…) et elle a mal au ventre. Sur le même ton, avec une volonté de provocation froide dans cet amour brûlant qu'elle se découvre, elle saute du coq à l'âne, s'arrête une minute dans le sujet précédent. Il se retourne, la contemple (tant de fois, il a ainsi cet émoi quand il la regarde, et toujours sans le lui montrer, pudique peut-être mais aussi évitant instinctivement de trop révéler combien il lui est vulnérable, lui dont c'est la force après tout, elle le répète si souvent, qu'elle a recherchée). Nfissa prononce alors distinctement, presque un peu haut, au risque qu'un consommateur de la table voisine, à cette terrasse de café encore trop chaude pour cinq heures de l'après-midi, ne l'entende :

— Rachid, le désir de toi, je le sens dans mon ventre.

Il reçoit cette phrase, les yeux un peu plus brillants, tout son corps à l'intérieur frémissant, et elle le sait ; peut-être pourrait-elle même devenir triste aujourd'hui de constater combien leurs deux corps peuvent ainsi, à cinq heures de l'après-midi, sur une terrasse de café ensoleillée, se chercher… Combien pourtant il reste encore d'étangs et de marais et de précipices mais aussi, il est vrai, de prairies fertiles, de mers pleines où se noyer ensemble, combien entre eux pour la fusion, l'espace demeure accidenté.

— Oui, dans mon ventre… répète-t-elle, cette fois, dans un murmure.

Elle se retient pour ne point pleurer d'émotion et d'indicible tristesse tout à la fois.

Il ne répond pas, il lui prend le poignet au-dessus de la table, il le serre. Et il la veut ainsi longuement – à cinq heures de l'après-midi, dans la longue avenue, la foule du soir commence à couler, familles par groupes de quatre ou cinq, les bras chargés de paquets, femmes seules aux robes décolletées par ce temps d'été, employés qui sortent et qui vont se promener entre hommes, célibataires ou mariés qu'importe, les femmes arabes restent à la maison, tout le monde sait cela, les femmes traditionnelles parce qu'elles se cloîtrent tout simplement, et les bourgeoises évoluées parce qu'elles ne sortent qu'en voiture avec chauffeur pour quelque réception, ou pour le coiffeur…

A la terrasse du café le plus chic, ils se regardent une longue minute, puis ils reposent leurs yeux sur la foule qui coule poussiéreuse, ennuyeuse ; ils reprennent entre eux la même conversation distraite comme un monologue, un air de chanson qui trotte machinalement et chacun, en profondeur, recherche l'autre.

Elle soupire, inquiète et se disant :

“Il faudra que je lui demande : est-ce mal ? Ce désir importun de lui, autonome, c'est cela être non pas une femme, mais une femelle… oui… pourquoi jusqu'alors ce mot m'a si longtemps fait honte ? Pourquoi «être une femelle» serait méprisable ?… Oh non !… commencer par être ainsi sa chair vulnérable et fragile et nue pour devenir très lentement son cœur et toute son âme ?… Pourquoi… le désir, jusqu'alors, n'était que l'écho du sien, une nuit profonde qu'il m'ouvrait, lui, où je m'abîmais mais d'où je ressortais, lavée, fortifiée, et pourtant la même (insouciance d'hier, tant de fois absurdement, vivacement, en une seule journée avoir répété : «Comme je suis heureuse !») au lieu que maintenant je n'ai plus de répit, le bonheur, je sais qu'il n'est pas vibration intérieure et inaltérable, mais un feu qui brûle, qui transporte, être toujours prête à le sentir me consumer d'une force nouvelle, il faut alors passer sans cesse de l'attente à l'espoir, à l'inquiétude et ses tenailles, à la tristesse ouverte à cette sensation aiguë, tranchante, de vivre suspendue à lui, de regarder la rue non plus en spectatrice sereine ou indifférente, mais de la contempler comme il la contemple, et sa pensée quelle est-elle, et cette ombre soudaine dans ses pupilles d'où vient-elle, son silence soudain morne, pourquoi… ?”

— Je t'ennuie ?… Dis-moi, je t'en prie.

11

Il dut repartir aux frontières. Dix jours. Quand son retour approcha, elle ne put l'attendre ainsi chez sa tante et Zouina, climat de douceur familiale où il l'a laissée en dépôt, comme pour espérer se délivrer d'elle…

Il ne s'est pas délivré, et là, dans la gare du village portuaire où elle est venue le chercher (cinq heures de train dans un wagon poussiéreux de troisième car elle n'a plus assez d'argent), quand il la revoit, toujours la même, longue, la démarche légèrement hésitante, une fleur droite et flexible, il ressent à nouveau cette joie fraîche de l'avoir, de se dire : "Elle est à moi." Quand elle l'embrasse – il s'est un peu penché –, s'installe entre eux l'ancienne tristesse ternie et comme un soulagement. Elle, le dévisageant, puis détournant les yeux, intimidée, murmure :

— Tu as bruni, ou tu as maigri ?

Elle lui prend la main. Il ne répond pas.

Quatre jours, cela dura. Un bonheur comme ces sonates qu'elle jouait, jeune fille, dans le village, les étés où elle s'ennuyait, une musique où la douceur devenait torrent brusque puis rivière plate et bruissante, puis de nouveau cascade et quelquefois tempête ; ils s'étreignent plusieurs fois sur la route de corniche qu'ils ont prise, tandis que le jour tombe sur la mer que surplombe la route et qu'ils s'arrêtent pour laisser reposer la voiture essoufflée. Un simple baiser d'elle sur la nuque bronzée de Rachid fait resurgir entre eux le désir, ils s'étreignent donc avec violence sur la route déserte, ils abandonnent la voiture vitres et portes ouvertes, ils courent jusque sous un châtaignier ou sous un pin et la cigale chante dru pendant qu'ils s'enchaînent l'un à l'autre sur l'herbe. Quand Nfissa revient de l'extase infinie où elle gisait depuis de longues minutes, l'odeur de la menthe et du fenouil la ramène vers la lumière, alors que Rachid, toujours en elle, au lieu de lui demander d'une voix basse et grave comme d'ordinaire : "Tu es bien ? Tu veux que je reste encore ?" cette fois, il plisse les yeux papillotants de la fatigue du voyage et, en souriant presque comme un enfant, lui murmure :

— Tu entends la mer ?

Elle renverse le cou sous la bouche de Rachid, ne se lasse pas de ses baisers, répond au milieu de leur feuillage, avec une voracité de voluptueuse :

— J'entends la mer, je sens la menthe, et je te sens en moi… – puis, la première revenant à la raison, avec pourtant des gémissements de bien-être :

— Restons ainsi une heure, deux… non, non hélas… la voiture est sur la route… il nous faut rentrer… Sors de moi.

Elle songe : "Tant et tant de plaisir…"

Il sort d'elle lentement, lui recouvre ses jambes nues de la jupe qui avait glissé, dégringole gaiement la pente et sa voix n'est plus murmure mais clarté frémissante, il plaisante :

— De l'eau pour toi d'abord, ou pour la voiture ?…

Elle est déjà près de lui, habillée, sautillante, lui répondant avec la grandiloquence du bonheur prodigué :

— Donne-lui tout de même à boire, dit mon père !

Ils mêlent leurs rires, elle boit goulûment dans les mains de Rachid, garde de l'eau dans sa bouche et lui tend ses lèvres qu'il boit à son tour, puis ils vont, en errant, l'un contre l'autre, jusqu'à la voiture.

Contre la mer, des petites baies rocheuses se suivent, corbeilles ouvertes ; la vieille automobile cahote, renâcle, note comique qui fendille la majesté du vaste panorama, à l'heure du crépuscule. La nuit déjà. Deux hameaux traversés dans la pénombre. Dans un tournant, la voiture s'arrête définitivement. Nfissa rit de cette panne, toute en joie : passer la nuit dehors, sur les routes ! "Sous le clair de lune !" En effet, la lune se lève. Enchantement puéril.

Jusqu'aux environs de minuit, ils se promènent main dans la main sous des ormes, puis l'amour qu'ils connaissent se déroule, cette fois, plus violent, silencieux, en passion dure. Une première fois, elle serre les dents car il la déchire d'abord et, insatisfaite, elle se laisse rouler sur l'herbe à ses côtés pour ensuite lui sourire tristement sous la lune glauque :

— Je ne suis pas bien…

Quelques heures après – ils ont repris leur marche, la voiture définitivement délaissée sur la route –, ils escaladent divers talus et c'est alors que, dans un émerveillement commun, ils découvrent, au-delà d'une colline parsemée de lauriers-roses et de petites fleurs violettes, une prairie large, plate, avec un arbre vénérable dont le feuillage haut se perd en direction de la lune.

Ils sont restés longtemps dressés en silence, puis Rachid, observant le ciel, remarque d'une voix plate :

— Regarde ! une éclipse de lune !

Elle contemple après lui le ciel étoilé, avec seulement quelques nuages blanchâtres et légers autour de la lune large et ronde mais voilée.

— Viens ! s'exclame Nfissa, et ils s'étendent sous l'arbre solitaire, elle se déshabille en prenant son temps, avec les mêmes gestes harmonieux et lents de chaque soir dans leur chambre conjugale vide de meubles. Rachid couché la contemple seulement couverte d'une chemise blanche et fruste, elle vient s'allonger sur le feuillage qu'il lui a préparé, elle pose sa tête sur l'épaule aimée – les soirs, dans leur chambre, il tend la main pour éteindre la lampe de chevet, il murmure dans le noir, les soirs où la passion n'est point là encore pour les jeter l'un contre l'autre : "Parle-moi donc !" et elle parle alors continûment avant qu'ils s'endorment, mais c'est elle qui sombre la première.

Sous l'arbre, ils sont là étendus, couple nu dans la clarté diffuse de la lune en éclipse. Le chêne unique au-dessus d'eux et comme prenant racine dans leur émoi ; eux calmes toutefois, Nfissa oubliant que tout à l'heure l'amour a été pour elle amer, presque stérile ("non, jamais stérile, proteste-t-elle, même lorsque le plaisir est absent, le bonheur, le bouleversement dans les entrailles… comment l'oublier ?"), mais Rachid n'oublie pas ; il se met silencieusement à caresser sa femme, la poitrine tendrement, les hanches, les jambes et tout le corps tendu d'abord, frémissant ensuite puis accueillant… Mer lente devenant flot puis déferlement puis débordement, où Rachid s'engloutit, Nfissa, lavée et nourrie par lui tandis que, dans le feuillage du chêne, les cigales se sont tues, seuls quelques oiseaux lourds voletant dans un bruit prolongé de plumes.

Ils s'endorment, liés l'un à l'autre. Lorsqu'ils se réveillent, ce n'est point encore l'aube, mais la dernière station de la nuit qui respire.

Nfissa, les yeux perdus, se rappelle la lune en éclipse et, toujours sous lui, la poitrine un peu oppressée, elle rêve contre son oreille :

— Te rappelles-tu comment on accueille chez nous une éclipse de lune ?

— Comment, gardienne de nos traditions ?

Et il la serre avec une gaieté intérieure.

— Toutes les femmes sortent de la cuisine leur pilon de cuivre et elles le font sonner longuement de maison en maison. Elles se répondent ainsi les unes aux autres et elles s'imaginent que le son cristallin de ces cuivres finit par monter jusqu'à la lune… Elle s'interrompt, change de ton, redébouche dans le présent. Tu saurais m'expliquer scientifiquement (elle insiste, faussement grave – qu'il est bon de jouer – et Rachid lui sourit, caresse son corps refroidi contre l'herbe humide), oui, scientifiquement, une éclipse de lune ?

Premières lueurs de l'aube. Debout, ils courent jusqu'aux rochers dans la mer et sans se hâter, lui, inquiet malgré tout de s'attendre à l'apparition de quelque berger. Il la gronde, il s'irrite un peu :

— Dépêche-toi donc !

Elle s'habille, se tait après cette nuit effilochée dans les lames répétées du plaisir. Avec un calme un peu morose, elle attend Rachid, puis ils marchent en silence jusqu'au village le plus proche.

Trois kilomètres de trajet. Une matinée à chercher un garagiste et un camion remorqueur, à discuter et à marchander. Nfissa suit partout Rachid, attend chez le mécanicien rural qui tient plutôt du maréchal-ferrant.

A midi, leur voiture d'abord remorquée peut enfin partir. Ils s'attardent encore au seul café du village, achètent une pastèque, du pain cuit par des paysans qui leur donnent un pot de petit-lait légèrement aigre. Au sortir du hameau, contre un talus, ils se restaurent puis, ne voulant pas faire de sieste malgré la chaleur, ils repartent, Nfissa fatiguée soudain, la tête penchée, mais regardant de temps en temps, à travers ses paupières à demi fermées, Rachid conduire.

A la fin du jour, Tunis et ses premières maisons de la banlieue pauvre se présentent au-devant d'eux dans une brusque réalité.

12

Ce matin-là, Rachid prend Nfissa au milieu du lit bas tandis que, par la baie largement ouverte sur le jardin dallé aux bassins vides et aux fleurs froissées par l'averse nocturne, le soleil entre comme une pomme.

Sous le drap, le couple s'enlace, corps multiplié aux gestes lents, aux seuls yeux qui parlent. Qui de l'homme, au front muet, au dos baissé, et qui reçoit les rayons chauds du printemps précoce contre ses reins, ou de la femme frileuse encore dont la face, malgré les premières violences du plaisir, sourit doucement, qui des deux corps unis et retrouvés, écarte le drap d'un seul geste du bras pour que l'acte d'amour s'accomplisse sous le soleil, cœur d'une fleur tropicale qui éclôt et se fend d'un unique mouvement ?

Tranquilles, ils dormiront longtemps au sein de la glorieuse matinée.

Troisième partie

AUJOURD'HUI

L'avenir de l'homme est la femme
Elle est la couleur de son âme
Elle est sa rumeur et son bruit
Et sans elle il n'est que blasphème
Il n'est qu'un noyau sans le fruit...

ARAGON,
Le Fou d'Elsa

I

De Tunis me restera surtout en mémoire l'odeur de pourriture du lac. Chaque année, paraît-il, on parle de plans d'assèchement. Mais le lac est toujours là. Lorsque je dois sortir de la ville et que je prends le petit train – le "treno", disent les habitants qui imitent la minorité italienne –, je ne regrette pas sa présence : son sel miroite au soleil, des pique-bœufs volent au-dessus de sa surface d'argent, ou quelques élégants oiseaux aquatiques. La lagune est séparée de la mer par une mince languette de terre qu'occupe le chemin de fer sur plusieurs kilomètres : ainsi, que l'on s'éloigne ou que l'on approche de la capitale, pendant plus d'une demi-heure (le train est poussif), nous saisit la sensation de naviguer à l'instar des paquebots vieillots qui entrent chaque jour au port. J'aime cette blancheur de moire du lac, qui contraste avec la nappe glauque ou d'un vert infiniment triste de la Méditerranée.

En ville, nulle trace d'eau : le port est installé loin et la cité, depuis sa naissance, s'est résolument accroupie en terrienne sur des collines de l'intérieur. Son cœur ancien sent l'ombre, le musc et l'ambre ; j'y vais souvent chercher un rêve de silence. Depuis le début du siècle, les quartiers neufs qui se développent voisinent l'eau au nord ; mais Tunis ne bénéficie, à cause de la platitude quasi totale du terrain, d'aucun panorama, seulement de cette puanteur du lac ; elle ne se penche point dans la transparence lacustre, tout au plus dans un miasme d'herbes et d'algues pourries.

Dès l'aube, l'odeur plane, inconsistante. Le soleil, au fur et à mesure de sa course dans le ciel, la grille, aussi ne revient-elle qu'à la fin du soir, mais si alors quelque brise se lève, cela devient vite insupportable : les habitants des quartiers proches se claquemurent malgré l'été ou fuient vers le centre commercial, près des portes de la médina. Lorsque je rentre après mon travail, il m'arrive d'apercevoir des passants marcher à demi courbés, une main sur le nez et la bouche. Ma rue devient un couloir d'hôpital où les gens que je rencontre seraient des malades levés du lit pour aller vomir. Seules les femmes voilées, le visage protégé par un losange de dentelle blanche ou noire, ne changent par leur démarche et balancent les hanches que l'on devine sous le tissu de soie. Seules, elles glissent dans le crépuscule en déesses translucides…

Je ne sais pourquoi je reviens sur ce détail. D'ordinaire j'aime de Tunis tant de choses et qui m'ont frappé dès l'abord ; en dehors de la poésie moyenâgeuse de ses souks, de la pauvreté à la joliesse fragile de ses ruelles où le style italien juxtapose ses fioritures à la lourdeur musulmane des portes de bois, à la ciselure cuivrée d'un motif, j'aime cet air de gaieté et d'insouciance des habitants ; des choses aussi. Quelque fenêtre en fer forgé devant les marronniers d'une place, un panneau de mur aux céramiques passées, plus loin, sous un porche aux stucs poussiéreux, un aveugle qui chante… partout, des jeunes filles en groupes, coquettes, la démarche dansante ; des marchands de beignets assis en tailleur devant leur feu, les vendeurs de jasmin et de colliers de fleurs, une théière de cuivre bleu sur un *kanoun* posé à même le trottoir pour quelque balayeur, les portiers des immeubles chics en gandoura brune et au visage noir ; çà et là, des voix qui soupirent, des complaintes qui se perdent... L'Orient ici s'annonce jeune, un début d'aurore ; non point comme je l'avais connu sous d'autres cieux : décadent et misérable.

Nous formons une autre ville dans la ville, nous qui venons du centre de la péninsule, presque des terres du Couchant et du soir. Des exilés en groupes ou isolés, mais tous dans l'attente et dans son temps rongeur, tous à introduire dans l'atmosphère de vice qui semble être l'héritage séculaire de la ville, un voile de tristesse grise et, contradictoirement, un espoir durci, démesuré, en tout cas étranger à ces lieux. Nous rompons l'harmonie, mais nous réveillons la ville : je le sais, je le crois.

C'est à peu près au moment de l'arrivée de Rachid parmi nous que, je dois l'avouer, j'ai commencé à me sentir incommodé par l'odeur du lac, et à en parler. J'habite un studio dans l'un des quelques immeubles impersonnels que le propriétaire, un juif quadragénaire et lunatique devenu bientôt un ami, préfère louer en meublé aux étrangers de passage ou installés dans "un provisoire qui dure", comme aiment le dire entre eux mes compatriotes le plus souvent oisifs.

Ils parlent de provisoire ; en vérité, ils ressemblent aux indigènes des quartiers neufs qui cherchent à se persuader de la disparition imminente de ces eaux dormantes, ce qui ne les empêche point d'admirer la lagune derrière les vitres du *treno* qui les conduit à la banlieue estivale. Cette puanteur, après l'avoir maudite des jours entiers – aux changements de saison, à cause du vent, elle devient de plus en plus forte –, il m'arrive quelquefois de la comparer à la présence de la guerre.

Car la guerre pourrit en nous et les journalistes multiples, sympathisants ou non de notre cause, amis ou simplement témoins – qui arrachent à l'un, héros d'hier, ses souvenirs de combat, à l'autre, présenté comme un responsable abrité par l'anonymat, des déclarations humanitaires – me font penser à des mouches qui volent autour de nous et se nourrissent du cadavre immense que nous promenons tous.

Je ne sais pourquoi j'emprunte ce ton funèbre. A l'extérieur, je garde mon air avenant ; je bénéficie même, dans notre organisation politico-administrative, d'une réputation de dynamisme ; l'ironie qu'il me plaît quelquefois d'afficher, je me suis aperçu avec étonnement que mes supérieurs, dans la hiérarchie de notre appareil embryonnaire, l'interprètent comme une timidité seyant à ma jeunesse. Ajoutons à cela un physique terne : silhouette longue mais frêle, des verres fumés qui me donnent, à mon regret, une physionomie d'intellectuel (les étiquettes sont tellement plus abusives en période de transition). Rien, en outre, d'un défaitiste : depuis le déclenchement de la guerre, une condamnation et six mois de prison en territoire national, une année d'activité politique en France suivie de deux années de prison, le passage clandestin des frontières, ensuite, l'habituelle errance qui mène, selon un rythme de balancier, une centaine de nos "cadres" de l'Orient à la Suisse ; enfin, mon installation à Tunis depuis quelques mois, tandis qu'au début de cette sixième année de guerre notre organisation extérieure se centralise et se structure, à trois heures seulement des frontières où la Ligne Morice empêche de plus en plus nos services de ravitaillement en armes et en volontaires de fonctionner.

Je récapitule à peu près de cette manière pour Rachid la durée de notre séparation. Inopinément, je conclus par cette persistance des senteurs du lac, par la langueur qu'elles communiquent à nos pensées. Comme si… – pourtant, à présent, d'après les milieux bien informés, la conjoncture nous devient favorable ; pourtant, la dernière phase de la lutte débute, nous le sentons et tous les exilés se mettent à vivre au futur dans leurs rêves, certes, mais jusque dans le temps grammatical de leurs propos quotidiens – comme si toutes ces journées n'étaient que l'ombre du présent des autres, eux, nos doubles véritables qui, au-delà de la Ligne Morice, vivent dans la peur, gibier ou chacals. Nous, dans cette ville, nous errons, nous nous agitons, nous "organisons" : secours, ravitaillement, entraide sociale des services internationaux et, récemment, ces maisons d'enfants… mais, d'entendre au *Café des combattants* (rendez-vous de la plupart des réfugiés qui n'ont pas d'argent pour le moindre café, le plus petit verre de thé) les propos au futur des "frères", je trouve à ces projets un mode passé, comme si nous étions morts déjà – fusillés, guillotinés, égorgés… – et que nous ne le sentions pas.

Tout cela est confus. Confus en moi également ; peut-être est-ce pour cela que je trace ces lignes non pas, comme je le souhaiterais, chaque jour, mais par à-coups, une fois tous les mois, tous les deux mois, dans ces éclaircies écrivant toutefois deux, trois ou plusieurs soirées consécutives. Quand suis-je sincère ? Dans ces propos ou dans mon travail, avec les gosses, avec tel ou tel compagnon… lorsque, ensemble, nous rêvons tout haut à la paix, au retour, à la beauté de notre pays, à la tendresse d'une paysanne de nos montagnes quand elle rit, l'éclair du regard généreux… oui, un bonheur en moi qui ne tarit pas et qu'en langage de militant nous nommons, je suppose, la foi. Pourtant, en même temps, m'envahit cette sensation que je ne renie pas mais qu'au contraire je creuse, de désarroi, je dirai presque de défaite… Depuis cette rencontre avec Rachid aux frontières, je ne pense point délibérément à la tristesse ; simplement, ma volonté obscurément se tourne en arrière, en arrière… hier, autrefois, le passé ! “Notre Histoire”, comme dit notre Journal ; de la même façon, certes, je pourrais abuser des majuscules. Qu'ai-je recueilli de cette recherche ? Cette amertume ?… Non. Mais tout se passe comme s'il y avait eu une rupture quelque part et ne pouvant déceler sa date, je ne peux faire de raccord.

De tout cela, je n'ai rien avoué à Rachid. J'ai évité devant lui mes généralisations et la lancée de mon enthousiasme dans l'avenir collectif. Pourquoi ? Nullement pour dissimuler. En fait, sa présence accentue mon ironie ; ne serait-ce que dans les détails du dérisoire… Les premières semaines, lorsqu'il vint loger dans mon studio, je me surprenais matin et soir à tempêter avec mes compagnons de travail contre l'odeur du lac, à envisager de changer de domicile, à voir mon propriétaire pour lui demander de me trouver dans d'autres immeubles qu'il possédait un logement équivalent…

La ville reste belle cependant. A quelques reprises, j'ai l'occasion de passer la soirée avec Rachid qu'autrement je vois peu. Il rentre plus tard que moi ; à peine si, au milieu de la journée, nous nous retrouvons au *Café des combattants*, le plus souvent dans un groupe. Mais il y a eu ces deux soirées comme avant : une première fois, je tenais – et il me suivit docilement – à ce qu'on déambulât à minuit dans la médina vidée ; une autre fois…

En médina, pour moi, le souvenir remonte : quartier blanc de notre village natal, bien qu'il n'offre aucune ressemblance, dans sa simplicité agreste, avec cette ville autrefois opulente et qui conserve, comme les princes ruinés, le style de l'aisance et un certain laisser-aller. Une tranquillité du confort peut-être : ses mosquées toujours ouvertes, ses anciennes medersas aux portes splendides mais aux cours rongées par la pauvreté, ses marchands qui demeurent à l'affût, le regard tamisé d'immobilité tandis que les mendiants circulent, chantent, maudissent et soufflent… Une médina même pas comparable à nos quartiers d'adolescence où les bordels sont la fin d'escaliers montant au ciel, où la marche supérieure, surplombant le paysage marin, est livrée aux enfants et aux miséreux pensifs. Nous marchons cependant comme autrefois dans les ruelles du souvenir et c'est peut-être la seule ressemblance que je désire avec le passé.

Nous évoquons encore ces six années de séparation. Au début, nous avions fait partie du même réseau clandestin de notre ville ; j'avais été seul pris, puis condamné : peu de chose, dix mois d'emprisonnement pour "port et distribution de tracts". A ma sortie, Rachid était déjà au maquis. Des semaines entières, j'avais tenté de renouer le fil, de savoir la région qu'il avait rejointe. Je n'appris rien et l'on m'affecta à une liaison avec l'organisation en France.

Rachid me pose des questions sur mes expériences de prison. Je parle alors des autres, des frères – soudain, après moi mais d'une autre voix, Rachid reprend : "frères".

— Oui, frères. Pourquoi ?… Je ne fais guère plus attention au vocabulaire, ajoutai-je ridiculement parce que je m'excusais presque et que, naturellement, je n'avais pas à le faire.

— Rien… répond Rachid.

Il n'a même pas souri.

Quelques mois plus tard, revenu aux frontières dans cette période où revivra vraiment notre amitié, Rachid s'exclama de la même façon face à un journaliste "des pays de l'Est", ainsi avait-on présenté l'étranger, sans autre détail.

— Camarades.

— Camarades… reprit Rachid.

La même note d'application, pour manifester qu'on emploie les mots dans leur sens plein – et pourtant il y eut dans la voix un accent dubitatif, ou amer, je ne sais trop… ce fut moi alors qui intervins devant le journaliste, à la fois pour justifier et mieux éclairer la remarque de mon ami :

— Avez-vous mis à l'honneur ce mot pour contrebalancer l'horreur que soulève la vision sanglante de la lutte des classes ?… Ce terme est un sursaut du cœur.

— Camarades, répéta le journaliste, le regard droit et têtu de l'homme de certitude.

J'appris ensuite que comprenant mal le français, il n'avait rien saisi de ma remarque…

Dans la médina, nous nous arrêtons au souk des bijoutiers et je montre à Rachid l'endroit où chaque matin se déroule la vente aux enchères de l'or.

— Les frères, continuai-je, à la prison de Toulouse, ils mirent du temps pour m'adopter. J'ai failli être la brebis galeuse, rôle guère enviable dans ces circonstances, je ne sais si je l'aurais supporté longtemps.

Je ris car tout me revint.

Rachid me questionnait, nous nous amusions comme de farces qui nous auraient été communes.

— Les programmes d'alphabétisation avaient alors bien démarré, cela devenait passionnant. D'accord pour instruire les gars dans notre langue maternelle, d'accord pour la discussion des principes et des perspectives de notre lutte… mais j'ai dit non quand il fut question de faire tous la prière, parce que l'observance religieuse était présentée comme un facteur de solidarité nationale.

— D'accord pour être frère, déclara emphatiquement Rachid, mais point frère de confrérie, est-ce cela, monsieur l'intellectuel ?

— Oui, dis-je en délaissant l'ironie, je n'admets pas qu'on se serve de la religion comme cordon ombilical, comme bouée de sauvetage… Ils se prosternaient là tous ensemble, entre quatre murs !

— Pourquoi pas ? répliqua Rachid nonchalamment, une église, une mosquée, il y en a partout !…

— Une prison, c'était bien assez pour moi !… (Nous voici donc dans une nouvelle marche nocturne, moi pressant le pas et revivant ma colère.) Non ! m'exclamai-je. Il y eut des querelles, des délibérations puis des menaces ; on me mit en quarantaine. (Je souris ensuite, le rappel me devenait tendre.) En prison, dis-je (et je levais la tête, heureux de contempler le ruban de ciel nocturne, pardessus ces rues pareilles à des artères où le sang coulerait invisible), en prison, la moindre affaire devient si importante, elle envahit tout, le temps, nos pensées…

— Comment la brebis galeuse revint au bercail ? demandait Rachid.

Dans l'obscurité, je ne distingue point son visage, seulement le feu de sa cigarette et sa voix qui me paraît plus sourde qu'autrefois. "Le tabac", expliquera-t-il ensuite.

— Elle ne revint pas d'elle-même… Disons que survint un berger.

— Qui ?

Avec enthousiasme, j'évoquai Belkacem, quarante-cinq ans, emprisonné depuis douze ans et mis au secret par suite de son importance politique, lors des manifestations nationalistes à la fin de la dernière guerre mondiale.

Douze ans seul, sans visites, sans lettres ni journaux, malgré de multiples interventions pour alléger son sort (une peine de mort transformée en cet enfer) ; au terme de cet isolement, le hasard avait mis la fenêtre de sa cellule près de la mienne, les deux lucarnes à un angle de l'énorme bâtisse se faisant presque face... Sa voix le premier jour... agrippé par les mains aux barreaux, je n'apercevais de son visage que la ligne du front, mais cette voix perlée d'émotion !...

— O mon frère, dit-il (et je pensai que c'était sa voix qui pleurait, non pas lui), comment va notre terre ?

Il est des phrases simples qui bouleversent... cet homme semblait parler d'une femme aimée dont il n'aurait rien su depuis douze années... Je dis tout : le déclenchement de la révolte, son extension, les premières phases de la réaction. Soldats, police, mouchard, il connaissait trop ce système, ce n'était point ce qu'il voulait savoir : "Le Parti ?" interrogeait-il, et je dus expliquer que le parti était transformé en "front".

Il me laissa poursuivre sans plus m'interrompre, "cette fois – avouai-je à Rachid – je perçus la beauté de dire l'histoire, parce que la voix était là, attendait, se taisait puis répondait, cherchait..."

— C'était un ami du "Prophète", ajoutai-je ensuite, après un long silence ; j'évoquais d'une manière plus désinvolte l'ancien chef barbu du Parti que Rachid autrefois surnommait le "Prophète".

— Il a donc su que nous avions désacralisé notre premier chef, et il l'a su par toi, messager de la Bonne Nouvelle...

Rachid plaisantait ; je revins à Belkacem que j'admirais :

— Un jour, enfin, je réussis à le voir : dans un couloir, au moment d'aller aux douches, grâce à la complicité d'un gardien. Il était grand, fort, la chevelure blonde des Kabyles et l'air massif d'un bûcheron. Il paraissait dix ans de plus pourtant... Alors il apprit qu'on me mettait à l'écart. Il m'appela, je donnai mes objections, il réfléchit en prenant son temps, le gardien s'impatientait, prenait peur... Il dit enfin, j'entends encore sa voix sonore et son accent prononcé, bien qu'il eût longtemps vécu en France comme ouvrier : "C'est l'étudiant qui a raison, je vous le dis, frères !" Puis me regardant d'un air complice, il ajouta doucement : "Peut-être, après tout, es-tu plus croyant qu'eux tous !"

— Peut-être ! lui répondis-je sur un ton de plaisanterie. Ce furent nos dernières paroles. Le lendemain, le gardien avait été dénoncé, un mouchard parmi nous sans doute, et Belkacem fut transféré ailleurs, de nouveau isolé...

Je cessai d'évoquer Belkacem mais j'aurais voulu que Rachid comprenne pourquoi, si aisément, j'adoptais le vocabulaire de tous. Il restait, quant à lui, systématiquement anticonformiste comme autrefois, chez nous, lorsqu'il refusait de baiser la main des vieillards de la tribu, parce que la coutume le révoltait alors que moi, par contre, j'étais sensible à son charme biblique : cet hommage à l'égard de la vieillesse, non point un symbole que Rachid jugeait peu compatible avec sa fierté.

— Je ne m'inclinerai jamais ainsi devant quiconque, pas même devant mon père, affirmait-il.

Aujourd'hui, il semblait se comporter de même, d'un air de dire :

— Je n'appellerai personne "frère", et surtout pas toi qui es mon frère, et qui, pour cela, n'en a pas besoin.

A la fin de cette promenade, ce même soir je crois bien, tandis que nous débouchions de la médina, nous rencontrâmes Farid et sa femme sortant du cinéma parmi d'autres groupes. Farid s'arrêta, vint à nous. Je m'apprêtai à faire les présentations.

— Nous nous connaissons, me dit Farid, et il se tourna vers Rachid : A demain, comme convenu, n'est-ce pas ?

— J'ai dit que je viendrais, répondit Rachid.

Nous saluâmes l'épouse de Farid, une Française que je trouvais belle.

— Elle te plaît ? demandai-je ensuite.

Puis je rapportai l'histoire du couple : lui né en France d'un père émigré, revenant dans son pays à trente ans ; installé comme avocat à la capitale et découvrant à la fois le soleil et la misère, les mendiants et ses propres ancêtres ; or, ce retour coïncida avec le déclenchement de la lutte.

— Son action d'avocat, continuai-je, fut des plus méritoires. Tout ce temps, Julie, sa femme, à ses côtés, se révéla aussi courageuse. Puis ils ont dû fuir. Ils sont à Tunis depuis deux ou trois ans déjà.

— Il m'a proposé de venir travailler au Journal, dans "l'Equipe" comme il dit, murmura Rachid.

— Cela ne semble pas t'intéresser… Tu hésites ? Pourquoi ?

Rachid ne répondit pas tout de suite, mais eut un demi-sourire.

— Comme il parle ! Tant d'ardeur dépensée en mots, en idées en l'air ! Il semble écrire le prochain numéro du Journal à lui tout seul et à l'entendre…

Rachid rit. Il lui arrivait souvent de ne pas terminer ses phrases.

— A l'entendre ?…

Je m'intéressais à son opinion sur Farid Slimane qui avait tant d'ennemis, mais des amis presque autant, ceux-ci attachés à sa pensée, ceux-là hostiles à son caractère bruyant et trop passionné.

— Quant il a insisté pour que je me joigne à leur équipe, il s'est écrié : "Que crois-tu, tel ou tel (Rachid cita le nom de quelques héros de guerre revêtus d'une couche récente d'intellectualisme), où ont-ils appris à analyser les problèmes ?… Dans l'Equipe !"

Je ris avec indulgence.

— C'est ma foi la vérité. Pourquoi lui reprocherait-on de ne pas être modeste ?

— Je ne lui reproche rien, intervint Rachid.

— Farid est généreux ! (Je plaidais.) Il a tant de flamme qu'à l'entendre souvent on le prend pour le moteur à lui seul de la Révolution… On lui en veut pour cela. Moi, cela me plaît, dis-je, que son esprit ait toujours vingt ans. Sincérité, idéalisme et démesure des illusions, n'est-ce pas cela vingt ans ?

Rachid se taisait.

— As-tu lu son recueil de poésies ? insistai-je.

— Je n'entends rien à la poésie et tu le sais. Cinq ans de maquis cela ne m'a pas changé sur ce point.

Rachid semblait loin, il répondait avec distraction.

— Ce n'est point Farid Slimane qui me gêne, dit-il, et après tout, peut-être est-il vraiment le moteur, non de la révolution, ce ne serait nullement une idée révolutionnaire, mais tout au moins de ce monde de "Français de Londres", utilisons les références de l'adversaire.

Au studio, j'étendis un matelas par terre.

— La Révolution, chuchota Rachid, la lumière éteinte, nous y sommes comme le Petit Poucet dans la forêt, alors, avant de chercher le moteur, il faudrait tracer notre chemin, ne crois-tu pas ?…

"Français de Londres", avait-il dit d'un ton indifférent, ce fut à peu près la seule appréciation que j'eus de Rachid sur Tunis et sur nous tous qui nous y abritions comme à un gîte d'étape béant aux vents de l'avenir.

Je me dis, depuis, que Rachid n'aime point cette ville, et qu'il a tort. J'y ai découvert ces jours-ci un quartier où nous avons loué la première maison des orphelins de guerre. J'aime m'y promener : il s'étale au-delà des premières collines ; un prolétariat urbain se mêle à des Bédouins, les mendiants conservent un regard fier de nomades, de multiples fontaines, au centre de places improvisées, servent de lieux de rencontre à des femmes aux tuniques trouées – les unes repartent, une cruche sur leurs reins, d'autres transportent leur eau dans des bidons d'essence qu'elles attachent par des cordes qui leur scient la poitrine. Les enfants jouent autour des fontaines ; les jardiniers des environs se hasardent jusque-là avec des ânes aux outres battant leurs flancs. Aucun chant ici, ni paresse au soleil ni fatigue, une misère silencieuse et rude, et ces faubourgs annoncent les plaines du Sud, celles où j'avais contemplé des arcs de triomphe romains, splendides de solitude, précédant les tentes de nos réfugiés.

Qu'aimais-je dans ces quartiers d'où avait disparu la joie de Tunis ?… Peut-être une ressemblance avec notre peuple : un mutisme farouche, presque avide, et cette eau répandue en flaques, qui rendait boueuses les rues mal empierrées de ces abords dédaignés, cette eau qu'on venait, semblait-il, chercher de si loin, m'évoquait inévitablement les fillettes aux traits creusés qui, dans le sable, passaient de colline en colline… Elles avaient fui la guerre, le massacre, mais elles ne trouvaient là que des pierres… Oh ! je suspens mon lyrisme inutile mais je comprends, voici que je comprends : dans cette vieille maison mauresque, utilisée si longtemps comme bain public et comme dortoir la nuit, qu'il a fallu désinfecter de ses poux avant d'y installer nos cinquante garçonnets, là seulement, je me sens à la fois chez moi et partout. Les lieux soudain ne comptent plus ; je ne cherche ni la misère ni le malheur, mais notre humanité, qui se trouve dans la chaleur des sans-espoir.

Dans notre demeure ouverte à présent, les voix d'enfants qui l'emplissent ne me quittent pas. J'y vais deux fois par semaine au moins, car j'ai décidé de me charger moi-même de la surveillance médicale. En sortant, je marche longtemps avant de me résoudre à prendre le tramway.

Revenu un jour d'une de ces courses – enfin, une activité à Tunis qui me change des fiches et de la paperasserie ordinaire ! – je rencontre inopinément Rachid. Assis sur un banc, tout au bord du trottoir, face à la chaussée, il ne fume pas, il ne semble même pas rêver. Je ne suis pas sûr qu'il m'ait vu. Je ne l'interroge plus, depuis quelques jours, sur les décisions qu'il doit prendre et qu'il diffère, je ne sais pourquoi.

— Rachid, commencé-je et je désire l'inviter à venir visiter la maison d'enfants, un peu comme si cette dernière était mon œuvre, un peu comme si, devant cette enfance, la nôtre se lèverait devant lui… je songe soudain que ce sont nos seuls souvenirs communs. Même pas notre adolescence où déjà nous vivions chacun loin de l'autre, amis certes, mais non point tout à fait frères.

Il ne répond pas. Que regarde-t-il ? Il est une heure de l'après-midi ; la rue paraît déserte. Seuls, au *Café des combattants*, non loin de nous, les mêmes groupes d'hommes déjeunent d'un verre de thé et d'une cigarette.

— Assieds-toi, dit doucement Rachid, le regard toujours loin.

Je m'assois et aperçois le spectacle : sur le trottoir opposé, entre des magasins fermés à cette heure, une porte à peine plus large, celle d'une mosquée sans coupole, aménagée là modestement, comme un garage. Instant de la troisième prière du jour. Sur le seuil, de multiples paires de mules et d'espadrilles. Au-dessus, un portillon bouche la vue intérieure, jusqu'à mi-hauteur d'homme.

De notre place, nous apercevons de dos les fidèles alignés qui, d'un même mouvement, se plient, disparaissent de notre vue pendant la prosternation puis réapparaissent. Les têtes se baissent ensuite, se relèvent, les dos plient à nouveau et dans l'intervalle où les hommes sont à terre, nous avons vue sur l'intérieur, une grande salle à colonnes, sans plus ; une nouvelle fois, au-dessus du portillon, les têtes surgissent...

Le ciel se diluait gris ce jour-là. Il ne pleuvait pas mais le vent s'était levé, en bourrasques rapides et irrégulières. Je revins à Rachid. Etait-ce vraiment ce spectacle de la prière collective qu'il fixait, ou quoi d'autre... ? Il se tourna vers moi avec un sursaut parce qu'il sentit mon regard.

— Cela devrait te rappeler la prison, n'est-ce pas ?...

J'ai remarqué seulement alors qu'il parlait peu de lui ; certes, autrefois, sa réserve lui était naturelle, mais il n'y avait pas comme maintenant un désir de fuir, une volonté délibérée de silence. Je me dis aussi qu'à ses yeux, je ne représentais pas seulement le Omar Hellal d'autrefois et d'aujourd'hui, mais aussi l'image de son propre passé.

— La prison, repris-je... Mais toi, comment s'est passé pour toi le maquis ?

— Oh moi, murmura-t-il avec une fausse négligence, de willaya en willaya...

— Et tes responsabilités ? Tu bénéficies de toute une légende ici !

— Les légendes ! soupira-t-il, et il eut de la main un geste autrefois si familier : des quatre doigts réunis, chasser comme du vent. Les légendes, on en fera tout au plus de la littérature !…

Un silence s'étala entre nous. En face, les fidèles se mirent à sortir par groupes.

— Vois-tu… (Rachid hésita.) Mes souvenirs ne sont pas légers. Je me propose d'oublier ; pour un temps : je veux souffler, et d'un coup il se leva.

Nous avons avancé sans but. "Je veux oublier, oublier… jusqu'à quand ? Je verrais bien !" Il a dit cette phrase un autre jour, ou cette fois-là, je ne me le rappelle guère. Je sais pourtant que je n'ajoutai rien, alors.

Sur le trottoir opposé, les clients du *Café des combattants* se tournaient avec ensemble et regardaient Julie, la femme de Farid, passer lentement, silhouette blanche qui se balançait sur de hauts talons.

La maison des tantes de Nfissa est une vieille demeure au cœur ancien de la ville, loin de la mer, dans un quartier mauresque peuplé de familles autrefois riches, resserrées aujourd'hui dans leur poussière, et tournant le dos à tout ce qui, venu de l'eau, est apparu comme une tempête destructrice – amalgame berbéro-andalou dont il ne reste que quelques accents de guitare, celle, le soir, d'un adolescent qui s'ennuie de nostalgie ou de peur, peur obsédante et qui s'étale, ou qu'un chant triste de femme au front paré de fleurs d'oranger, au regard pâle… Peur obsédante, ce n'est point le passé qui revient, seulement sa moiteur ; ce n'est pas la gloire d'autrefois et les pas des combattants de la nuit qui remontent, mais la montagne par-dessus la ville nue qui gémit ;

coups de mortier, rafales, éclats dont on aperçoit de temps en temps les fumées.

L'adolescent s'ennuie, lève la tête. La mère au front paré de fleurs d'oranger fanées arrête son regard, supplie des yeux ; le rebec suspendu au mur, et soudain les ancêtres andalous, la fleur sur l'oreille, le rire d'autrefois ; tout s'affaisse en même temps que la guitare se rompt. L'adolescent sort en courant. Dehors des ruelles, des maisons blanchies, des portes fermées, même les enfants en essaim ne traînent plus devant les seuils et la garde qui s'annonce d'un pas cadencé s'entend de loin… de loin. L'adolescent a fui.

Maison des tantes de Nfissa. Une parmi d'autres. Les tantes sont trois : deux divorcées, une veuve. L'adolescent est fils de la veuve. Nfissa, lorsqu'elle fréquentait l'université, l'évoquait à douze, treize ans, enfant qu'on envoie faire les courses chez l'épicier dès sa sortie de l'école, qui ramène le pain chaud du four et qui soupire. Jamais bruyant pourtant. On l'oubliait à la maison. Quelques années auparavant, au moment de sa circoncision, il y a eu fête ; Nfissa a dansé, dansé, puis servi les gâteaux de semoule et de miel sur les plateaux d'argent… L'adolescent est sorti en courant.

Quatre heures de l'après-midi. Dans le patio, au centre, un puits à la margelle ronde ; les dalles autour sont usées des flaques des matins. Deux des tantes font de la couture pour les bourgeoises de la ville ; la plus jeune est dentellière réputée. Près de la porte, un citronnier ; chaque jour de la belle saison, les fillettes des voisins viennent demander deux ou trois citrons, et les tantes donnent, en souriant. L'une aime rêver, tandis qu'elle brode. Depuis dix ans, elle fait le même rêve informe : quelqu'un, image floue, descendra de la montagne, il ne sera pourtant ni rude ni paysan, les mains ouvertes et un grand rire sur le visage... L'adolescent est sorti en courant.

Elles posent la table basse, prennent le café à petites gorgées. Une galette simple aux herbes de printemps, que la veuve a préparée le matin. Demain ou après-demain, viendra de son village Lalla Aïcha.

— Nfissa ? dit la première, quelles sont les nouvelles ?

— Que Dieu la garde, soupire la veuve.

— Prière sur le Prophète ! répond la troisième.

Dehors, un début de rafale. Claquements en cascade. Les tantes boivent à petites gorgées. La veuve demande à sa plus jeune sœur :

— J'ai mis dans le café quelques gouttes d'eau de fleur d'oranger. Tu l'aimes ?

La plus jeune ne répond point, elle regarde toujours la montagne. Oui, un grand rire sur le visage, ainsi, il viendra.

Dehors, une seconde rafale. Les balles soudain s'éclairent au-dessus des terrasses. Ces trois femmes s'arrêtent de boire. La dentellière garde l'ouvrage en main, quand la plus jeune d'un accent brusque :

— O ma sœur, vois ce garçon, on dirait un oiseau qui vole !

— Prière sur le Prophète ! s'exclame la veuve.

Deux, trois maisons plus loin, sur une terrasse aux dalles rouges, est tombé celui qu'on poursuivait. L'adolescent avait jeté enfin sa grenade, juste au sortir du quartier, au milieu de la garde. Aussitôt la poursuite avait commencé. "O ma sœur, vois ce garçon, on dirait un oiseau qui vole !" a murmuré la tante et le garçon en effet, blessé déjà, est passé par-dessus sa propre terrasse pour aller mourir un peu plus loin.

Le soir, les soldats au bruit de cuivre le jetteront au-devant de la porte. Les trois femmes tireront le cadavre jusque sous la margelle du puits, avant de se baisser, gémissantes, au-dessus de lui.

La guerre que nous vivons dans la distance – agitation et discussions – laisse des loisirs, et pour des loisirs, il faut des compagnons. J'appelais le petit groupe hétéroclite qui s'était formé un peu au hasard "le Clan", et tous les autres, compatriotes ou non, s'étaient mis à se nommer ainsi.

En dehors de notre clan, le *çoff* disait Mounir – celui d'entre nous qui s'appliquait, par ostentation, à paraître arabisant –, d'autres agglomérats envahissaient les terrasses des cafés, aux mêmes heures que nous, avant l'afflux des retraités ou des familles, en majorité juives, des fins de journée. Mêmes heures, mais aussi même café quelquefois, en particulier *L'Aquarium*, un établissement situé dans une vaste gare en plein centre, et qui, en guise de terrasse, offrait une sorte de vitrine circulaire où les tables, recouvertes de nappes écossaises et ornées de poteries locales, se serraient, abritées par des panneaux vitrés derrière lesquels défilaient les piétons, comme autour d'un manège. Si bien que les consommateurs de *L'Aquarium* semblaient s'asseoir non pour contempler les flâneurs, mais pour en être vus ; la foule piétinait donc là, en troupeau silencieux, après la sortie des bureaux.

De ces groupes parallèles qui se formaient ou se déformaient en ces après-midi de *L'Aquarium*, nous connaissions certains : celui des peintres et des poètes qui paraissaient peu discourir – le "*çoff* des habitants des collines", les surnommait Mounir, parce qu'il était un jour allé chez l'un d'eux, une maison sur une éminence d'où la vue sur le lac s'étendait "merveilleuse et pestilentielle", nous avait-il rapporté, et Kellaf, son inséparable, avait conclu de son ton à demi perplexe : "Tout à fait Jean-Jacques !" –, le clan des journalistes, qu'il était rare d'apercevoir au complet, la plupart, correspondants de journaux étrangers que j'avais connus individuellement dans mon travail, mais qui, réunis en général au crépuscule et au cours de la nuit, me devenaient différents, si bien qu'alors je les évitais. D'autres clans encore, moins manifestes ou perceptibles, "mais – avais-je prétendu un jour où nous évoquions, par jeu, les métamorphoses présentes de la tribu séculaire – dans tous les cas, ils tentent en fait de s'incruster dans le réseau politique de la ville".

En général, mes compatriotes étaient peu concernés par ce cloisonnement. En dehors du *Café des combattants*, *L'Aquarium* était pour eux un lieu comme un autre ; leurs rapports sociaux se tissaient plutôt dans les locaux humides du Journal, ou dans les services qui, comme le mien, se dispersaient dans la ville. Le travail s'y poursuivait à des heures irrégulières ; ensuite, la plupart rejoignaient souvent, en solitaires, des chambres nues où ils dînaient d'un sandwich au thon et à l'huile d'olive, austérité qui s'accommodait avec la pauvreté gouailleuse de la ville.

— Les frères, disait Mounir, sont non pas cloisonnés, mais organisés. Les *çoffs*, restes d'un passé féodal, doivent être supprimés et je propose que nous nous fassions, mais quand, hara-kiri !

A ces facéties de Mounir, les filles protestaient ; Mounir continuait, il nous comptait : trois étions-nous seulement à fréquenter les services de l'organisation tout en faisant partie du Clan.

— Le Clan est l'œil témoin ! prétendait Kellaf.

— Témoin et mobilisé, c'est une contradiction !

— Cela nuira à notre carrière, mais la “carrière”, et je m’amusais presque, ce sera à la fin de la guerre.

— Le jour du départ pour notre pays libre, nous prononcerons la dissolution, décidait Mounir.

Il se levait et, malgré sa corpulence, se glissait parmi les tables, allait lui-même jusqu’au bar de *L’Aquarium* se munir d’un apéritif, comme s’il se trouvait dans son propre salon. Sa proposition ralliait l’unanimité bruyante et les autres faisaient des promesses : ils rentreraient avec nous, ils quitteraient Tunis, leur ville, ils deviendraient à leur tour réfugiés.

Mounir revenait, et je l’observais toujours avec amusement : gros, joufflu, les yeux petits et malicieux dans un visage rond, le cheveu rare et blond, des mains étonnamment longues mais à la paume large, qui tournoyaient quand il parlait ; sa voix légèrement nasillarde allait et venait du français à l’arabe ; en français, elle était empruntée, lente, et abusait des périodes, en arabe par contre les remarques pleines d’humour abondaient, émaillées de mots quelquefois crus, d’expressions d’un réalisme campagnard. Avec cela, le maintien et l’habit d’un fils de bourgeois de nos villes traditionnelles.

Nous le considérions tous un peu comme l’auteur du groupe et des habitudes (“le nécessaire protocole”, prétendait-il) qu’il avait instaurées et fait adopter pour rire. Il avait fréquenté la bonne société de Tunis ; jusqu’alors, il ratait rarement la moindre réception d’ambassade. “Même là, prétextait-il, l’organisation a besoin d’observateur.” Il avouait sans vergogne que, dans ces salons, il plaisait aux dames ; il les écoutait avec patience, empruntait aisément les tournures et l’accent du dialecte local, se délectait de l’enjolivure des politesses.

— Moi, disait-il à Nessima, assise à mes côtés et qui riait, d’entendre les vieilles de chez vous me souhaiter à chaque tournant de phrase : “Longue vie pour toi !”, j’ai l’impression que c’est une douceur !

Son comportement quotidien – “ma façade”, avouait-il lui-même – était celui d’un bon vivant. Il papotait avec les filles jusque sur des détails de toilette, tout heureux d’accentuer une fausse féminité, par réaction, prétendait-il, avec le sérieux engoncé et la lourdeur quelque peu paysanne devenus caractéristiques de mes compatriotes.

— Mon contraire et mon double ! avait dit Mounir en présentant Kellaf à Rachid, le jour où j’introduisis celui-ci dans le Clan. Kellaf, brun, le visage osseux, une expression tellement impersonnelle répandue sur ses traits, des lunettes qui accentuaient sa froideur, une voix qu’on entendait à peine, un air taciturne. Il ne quittait pas Mounir ; ils arrivaient toujours à deux à *L’Aquarium*, vers seize heures environ. Leur travail commun dans l’organisation expliquait sans doute leur amitié, mais j’appris plus tard et incidemment que, venus de deux prisons de France, ils avaient traversé ensemble les frontières. Ils évoquaient quelquefois un mois d’août à Rome où, sans le sou, ils s’étaient nourris de tranches de pastèques, dans l’attente de papiers en règle.

Le Clan s’était donc formé à partir de ces deux inséparables et de Nessima dont la beauté devenait le véritable centre. Celle-ci y avait amené quelques-uns de ses amis : Hassan, un médecin qui venait de rentrer d’Europe avec sa femme Irène, Française à la timidité blonde et provinciale, une intellectuelle de la ville : moitié juive et plus très jeune, Marie-Anne, enfin moi-même depuis que j’avais connu Nessima. Une licence de sociologie préparée nonchalamment l’avait fait surgir dans mon service, pour une enquête sur notre travail social… “Une mondaine”, lui avais-je dit lors de notre premier entretien, au sortir d’une visite à l’hôpital parmi des aliénés qu'on avait ramenés des frontières. Elle avait été blessée par ma franchise et ne m'avait pas lâché depuis : coups de téléphone, justifications ; son acharnement d'accusée m'avait surpris, puis chatouillé. Après quelques semaines où je m'étais amusé de voir une fille si belle se tourmenter pour mes paroles, nous nous étions réconciliés, comme s'il s'agissait d'une brouille intime. Les formes en avaient été tendres.

Je connaissais Mounir, un peu mieux Kellaf, et je m'étais étonné de leurs relations avec Nessima. Elle m'avait pris au mot. Depuis, je participais aux rites du Clan ; j'avais été admis par tous, y compris les amuseurs et les passagers : le dentiste gai et coureur de jupons, le journaliste sans journal ni nationalité définis, surnommé "l'espion", enfin le propriétaire d'un cabaret oriental à Paris, l'œil crevé dans une rixe de jeunesse, raidi dans des complets sans cesse renouvelés et d'une courtoisie surannée ; tous semblaient considérer que des liens tendres nous unissaient, Nessima et moi. J'avais fini par l'admettre moi-même.

En fait, mes rapports avec Nessima tenaient du flirt collégien et de l'hésitation mutuelle de deux adultes qui se jaugent. Du moins, le supposais-je. Je m'imaginais que Nessima, comme moi, observait, épiait. La crispation de son attitude dans nos tête-à-tête contrastait avec la familiarité volontiers querelleuse que nous affichions dans le Clan. Au début, ne m'avait-elle pas avoué :

— J'aimerais que vous veniez avec nous. Je vous connaîtrai mieux.

— Pourquoi mieux ?

— Je crois qu'on connaît mieux un être lorsqu'on le voit au sein d'une société, n'importe laquelle, la plus conventionnelle soit-elle, comme celle que je vous propose.

Son sourire d'amabilité ouverte m'avait plu. J'avais accepté.

— Mais je veux aussi vous voir seul, autant que vous voulez, quand vous voulez ! avait-elle ajouté, avide.

Je l'avais fixée, surpris par cet élan ; je n'avais rien trouvé à dire. Elle me téléphonait à mon lieu de travail, multipliait nos rencontres accidentelles dans les rues, avouait qu'elle me recherchait et m'accusait de la fuir, sinon à *L'Aquarium*.

— Pas du tout, je suis trop occupé.

C'était vrai et c'était faux. Elle me fit des reproches devant tous, parce qu'un jour, je n'avais pas voulu répondre au téléphone.

— Je ne vous téléphonerai plus. Mais vous auriez dû avoir le courage de me le dire.

— Il n'est pas de bon ton révolutionnaire de mêler sa vie privée et celle de l'organisation ! remarquait sentencieusement Hassan, et Irène souriait pour adoucir Nessima.

Je ne me défendais pas. Je n'aimais pas en vérité ces fausses disputes.

— Querelle de ménage ! faisait l'espion. Embrassez-vous !

— On rapporte… commençait Mounir en arabe.

— Oui, c'est cela, une histoire, une histoire ! réclamait Marie-Anne avec fougue.

— On rapporte – Mounir revenait au français mais avec une emphase manifeste – que du temps du calife Sid Omar, un nomade souffrait d'avoir une femme querelleuse. Il décida donc d'aller se plaindre au calife.

— Heureuse époque ! gémit Hassan.

— Arrivé non loin de la tente du calife, il entendit la femme de celui-ci qui faisait une scène à son auguste époux. Sid Omar se taisait. Le nomade s'arrêta, réfléchit puis s'apprêta à faire demi-tour. Sur ce, Sid Omar sortit, aperçut le nomade et l'appela. Il le pria instamment de lui exposer sa requête. Mais le brave homme répondit qu'il s'était ravisé. Le calife insista, alors le nomade s'expliqua : "Je venais me plaindre de ma femme querelleuse mais le hasard m'a montré que l'Emir des croyants n'en est pas lui-même épargné !"

Mounir rit un moment, puis doucement, les yeux clignotants :

— Mon père racontait cette histoire lorsque ma mère allait s'emporter. Elle se calmait alors. Par prétention féminine, elle se croyait de cette façon supérieure à la femme du calife Sid Omar.

— Que Dieu le sauvegarde et lui assure le salut ! conclut Kellaf en chuchotant et sur un ton indéfinissable.

Nous nous tournons tous vers Nessima qui sourit, avoue aussi sa même volonté de "prétention féminine", mais je sais qu'elle apprécie surtout la complicité des autres à notre apparente intimité. Voici quelques jours, je lui ai présenté Rachid. J'avais auparavant si souvent parlé de lui qu'elle s'imaginait déjà, pensais-je, un droit sur moi, comme si j'allais lui faire connaître ma mère, et que la demande en mariage n'allait pas tarder.

Je n'avais point une telle intention et je décidai, tandis que le Clan s'épuisait en menus conciliabules, d'éclaircir la situation avec Nessima. Je l'estimais ; même si sa beauté me troublait, je ne voulais point d'équivoque. Pas question de mariage ni de quelque autre engagement avant le retour au pays : ma prudence s'y refusait.

En fait, j'avais présenté Rachid à Nessima un peu par hasard, un peu parce que je désirais que Rachid ait du Clan une impression première, comme lorsqu'on évoque la vedette d'un film pour que l'histoire prenne un premier contour. Rachid rencontra ensuite les autres, mais toujours inopinément, lorsqu'il nous arriva de faire quelques promenades nocturnes, ces premières semaines où Rachid s'acclimatait à Tunis et où je ne savais pas encore, ni lui non plus d'ailleurs, s'il y resterait.

Une fois cependant, je me souviens qu'il nous trouva tous réunis, en fin d'après-midi à *L'Aquarium*. Comme il travaillait depuis quelques jours au Journal, lorsqu'il s'assit, l'un d'entre nous lui sourit :

— Te voilà donc journaliste…

— Je ne suis que moi-même, murmura Rachid.

On m'appelait au téléphone. Je me levai, j'attendais des instructions pour un voyage aux frontières le lendemain. Un camarade devait me prévenir… Quand je revins, la discussion nageait dans les paraboles. Hassan, le docteur, cultivait les comparaisons douteuses.

— Un correspondant de guerre en terre coloniale est comme le client de bordel face à une beauté exotique. L'homme s'imagine qu'en couchant avec celle-ci, il se convaincra mieux de sa virilité. L'exotisme lui semble un piquant. Il le croit mais, en réalité, il s'en moque. Il a simplement besoin de coucher.

Rachid ne participait pas au bavardage. Mounir attaquait :

— Ne t'écoute pas… c'est un défaut qui fait les déviationnistes plus tard.

— Et toi ? rétorqua Hassan doucereux tandis que sa femme rougissait mal à l'aise, tu es toujours dans la ligne, même quand celle-ci reste à tracer… Providentiel provisoire !

C'était l'habitude : les piques venimeuses. Mounir restait désinvolte. En m'asseyant, j'interromps le duel.

— Je viens rétablir l'harmonie… Je pars demain.

— Vous partez… dit Nessima et elle fixe Rachid comme s'il était l'auteur du rapt.

Marie-Anne décide que nous n'avons pas à nous quitter ; Rachid, qui, je l'ai vu, s'apprêtait à se lever, fait effort pour rester. Sur ce, le garçon de café vient bavarder. Un compatriote. Son village n'est pas très éloigné de ma ville natale : quelques montagnes les séparent. Il décrit sa maison, son lopin de terre, ses arbres : il l'a fait dix ou vingt fois déjà. J'ai l'impression d'y être allé. Rachid écoute avec attention ; soudain, il se fait répéter le nom de la montagne, celui du douar. Le garçon balbutie :

— Ouled-Brahim, c'est cela… Tu y es allé, frère, tu y es allé ? Il s'assoit, son plateau sur les genoux.

— Non, répond Rachid, mais un de mes compagnons était de ce douar.

— C'était quand, frère, quand ?

— Voici bientôt deux ans.

Un silence. Tous écoutent Rachid qui ajoute plus bas :

— Tous les habitants ont été évacués vers la plaine. Il n'y a plus rien maintenant là-bas, zone interdite…

Le garçon ne dit rien, le plateau sur ses genoux serrés. Puis sa main se met à essuyer le bois avec le torchon, en un lent mouvement giratoire. Pour la première fois, de le voir ainsi tête baissée, je remarque qu'il est vieux. La cinquantaine au moins. Un peu plus sans doute : la nuque flétrie, la peau tannée, les cheveux grisonnants… on ne distingue plus ses traits. Mais sa main tourne encore sur le plateau usé.

— Merci, frère, reprend-il doucement.

— Rassure-toi, répète Rachid avec patience. Tous les gens sont dans les villages de la plaine. Ils sont casés, des centres spéciaux pour eux ; ils travaillent…

— Bien sûr, répond l'homme, je me rassure… Je me rassure ! – et sa voix est celle d'un aveugle qui reprend les mots de son guide.

Quand, ensuite, il se lève, notre groupe demeure silencieux. Marie-Anne se dresse, va à l'intérieur, met un disque : une chanson du pays. Toujours sa bonne volonté pour rester dans la note. Nessima, plus perspicace :

— Je propose une promenade au port. On pourrait aller manger du poisson grillé... J'ai si faim !

Elle n'est pas gaie ; elle ne s'efforce pas de l'être. Je l'aime bien ainsi. Nous nous levons. Je m'attendris et frôle, d'une caresse, Nessima qui me fixe sans sourire. Rachid bavarde avec Kellaf presque paresseusement : il semble imperturbable. Toutes les tables sont occupées à cette heure. Le garçon a fort à faire, il va d'un client à l'autre. Des consommateurs en attente font la ronde autour de *L'Aquarium*, comme autour d'une foire immobile. Le garçon ramasse notre pourboire. Le disque de Marie-Anne se termine.

Dans la rue, le Clan marche avec l'allure d'une caravane déchirée par le vent : file émiettée et incertaine. Rachid s'approche de moi.

— Je vous quitte, dit-il.

A mes côtés, Nessima tente de le retenir, d'un sourire affectueux.

— Nous allons faire un vrai festin, savez-vous ! Omar, me dit-elle, priez-le de rester.

— Je pars, répond Rachid froidement.

Il nous devance, échange un rapide salut avec les autres, s'éloigne en direction du *Café des combattants*.

La fin de la journée est terne ; les rues de la ville, trop pleines de flâneurs à cette heure, me paraissent d'une tristesse sale.

— Que penses-tu de mon ami ? ai-je demandé à Nessima qui me pose des questions sur la durée de mon absence. Elle réfléchit.

— Je l'admire, répond-elle sur un ton paisible, puisque toi, tu l'admires. Mais à présent, je tente de saisir pourquoi.

Je m'aperçus alors seulement que nous nous tutoyions. Je ne sais pourquoi, sa réponse, ou plutôt son ton tranquille, me fit plaisir et ce fut, je crois, à cet instant que je décidai d'être amoureux de Nessima.

Les heures qui suivent, nous ne parlons plus, ni elle ni moi. Pour s'opposer sans doute à notre îlot de silence, le Clan resserre ses liens ; autour de la petite table garnie de rougets, de sardines, près de la mer déjà noircie par la nuit, déferlent des mots, des discours, un déluge de paroles.

— Nous parlons, nous parlons tant !… soupire enfin Kellaf.

Mounir lui répond gravement de sa même diction lente :

— Tant que, chez nous, tout était clans, tribus, rameaux de la société vivante, rappelez-vous… (Et il semblait parler à ses ancêtres.) Quelle était la seule forme d'expression chez nous ?… La poésie… (il se reprend), la poésie oratoire.

— Alors vint le colonialisme, intervient avec un demi-sourire l'espion.

— Les bûcherons arrivèrent, continua Mounir qui paraissait ne rien entendre. Ils coupèrent d'abord les rameaux, puis abattirent les arbres les uns après les autres… Mais ils entendaient encore, dans la solitude feuillue, les mots qu'ils ne comprenaient pas de cette poésie, poésie devenue chant de deuil et de peine.

Nous nous taisons tous. Seul Mounir, sa tête légèrement redressée, comme s'il voulait se lever et n'osait à cause de sa corpulence, poursuit de sa voix nasillarde qui me paraît belle en vérité.

— Les bûcherons ne supportent pas, raconte-t-on, d'entendre le vent chanter encore dans les feuilles de l'arbre mort.

— L'arbre est mort, corrige Kellaf d'une voix bourrue, mais les racines demeurent.

— Puis la parole a commencé à se tarir tout doucement... Un moment de plus et nous aurions été un peuple de muets.

— A présent, interrompt Hassan un peu aigrement, que faites-vous, vous rattrapez le temps perdu ?

— Non, réplique Kellaf, nous exerçons notre regard pour voir ce qui suivra du voyage. Car nous nous sommes levés. Certes, nous parlons, nous parlons tant, soupira-t-il derechef puis il a un sourire de connivence. Mais je crois que nous regardons en nous-mêmes ainsi. Nous sommes si chancelants qu'il nous faut le faire à plusieurs, seuls ce serait trop dur et nous avons trop l'habitude de rester seuls ; seuls et mornes... (Kellaf n'a jamais tant parlé ; il semble faire un couplet, pour compléter celui de Mounir.) Un ami (il a un imperceptible sourire) parle et, de l'entendre, nous nous comprenons mieux. Un autre fait de même, et chacun doit continuer ainsi par approximation...

— De la nécessité du Clan, conclué-je en me levant, pour rompre l'émotion collective.

Nous nous dispersons. Je quitte Nessima hâtivement. J'ai hâte de rentrer. En ouvrant la porte de ma chambre, j'y trouve Rachid assis. D'une voix profonde, avec un accent si triste que, dans la pénombre, je reste debout sans bouger, sans même penser à allumer.

— Qu'est-ce que la vie, Omar ? interroge-t-il. Peux-tu répondre à cette question.

— Dans cette ville ? murmuré-je pris de court, ils t'ont indisposé tout à l'heure...

— Ils, qui : ils ? demande-t-il avec surprise, et cela semble un dialogue de sourds.

— Le groupe… nous.

— Ah ! s'écrie-t-il en se souvenant, comme s'il revenait de loin. Non, je ne pensais pas à eux… lui, peut-être, l'homme d'Ouled-Brahim… peut-être, et il rit dans le noir, lentement. (Je ferme la porte, je m'avance.) Il valait mieux mentir, certainement… (Il rit encore, puis avec un sursaut de gorge :) Ils sont tous morts dans ce village et je les ai tous connus… tous. Dans la plaine, on n'a descendu que quelques femmes et des enfants.

— Ils sont tous morts ! répété-je absorbé par la voix présente, par le drame présent… oh oui, je comprends.

— Je ris, ajoute Rachid, et tu peux penser que je suis ivre. Je le suis, c'est vrai, mais je ris parce que, soudain, il me vient à l'idée que j'aurais dû dire la vérité au garçon de café. Et, sais-tu, à la place des boissons qu'il sert sur son plateau tout le jour, pourquoi ne servirait-il pas un peu de souffrance ?… Le breuvage de la souffrance, un verre à chaque consommateur ! Au lieu de l'oisiveté et du bavardage, qu'aurions-nous alors, dis, qu'aurions-nous ?

— Du silence, je suppose, rétorqué-je et j'allume.

Rachid se dresse, cligne des yeux.

— Du silence, tu as raison, Omar… Je ne te propose pas à boire…

Sa voix redevient profonde tandis qu'il me montre la bouteille vide.

Je m'assois. Je le sens proche et n'était l'irruption de la première phrase, n'étaient la bouteille vidée et l'haleine, j'aurais seulement pensé retrouver un ami en peine.

— Ma première ivresse, dit-il avec un sourire d'enfant, depuis… depuis quand ? Tu dois le savoir, tu es ma mémoire.

Je cherche avec lui.

— Depuis… depuis la mort de ta sœur, je crois.

— Oui, confirme-t-il, c'est bien cela. Heureux temps alors, sais-tu ! Lorsque quelqu'un de très proche meurt en soi, il faut toujours conseiller à un homme de boire, s'il ne peut pleurer. Boire pour se dégager, sinon… Tous les morts, les innombrables morts, depuis, que j'aurais dû enterrer ainsi… et maintenant… c'est trop tard ! Tiens (il se dresse, va de part et d'autre de la petite pièce, ses mouvements semblent allégés), je pourrais, sais-tu, boire tous les soirs jusqu'à la fin de ma vie et je ne réussirais point à enterrer tous mes compagnons, tous mes frères, reprend-il avec une voix pleine d'orgueil et pourtant comme de rancune à son propre égard. Oh ! non…

Je le contemple. Je le retrouve. Je suis entré, quelques minutes avant, de plain-pied dans son intimité, et je reste là, attentif, n'osant interroger, n'osant hasarder la moindre question de crainte de tout déranger. Un homme en mouvement, ainsi m'apparaît-il.

Nous sortons ensuite. Peu m'importe de dormir. Marcher comme autrefois dans une ville ensommeillée et parler, parler. Du passé ? Non. Non, en vérité, écouter plutôt et tenter de comprendre. Car je ne comprends pas.

— Dieu s'insulte ! Dieu s'insulte ! bougonne entre ses dents Rachid avec une haine entêtée.

— Que dis-tu ? A quoi penses-tu ?

Il me dévisage, se souvient de ma présence.

— Qu'ai-je dit ?

Il me sourit, à la fois dissimulé et complice.

— Omar, demande-t-il comme s'il était le cadet, veux-tu que nous nous amusions ?

— Oui, volontiers.

— Dans cette ville, il n'y a que des ombres. Je n'ai vu qu'elles. Des acteurs qui auraient plus ou moins bien joué le premier acte et qui ont décidé que leur rôle est fini. Depuis, ils errent dans les coulisses. Certains, toi, s'exclame-t-il d'une voix rêche, font de leur mieux pour s'occuper, mais la pièce continue sans eux.

— Tu parles de la guerre ? dis-je. Nous percerons la Ligne Morice, tu verras, nous y arriverons… On attend des armes pour bientôt !

Rachid ne m'écoute pas, mon assurance semble ne pas l'atteindre.

— Ces acteurs, toi, moi, faut-il qu'ils rentrent rejouer la pièce qui continue, dont ils entendent les râles ?

— Rentrer malgré la Ligne Morice, pourquoi pas ? pensé-je à brûle-pourpoint.

— Rentrer jouer mais y a-t-il un rôle encore ? Savent-ils leur rôle et s'ils ne rentrent pas sur scène, qu'ils rentrent au moins chez eux, comme des acteurs qui ont fini leur travail. Certes… mais voilà, où se trouve pour chacun le chez-soi, le refuge, le foyer, n'importe quoi qui leur fasse oublier la guerre ?

— L'amour, proposé-je sur un ton léger.

— Pourquoi pas ? Les femmes et le vin, un programme digne du temps des califes, qui plairait à ce cher Mounir…

Rachid m'entraîne. Nous sommes en médina. Il affirme avoir des amis, "beaucoup d'amis" et de toutes sortes, des habitants de Tunis, "pas des ombres, non, des gens simples, des femmes simples qu'il ne faut pas juger". Je le suis. Comme autrefois dans notre capitale, il redevient le guide ; comme autrefois, il me réintroduit dans un recoin de sa vie.

Il est minuit et elles sont deux sœurs. "Deux fausses sœurs", me souffle malicieusement Rachid. Nous entrons dans un immeuble aux murs lézardés, à l'escalier humide ; l'appartement est exigu.

On nous reçoit à la manière traditionnelle. Thé sur table basse, plateau de cuivre, aiguière argentée ; sur les murs des gravures anciennes où des Orientales sourient comme sur des images pieuses, mais les joues peintes et les genoux nus.

Zineb qui sert Rachid avec empressement, maternelle presque, a un corps aux rondeurs fermes, des cheveux en crinière cuivrée et des yeux fardés.

— Cantatrice, presque une vedette de la ville ! souligne Rachid devant elle qui semble flattée.

— J'ai dû voir votre nom sur des affiches ! dis-je sincèrement.

— Zineb tout court, précise-t-elle, on me connaît à la radio… "Zineb la toute récente cantatrice", reprend-elle niaisement.

Samia, la plus jeune, paraît seize ans à peine, maigrichonne, elle a le teint pâle, les yeux vifs. Elle ne dit mot ; assise face à moi, elle ne me quitte pas du regard. Une odalisque frêle et, malgré son âge et ses prunelles, déjà fanée.

— Il y a les "frères-voyageurs" – Rachid discourt en oubliant les filles – et les "frères-diplomates", les "frères-responsables" et les "frères-représentants", les "frères-chômeurs" et les "frères-anciens combattants"… Mais nous, nous les frères tout courts, porterons-nous soutane ou haillons pour nous distinguer des autres ?… (Il dévisage Samia, puis Zineb qui se renfrogne.) Nous, les frères pour les sœurs ! Bien sûr, vous n'êtes point de chez nous, mais qu'importe, nous sommes si heureux de récupérer notre patrie que nous pouvons bien l'offrir à tous !…

Je bois mon thé, puis celui de Rachid dédaigneux de ce sirop. Il continue à palabrer, bien que, depuis deux heures, il n'ait plus rien bu.

— Ici les frères, de l'autre côté les traîtres : les "traîtres-diplomates", les "traîtres-responsables" et les "traîtres-représentants", les traîtres anciens frères… les traîtres tout court avec cagoule… les traîtres à découvert… et au milieu de ces deux rives, mon frère, que vois-tu donc ?

Zineb a essayé de rire, puis elle se lève d'un air inquiet, débarrasse la table ; elle n'a pas l'habitude de tant de bavardage. Samia ne bouge pas de place.

— Au milieu ?… Le maquis, une horde qui fuit la campagne !… Non, le peuple, mais comment le représenter ? Le peuple, mot passe-partout, trop commode, trop justificatif, un substantif pluriel !…

Il se tourne d'un air rogue vers moi :

— Voyons, toi, le poète, aide-nous donc !

Je le laisse à son ironie. Le déchire-t-elle, ou au contraire en est-il soulagé ?

— Une femme énorme, grasse, couchée par terre, sur un sol ensanglanté, sur des caillots de boue et de cris… Une femme en couches, peut-être… oui, elle enfante et elle doit s'en sortir seule, absolument seule. Quant à nous la horde, les insectes, les loups, frères d'un côté, faux frères de l'autre, que faisons-nous ?… Voyons, le poète, une touche apocalyptique !

Zineb a pris un air offensé devant ce verbiage. Elle s'est assise raide comme une dame de cour, et je vois un pincement scandalisé sur son visage pâle, presque sans lèvres.

— Que faisons-nous donc au bord de la couche ?

Rachid tombe les bras en croix en travers du divan. Zineb se précipite avec des gestes de servante, soudain adoucie, le regard tendre. Elle se met à le déchausser lentement, lui soulève le pied ; il l'aide avec des mouvements vagues ; souriant et hagard, il se met à suivre du doigt quelque mystérieux dessin sur le plafond. Il fredonne.

Je les laisse là, pour circuler dans l'appartement. Je regrette de ne pas avoir bu. Je n'éprouve aucune envie de la fille trop jeune qui m'attend. Sa chambre est minuscule, la place d'un matelas et d'une tablette ronde ; sans ornement. Le jour, cela doit être plutôt un cagibi. Zineb, je l'ai vu, lui a désigné d'un mouvement autoritaire du menton cet endroit où Samia, depuis, se terre... Je vais à la cuisine. Je cherche quelque boisson. Rien. Les deux sœurs doivent être antialcooliques. Je reviens auprès de Samia. Son regard de chien fidèle me gêne ; il me suit, interrogatif.

Du couloir, j'entends Rachid chantonner, puis m'appeler :

— Omar ! Venez tous. Je vous l'ai dit, la couche est immense et nous sommes sur le bord...

Zineb lui répond à voix basse. Je ferme la porte sur eux.

Dans l'étroite pièce, la petite fille n'a point bougé. Je lui souris.

— Je me déshabille ? demande-t-elle d'une voix docile qui me touche.

Son corps est maigre, sa poitrine presque inexistante ; ses épaules, son ventre me plaisent.

— Je suis danseuse, mais je peux chanter aussi, si tu veux, murmure-t-elle avec bonne volonté parce que je reste là, debout, près de la porte, l'air indécis.

La danse est muette. Les bras, branches vivantes au-dessus de la tête, masquent ensuite le visage puis la poitrine d'enfant ; deux lianes qui s'éloignent, remontent puis viennent autour du ventre brun, s'élèvent à nouveau dans les airs. Le corps mince tangue légèrement avec une grâce de peuplier sous le vent doux des rivières, seuls les bras maigres, démoniaques, tragiques, impuissants dans leurs arabesques. Le ventre et les jambes frissonnent faiblement à droite, à gauche, mouvement régulier et paisible, les bras cherchent à s'enrouler, reviennent, supplient, invoquent le nombril puis les seins, coupes élargies d'une enfant qui a déjà enfanté, et ce spectacle dégage une innocence lascive, pourtant flétrie, tandis que les bras-serpents repartent, remontent, redeviennent lianes fragiles, fils barbelés, anses de prière folle…

Je me rapproche. D'une main, je cueille Samia au niveau des cuisses, je l'emporte, l'assois sur mes genoux, l'embrasse distraitement. Tout le temps de la danse, son regard plat ne m'a pas quitté. Il ne demande rien, mais il se fixe.

Soudain je désire Samia ; impétueusement, mais j'exige qu'elle décide d'elle-même hors de ce rôle convenu de femme-enfant.

— Tu me plais, tu sais.

— Vrai ?… Zineb prétend que je suis trop maigre. Tu aimes peut-être les maigres ?

— Non, mais tu peux grossir… Je te donnerai de l'argent. Tu mangeras beaucoup, tu grossiras…

— Zineb me nourrit bien… Dans quelques années, quand j'aurai bien appris, je pourrai danser avec elle. Nous ferons un "duo".

Je l'ai prise. Je n'ai pu dormir ensuite. Le matelas était trop étroit et j'avais peur, en outre, de rater l'heure de mon départ de l'aube. Samia assoupie s'accroche à moi par ses jambes, ses bras : une vouivre en vérité. Ses os me font mal. Je suis resté les yeux ouverts ; par la petite lucarne, je voyais au-dehors la nuit blanchir progressivement. Je n'ai pas voulu me lever lorsque j'ai entendu Rachid marcher dans le couloir, entrer dans la cuisine et vomir longuement. Il dut sortir ensuite.

Le jour éclaire la pièce. Je m'arrache à la fillette, je m'habille. Elle entrouvre les yeux, me dévisage comme si elle rêvait encore.

— Je reviendrai, lui dis-je. (Je suis sincère. Elle me sourit et son visage s'illumine…) Oui, je reviendrai. Veux-tu de l'argent ?

Je regrette de ne pas être riche, de ne pas la couvrir d'or, de fourrures. Elle hésite, fait non de la tête, puis, d'un mouvement brusque, se dresse hors du matelas :

— Tu veux vraiment revenir ? interroge-t-elle avec vivacité.

— Puisque je te l'ai dit.

— Alors, oui, laisse de l'argent… pour elle… Elle me nourrit, elle ne te fera pas la tête…

— Je reviendrai, répété-je, mais tu mérites bien plus que je ne peux te donner.

Dans son visage gonflé par le demi-sommeil, apparut un sourire d'épanouissement vaniteux qui la transforma. Je lui tournai le dos. Je partis.

J'arrivai à l'heure fixée à mon rendez-vous. Je me sentais léger. La route qui quittait Tunis et nous menait aux frontières paraissait d'un bleu-gris, assombri par l'aube lente.

Une rue de la ville ; elle remonte du port, longue, étroite et ondulante de bosses, traverse le quartier maure, s'écarte de la colline, château fort où se groupent plusieurs casernes, pour se perdre ensuite au pied du versant – couleur terre de Sienne brûlée – de la montagne qui surplombe. Des boutiquiers modestes, marchands de légumes, épiciers, la bordent ; les quelques magasins d'habits et les cafés préfèrent l'animation du centre neuf. Des artisans, quelques immigrants, Européens les plus pauvres – teinturiers, marchands de tabac ou garagistes – regardent eux aussi les soldats remonter à intervalles réguliers vers les casernes.

Point de femmes voilées, sinon quelques solitaires. Elles évitent la rue trop exposée, circulent à pas menus dans les artères voisines qui s'étoilent autour du cirque romain et, même là, sauf lorsqu'elles descendent vers la place et le port pour quelque occasion rare, elles ne se montrent qu'en groupes hâtifs. Les soldats, qui rient haut et que leurs armes gênent, ont fait fuir jusqu'aux enfants piailleurs si bien que les marchands s'ennuient. Leur regard morne n'accroche que la roche brune de la montagne qui attriste.

Autrefois, lorsque de jeunes garçons remontaient, à peine essoufflés, cette même rue, à leur chevelure luisante, à leur peau hâlée qui sentait le sel et les algues, on pouvait, du seuil tout en déplaçant un domino ou un pion de jeu de dames, se plonger par la pensée dans la mer tout en bas, un tapis au murmure bleu. Autrefois...

Aujourd'hui, une compagnie remonte à pas hachés. Deux adolescents surgissent. Le premier tire ; puis le second. Ils fuient chacun dans une rue transversale. Brouhaha. Agitation. Jurons et mousquets. Poursuite. Deux autres adolescents paraissent. Le premier tire ; puis le second. A nouveau, la fuite dans les ruelles adjacentes. Poursuite. Ce qui reste de la compagnie continue. Bruits de fers et de semelles. Les rideaux des magasins dégringolent dans un fracas en vrille. Deux autres adolescents...

Si Othman n'en croit pas ses yeux. Il reste là dressé, sur le seuil du four banal où il est venu retirer les galettes de ses belles-sœurs. Le four est chaud : dans l'ombre de l'antre, le feu, au fond, paraît une ligne embrasée. Dehors, les balles, pointes enflammées dans l'éclaboussure de midi.

Le premier tire ; le second. Fuite des adolescents dans d'autres rues transversales. De nouveau, la poursuite.

— Comme ils sont ! soupire Si Othman qui songe enfin à s'abriter. Comme ils sont !

C'est tout ce qu'il sait dire. Le boulanger, un sexagénaire robuste, frotte ses mains sur son buste blanchi, ferme à demi le portillon de bois.

— Nouvelle tactique : l'attentat en chaîne ! s'exclame-t-il, et il sourit avec vanité.

Les tantes de Nfissa, auprès desquelles se trouve Lalla Aïcha venue pour les funérailles, attendent les galettes. Le lendemain sera le septième jour de la mort du fils. A l'aube, elles iront distribuer le pain bis dans le cimetière, derrière les casernes, semble un jardin appuyé sur la montagne aride.

Si Othman rentre, raconte la scène des attaques successives. Lalla Aïcha écoute, l'interrompt :

— Qu'as-tu là, à ton bras ?

— A mon bras ?

— Oui, là, n'est-ce pas du sang ?

Il regarde : du sang.

— Une balle ! fait-il ahuri.

Les femmes se précipitent. Lla Aïcha invoque le Prophète et Dieu paré de tous ses épithètes, puis elle récite un verset du Coran.

— Salut sur toi ! Salut sur toi ! La balle t'a écorché le bras mais est sortie !

— Parce que je restais là, je n'en revenais pas… Je ne sens rien.

— Salut sur toi ! murmure l'une des femmes. Dieu t'a protégé.

Si Othman ressent alors une brusque lassitude. Il s'étend ; on le soigne. Il contemple le ciel au-dessus du patio pauvre. Il préfère son village, son jardin, et jusqu'à ses méfiances et son ressentiment à l'égard du maire espagnol, son ami d'autrefois. Il faut retourner.

Le soir avant le couvre-feu, une rumeur remonte du bas de la rue près du port, jusqu'aux côtés de la montagne : pas un seul mort parmi la chaîne des jeunes terroristes.

— Ils sont tous au maquis maintenant, puisque c'est la condition désormais pour y monter ! dit un marchand.

— L'attaque ensemble, le combat ensemble ! répond un autre.

L'un des adolescents, toutefois, n'a pu se réfugier que dans la "maison haute", le bordel dont Nfissa apercevait autrefois les lueurs au crépuscule, et toutes les femmes alors, sur leurs terrasses, priaient machinalement pour éloigner Satan.

Après le couvre-feu, quelques officiers en bordée découvrent le jeune homme et l'achèvent au milieu des filles qui hurlent.

— Comme ils sont ! répète, dans la chambre, Si Othman couché, un pansement sur le bras, auprès de sa femme.

— Je languis de ma Nfissa ! gémit soudain Lalla Aïcha, lorsqu'elle entend les cris suraigus des prostituées, comme des hyènes, au loin, dans la nuit.

Journées de décembre. Il m'arrive de penser qu'une longue guerre n'est souvent qu'une vie ordinaire sur un rythme désaccordé. En simultané l'horreur et l'héroïsme, la lâcheté et le courage, l'espoir et les tortures ; quant au sang qui coule, qui sourd, gorges ouvertes, poitrines trouées, cadavres pourris, quant au sang, comment le justifier ?… Ne sont terribles ni la souffrance ni la mort, mais quand aurons-nous les yeux assez ouverts et le cœur assez haut pour pouvoir le voir comme une purification du mal, explication des Anciens, pourquoi pas ?… Pour moi, le Mal est le sommeil, le morne assoupissement. Mais, comme dans les vies les plus ternes – celles des gens auxquels il n'arrive jamais rien, ni maladie ni mort d'êtres chers, des gens qui se dessèchent telles des ombres au fur et à mesure que le soleil monte au midi de l'azur – même là, des fleurs surgissent…

Journées de décembre ; plus tard nous dirons qu'au cours de ces six ou sept années funèbres – désert et cris –, ces journées furent une floraison sanglante et lumineuse. Nos femmes dans les rues de chaque ville ! Nos femmes chantant devant la mitraille ! Le roucoulement qui tant de fois perçait en vrille nos cœurs d'hier dans les noces – youyou traduisaient les Français – je l'entends, tout en allant et venant le long de la frontière, près des montagnes dont le versant, dans notre patrie, brûle depuis ce matin, oui, j'entends la voix anonyme de nos mères, de nos grands-mères (comme si en vérité j'en avais eu des chaînes) entonner le premier mot, le projeter du fond de la gorge en plein ciel, le poursuivre en note grave d'abord puis déchirante de plus en plus avant de l'épuiser, reprendre dans un nouveau souffle la deuxième syllabe identique, l'allonger en plainte haute, résolument, sur le mode aigu – et je continue à entrer dans une cabane, dans une autre, puis, lorsque je ressors au soleil pâle malgré la pluie, la voix ancestrale est devenue aigre, joie spasmodique issue des entrailles de cette femme-ci, la plus pitoyable, celle dont le pied pourrit et qui me dévisage d'un regard désespéré, enfin le chant se termine, et pourtant il demeure suspendu... là, parmi nous, dans chaque ville de chez nous où la première femme qui tient le drapeau tombe... A quoi bon l'image figée le lendemain dans le Journal, à quoi bon la ressemblance avec *La Marseillaise* de Rude, défi à l'histoire des soldats meurtriers, effrayés ? Certes, la coïncidence ne nous grimace que ceci, une évidence : chaque peuple, chaque homme hier héros, aujourd'hui bourreau ou vice versa. A quoi bon ?... Journées de décembre.

— Le soleil et la pluie, dis-je en sortant de la cabane avec l'infirmier et deux paysans barbus.

— "Soleil et pluie, mariage du chacal", répond, sentencieusement, l'un des paysans.

— Demain, au plus tard, nous évacuerons la malade sur la capitale, décide l'infirmier...

— L'amputera-t-on de toute la jambe ? interroge un vieillard, puis, du même ton neutre : Elle est ma bru. Tout ce qui me reste. Mes deux fils sont morts.

Dehors, je fuis l'odeur de la maladie. La pluie cesse. Je garde le visage mouillé. Travail du matin au soir. Oh oui, j'aimerais rester là et regarder la Ligne Morice. Au-delà, l'incendie ne s'arrête pas. Des groupes de vieillards et d'enfants s'échelonnent sur les coteaux, le regard dans la même direction.

— Ce sont des châtaigniers, murmure l'un près de moi. Je les connais, je suis de là-bas. Une demi-journée de marche...

— Les arbres repoussent... répond un autre. Mais les hommes ?

— Nos femmes sont des hommes ! leur dis-je, et je leur déploie les photographies des journaux arrivés le matin.

On s'assemble. J'explique. Le nom des villes, de chaque petite localité. La mienne. Je lis son nom, je vais m'arrêter, puis je continue, vite... Rues de notre capitale. Regards des femmes aux premiers rangs. Leurs voiles qu'elles ont voulu cuirasses. Les enfants.

— Tiens, regarde celui-ci, remarque quelqu'un en y mettant son gros doigt, lorsque ça a commencé, combien avait-il, trois ans au plus !

Et ils parlent tous, lentement, l'un après l'autre. Peu importe l'incendie des châtaigniers, derrière la Ligne Morice. Les images du magazine vivent, et, de leurs doigts d'analphabètes, les réfugiés tâtent chaque visage. Point attendris, simplement absorbés. Etonnés aussi sans doute.

Etonnés... Le véritable étonnement, la stupéfaction silencieuse, immobile, l'attente enfin de l'homme devant la vie naissent toujours devant ce qui lui paraît mystérieusement lui-même, et que pourtant il ne comprend pas. Du passé, se lèvent soudain devant moi ces quelques années où, âgé de quatorze ou quinze ans, je demeurais seul dans notre bourgade, séparé de Rachid, parti avec ses parents à la capitale. Jusqu'à présent, dans le réveil que j'ai suscité presque systématiquement dans ma mémoire, ne m'ont intéressé que les souvenirs communs avec Rachid, ou, par l'intermédiaire de celui-ci, tout ce qui me liait aux autres : famille, tribu, ancêtres... J'ai négligé l'expérience âcre de la solitude.

A la maison, morne j'étais, muet presque toujours, m'enfermant dans la petite chambre que mère m'avait sacrifiée, celle qui servait auparavant de réduit à provisions pour la viande séchée, les poivrons, les tomates en conserve, tout ce qui nous faisait subsister l'hiver. Je n'adressais mot à aucune de mes sœurs, à aucune des visiteuses. Mère seule communiquait avec moi. Elle croyait que j'en voulais à tous, et je l'entendais, quelquefois, lorsque je passais, marmotter des versets coraniques. Eloigner le diable et les génies, pensait-elle sérieusement. Souvent, même avec elle, il m'arrivait de préférer les gestes. Puisqu'elle me comprenait de toute façon. Puisque j'avais si peu de besoins. Je mangeais seul, je dormais seul. Au collège, Rachid parti, je n'avais point d'ami. Je rompis même avec les camarades de l'époque. Comme avec mes sœurs, sans raison. Je répondais aux professeurs d'une voix rêche que je me découvrais et qui me faisait souffrir. Souvent, quand j'allais au tableau, je ne prononçais mot : je savais la leçon, pourtant une immense paresse me saisissait. Un refus je ne savais de quoi, de qui… Cela dura. Des mois plus tard, je me découvris une justification. Elle me parut importante et m'anima longtemps : en classe donc, je décidai de ne parler que l'arabe, ma langue maternelle. Pas le français, la langue des autres ! Je me souviens, je me disais "les autres", "les autres" et même chez nous, alors que mes sœurs, ma mère ne savaient pas un mot de la langue étrangère, quelquefois je me répétais "les autres" et je les y englobais. Absurdement. Oui, l'âcre, l'amer temps de la solitude.

A cette époque, je crois, notre petite ville me dévoila son plus secret visage, celui de la corruption. Depuis, avec le recul, et l'"expérience" des voyages, je peux reconstituer ; comprendre, comparer enfin. Partout, en effet, dans notre pays, ensuite en Orient, puis à Tunis, j'ai connu de la prostitution les plaies et la force vivace. Multitude des filles qui mettent un voile pour sortir et s'activent dès le matin jusqu'au cœur de la nuit. Les "trotteuses" comme nous les appelons dans le Clan, hirondelles blanches et qui se dépêchent, se dépêchent…

N'importe où : voitures, hôtels louches, chambres des immeubles borgnes. Légères sont-elles ; gaies quelquefois ou hargneuses, mais surtout volontairement, exagérément anonymes. L'une, je me la rappelle, dont la voix m'avait plu, c'était dans la banlieue de Tunis :

— Combien veux-tu ?

— Cent dinars.

Dans la chambre laide mais propre où elle m'emmena, elle souleva son voile seulement au-dessus de la taille :

— Je veux voir ton visage !

— Je ne te connais pas ! répliqua-t-elle avec violence. Voici mon sexe. (Elle ajouta un mot obscène.) Pas mon visage !

Je lui donnai l'argent pour ce cri de pudeur et je sortis. La seule sans doute que je payai, depuis la mort – déjà plus de sept années – de Meriem, ma tendre prostituée et épouse. Toutes les autres pourtant, sans les avoir eues, il me semble qu'elles éveillent en moi le même sentiment que Meriem : un attendrissement mêlé de tristesse, mais surtout une sorte de complicité dont, depuis la mort de Meriem à l'hôpital, j'enveloppe ses sœurs : innombrables "trotteuses" de tous les trottoirs de nos villes vendues, elles, les plus vendues et les moins vénales, les plus salies et les plus fières. Par intransigeance… Et je remarque, à brûle-pourpoint, que je n'ai encore jamais entendu l'une d'elles pousser l'ancestral et aigre cri de gloire des gorges féminines. Jamais…

Dans cette solitude de l'adolescence, tunnel où s'engouffre le corps du garçon qui se transforme – moiteurs, angoisses, voix qui mue, larmes inopinées, honte –, seules, dans ma ville, les "trotteuses" me restaient proches. J'appris plus tard que notre ville était célèbre pour ses "femmes légères". Filles de joie en effet, mais qui, inexplicablement chez nous – sans doute faudrait-il en chercher méthodiquement les raisons –, n'étaient point prostituées vulgaires qui se vendaient à l'heure ou à la minute. Elles se montraient plus exigeantes, parce que plus belles, ou considérées comme telles sans doute, je ne sais trop. De notre ville, c'était connu, étaient originaires les plus fameuses danseuses du ventre, et nos concitoyens en étaient aussi fiers que des deux chanteurs andalous, maîtres en leur art savant. De véritables liens d'amour – amour léger, amour folâtre, amour fou – se tissaient en particulier dans la "rue des Renégats", la plus commerçante et la plus active artère, une véritable fourmilière aux heures d'affluence.

Elles allaient et venaient, voiles blancs ou voiles bruns, démarches vives ou pas dansant, et chaque boutiquier, de l'adolescent encore imberbe au plus blanchâtre des vieillards, restait l'œil à l'affût. Elles allaient et venaient, abeilles joyeuses qui distillaient un peu de rêve sucré, langueurs, émois, à tous ces hommes gras ou maigres, argentés ou à peine journaliers, et dont la part d'ombre dans leur vie était réservée à l'épouse fatiguée de ses nichées d'enfants, à la prière pour éloigner Satan, aux comptes menus des fins de journée.

Pas un étranger n'apparaissait dans cette rue, exception faite de quelque garde champêtre, ou du maire qui s'y hasardait quelquefois à pied. Les autres Européens vivaient dans leur quartier, tout en bas, presque un autre village, à l'entrée de la grande route. Quelquefois un orchestre rural – tambour, flûte et pipeaux – traversait la rue pour se rendre vers une noce, la rue des Renégats dégageait alors un bourdonnement de remarques et d'interpellations lascives autour des voiles féminins virevoltants.

Je me taisais donc, je me cantonnais en moi-même, mais, sitôt dehors, je ne quittais plus la rue des Renégats, je marchais de long en large, je regardais, Dieu comme je regardais… Je ressentais de l'émoi, à force d'une attention crispée, tremblement de tout le corps, parfois, qui cessait à l'approche de la maison familiale. Pas une fois pourtant je ne songeai à être tenté ; je me sentais paralysé. La timidité et la honte, je les ai éprouvées pour la première fois plus tard, ce jour où j'accompagnai Rachid chez Mme Roberte… Auparavant, chez nous, j'étais plutôt témoin et je sais, depuis, que les vrais témoins souffrent, jusqu'à se déchirer eux-mêmes, même si le spectacle devant eux n'est point celui de la souffrance, mais, comme ce fut mon cas, de la luxure joyeuse qui, inexplicablement, m'endeuillait tout en me fascinant.

Une fois, ce fut le paroxysme, un instant lyrique. Au milieu de l'après-midi, j'étais là, à mon ordinaire, au meilleur poste d'observation, un coin proche de la mosquée d'où les fidèles se disperseraient au sortir de la prière pour se mêler au cérémonial de l'amour, dans la rue des Renégats. Les terrasses des cafés maures pullulaient de chômeurs et d'oisifs, foule aux prunelles multiples. Une femme passa : jeune à sa démarche, à peine adolescente. Je l'avais déjà remarquée qui allait et venait, comme si elle cherchait quelqu'un. Elle m'avait frôlé par deux fois, et je ne me demandai même pas si c'était à dessein. Je traversai la ruelle, me dirigeai de l'autre côté, par habitude ou par ennui. Elle me frôla une troisième fois ; un homme l'appela par son prénom : elle se détourna et au mouvement brusque qu'elle fit, son voile, qu'elle portait avec la désinvolture des élégantes de la capitale, glissa et s'entrouvrit une seconde. Une seconde au cours de laquelle je devins homme véritablement, je le sais : sous le voile, la fille était totalement nue. Elle vit que je la vis. Je restai là, la face sans doute hébétée de la surprise innocente encore, mais homme, je le répète, en cet instant. Elle recroisa son voile sans hâte, puis, cette fois ouvertement, se colla presque à moi et me murmura quelque invite, les yeux, au-dessus de la voilette, franchement moqueurs :

— Je suis ainsi prête à l'attaque… nigaud ! ajouta-t-elle gouailleuse…

Je m'enfuis. Je ne me souviens plus par la suite de la rue des Renégats ; quelques années plus tard, elle me paraissait une rue pareille aux autres, simplement plus animée : revenant alors de la capitale, mes yeux n'étaient que ceux de l'étranger complaisant, nullement concerné. Avec, pourtant, une méfiance ténue, celle que gardent à mon instar la plupart de mes compatriotes, mais qu'ils sacralisent en jugement moral, lorsqu'ils parlent des femmes.

Journées de décembre. Le mois est fini. Je retourne à Tunis. Je ne sais comment, à propos des héroïnes d'aujourd'hui, j'en suis venu à évoquer les prostituées d'hier. Peut-être parce que celles-là sont inattendues. Les “combattantes”, comme on dit à Tunis, avec un sentiment de malaise devant cette espèce nouvelle. Dans mon village de montagnes, pareillement je suppose, les boutiquiers apeurés et sournois devant la garde découvrent cette autre catégorie d'eux-mêmes : en dehors des prostituées, en dehors du harem respectable des épouses cloîtrées, où mettre les héroïnes et surtout comment réagir devant elles ? Mais la guerre, le couvre-feu, les visites hebdomadaires aux emprisonnés, les risques de rafles doivent supprimer les questions. Pour l'instant.

A Tunis par contre, la guerre ne propose que son envers. Cela ne dispense pas des questions, ni de l'avenir. A condition de jouer loyalement le jeu ; or, nous ne le faisons pas. Car l'exil, en vérité, est le mélange des temps : la coupe du passé déborde sur le flou du lendemain et le présent inconfortable, croit-on à cause de la séparation – "nostalgie", mot qui circule dans les discours des hommes –, l'est en fait de ce tangage dans le temps. Nous sommes dispensés de la peur immédiate qui annexe, dévore les questions et les incertitudes. Lorsque ces dernières nous emplissent, nous devons les trier, les dater. Moi-même qui prête attention, qui m'efforce de vivre avec scrupule, je ne sais pas.

Et j'en reviens aux femmes (critères de l'essentiel), bien que je sois à Tunis et que les éclairs des manifestations du mois dernier aient laissé en nous, comme à l'intérieur du pays, cette fatigue blanche qui accompagne les grandes émotions et les convalescences. J'aime cet arrêt parce que, alors seulement, plus que dans les cris et les passions, nous formons un seul être dont la sensibilité quelquefois s'exacerbe et a besoin, ensuite, de s'apaiser.

Ce fut au cours de ces journées que m'apparut Nfissa. Je la vois encore, la première fois : longue, mince, un peu dégingandée, les cheveux en boucles encadrant un visage dont les yeux clairs, malgré le teint de brune, me semblèrent rêveurs. Je ne pensais pas à la trouver belle, et même maintenant je ne saurais le dire. Alors que Nessima reste l'éclat inlassable à contempler. Je ne fis pas d'ailleurs vraiment attention à Nfissa ce jour-là où notre service avait organisé une réunion de jeunes filles – étudiantes boutonneuses, consciencieuses, pensais-je – et de jeunes femmes de notre monde d'exilés. Objet de la consultation : plus d'une trentaine de maquisardes étaient arrivées des frontières, en majorité jeunes paysannes analphabètes. Les citadines avaient retrouvé à Tunis des maisons amies, des parents, d'autres suivaient des stages d'infirmières, d'assistantes sociales, quelques-unes enfin s'étaient mariées. Restait ce groupe pour lequel nous projetions un programme d'éducation : nous faisions appel aux bonnes volontés.

Julie était là ; je l'avais saluée. Elle prenait des notes "pour Farid et le Journal", me souffla-t-elle, à ma droite. Quelques autres Françaises, enseignantes pour la plupart, écoutaient, posaient des questions. A mes côtés, un collègue du service social : Djamal, exubérant et jovial, qui avait l'habitude de recevoir les délégués des organismes internationaux. Des multiples exposés qu'il avait pris l'habitude de faire, il gardait une tendance fâcheuse à la fibre charitable.

Il parlait : les maquisardes avaient été logées dans une maison de banlieue ; une institutrice en retraite avait été désignée comme "directrice". On les avait astreintes à une discipline : sorties réglementées, heures de travail. Il fallait maintenant que "d'autres sœurs aillent à elles". Je contins mon agacement devant le style du discours, le résultat seul comptait. Je n'écoutais plus Djamal.

— Non ! s'exclama soudain une jeune fille de l'auditoire.

Elle s'était dressée, et je vis son regard clair ; dur aussi. Elle dut se surprendre elle-même, rougit, se rassit puis ajouta dans le silence :

— Je veux dire : ce ne sont pas elles qui ont besoin de nous, mais nous d'elles !

J'ai dévisagé Nfissa avec soin. Je ne savais pas encore son nom ; je ne retins alors que sa voix, le mouvement d'élan de son long corps debout, une main en avant, l'éclair du regard puis son désarroi devant elle-même. Après la réunion, dans les groupes qui se formaient, je la cherchai des yeux mais je la vis sortir parmi les premières, tête baissée.

Quelques semaines passèrent. Ce que j'appelais "la maison des héroïnes" vivait avec une régularité de ruche. Je n'avais pas revu la fille aux yeux clairs quand je sus son nom par Nessima. Nous sortions de *L'Aquarium*. Nessima me quitta, alla dire quelques mots à la jeune fille que je reconnus aussitôt. J'éprouvai une vive curiosité que je montrai en interrogeant Nessima :

— Comment la connais-tu ?... Qui est-elle ?... Que fait-elle ?

Nessima riait, se moquait de moi auquel il fallait "une étrangère pour mieux connaître une compatriote".

— Je ne suis pas jalouse ! ajouta-t-elle plus doucement.

— Elle a mon âge, poursuivit-elle, vingt-deux ans ou un peu plus. Elle est arrivée voici trois mois. Je l'ai rencontrée avec sa tante chez une amie de ma mère qui connaît tout le monde...

Depuis ce jour, Nessima ne cessait de parler de Nfissa. A dessein ? me demandai-je. Je m'en voulus de ma méfiance. Je découvrais une Nessima généreuse, spontanée : "Oh, comme je voudrais l'avoir comme amie !" disait-elle au sein de notre groupe, les quelques fois où nous apercevions Nfissa passer au loin. Une fois, Nessima décida :

— Je vais vous la ramener. Je veux la présenter à tous !...

Elle s'éloigna ; je la vis parlementer. De ma place, je distinguai le sourire de Nfissa, son hésitation ; elle écoutait Nessima la tête légèrement penchée, comme absorbée, puis elle sourit de nouveau, prononça quelques mots, s'éloigna. Nessima revint.

— Pas émancipée ? ironisa Hassan.

— Comment ? s'exclama Nessima, et elle sembla tomber du ciel.

Nous parlâmes d'autre chose. En nous levant, Nessima me prit le bras, par un geste de familiarité surprenante chez elle, puis elle me glissa sur un ton de confidence confuse :

— Je me suis littéralement jetée à sa tête.

Je ne savais quoi penser. Timide, et même crispée dans son comportement avec moi, Nessima se lançait dans cette amitié d'une manière éperdue, comme dans un coup de foudre. Quelques jours plus tard, elle vint m'attendre à la sortie de mon travail. Rare tête-à-tête, pensai-je, car c'était Nessima qui m'évitait maintenant.

Nous nous sommes mis à flâner ; soleil de fin d'hiver, douceur un peu humide de l'air.

— N'allons point à *L'Aquarium* ! proposai-je.

Elle accepta. Sur le boulevard aux platanes vénérables, nous tombâmes nez à nez avec Nfissa, un cartable tout petit à la main, mal habillée et cet air confus, cette maladresse du comportement que je n'aimais pas. J'avais envie, comme pour ma sœur, de lui conseiller : "Quitte ces airs de pensionnaire dans la rue. Sois à l'aise. Marche fière de ton corps !" Mais Nessima me présenta, et au regard qui se livra, je sentis l'audace, la volonté, quelque chose de tendu et de frais.

— Je me souviens de vous, dis-je lentement.

— Oui ? interrogea-t-elle, et je ne sus si elle mentait. Coquette sans doute, dissimulée pourquoi pas ?

— Vous avez dit : "Non !" à la réunion, puis…

— Oui, c'est exact, me coupa-t-elle. C'était non ! Je n'aurais pas dû…

Nessima nous regardait, s'étonnait, peut-être l'avions-nous exclue, ou l'avais-je moi seul oubliée. J'invitai Nfissa à prendre quelque consommation.

— Reste avec nous ! insista à son tour Nessima, et la connivence entre elles paraissait dater de plusieurs années.

— Non ! répéta Nfissa, Excusez-moi.

Elle partit.

L'harmonie se trouvait rompue entre Nessima et moi. En silence, nous rejoignîmes *L'Aquarium* ; je me mis à penser, tout en marchant, à la tristesse des couples, lorsque les habitudes les plus anodines deviennent bienvenues pour fuir la fissure…

Le lendemain, une nouvelle fois, Nessima vint m'attendre. Elle dut stationner dehors plus d'une heure, mon travail m'avait retenu. Je réprimai un ennui de la voir ; j'avais l'intention de rentrer chez moi ; rangements, classements, toute une paperasse dont il aurait fallu me délivrer une bonne fois.

— Je te dérange ? demanda-t-elle.

— Puisque tu es là…

Nous avons marché jusqu'au port et ses ruelles sales. Dans un bistrot qui sentait la sardine, nous nous assîmes. “Je voudrais te parler”, avait dit Nessima ; j'attendais. Pour la première fois, je lui voyais quelque chose de décidé ; je me dis qu'ainsi volontaire, son visage ressemblait à celui de sa mère que j'avais vue plusieurs fois. Je savais que celle-ci désapprouvait les nouvelles fréquentations de sa fille unique : veuve, à la tête d'une petite fortune qu'elle avait su gérer seule en la disputant aux héritiers latéraux, jouissant d'un nom plus qu'honorable, elle avait toutes les raisons sociales de rêver pour Nessima un avenir brillant. “Elle me voit femme d'ambassadeur !” avait avoué Nessima un jour, en plein groupe, et l'ironie de la voix m'avait surpris.

— Elle a fait de vous une si belle image qu'elle ne vous veut que pour l'apparat ! avait débité Mounir sur un ton indéfinissable et avec un sourire qui m'avait déplu.

En outre, un des cousins de Nessima était en passe de devenir ministre : tout semblait réuni…

D'ailleurs, pendant quelques mois, Nessima avait été fiancée à dix-huit ans avec un “fils de famille”, j'emploie ses termes à elle.

— Il n'est pas bête, disait-elle, juste assez suffisant pour paraître intelligent, assez ambitieux pour réussir et assez fourbe pour se maintenir.

Elle se tut sur les détails de leur rupture. “Il essayait devant moi ses discours, dit-elle une autre fois, et il me voulait bête pour que je ne m'aperçusse pas de son jeu !…” Ils ne se parlaient pas lorsqu'ils se rencontraient. Je sus par Mounir que le prétendant offensé avait répandu sur Nessima de minutieuses calomnies. Vis-à-vis de son milieu maternel – bourgeoises au-dessus de quarante ans qui allaient voir les films sentimentaux de l'après-midi, puis prenaient leur thé dans un club féminin –, Nessima faisait figure d'affranchie en s'inscrivant à l'université et en affirmant qu'elle travaillerait ensuite.

Je pensais à tout cela, au milieu de notre silence. Je ne m'étais jamais demandé ce que Nessima aimait en moi. Dès le début, ces détails sur son milieu tristement fermé m'avaient paru suffisants pour la pousser au-dehors. “Réaction de bonne santé intellectuelle”, lui avais-je dit un jour, et cela avait été mon seul compliment. J'avais, une seconde, entrevu la situation historique de notre pays, le prestige romantique dont nous jouissions – Mounir en parlait suffisamment – auprès des habitants de Tunis.

— Je t'aime ! déclarait Nessima avec une froideur statufiée. Je t'aime et tu ne m'aimes pas.

— C'est un pronostic définitif ?

Je dissimulai ma surprise par la désinvolture.

— Oh non, dit-elle, si j'étais sûre que tu ne m'aimerais jamais, je ne serais pas là. Non, je ne crois pas… mais…

Elle pleura, les larmes d'un coup inondant son visage, petite fille soudain, une sorte d'effroi mouillé en elle mais aussi (car je l'observais sans tendresse) une tension qui la vieillissait… Je lui en voulus soudain de ce drame.

— Mais, Omar, je voudrais que tu saches : je me contenterai de peu… Je voudrais seulement que tu m'aimes. Oh, pas l'amour coup de foudre, ni le grand amour. Que tu me sois attaché… n'est-ce pas possible ?

Elle avait cessé de pleurer. Elle attendait. Je ne comprenais rien. Surtout, je refusais d'être l'auteur de cette peine.

— C'est très possible ! dis-je sincère. Je t'estime. Je ne sais si je t'aime. Tu me plais. Je te trouve belle. Je peux te dire aussi que souvent, en te contemplant, je te désire… Justement à cause de tout cela, je trouve que tu as tort de ne pas être exigeante, comme tu dis. Pourquoi pas ?

En fait, je lui en voulais. Quand nous nous levâmes, que je la consolai, qu'elle se mouchait et retrouvait son calme, je continuai à être irrité. Pourquoi moi ?… Peut-être, me dis-je ensuite, en entrant au studio où de nouveau, Rachid parti, j'habite seul, peut-être est-ce moi ou un autre… n'importe quel autre capable de représenter, aux yeux de Nessima, la liberté et l'avenir. Mounir est si gras, Kellaf si triste, Hassan marié, il ne reste que moi… Toujours est-il que cette déclaration m'embarrassait. Même avec les femmes, ou les jeunes filles comme Nessima – pourtant sa haute stature, son corps vigoureux et jusqu'à ces pleurs de la veille me la faisaient voir en véritable femme, épanouie… crispée seulement quand je l'embrassais quelquefois, à peine, certes, mais je le devinais –, dans toutes mes relations féminines, je m'aperçus que je n'acceptais que le provisoire.

— Peur de la décision ? Peur du mariage ? Ou seulement incertitude…

Je posai la question à Rachid que je rencontrai au *Café des combattants*. Sur ce, me rappelant le passé, une histoire d'infirmière, mes hésitations d'alors, je ris.

— Tu te souviens ? dis-je, je ne sais pourquoi je te demande toujours des consultations dans mes affaires de cœur…

— Tous nos rapports d'homme sont à inventer, répondait Rachid avec un sourire affectueux. Reconnaissons-le au moins entre nous !

"Il faut être attentif… constamment attentif à tout…" Bribe de phrase, au cours de cette ivresse dont nous n'avions plus reparlé, comme nous n'avons pas reparlé d'ailleurs de Zineb et de Samia. Mais je n'avais rien oublié de ses discours ; ivre, il paraissait plus lucide : les yeux fiers et certains d'un voyant, ainsi me paraissait-il.

— Le journalisme, de la littérature, rien d'autre, dit-il. Des mots. Boucher les trous du vide. J'ai accepté : un passe-temps, un moyen d'existence, sans plus…

Il détourne la tête, se tait. De l'amertume dans sa voix. Il m'a d'abord interrogé sur mes lectures : un intérêt sérieux chez lui, comme autrefois. Par provocation, j'ai voulu le forcer à parler de lui, de sa collaboration avec Farid. Je suis resté là, indécis, puis j'ai attaqué.

— A quoi crois-tu donc, Rachid ?… A quoi, je te le demande. C'est important pour moi et, c'est stupide, je ne comprends pas pourquoi.

— A quoi je crois maintenant ? reprend-il lentement, la tête à demi tournée.

En face de nous, sur le trottoir opposé, passe Julie, et je me dis que Rachid l'a aperçue également ; son regard pourtant n'a même pas bougé.

— Quelle immense question !

— Tu auras beau dire. (Je m'entête, je reviens à son travail, à son dédain.) La littérature elle-même est un moyen de combat. C'est pour moi une certitude. Ton métier actuel est bien plus qu'un passe-temps.

— Pour moi, écrire ne mène à rien, même pas à se défouler. L'écrivain est un homme déchiré, infirme, impuissant… (Il hausse la voix, se tourne vers moi.) Tu peux rire de moi, fait-il plus calmement, et de ma stagnation en ce domaine depuis nos vingt ans (il ricane). J'en suis resté à la *Nuit de mai* de Musset, sauf que le pélican est stérile, il est sans progéniture ; sauf que l'image devient horrible alors : il se déchire les tripes certes, mais pour personne.

— Non, protesté-je avec violence. Un vrai écrivain n'est pas stérile ! Ta vue est fausse.

— Oh non ! s'exclame-t-il, peut-être même optimiste, malgré l'apparence. Car il vaut mieux être un pélican solitaire qu'un suicidé en sursis…

Il rêve un moment, me fixe comme s'il me découvrait, a un sourire soudain tiré, un spasme, ses traits et ses yeux, tout ce temps, restent teintés d'une ironie, comment dire, presque bienfaisante… Julie, de l'autre côté, s'est éloignée.

— Mieux qu'un homme à la conscience brûlée irrémédiablement, ajoute-t-il doucement et il me sourit une seconde fois, presque moqueur cette fois.

Je ne cède pas ; il me sait têtu.

— La beauté, dis-je, sais-tu ce qu'elle est pour moi ? (Devant moi, seul son regard aigu demeure ; le reste s'efface : une exaltation m'emplit peu à peu…) Sais-tu qu'autrefois chez nous les femmes s'avançaient sur les palanquins des chameaux, au cœur du combat pour pousser leur youyou et, de cette façon, envelopper le champ de guerre d'une terreur triomphale. L'ennemi en les entendant, à l'instant cruel, faiblira et leurs hommes sauront mieux s'élancer, encouragés par cet appel. Ces chanteuses sur les palanquins, n'est-ce point la littérature qui soutient le courage et accompagne notre part de vie ?… (Comme Rachid garde toujours le silence, m'écoute mais ne dit mot.) Cela, continué-je avec passion, ce n'est pas une réminiscence littéraire, mais un fait de notre histoire !

Peut-être, après tout, est-il ébranlé ?…

— Et les jours où il n'y a même plus de combat, que deviennent les chanteuses ? Y as-tu pensé ? demande-t-il enfin.

— Il y a toujours un combat à livrer. Un homme seul, des années seul dans une cellule, livre combat en lui-même, entre ses différentes forces vitales. (Je pense à Belkacem, le jour où une amie française vint me voir en prison. De ma fenêtre, j'entendis sa voix lorsque je revins de la visite et que je lui en fis part : "Ah, les femmes !… – puis, presque sans accent, mais d'une voix si pâle – une femme !…" J'avais eu si honte devant cette voix dans la cellule.) Oui, un homme seul, il y a toujours en lui quelque chose qui joue le rôle de ces femmes sur les palanquins. Un chant qui s'élève et qui le raffermit.

— Mais s'il est à lui-même son propre ennemi ?

Je m'aperçois avec colère que Rachid croit m'enferrer.

— Ce "chant", comme tu dis, a pour but de faire perdre courage à l'ennemi, n'est-ce pas ?… donc à lui-même aussi, lui, son propre ennemi.

— Je ne connais pas d'homme ennemi à lui-même !

— Tu es jeune ! Tu es jeune ! conclut emphatiquement Rachid avec un grand geste, tout en se dressant.

La chaise tombe derrière lui. Le groupe de la table voisine se retourne. De colère, je désire envoyer Rachid au diable !… Je reste assis. Il se baisse légèrement, me dévisage avec une concentration manifeste :

— Tu es mon ami… mais tu m'irrites, tu m'irrites ! murmuré-je entre les dents, en arabe.

— Bien sûr, marmonne-t-il.

Il me tourne le dos et s'éloigne.

Quelques minutes plus tard, s'installe à ma table un groupe d'étudiants en instance de départ, chacun pour une partie du monde : Est, Ouest, pour ne point rompre le fameux équilibre diplomatique.

Ils parlent du "Hibou", un dirigeant en vedette ces temps-ci, discutent de la Ligne Morice, des armes qu'on attend toujours, des ouvriers qui, quotidiennement, débarquent d'Europe. J'ai moi-même aperçu quelquefois le "Hibou" surveiller, d'une terrasse au-dessus de la piste d'atterrissage, l'arrivée des avions. A Tunis, nous ne connaissons que l'attente individuelle et lente, non ce va-et-vient collectif. Est, Ouest, la Ligne Morice, les Frontières. On bouge, on bouge tant ! Derrière nous, décembre s'est éloigné.

De nouveau Julie repasse, avec cette fois un couffin d'osier plein de paquets. Elle s'arrête un moment devant une vitrine, comme si elle s'y mirait. Je l'observe : que va-t-elle faire ensuite, me demandé-je paresseusement.

Autour de moi, le bavardage continue sur de menus faits politiques. Quelqu'un prononce le mot "négociations" qui fait taire tout le monde ; mot étrange, mot nouveau. Un autre enchaîne sur quelque vénérable assemblée internationale. Il en parle avec expérience : le beau-frère de sa femme a un cousin qui faisait partie de notre délégation à la session dernière !…

Le grand-père de Nfissa avait créé la ferme qui brûle maintenant. Elle se trouve près de l'oued et il l'avait protégée en y plantant de ses mains tous les arbres qui longent le lit desséché, trente ans ont-ils à présent, eucalyptus hauts de taille et le tronc lisse, avec une silhouette élégante ; malgré leur jeunesse, ils réussissent à contenir la rivière violente qui attaque par à-coups, après des mois de sécheresse. Tout au long de ces arbres alignés sur deux rangs, une route a été aménagée, puis barrée par un splendide portail, "mon œuvre", dit paisiblement Si Othman qui a commencé par être maréchal-ferrant avant d'entrer dans l'administration, grâce à son instruction primaire. En outre, un moulin avait été construit derrière le bâtiment central de la ferme et le grand-père avait échafaudé des plans d'entreprise commerciale. Nfissa se rappelle les monologues du vieillard dans la charrette, lorsqu'il croyait que les deux fillettes, blotties à l'arrière et somnolentes à demi, ne l'entendaient pas.

Le moulin avait périclité. Faute de crédits promis par les Caisses agricoles, ou à cause des prix imposés, Nfissa n'en sait rien. Peut-être était-ce son oncle qui, succédant au grand-père, s'était désintéressé de l'affaire. Nouvellement marié, il s'engloutit dans sa vie de campagnard tranquille et, très vite, les chariots et les camions n'empruntèrent plus la route sous les eucalyptus pour venir charger les sacs de farine dans le fracas des machines et l'odeur du froment.

Seule, reste la cascade qui a été endiguée et qui coule avec bruit. Les machines – Sidi Othman en précise depuis des années le prix – se sont rouillées peu à peu, murées sous les hangars, près de l'étable où le métayer et sa famille élèvent une vache, quelques brebis et une basse-cour piailleuse. Par contre, le verger a prospéré : oranges, mandarines, clémentines dont des couffins remplis arrivent chaque semaine à la maison du village, et jusque chez les tantes à la ville, pamplemousses pour les confitures de Lalla Aïcha, figues de Barbarie ensuite, toutes sortes de légumes que l'on fait sécher sur des planches de bois, de quoi couvrir pendant des jours le patio de la demeure. Traditions…

Depuis la fuite de l'oncle au maquis – Djamila retournée dans sa famille à la capitale a laissé dans la ferme ses vêtements d'hiver, son trousseau, ses matelas de laine pure, ses haïks, "tout", déplore Lalla Aïcha qui s'inquiète – le métayer avec sa femme et son fils, Yahia, un garçon d'une dizaine d'années, à l'air sauvage d'un berger, demeure à la ferme. Les soldats cantonnent dans les environs, de l'autre côté de l'oued, un peu au-delà des collines. La rivière charrie, en ses jours de violence, les boîtes vides et rouillées des conserves qu'utilise leur cantine ; le long du chemin vicinal, des monceaux de bouteilles de bière, de capsules, et d'autres déchets métalliques s'étalent.

Yahia, blotti sous la cascade depuis l'arrivée des militaires, n'entend rien sinon le bruit de l'eau par giclements sourds au-dessus de lui. Eclaboussé, il grelotte de froid, serre les dents, ferme à demi les yeux. Les camions de l'armée, arrivés en trombe, bourdonnent sans arrêt ; il les voit frémir, monstres noirs rangés en demi-cercle, près de la berge, face à toutes les ouvertures de la ferme. Yahia grelotte toujours. Des ombres au loin, un homme qu'on fait sortir, qu'on bouscule devant les camions sous les phares. Yahia le voit tituber au milieu du groupe, et l'enfant dont les dents claquent, dont le corps n'est plus qu'un seul tremblement rythmé au claquement des dents, gémit en silence – l'angoisse d'où lui vient-elle, du délire, du froid ou de ce cri intérieur ?

— Père !

Après de longues minutes, Yahia songe à bouger. Depuis qu'il répète dans un effroi de tout l'être – il tremble toujours à la scansion du seul mot qui bat à ses tempes, bourdonne dans sa tête comme bourdonnent devant lui les quatre camions : "Père !" "Père !..." – le temps n'existe plus. Quand Yahia soudain désire se dresser, courir sur les coteaux – par-derrière, la ferme donne sur des champs où, ce matin encore, sous le soleil d'octobre, brillaient des fleurs d'or. Il s'y est roulé. Courir à travers l'herbe...

Alors apparaissent les chiens. On les descend d'un des camions et Yahia les regarde sans comprendre. Leurs poils gris deviennent argentés quand un rayon de lune les éclaire. Un homme tend un vêtement, Yahia devine : on recherche les deux partisans qu'il a guidés lui-même, deux nuits auparavant, à la source de l'oued, derrière la montagne. Les chiens semblent venir dans sa direction. Il aperçoit la laisse, il entend leur halètement précipité.

Des minutes s'écoulent. Sous la cascade, Yahia ne fait pas le moindre geste, déjà les bêtes en cercle, autour de l'eau, grondent de fureur impatiente. On le tire. On le soulève. Rires de soldats :

— Dix ans !

— Non, douze !

— Le Petit Poucet !...

Les quolibets fusent tandis qu'on le jette à terre. Il tremble toujours.

D'un coup, les camions ont démarré. Dans la poussière, Yahia n'a pas bougé ; le noir envahit en houle brusque sa pauvre tête : un coup de crosse.

Une heure après, il se soulève à demi et, éberlué, il regarde sans comprendre la ferme qui brûle, spectacle écarlate sous la lune.

De nouveau les frontières, en cette fin de printemps. Le ciel de mai est rose, mauve et d'un bleu teinté de gris quand le soleil se couche là-bas, du côté de mon pays où je m'imagine qu'il se confond, au couchant, avec la braise de la guerre. Je vais, je viens à travers les camps. Cette fois, mon séjour dure et je caresse l'espoir qu'on m'ordonne de rester.

Les réfugiés de cette région du Nord ne proposent point aux journalistes qui affluent de tableau vraiment caractéristique. Ils vivent, mêlés aux paysans du pays hôte ; leurs cabanes s'entremêlent, les troupeaux quelquefois, et les contestations qui naissent réclament des interventions, des arbitrages, un labeur de paix déjà.

Je reconnais les nôtres non au type physique, le même, ni à l'habit ou au parler, presque semblables, seulement à une distraction répandue sur leurs traits, à la manière des hommes de s'arrêter en des haltes inattendues et inutiles lorsqu'ils gravissent les pentes, et les femmes ou les fillettes qui portent aussi des bébés sur leurs reins accourent en groupe quand nos deux camionnettes apparaissent sur la route.

Non loin de là, au milieu de splendides forêts de conifères, perché aux flancs de la montagne, se tasse un centre de villégiature qui attirait autrefois les touristes, déserté depuis à cause du voisinage de la guerre. Nous y passons les nuits, logés à trois chez un libraire, un compatriote installé là depuis vingt ans. Nous y apprenons les nouvelles de l'extérieur ; au cours des veillées, nous évoquons aussi les diverses régions de chez nous : folklore, musique, dictons… Le libraire converse comme ces chantres populaires de notre petite ville, autour desquels nous faisions cercle, petits et grands, dans les marchés.

Des journalistes de diverses nationalités logent à l'hôtel, autrefois de luxe, maintenant presque tout à fait abandonné. Ils nous accompagnent quelquefois dans nos tournées. Nous devons leur faciliter le travail. Djamal, ordinairement spécialiste de ces contacts avec la presse, n'est pas venu. Cela nous oblige, Ramdane le chauffeur, l'infirmier et moi, à le remplacer : trois jours de plus à ajouter donc à notre tournée de soins médicaux.

Trois jours d'impudeur. Les quatre journalistes dont une femme à l'expression douce, au sourire clair, sont de bonne volonté. Ils s'informent et informent. Appareils photo, interviews, questionnaires. Leurs pays respectifs sont neutres et riches. A Tunis, on espère un accroissement des secours étrangers après cette mission. J'ai obéi et je sers d'interprète. Trois jours où, du matin au soir, les réfugiés s'assemblent : l'un après l'autre, ils s'assoient devant notre groupe qui leur paraît un tribunal, malgré les explications données au départ. Peut-être n'ai-je pas mis auprès d'eux assez de conviction dans ma présentation :

— Des amis, ai-je dit. Ils veulent nous aider… Racontez ce que vous avez souffert… La vérité simplement…

Après ces mots, chacun raconte.

L'impudeur n'est ni dans la méthode avec laquelle nous procédons ni dans la réticence et le ton presque ennuyé de ceux qui racontent : tortures, sévices, emprisonnement, fuite… L'impudeur n'est pas dans les appareils qui fixent l'image : fellahs assis sous l'arbre et qui regardent l'objectif, regard absorbé, étonné en même temps "qu'on s'intéresse à tout cela", lueur pâlie des prunelles quand la voix débite monotone puis s'arrête, hésite, reprend, neutre, si neutre ("ils ont fait du dommage à nos femmes"), ni dans mon obligation de traduire, d'expliciter parce qu'un seul des quatre, un Suédois, parle français. Et le récit se prolonge entre eux en anglais...

Ce n'est pas vraiment la fatigue qui me saisit devant ce chapelet d'histoires qui se réduit, à la fin de la journée, à un chapelet justement ; plutôt la gêne... Souffrances, peurs, angoisses froissées un jour, plusieurs jours, et restées là (jusqu'à quand) béantes... La femme journaliste écoute, regarde avec intensité quand tel vieillard, ou telle jeune fille parle, eux qu'elle ne comprend pas, et l'intensité se mouille peu à peu, lent bouleversement au fur et à mesure que la double chaîne d'interprètes, moi puis le Suédois, lui faisons parvenir en mots menus, hachés, ce qui était coulée. Elle pleure quelquefois, se mouche ensuite, puis vite, avec des gestes précis, prend plusieurs photos successives.

Impudeur pourtant, je le répète. Le deuxième jour, je suis dur, le cœur sec. J'écoute, je traduis, je passe au suivant. Le troisième jour, je me redis plusieurs fois le mot "impudeur". De quel droit les faisons-nous venir là, toujours sous l'arbre, un olivier – oh dérisoire ! – et devant le cercle des autres qui attendent leur tour ? De quel droit dire à un homme, à une femme : "Raconte pour que le monde sache !" Le monde ?... Le monde s'est figé à l'instant de leur effroi, ou de leur solitude, et que tenter de faire d'autre sinon, pour qu'ils s'en délivrent, de parler de l'avenir, de le dessiner devant eux comme un brouillon, juste pour que leur regard s'allume. De quel droit les replonger dans les jours d'hier ? Secours internationaux, sympathie du public "neutraliste", cela m'a paru vain, d'une logique si triste. Je fais semblant ; une mauvaise conscience m'envahit d'être un tel instrument. Ce n'est pas une duperie, tout au plus une naïveté : je le répète, les quatre informateurs sont de bonne foi, ils découvrent de la guerre ses relents à la fois proches et incertains, comme les fumées de l'incendie que nous apercevons de là, et les journalistes, aussi, regardent. L'un d'entre eux est chrétien ; son exclamation spontanée reste suspendue en l'air :

— Jésus ! Jésus !

Pour une fois, je traduis en sens inverse.

— Sidi Aïssa ! dis-je aux vieillards et à deux garçonnets qui sont près de moi.

— Il invoque Sidi Aïssa ! s'exclament-ils avec curiosité. Unique intermède.

Djamal, qui n'est pas venu, a émis, paraît-il, à Tunis un jugement bien sommaire :

— Les réfugiés font pitié ? Qu'ils fassent pitié, nous avons bien besoin de tout !

— C'est lui qui est à exposer ! ai-je répliqué quand on m'a rapporté le propos. La pitié lui paraît un ressort pour s'en sortir. Exposons-le donc lui, avec comme commentaire, cette pancarte : "Misère du colonisé" !

Le lendemain, lorsqu'il est entré dans mon bureau, je lui ai rapporté moi-même ma réaction. Il a explosé d'un rire jovial. Mais je sais que, depuis, il me voue une rancune sournoise de Berbère. Aussi a-t-il préféré ne pas venir.

C'est le tour d'un garçon d'une dizaine d'années. Il ne quitte pas son âne ; il se promène toute la journée sous les arbres, perché sur l'animal. Il parle à peine, sourit, les yeux absents. J'apprends que ses jambes ne peuvent plus le porter ; il n'a plus de parents. Des gens du même douar expliquent : il a fui les soldats, a grimpé dans un arbre où il s'est caché une journée entière ; or, devant cet arbre, on a fusillé son père et quatre hommes du village. La nuit est tombée, les soldats sont redescendus dans la vallée, il n'a pas bougé. Le lendemain, il a fallu monter à plusieurs pour le descendre : depuis l'âne le porte et l'a porté à travers les dix kilomètres de champs électrifiés de la Ligne Morice.

Je présente, je rapporte, et l'enfant – je ne demande pas son nom – reste là, souriant, les yeux toujours absents, murmurant des mots pour lui seul. Au tour d'un autre !… Impudeur. Je suis las. Parmi les journalistes témoins, la femme doit être aussi lasse que moi, sans doute ; elle ne pleure plus. Elle garde seulement le sourire qu'elle avait, en arrivant.

Encore quelques heures de ce travail qui m'humilie. D'autres que moi emmèneront les journalistes aux frontières du Sud : dans le désert, sauront-ils distinguer entre la misère des lieux, et celle de la *hijra*, dispersion aux racines coupées ? Qu'importe s'ils ramènent finalement de là la même provision de dépaysement qu'un reporter pour tourisme, dans les terres de la soif et des dunes.

Sous la lune danse un Bédouin
La flûte geint tous les matins…

Je fredonne ce chant quelconque qui murmure à peine, et j'évoque aussitôt la marche des fillettes qui vont puiser l'eau à travers la pierraille, leurs pieds aux orteils comme des crocs évitant les crabes et les vipères jusque sous les tentes rapiécées. C'est le cœur plein du bruissement des ruisseaux, que nous devons faire face à l'homme assoiffé, que nous pouvons partager sa brûlure. C'est l'âme bercée de paix et de jours limpides qu'il nous faut écouter les récits des tortures. Soutenir l'image tremblante de la violence et de son vertige grâce au bonheur étale d'autrefois… Mais autrefois nous étions autres ; nous n'étions rien !

Je livre ainsi mes interrogations à Nessima venue aux frontières. Je converse avec elle, non loin du groupe des journalistes, dans le vaste restaurant de l'hôtel. Elle me répond par le nom de mon village natal qu'elle commence à connaître à travers mes souvenirs, par le nom de Rachid… "Ton passé", me dit-elle comme une caresse. Je me ferme et elle, soudain, excitée et mondaine :

— Sais-tu, je voudrais te dire ! Tu es absent depuis un mois… eh bien, il y a eu du changement.

— Quel changement ? dis-je et je pense, par automatisme : "Ce n'est point la guerre."

— La semaine dernière, Rachid et Nfissa se sont mariés.

J'ai trouvé une missive très courte, sans enveloppe, que Rachid avait glissée sous la porte de mon studio : "Seras-tu là demain soir ? J'offre à souper en l'honneur de mon mariage…" Suit la date, vieille de dix jours.

Dans Tunis écrasé par la chaleur, je retrouve tout le monde : Nessima qui est revenue avant moi des frontières – dialogues, murmures ce soir-là entre nous dans les sentiers nocturnes –, les membres du Clan, autour du studio les mêmes visages indisposés par l'odeur plus forte du lac, tout le monde sauf Rachid. Les nouveaux mariés ont quitté la ville, ils ont pris logis au bord de la mer. Personne ne les a revus depuis le dîner offert par Rachid – "dîner masculin, sans même la mariée", soupire Mounir – et à *L'Aquarium*, on parle d'eux comme de disparus. Chacun maintenant, à l'exemple de Nessima, dit "Nfissa". On croirait qu'elle faisait partie du Clan, alors qu'elle n'est jamais venue à nous, que seule Nessima établissait le lien. D'avoir pourtant été une image de passagère, insaisissable comme dans une poursuite, fait de son absence un vide.

De Rachid, Mounir dit "ton ami" en me désignant du menton. Seul Kellaf l'appelle de son nom "Rachid Abdeljeffar", quand il fait allusion à certains articles du Journal.

— Comment sais-tu que Rachid a écrit celui-ci ? demande Marie-Anne avec curiosité. Personne ne signe dans le Journal.

— Je le sais, répond Kellaf.

— Toi aussi, tu te retrouves dans le rayon d'attraction de Farid ? dit sur un ton narquois le dentiste.

— Farid sera demain le guide de la jeunesse ! déclame l'espion.

— C'est exact ! rétorque Kellaf imperturbable, c'est Farid qui m'a donné le renseignement.

Comme le montre ce début de dialogue épars que je retranscris, on parle peu en vérité de Rachid, et presque pas de Nfissa. Mais il suffit que leurs noms reviennent par hasard. Le nom prononcé, l'un, a-t-il à peine rapporté un commérage sans portée, telle ou telle nouvelle apprise que, autour de l'évocation effleurée, chacun intervient, n'importe comment, en affichant l'oubli de l'absent ou de l'absente, connivence sournoise du Clan parce qu'aucun de nous ne comprend d'où nous vient cet intérêt. Parce que chacun craint de n'y trouver à l'origine que l'envie la plus ordinaire, la curiosité la plus vulgaire… "Ton ami", reprend Mounir, et il a presque l'air d'en vouloir à Rachid, comme si, en délaissant Tunis, en se mariant aussi brusquement à cette jeune fille qui commençait à éveiller notre intérêt, il nous avait trahis.

Maintenant seulement (j'arrive chez Zineb la cantatrice ; Samia la danseuse m'accueille avec de grands cris enfantins, se pend à mon cou tandis que je dois répondre à Zineb à propos de Rachid : "Je n'en sais rien…" "Non, je ne le vois pas"), je comprends la raison de cette réaction collective. Comme si Rachid et Nfissa n'avaient pas observé les règles du jeu : l'exil reste l'attente et par une loi hypocritement admise par chacun de nous, il apparaît décent de ne pas vivre, de survivre seulement porté par l'engrenage de la tâche de bureau, la monotonie et les habitudes du provisoire. Quelques-uns se marient certes, mais pas d'amour évidemment, parce qu'il faut bien prendre femme. Les incidences de la vie privée de chacun se règlent encore selon les anciennes traditions du sommeil ancestral. Ne dit-on pas, dans les articles et les discours, qu'avec l'indépendance, nous découvririons tout, nous aurons tout ?... L'espoir se perpétue certes, mais dans notre pauvre petit Clan comme ailleurs, tous, nous sommes bien contents de saisir ce prétexte pour masquer notre vacuité. Oui, je dresse constat, oh ! à partir de rien, d'une impression, de ce comportement d'envieux devant un couple d'absents, "en lune de miel à la mer", comme dit l'espion.

Je dresse constat mais j'en exclus Nessima. Par simple justice. Elle vit, elle aussi, et ce n'est pas parce que je me trouve – providence, j'en suis persuadé – la cause de son malheur que j'ai beau jeu à évoquer celui-ci. Je l'ai retrouvée avec plaisir : nos promenades ont repris, le plus souvent nous errons seuls et avec quelque ennui dans des ruelles où nous quêtons l'ombre. Quelquefois Nessima vient chez moi. Je l'embrasse. Elle s'abandonne ; elle finit toujours par pleurer.

— Je veux être ta femme ! supplie-t-elle, prends-moi tout de suite, là...

Je ne veux pas de ce don conçu comme sacrifice. Elle pleure et son visage perd sa beauté soudain plus mûre que son âge. J'évite ces scènes lorsque je le peux. Je l'étreins, la caresse. Elle se détend, elle s'excuse. Par moments, elle sourit ; l'espoir rend ses yeux brillants ;

ses cheveux roux bien coiffés se dénouent, se balancent de part et d'autre en une seule vague contre ses oreilles et son cou qu'elle a un peu court, son seul défaut :

— Tu m'aimeras ! Tu m'épouseras !...

Cette joie, cette audace sont rares. Nous retrouvons *L'Aquarium*, le Clan. Mounir nous accueille par quelque plaisanterie à notre intention. Notre intimité se perd dans les discussions en étoile du groupe. Mais à travers leurs méandres, Nessima tente de me retrouver par quelque complicité : pensée, allusion ou un simple mot.

Peu après notre arrivée, tandis que Marie-Anne s'étonne du silence introduit à notre table au sein du brouhaha de *L'Aquarium* trop plein, Mounir lui sourit et lui propose :

— Veux-tu que je te dédicace une de mes histoires ?

— Volontiers, répond-elle et elle attend confiante.

— Voici l'histoire de Hadjadj, gouverneur du sultan Abou-Merouan et célèbre pour ses dons d'orateur. Il avait une épouse Hind, renommée elle aussi comme poétesse. Un jour, devant lui elle improvisa ces vers :

O Dieu, je suis une Chérifa,
Mais mon mari n'est qu'un bêta.
D'un âne seul il engendrera.

"Tu es divorcée !" s'exclama Hadjadj dans sa colère et Hind, qui n'attendait que cela, répondit toute souriante : "Je te remercie !"

— De l'utilité de la répudiation ! commente le dentiste.

— Et en effet, poursuit Mounir, le sultan Abou-Merouan lui-même demanda ensuite Hind en mariage. Elle accepta à la condition de choisir elle-même celui qui tiendrait le mors de son cheval de parade, le jour de la noce. Elle choisit le gouverneur Hadjadj, son ex-époux, qui dut donc la conduire lui-même à la maison du sultan. Au cours du trajet, la mariée fit tomber un dinar.

"Serviteur, ordonna-t-elle, ramasse-moi ce dirham que j'ai fait tomber ! – Non pas un dirham, un dinar !" répondit Hadjadj.

Elle répéta l'ordre une seconde fois et dans les mêmes termes. Une seconde fois, il lui fit la même réponse, croyant qu'elle prenait un louis d'or pour une pièce d'argent seulement, et naturellement il était tout satisfait de lui signifier son erreur. Alors, elle qui n'attendait que cela, triompha :

"Que Dieu soit loué de m'avoir changé un simple dirham en dinar !"

Hadjadj, si vaniteux et fat, resta coi de se voir aussi clairement comparé à un simple dirham.

— Heureux le temps, conclut Hassan tourné vers sa femme, où les différends conjugaux se réglaient ainsi en traits d'esprit !

Irène lui fit une grimace joyeuse. Mounir s'amuse à jouer le rôle d'attiseur de désordres, Hassan celui de l'époux martyrisé, Nessima rêve et moi je m'ennuie décidément.

Je termine donc à nouveau ma journée chez Zineb et Samia. Babillement de celle-ci, tandis que Zineb nous quitte pour aller chanter dans une noce bourgeoise.

— Je voudrais être manucure. J'ai vu une fois un film égyptien où une fille faisait cela… Ça m'a toujours plu, mais Zineb m'a dit qu'il faut savoir le français. Tu comprends, ce sont surtout les étrangers qui sont clients…

— C'est bientôt la saison d'été. Tu gagneras un peu d'argent… Tu pourras prendre des cours.

— Oui, mais il faut d'abord que je paye Zineb. Je lui dois tant… Tu sais, ce n'est pas vraiment ma sœur.

Nous sommes seulement de la même *dechra*, près d'une oasis. Elle m'a fait venir.

— Décide donc : danseuse ou manucure.

— Danseuse pour l'instant, cela rapporte plus… Quand je serai vieille… (Samia éclata de rire.) Mais je ne ferai pas de vieux os, dix ans encore, pas plus, c'est une voyante de chez nous qui me l'a dit.

Samia n'est jamais triste. Elle minaude, elle s'écoute, elle ne se soucie pas de moi, seulement heureuse de ma présence. Tantôt grimpant sur mes genoux, tantôt à terre, mais glissant ses jambes maigres sous mes cuisses ; quand elle s'incruste ainsi, je sens ses seins d'enfant contre moi. Elle se tait alors, pose sa tête sur mon ventre, m'entoure le torse et je m'attendris. Je me tais à mon tour. Dans la pénombre de la salle aux murs nus – j'ai fait arracher toutes les images de stars, excepté celle du gendre du Prophète peint naïvement assis entre ses fils jumeaux, gravure qui me rappelle les lieux maternels –, je la garde ainsi agrippée, enfin muette, et je songe pourtant à Nessima que j'ai laissée boudeuse, inquiète, au milieu du Clan ; je rêve aussi, comme pendant mon adolescence, à quelque femme sans visage que j'aimerai un jour. En fait, je n'ai besoin d'aucune femme, ou plutôt je souhaite une femme qui n'aurait pas besoin de moi mais qui serait quand même mon ombre, qui…

— Tu m'as indiqué un docteur ? interroge Samia qui, sur mon conseil, a décidé de grossir.

Je lui indique le nom d'un compatriote en service à l'hôpital, je lui donne ce que j'ai sur moi : de l'argent pour la visite.

— Dis-lui que tu viens de ma part !… Qu'il te fasse une radio des poumons. Fais attention…

Elle m'écoute attentivement ; pour finir, elle regrette surtout que je ne connaisse pas de manucure professionnelle.

Un peu agacé, je renouvelle mes conseils, je tente de l'alarmer :

— Tu tousses… je t'ai entendue l'autre nuit.

Elle ne prend garde qu'à ma voix qui hausse, et, pour m'adoucir, elle se met à me caresser les ongles, toujours imbriquée en moi, puis me déchausse, me caresse les orteils et je m'abandonne à l'odalisque enfin jaillie d'une nuit auréolée de quels sombres souvenirs, en marge de l'enfance… ancêtres mendiants, ancêtres royaux, nuits de mon peuple et de nos frères !

Samia a baissé la lampe, la lune éclaire le plafond lorsque nous nous allongeons. Une bougie restée allumée va finir. Nue, l'enfant gémissante s'endort dans mes bras. Apaisé, près d'elle qui traverse muette et superficielle la pâleur du plaisir – peut-être est-ce cette irréalité à l'opposé de la sensualité lourde que quémande le corps aux formes pleines de Nessima qui me retient là… –, je trouve enfin le sommeil.

Au Journal où j'arrive le lendemain dans l'espoir de rencontrer enfin Rachid, on ne parle que de "négociations". Mot pour la première fois ouvertement lancé et qui anime tous les visages, les tristes et les graves, les mous, les colériques. Seul le Hibou reste d'un mystère impénétrable. Il est apparu le matin dans la ville, est passé tout à l'heure au Journal rapidement puis, de là, est retourné aux frontières. Des camarades répètent ce mot avec une ironie sérieuse : le Hibou. Cette manie à tous d'accoler des surnoms, souvenir d'un passé de conspirations pour les plus âgés d'entre nous, mais aussi engouement naïf à mettre des masques sur les visages flous des autres… Seul alcool de l'exil : transformer le vide en un éther de couleurs, de mirages et, comme les enfants ou les malades, mieux patienter ainsi dans l'artificiel. Pourquoi ne pas proposer cela à Rachid ? Il aurait su attendre comme nous, car, après tout, me dis-je ces derniers jours, peut-être a-t-il recherché l'amour comme fuite ? Je n'oublie pas ; je crois oublier mais je n'oublie pas :

— Ce n'est pas parce que la vie est triste, disait-il l'autre soir chez Zineb, qu'il faut s'attrister... Mais que faire alors ? Faire semblant d'oublier, vivre comme tout le monde, sachant pourtant ce qu'est la vie... Faire semblant, mais n'est-ce pas lâche ?... Que faire d'autre plutôt que rester figé, noyé dans cet océan d'excréments ?

Et moi soudain envahi par son ivresse, emporté en outre par un souvenir, je déclame : "Dieu assis sur un monceau d'excréments", dit Lautréamont.

J'ai récité ces mots, il y a longtemps, pour un compatriote que j'avais connu en prison. Je traduisais à haute voix le poète français : en arabe et dans la langue du Livre sacré, l'image devenait blasphème, mon compagnon de cellule, mon frère, les yeux fixés par l'horreur d'entendre ce qu'il prenait dès lors pour mes propres mots, lui dont j'ai oublié le nom mais pas le visage, inoubliable en cette seconde et répétant : "Dieu assis sur...", puis se levant, hurlant enfin à mon intention : "Satan, arrière !... Arrière, Satan !", moi, traducteur seulement du poète profanateur et faisant face à la Foi scandalisée, la Foi emmurée, la Foi aux yeux de haine, moi faisant corps avec le poète orgueilleux et répétant non plus Lautréamont mais moi, moi, répétant jusqu'au défi : "Dieu assis sur un monceau d'excréments..."

Nous ne nous étions pas battus, mais nous avions cessé de nous parler pendant le dernier mois où, dans la petite cellule, nous vivions en ennemis. A l'heure de la promenade, dans cette prison de village où je fus détenu avant d'être transféré à Toulouse (nous étions les deux seuls prisonniers, si bien qu'il arrivait au gardien bon enfant de nous ouvrir la porte pour nous inviter à manger à sa table), à l'heure donc de la promenade, dans la petite cour étroite entre des murs gris, nous restions debout à nous fixer, à exécuter ensuite quelques mouvements de gymnastique tout en nous surveillant. Un mois où notre haine fratricide nous parut à chacun immense, une volupté qui déchire et épuise. Enfin, je fus transféré le premier et, bizarrement, dans la prison suivante où je retrouvai près d'une centaine de compatriotes, ce fut ce jeune homme maussade dont, ce jour-là, le regard fou m'avait maudit que je regrettai.

En vérité, sauf quand je parlai de lui à Belkacem le Kabyle, je n'avais plus pensé à tout cela, ou tout au moins à cette insulte et à Lautréamont. Le souvenir, certes, de la prison de campagne me reste une éclaircie dans l'océan gris où alternent corridors, conciliabules, visages figés des gardes, chuchotements des prisonniers, marches moroses dans des cours fétides, chaleur d'une voix qui appelle derrière un grillage, coups légers contre un mur... La malédiction est remontée à ma mémoire lors des réflexions amères de Rachid : "La vie est triste..."

Au Journal, on reçoit les articles hebdomadaires de Rachid mais on le voit peu. Je n'insiste pas. Farid semble préoccupé. Nous échangeons quelques mots. Il me dit son pessimisme sur l'issue de ces négociations. Il a des renseignements plus précis que la majorité de ceux qui s'agitent dans ce hall sombre.

Dans le brouhaha pourtant, quelques détails parviennent. J'entends une voix s'élever au-dessus des autres :

— Négociations, rupture, l'an prochain négociations, rupture, et ainsi de suite : vous verrez, c'est comme la danse de Zaouia.

— De Zaouia ? interroge un journaliste italien.

— Oui. (Je me retourne et constate sans surprise : c'est Mounir.) Il y a un proverbe chez nous à propos de cette danse : “De force on le fit lever, de force on le fit s’arrêter !”

— De force on les fit négocier, de force on les fit échouer, conclut avec un gros rire le journaliste jovial.

— Vous êtes déjà sûr de l’échec et vous en riez… soupira un autre qui espérait.

A cet instant, entra Julie. Elle se dirigea vers Farid, lui dit quelques mots. J’allais sortir, bien que Mounir m’eût fait signe de l’attendre.

Julie quitte Farid, se dirige résolument vers moi. Je lui fais face, nous nous regardons. Nous nous comprenons. Aucune sympathie entre nous ; avec calme, mon regard la déshabille : femme point grande ni élancée ni svelte, mais corps en rondeurs troublantes, à la poitrine pleine, jambes parfaites, visage aux traits réguliers, un peu fermé, peau mate, fard discret, cheveux souples. Quelque chose de félin en elle et peut-être aussi d’abandonné. Dans ce hall surpeuplé, toutes les voix à son apparition ont imperceptiblement atténué leur timbre. Je crois bien que d’entre nous Farid est le seul à être resté lui-même. Parce qu’il l’aime.

Elle vient donc à moi, hautaine, et pourtant elle ne soutient pas mon regard. Elle sait que je sais. Depuis des mois, je l’ai vue dans une habitude obstinée passer chaque jour deux ou trois fois devant le *Café des combattants*, aux heures précisément où dans ses moments d’oisiveté, Rachid se tenait avec nous. Voici seulement une semaine, dans ce même hall du Journal où je ne faisais que passer, Julie arrivait avec son mari : elle laissa Farid deviser avec un groupe, s’approcha de moi (son regard avait surveillé auparavant l’instant où je serais seul), se mit à bavarder avec une distraction apparente, mais ses beaux yeux – pupille noisette – quémandaient. Si différente alors la trouvai-je, image certes d'une femme de trente ans épanouie alors qu'à présent à cause de sa mine boudeuse, de ses yeux que je crois myopes bien qu'elle ne porte pas de lunettes et, malgré ses boucles blondes qui de loin complètent sa silhouette de starlette, son regard ainsi interrogateur lui rend le visage plus jeune, mais vieux en même temps, une froissure d'inquiétude qui l'enlaidit. Elle avait donc parlé, souri, affichant tant de bonne grâce pour m'être agréable que, dans cette haute salle aux murs humides, les groupes près de nous devaient jurer, c'était sûr, qu'elle me faisait du charme, tant les médisances prêtaient à cette belle femme des amants dans la ville – enfin, la voix retenue, elle posa sa question sur Rachid : – Où était-il ? On ne le voyait plus ?... "votre ami". Son regard plat m'effleurait ; je me dis tout à la fois qu'elle ne m'apercevait que dans la brume de sa myopie et qu'elle prenait l'image si gênante de l'humilité amoureuse. Ce simple ton dans la question, cette lueur des prunelles, un je ne sais quoi dans sa voix légèrement nasillarde me la rendirent proche comme dans une intimité ancienne – ainsi était-elle donc de ces femmes-chiennes qui dans l'éblouissement de l'amour se veulent prêtes à tout, appellent de toutes leurs fibres les moindres servitudes, vouées à éplucher de la souffrance les amertumes, mais surtout obstinées toujours à marcher pas à pas derrière l'homme choisi, oubliant le monde, s'oubliant, se perdant... et peut-être que la clef était là, que Rachid ne pouvait avoir besoin d'un tel amour, d'une femme qui se donnait, non, d'un gouffre devant lui qui se creusait. Nfissa, je le sentais, lui avait apporté autre chose (plus tard Julie aurait beau protester devant moi, émouvante dans l'étroitesse de sa passion : "Elle ne l'aime pas !") ; non, Nfissa, en aimant, ne s'oubliait pas, elle se réveillait, elle naissait, elle se dressait, statue d'un marbre encore pâte mais qui prenait forme en même temps ; cela avait fasciné Rachid : être le sculpteur et non le maître, irruption d'un autre être et en même temps de soi mystérieusement – ce que tous nous cherchons dans cette ville de l'attente, bien plus que l'assouvissement du sexe, ou même le vertige du pouvoir. L'amour créateur…

Je me dis cela d'un trait tandis que, pour la seconde fois, Julie vient à moi, me parle encore mais sans but, pâle et semblant trouver du plaisir à me le montrer, à se dénuder devant moi. Elle sait donc ; au moment où, la semaine dernière, elle m'avait interrogé, j'avais hésité : lui dire le mariage de Rachid, la frapper moi plutôt qu'un autre. Un mouvement m'avait saisi : que m'importait son amour, la laisser l'apprendre de n'importe qui, et, après tout, pourquoi pas de Farid qui, je le voyais, ne soupçonnait rien encore du désarroi de sa femme.

Elle avait espéré de moi ces mots : "Mon ami, dirais-je, est aux frontières", c'était la seule raison de son absence de Tunis, la catégorie des "frères-voyageurs" qui s'essayaient à la diplomatie dans les différentes capitales du monde arabe lui étant espèce étrangère, eux qu'on voyait, au *Café des combattants*, devenir le centre d'une table de dix ou quinze compatriotes qui attendaient naïvement des révélations, comme si l'essentiel n'était pas le massacre et les prisons de l'intérieur, mais plutôt cette algèbre de la politique internationale.

Donc Julie imaginait une réponse de ce genre : Rachid serait non pas en voyage, mais aux frontières sans nul doute ; peut-être craignait-elle qu'il ne disparût aussi brusquement qu'il était arrivé à Tunis et elle se préparait à ce que je lui dise, terrible angoisse : "Il est rentré, il a traversé la Ligne Morice."

Je ne lui avais rien dit. Au revoir simplement, quelque peu sèchement, et je l'avais plantée là. Le regret me prit ensuite dans l'étroit couloir : pourquoi ne pas lui avoir répondu, moi qui la comprenais, ces mots simples, comme un couperet rapide : "Il s'est marié la semaine dernière." Ce remords flotta en moi les jours suivants. Agacé contre ce scrupule, je maugréais :

— Après tout, elle m'est étrangère !

J'avais en outre plus de sympathie pour son époux que pour elle. Mais elle aimait Rachid et, en cela, dès le début ma confiance s'enracina : elle l'aimait vraiment.

Aujourd'hui, elle prononce quelques mots, m'expose son visage ouvert et pâle malgré le fard, puis s'en va lentement comme une ombre. Je ne saurai jamais comment elle apprit son malheur. Par son mari ou, plus probablement, d'un comparse. Farid, ces jours où l'échec des négociations se confirmait, avait écrit à deux reprises consécutives des éditoriaux violents qui furent l'objet, dans la presse étrangère, de diverses contestations. Lancé dans cette polémique, comment pouvait-il percevoir une déchirure à son flanc : ne faisait-il pas déjà partie des hommes mangés par l'Histoire, emportés par le courant d'une actualité qu'ils jugeaient grandiose, immense partie d'échecs dont le jeu ensanglanté aimante leur esprit.

Sorti de cette atmosphère de foire inquiète, je prends le tramway et me retrouve peu après à la maison d'enfants. On me fait fête. Tarik, mon préféré, a depuis le matin deux dents branlantes. Me voici m'improvisant dentiste autour d'un cercle de gamins. Tarik promet de ne pas pleurer.

— Si les soldats t'avaient torturé comme chez nous ! dit l'un doucement.

Tarik ne comprend pas. Il a tout oublié de son douar natal qu'il a quitté à l'âge de quatre ans. A sept, il reste petit de taille, chétif, mais, je ne sais pourquoi, je l'aime.

Peut-être parce que justement il a tout oublié, qu'il ne parle ni de tortures ni de soldats comme l'autre... Je lui fait ouvrir la bouche : j'y introduis mes doigts. Un coup, un deuxième : je lui présente dans la main ses deux dents. Ensuite, dans l'étroit jardin à l'herbe rare, nous décidons de nous livrer à une cérémonie comme autrefois, dans mon enfance. Comme autrefois...

Tarik prend ses deux dents, les lance l'une après l'autre par-dessus son épaule, en répétant après moi :

— O Dieu, je te donne mes dents d'âne, je te demande des dents de gazelle !

Et les autres reprennent en chœur après Tarik la même prière enfantine. Comme autrefois, oh oui !

De retour dans mon studio, en cette fin de journée, l'odeur, l'ample odeur insoutenable s'est de nouveau installée dans ces quartiers qu'envahit l'ombre peu à peu. Il ne me reste qu'à souhaiter juin, et son pas de chaleur lourde, et son soleil implacable qui dessèche les puanteurs venues du lac transformé en miroir d'argent. Ainsi, peut-être, dans notre pays séparé de nous par une ligne d'acier que tous désormais s'évertuent à juger infranchissable, le feu qui dure brûle non seulement les vies et le présent, mais aussi ce que nous croyions jusque-là un passé mort alors qu'il subsistait en nous et en nos pères, odeur inconsistante à laquelle, comme la plupart des gens de mon quartier vis-à-vis de ces vapeurs lacustres, nous nous étions aveuglément habitués. Oui, le feu brûle mais jusqu'à quand ? Jusqu'à quand asphyxier le passé pourri que nous ne reconnaissons même pas, noyés que nous sommes dans une confusion des temps, notre faiblesse.

II

Les jours s'étalent, rêve, réalité, ennui et sommeil ; ils coulent si bien que l'on pourrait croire leur suite ininterrompue à tout jamais, "jamais" marmotte avec rancœur Nadjia, et elle regarde, impatiente, haineuse, sa sœur Nfissa. Les saisons ont fait un tour depuis le retour de celle-ci : "Ma fille revenue de la guerre, note Si Othman. Un an déjà !" Nfissa en rirait, car il lui semble vivre une seule nuit grisâtre tandis que, inlassablement, son corps va de chambre en chambre, de pénombre en pénombre… Murmures au bain maure, pépiements des visiteuses du matin avec Lalla Aïcha dans la cuisine, propos épars de ses sœurs, Nfissa écoute, l'air d'une malade qu'on réveille, d'une vivante surprenant les fables chuchotées par un peuple d'endormies. Quand soudain…

Soudain est-ce ce jour où les soldats surgissent, les femmes couchées, seul Si Othman debout et impuissant ; Nfissa de son lit l'aperçoit : il paraît presque de haute taille. Dialogue sur le seuil entre les hommes. Le français emprunté de Si Othman. Nfissa allongée ferme les yeux, l'esprit vide ; après leur départ, Si Othman s'est assis absurdement devant la table basse, respirant à petits coups, sans dire mot. Sa femme dressée devant lui s'étonne, puisque selon les dires de Houria : "Dieu a protégé notre honneur", mais Nfissa sanglote d'amertume. Révolte qui suit l'événement, désarroi.

"Autrefois, pense-t-elle, aurai-je attendu ainsi couchée ?..."

"Couchée", répète-t-elle, et elle cria. L'écho du mot continue en elle, elle dévisage ses sœurs, sa mère, son père qui s'éloigne maintenant pour aller prier, "couchée, reprend-elle avec entêtement, comme une brebis !".

La peur qu'elle lit sur le dos de l'homme qui s'en va est-elle une justification ? Nadjia sourit lentement, les yeux complices. Elle sort de son corsage un couteau de cuisine.

"Je me serais défendue seule !" s'exclame-t-elle, gaie dans le mélodrame.

Elles se trouvent seules dans la pièce : Nfissa fixe les traits calmes de Nadjia, le visage fraternel lui paraît le sien disparu dans la fraîcheur des montagnes d'autrefois.

"Autrefois, l'année dernière, vraiment ?" se reditelle les jours suivants. La vie reprend menue : ménage du matin dans la grande pièce de séjour, cuisine qui absorbe le temps de Lalla Aïcha – blondeur du beurre fondu des bocaux bien rangés, poivre noir et paprika qui grillent dans la marmite brune, oignons qui font pleurer Zineb –, bidons d'eau déversés sur les salles à l'approche de midi et Nfissa sur un divan qui lit ou rêve, pendant que Nadjia coud. La broderie chez celle-ci, labeur de muette. Elle s'enferme, elle s'enroule elle-même tandis que ses doigts dessinent des arabesques sur la toile neuve ; drap de noces pour Houria. Hélas, la veille, le père a annoncé que le promis avait dû fuir. Les policiers sont venus à sa demeure, mais il s'est glissé par une porte dérobée. Houria n'a dit mot.

Soudain, est-ce un autre jour ? Un mois s'écoule, puis tout se précipite : dans la ville proche, mort du neveu adolescent – Lalla Aïcha va chez ses sœurs, y retourne le septième jour… – Les filles restent à la maison avec la vieille parente. Si Othman part et revient avec la même hâte sur son visage à la barbe blanchie. Ses yeux clignotent à coups saccadés, nouveau tic. Nfissa épie son père.

Le lendemain, a lieu l'incendie de la ferme. A l'aube, Si Othman est réveillé par un paysan. Conciliabules dans le patio. Nfissa peu matinale s'est dressée sur son lit, en même temps que la vieille presque aveugle. Elle s'habille, se lève. Dans la cour rougie par le soleil levant, Lalla Aïcha est là aussi. Nouvelles chuchotées : le métayer a été emmené, sa femme est restée chez elle prostrée, son enfant a disparu.

— Yahia ? Je viens avec toi, père ! décide Nfissa.

Si Othman hésite.

— Je viens, répète Nfissa. Tu sais bien que Yahia est habitué à moi. S'il erre quelque part, je le retrouverai.

— Qu'elle parte ! confirme Lalla Aïcha à son époux. Elle ramènera ici Yahia et sa mère.

Dans la voiture, pendant le trajet, Nfissa ne pense ni aux lieux de son enfance ni au verger ; le jeune informateur assis derrière donne les détails :

— Une vache avait dû entrer et dormir dans la salle des machines, la nuit. Elle agonisait encore tout à l'heure !

— Hommes et bêtes… grommelle Si Othman.

Les yeux rivés à la route, Nfissa se sent prête à agir, à aller n'importe où. "D'abord chercher Yahia." "D'abord", répète-t-elle ; son esprit ne calcule pas. Aucun projet ne l'habite. Mais la certitude qu'une nuit s'achève.

"Comment ai-je pu dormir ?" pensera-t-elle plus tard, bien plus tard.

Dans le logis de la ferme, toutes les jarres ont éclaté et le miel en larmes d'or s'est répandu sur les murs noircis. Un sac plein de sel, un autre de riz ont été éventrés dans la réserve ; leur contenu est devenu poussière blanchâtre qui aveugle en pleins décombres. Meubles tordus, odeur de laine des matelas brûlés, les haïks tissés de la main de Lalla Aïcha et de l'aïeule, le pan d'un burnous noir aux dorures autrefois somptueuses.

— Son burnous brodé de Fez ! murmure sourdement Si Othman, la pensée pleine de son frère Djafer. Nfissa le suit, sauf au moulin où elle ne veut pas pénétrer. Elle entrevoit l'énorme masse penchée à demi, tel un arbre déraciné, de la vache asphyxiée. Le paysan revient jusqu'à Nfissa :

— Son œil est resté ouvert. N'y va pas, ma sœur, tu auras peur !

— Je n'y vais pas ! répond Nfissa qui rejoint la femme du métayer, une Berbère à la tête crêpelée, aux yeux larges et fardés. Celle-ci ne pleure pas. Absente seulement. Assise en tailleur, son gros ventre devant elle. Nfissa s'est approchée, l'a embrassée, s'est assise près d'elle.

— Yahia est par là : je vais le trouver…

La femme fixe Nfissa en silence. Puis, elle prononce sur un ton de malédiction :

— Dieu me l'a donné simple d'esprit. Que la mort le prenne !

— Il n'est pas mort, reprend patiemment Nfissa. Je viens pour le chercher. Si Taïeb, ton époux, te reviendra aussi…

— Dieu me l'a donné simple d'esprit, répète comme une antienne la femme assise avec son gros ventre.

Nfissa sort, se détourne des lieux calcinés, traverse le verger. Elle a autrefois apprivoisé le jeune garçon, sans le vouloir : un jour, sous un pommier, elle mordait un fruit avec un rire léger, quand l'enfant se trouva à ses pieds. Elle lui a offert le reste du fruit, s'est assise dans l'herbe près de lui ; ils ont bavardé ; à son retour à la ferme, parmi les femmes bourdonnantes, Nfissa apprit que l'enfant de cinq ans était "un fou tranquille" comme prétendait la mère sans tendresse ni pitié.

— Fou tranquille, aimé tranquillement de Dieu ! avait répliqué Zineb devant le minois du garçonnet, mais la mère, Nfissa se souvient, éclatait de ressentiment.

— Aimé de Dieu ! Eh bien, que Dieu le reprenne !

Sous les arbres, au-delà du premier coteau, Nfissa appelle :

— Yahia ! Yahia !

Une heure entière ensuite, elle répétera l'appel ; sans angoisse, l'esprit renversé dans l'ombre du passé.

— Yahia ! Yahia !

Oncle Djafer était nouveau marié alors, ses nièces le taquinaient parce qu'il ne quittait pas le cercle féminin dont sa jeune épousée était le centre. Il feignait de ne pas regarder sa femme, il riait avec Nfissa et Nadjia, des fillettes alors ; Djamila était belle citadine mais si réservée. Hautaine ? Plutôt calme, et certainement passive.

— Yahia ! Yahia !

Nfissa sait qu'elle retrouvera l'enfant. Depuis si longtemps, trois, quatre ans sans doute, elle ne l'a pas revu.

"Il a dû oublier ma voix. Il se cache…", se dit-elle, et elle a une pensée pour Houria qui songe ces derniers jours au fiancé, à la noce retardée, au trousseau inutile.

"Il se cache…", murmurait-elle aussi.

Une grotte sous un olivier sauvage, au bas de la dernière colline, à l'extrémité de la ferme. Nfissa debout, l'esprit enveloppé des images anciennes mais apercevant brusquement le rocher.

"Comment ai-je pu oublier ? Ma cachette !"

Elle s'avance, sûre ; Yahia se trouve là, en effet, recroquevillé, les yeux perdus. Nfissa l'appelle lentement. Les yeux restent fixes. Nfissa, la voix angoissée, chavirant de larmes :

— Yahia… Tu ne me reconnais pas… Yahia !

Elle le secoue, elle crie. Il bouge ; les yeux se tournent, parcourent le visage, trait après trait, de la jeune fille. D'un mouvement naturel, docile, il tend les bras autour du cou de celle-ci et Nfissa, soulagée, pleure :

— Oh ! Yahia…

Elle l'emporte, dévale la colline, perd une chaussure, s'égratigne les jambes, court, court, puis devant son père, victorieuse :

— J'ai dit que je le retrouverais !

On fait monter la mère dans la voiture. Yahia n'a pas quitté le cou de Nfissa. Lasse, elle voudrait détacher les bras de l'enfant. "Nous dormirons à la maison", pense-t-elle. L'homme qui, depuis le matin, a guidé le père, reste debout près de la camionnette :

— La semaine dernière, les frères ont tué un Français… un petit colon, tu ne le connais pas. J'ai averti Si Taïeb : "Attention !… fais attention au moulin !"

— Il me l'avait dit, interrompt d'une voix lisse Si Othman, qui met en marche le moteur.

— C'est sûr, continue le paysan lentement. Ils voulaient des représailles. Quelqu'un a dû leur révéler que les frères viennent par l'oued… Nous, on a pourtant dit aux frères : "Ce Français, c'est une erreur… Il n'était pas si mal. Il paraît même qu'il avait aidé certains des nôtres… alors pourquoi ?"

— Pourquoi ? dit Si Othman. Pourvu que Taïeb revienne !

— Que Dieu le protège ! conclut le paysan.

Nfissa somnole, la tête posée sur celle de l'enfant, le soleil les éclabousse.

— Que Dieu le protège et protège nos enfants ! répond machinalement Si Othman. La voiture démarre.

Au retour, sur la route, un contrôle est installé à l'entrée du village. L'officier fait semblant de ne pas reconnaître Si Othman ; celui-ci sort tous ses papiers. Ses gestes sont méticuleux mais au coin des yeux, le tic revient. Nfissa regarde les quatre soldats qui entourent la voiture, se réveille tout à fait. Froide se sent-elle, déterminée.

"Je ne m'endormirai plus. Je n'ai que trop dormi…"

Elle détourne le regard, le porte sur Yahia qui n'a même pas somnolé, ses yeux sont deux lacs pleins d'images.

— L'atmosphère devient mauvaise par ici ! chuchote Si Othman peu après.

A la maison, tandis que Zineb et Houria s'empressent autour de la femme, que Yahia accepte enfin de dormir, détaché de Nfissa, un conseil se tient dans la cour entre Lalla Aïcha et Si Othman. On oublie le repas. Nadjia harcèle Nfissa de questions sur la ferme, repose la même interrogation :

— Et Si Taïeb, pourquoi père ne va pas demander de ses nouvelles ?

— Il ira, il va aller voir le maire ! intervient Zineb nerveusement.

La paysanne, installée devant la table basse, mange à petits coups.

— Il faudrait qu'il y aille tout de suite… non ? s'étonne tout haut Nadjia.

— Tout de suite ? ironise Houria qui passe.

— Père lui-même est menacé, ne comprends-tu pas ? s'exclame Zineb.

Le soir, le départ pour la ville voisine est décidé.

— Il nous faut être chez mes sœurs avant le couvre-feu, déclare Lalla Aïcha. On emporte quoi ? Peaux de mouton, provisions ; miel et beurre, quoi encore ?...

Zineb et Houria s'affairent. Lalla Aïcha ne quitte pas Si Othman :

— Tu prétexteras : "Ma belle-sœur a perdu son enfant. Nous allons chez elle"... d'ailleurs l'Achoura approche.

Les filles emplissent valises et couffins. Nfissa revient à Yahia qui a à peine dormi et s'est réveillé secoué de cauchemars. La femme du métayer contemple avec tranquillité le remue-ménage. Elle parle, sans se hâter, des jours d'autrefois, lorsque Nfissa et Nadjia allaient à la ferme chercher du petit-lait et des fruits.

— Cela me rappelle l'année de la grève. Alors, tout le monde se préparait... On avait rempli la maison de provisions.

— Ici aussi... dit doucement Nfissa. Je n'étais pas là mais je sais.

— Le matin, les hommes sont tous restés chez eux. Pendant ce temps, les soldats sont allés dans les magasins. Ils ouvraient tout, ils n'ont rien laissé... L'après-midi, la musique chantait dans les rues. Les Européens... Te souviens-tu ? interroge la femme d'un ton paisible.

— On me l'a dit, répond Nfissa qui peigne les boucles de Yahia. Ne t'inquiète pas ! Si Taïeb reviendra.

— Le riz, le sel, le blé, toutes les provisions, ton oncle Djafer les avait laissées dans le magasin au village. Les soldats ont tout pris...

La paysanne rit ; un rire doux, un rire de paix, qui prend son temps. Zineb, qui se hâtait, s'arrête :

— Tu ris ?... murmure-t-elle agacée.

— Ton oncle Djafer, reprend l'autre tournée vers Nfissa, pour se venger des soldats qui ont tout pris, sais-tu ce qu'il a fait ? Mon époux me l'a raconté ensuite.

— Qu'a-t-il fait ? demande Nfissa qui s'étonne des souvenirs clairs de la femme.

Celle-ci s'éloigne de la table basse, évoque le nom de Dieu plusieurs fois en signe de rassasiement, puis elle reprend son rire tranquille, un peu matois :

— Il est allé au commissariat. "On m'a pris du magasin, a-t-il dit, un stock de boîtes de sardines. Or, elles étaient toutes avariées"... Les autres se sont affolés. Ils en ont fait l'annonce dans les journaux, à la radio... Tous les hommes ont été emmenés ce jour-là ! Aucun n'est revenu...

— A la radio ? reprend Nfissa qui écoute, heureuse de se retrouver en arrière, accompagnée de la femme.

— Oui, conclut celle-ci avec assurance. Mon époux l'a entendu : en français ! (Elle se tait, rêve à l'époux.) Lui, la veille de la grève, la gendarmerie est venue le chercher. La crosse sur sa tempe, ils lui ont dit : "Signe pour t'engager à ne pas faire arrêter le moulin demain ! – Pourquoi ? il a répondu. Je ne suis qu'un employé. Je ne suis pas le patron !"

Et la paysanne lève des yeux candides sur toute la maison, comme si elle s'apercevait seulement maintenant de la hâte du départ.

— C'est alors, précise Zineb, qu'oncle Djafer a été emmené en prison, la semaine qui a suivi la grève.

— Je ne suis qu'un employé, répète la femme comme sourde, je ne suis pas le patron.

Tous se lèvent, s'engouffrent dans la voiture pleine de couffins. Le portail refermé, Nfissa ne se tourne même pas pour un ultime regard vers la maison.

— Je ne l'ai pas revue depuis ce jour, soupire-t-elle soudain, en poursuivant son récit à Lla Fatouma, chez qui elle demeure depuis son arrivée à Tunis.

Lla Fatouma est avide.

“Raconte”, dit-elle et elle pose des questions sur tout : les parents de Nfissa, la famille dans la ville ancestrale, la guerre, le maquis, les paysans, les soldats français, sur tout ! Nfissa explique patiemment, remet en ordre les événements avec une méthode ridicule d’historienne : en suivant la chronologie.

— Oui, trois mois je suis restée chez mes tantes… Oui, père allait et venait au village. Les derniers temps, il n’y allait plus. La route n’était plus sûre.

Ce fut encore le maire qui prévint Si Othman de la proximité du procès : Nfissa était appelée à comparaître un mois plus tard. Délibérations derechef, décisions brusques. Cette fois, Si Othman prend l’initiative :

— Non, ma fille n’ira pas au procès ! Sintes a beau promettre n’importe quoi. Non…

A l’entendre, Nfissa comprend qu’il veut éviter non seulement le risque d’une condamnation, mais l’instant lui-même : Quoi, sa fille “exposée” ?

— Tu sais, intervient Nfissa avec ironie, j’ai maintenant vingt et un ans. Je pourrai me défendre !

— Raison de plus, objecte le père. Je me méfie de ton insolence. Je suis encore ton père : tu n’iras pas !

Un ordre. Lalla Aïcha conclut avec logique :

— Il lui faut donc quitter le pays… Je pense à ta tante paternelle, Lla Fatouma. Elle est partie à Tunis voici près de quinze ans avant même la guerre.

Le lendemain, c’est septembre, Si Othman emmène ses deux filles, Nadjia et Nfissa, à la capitale. Une semaine d’agitation, d’hôtel, de visites. Si Othman, parti tôt le matin, revient l’après-midi essoufflé, le visage rouge de sueur, et surtout volubile. Il emmène ses filles déjeuner dans une gargote ; il leur donne le détail de ses interventions pour faire obtenir à Nfissa des papiers : carte d’identité, laissez-passer. Le quatrième jour, il arrive tout heureux à l'hôtel. Un ami, instituteur, lui a donné le meilleur conseil : quelques jours après, sans même avoir dit adieu à sa mère et à ses sœurs, Nfissa s'embarque comme monitrice d'une colonie de vacances pour fillettes. Après vingt et un jours en montagne, Nfissa à Paris quitte le groupe. Des intermédiaires lui assurent de faux papiers. Bruxelles, Genève, Rome, enfin ce pays hôte où elle ne retrouve pas seulement une parente mais tant de compatriotes, mais une atmosphère de guerre en écho déformée, si proche pourtant, comme un chant de veillée.

— Seule dans toutes ces villes de chrétiens ! songe Lla Fatouma en contemplant Nfissa, grand Dieu !

Nfissa croit entendre sa grande sœur. Elle sourit.

— Je suis heureuse d'être à demi rentrée. Maintenant, c'est sûr, la guerre finie, je rentrerai chez nous par la route.

— La frontière, on raconte qu'elle est infranchissable ! soupire Lla Fatouma, une ligne d'acier…

— Je sais, répond Nfissa, mais nous rentrerons.

— Mon cœur penche de nostalgie, murmure la tante, une quinquagénaire au visage lourd, aux paupières un peu bouffies mais un air de bonté sur le visage.

— Tu ressembles à grand-père ! remarque Nfissa avec mélancolie.

— Mon frère, que Dieu l'ait en sa miséricorde !

Tunis parut aux yeux de Nfissa un brouillon de ville neuve. Elle passa plusieurs semaines sans même se hasarder en médina. Quant au centre européen, elle le jugea sans beauté, et cette laideur, que la pauvreté des gens et des lieux ne réussissait pas à rendre tragique, la déçut.

Déjà la mi-octobre ; le vent qui tourbillonnait en saccades brusques sous un soleil pâle transformait la ville en un décor fragile et poussiéreux. Nfissa sortait rarement, sinon pour quelques courses en compagnie de Lla Fatouma dont on reconnaissait l'origine à son voile. Seule dans les rues, Nfissa se sentait étrangère, ne savait où aller. Elle aurait voulu écrire chez elle, à sa famille, bavarder avec Nadjia qui, au dernier moment, avait persuadé Si Othman de la laisser en pension à la capitale. Elle n'osait pas, savait qu'il serait dangereux pour les siens de recevoir des lettres de Tunis, attendait des nouvelles par des tiers.

Dans la vieille maison de Lla Fatouma, sur les hauteurs de la ville, au fond d'une impasse, Nfissa se réfugie d'ordinaire sur la terrasse auprès de Zouina qui la questionne non sur son pays mais sur la rue, sur la sensation de sortir sans voile, "nue", reprend-elle à l'instar des cloîtrées qu'a déjà connues Nfissa ; elle oublie presque l'exil. Elle désire reprendre ses cours à l'université ; deux ans d'interruption, aura-t-elle le courage ?

"Oui", décide-t-elle avec un frémissement.

Jours de formalité. Les cours l'absorbent ensuite. Elle entretient farouchement sa solitude parmi les autres. Pourquoi, elle ne saurait le dire ! "Je rêve encore", songe-t-elle et elle n'aurait cette fois nulle excuse : irréalité de la rue, de l'agitation des passants, des rires de femmes. Elle regarde, elle observe, elle ne s'habitue point. "Lente et sage", dit d'elle Lla Fatouma à ses amies. Celles-ci, des matrones de la ville, portant bijoux et robes longues, approuvent en épiant la jeune fille. Nfissa leur sourit distraitement, craintive devant leur âge, et c'est ainsi toujours qu'elle séduit les vieilles dames.

— Oui, pourquoi tout me semble inconsistant, fugace ?...

Elle sort d'un cours, se replonge dans les manuels, émet un bafouillage quand, en bibliothèque, quelque étudiant tente d'entamer la conversation ; elle fuit en sauvageonne.

"Pourquoi ?" reprend-elle, confuse de ses désordres. Le vide en elle ; aucun rêve, aucune image. "Oh, l'ombre, le silence, les chuchotements de chez nous !"… – geint-elle vaguement au réveil lorsque toute une seconde lui est nécessaire pour se rappeler les lieux où elle se trouve.

"L'exil, c'est l'exil…"

Elle n'ose l'avouer. Trois ou quatre ans auparavant, d'un pas de conquérante, elle franchissait la distance de la pension à l'université ; d'un pas de danseuse, elle dégringolait les rues en escaliers, poursuivie par Karim. "Qu'ai-je perdu ?…" La question élargit les yeux de Nfissa de fausse attention, au milieu du cours de chimie. "La jeunesse ?"… se demande-t-elle le soir, quand elle se réfugie auprès de Zouina qui, hargneuse, décide :

— Je vais laisser mon vieux dormir seul. Tant pis pour lui. Je t'aime, je reste là !

Mais le cheikh appelle d'une voix tremblotante du fond de la chambre :

"Zouina ! Zouina !"

Il faut que Nfissa décide de descendre auprès de sa tante pour que Zouina se résigne à rejoindre la chambre conjugale.

— Qu'ai-je perdu ? reprend Nfissa devant ses livres ouverts, ou allongée, fermant les yeux pour s'imaginer dans le large lit de son enfance. "La maison abandonnée, la maison vide… les pigeons s'ébrouant seuls, au grenier."

— Tu pleures ? interroge Lla Fatouma en surprenant Nfissa.

— Moi, non…

— Mais si !

— Je ne sais pas ! se plaint-elle (elle fuit à sa manière). J'ai sommeil.

Lla Fatouma désire dormir avec elle, la traite en enfant, étale un matelas à ses côtés sur le sol et longtemps, au cours de la nuit souvent jusqu'à l'aube, Nfissa, dans les interstices d'un sommeil léger, entend la dame psalmodier des versets du Coran.

— Je t'empêche de dormir par mes prières ! s'excuse Lla Fatouma. Que veux-tu ? Le sommeil fuit les vieillards. Nous n'avons plus que Dieu !

— Non, répond Nfissa confuse de tant de sollicitude, et elle soupire à demi :

— Sais-tu, tante… il me semble quelquefois que je rêve. Je n'écoute plus les autres. Ils parlent, parlent, et moi…

— Toi ?

— Je ne sais pourquoi je te dis cela.

— C'est la nostalgie ! affirme péremptoire Lla Fatouma, crois-moi, l'éloignement du pays natal est difficile. Après quinze ans de séparation, je souffre encore, quelquefois des journées entières. Je rentrerai avec toi.

— Oh oui ! s'exclame Nfissa et, absurdement, elle redevient légère.

Si elle pouvait courir dans les rues, ou seulement flâner en liberté… ou chanter à tue-tête, ou faire de grands sauts de jambe, oui, c'est cela, courir jusqu'à l'épuisement, nager loin dans la mer, ou… Elle s'arrête. Un mur comme l'impasse de la maison. Elle ne sait pas nager, elle n'oserait pas courir, la rue n'est pas la sienne. Qu'importe, qu'importe ?… Non. Tous autour d'elle restent irréels ; au-delà, demeure sa maison, demeure son enfance. Et, soudain, elle comprend. La guerre, son pays en feu, l'attente et l'angoisse des siens, tout cela, elle comprend que, depuis son arrivée, elle les a exclus dans un éloignement en arrière de la Ligne Morice, dans un passé qui se confond avec la grotte moite de son univers d'enfant. Celui-ci seul persiste immuable et Nfissa ressent ce qu'elle a perdu vraiment : la simplicité de vivre, le présent qu'enfin elle retrouva.

Elle le retrouva, oui, et d'un seul coup ! Si sa mémoire consentait à dévider le temps de son séjour à Tunis et de ses premiers désarrois, d'un trait Nfissa supprimerait cet entracte jusqu'à cette journée où elle rencontra Rachid. Un trait sur ces mois d'étude, sur l'effort d'adaptation à un univers que d'autres auraient jugé semblable à celui de son pays natal. Un trait sur son activité distante au sein de l'organisation des exilés : une, deux réunions, guère davantage, et cet éclat qui avait fait sursauter Omar. Un trait sur ses relations capricieuses, hésitantes et familières à la fois, avec Nessima qui la sollicitait mais que Nfissa trouvait intimidante de beauté et d'apprêt. Un trait jusqu'à Rachid.

Au sortir de l'université, Julie qui bavardait avec un professeur s'approche de Nfissa. Elle ne lui a adressé la parole qu'une ou deux fois, auparavant, dans la "maison des héroïnes". Nfissa s'étonne de tant d'amabilité, car Julie l'invite, insiste, invoque non seulement le Journal et Farid – il songe à une chronique collective des maquisardes – mais son propre intérêt. Nfissa avec indolence sourit : on la considère comme une notice de renseignements sur "la personnalité de son pays". Cela ne l'irrite pas. Seulement Julie lui semble étrangère, étrangère son apparente bonne volonté.

Nfissa répond "oui" avec un air de tolérance bénévole. "On me déguise, on me généralise"... pense-t-elle ensuite en quittant Julie, et sur le boulevard, son pas est souple. Elle renverse la tête, tend le cou au soleil, sourit au printemps qui revient, à la ville, à la lumière du jour.

Une semaine plus tard, elle se trouve chez Julie, dans un salon à moitié vide, aux fauteuils de cuir usé empruntés à quelque bureau du Journal ; le dialogue, contre toute attente, est petitement féminin. Pointes apparemment en l'air, distraites :

— Je reprends mes études. Je l'avais promis à mon père, et Nfissa, l'air emprunté, sait qu'elle ne remontera pas en arrière, qu'elle ne dévidera aucun souvenir. En quel honneur, vraiment ?

— Vous êtes bien sage, vous le paraissez !

La voix est restée suspendue et la femme de trente ans, sur ses hauts talons, va et vient dans le salon qui ressemble à un hall.

— Je peux paraître n'importe quoi !

Julie s'est arrêtée devant la jeune fille qui a fait front, qui ne lui paraît soudain plus quelconque. Préparant la rubrique féminine du Journal, Julie pensait n'avoir affaire qu'à une "représentante d'une génération en marche !".

— Je peux paraître n'importe quoi ! a-t-elle dit, et le défi, en demi-teinte, paraît plus surprenant.

— N'importe quoi ? insinue Julie qui s'assoit, puis sourit.

— Cela dépend des circonstances, ou de ma fantaisie, rectifie Nfissa d'un ton rogue de pédagogue.

— Je vous trouve sage, pour ma part...

Farid entre, commence par traverser la longue pièce, au beau milieu aperçoit l'invitée, lui dit quelques mots hâtifs, s'éloigne. Julie reprend le bavardage : des banalités, mais sur un ton qui n'est plus tranquille, plutôt agacé. "Pourquoi ?" se demande Nfissa qui se dresse pour partir. Julie insiste énergiquement, tient à garder Nfissa pour le dîner.

Au cours du repas, longs discours de Farid. Nfissa remarque le silence de Julie :

“Silence observateur, réprobateur”, juge-t-elle avec justesse. “Elle en veut à son mari, pourquoi ? Serait-elle jalouse ? Croit-elle qu'il me destine son brillant ? Non…”

Nfissa imagine Julie amoureuse de Farid, épouse inquiète… conjectures. Elle écoute à peine le journaliste ; aux questions de celui-ci, elle répond presque maussade, en mots brefs :

“Tout à fait sage”, pense Farid, qui se lève :

— Rachid doit venir tout à l'heure me remettre son “papier”.

Julie apporte le café ; “Parfaite cuisinière, toutes les qualités”, songe Nfissa avec indifférence. Elle ne parvient pas à se sentir à l'aise auprès de cette femme, pas tellement froide ou réservée, préoccupée plutôt. Un air de tristesse répandue sur son visage aux traits fins, yeux aux paupières gonflées, Nfissa n'en définit pas le regard.

“Etrangère, oui, elle semble étrangère, quoi qu'elle fasse.”

Lorsque Rachid pénètre dans le salon aux murs hauts, Nfissa le regarde de loin. Il avance, elle le fixe. Elle lui tend la main sans dire mot. Entre eux, les yeux aux paupières gonflées. Du dialogue qu'échange Julie avec Rachid, Nfissa ne perçoit rien. Farid entre : grand bruit de paroles à nouveau. Elle se lève pour partir.

— Rachid vous accompagnera ! intervint Farid, et Nfissa tourne lentement la tête.

Julie s'interpose :

— Je prends la voiture, je vous reconduis tous deux.

Elle sort. Rachid, toujours debout, parle à Farid qui répond vivement. Nfissa fait quelques pas, puis va au fond de la pièce, s'affaisse dans un fauteuil, désire rester là, sans bouger ; elle contemple les moindres gestes de Rachid.

Dans la voiture, Nfissa donne l'adresse de sa tante. Elle s'est assise sur le siège arrière : devant elle, les deux têtes de la conductrice et de…

“Rachid… oui, Rachid !”

— Rachid, je dépose Nfissa d'abord… dit Julie à voix un peu basse.

Le prénom pénètre en Nfissa.

Chez Lla Fatouma la jeune fille ne dort pas, elle traverse allongée la nuit claire, ne sort pas la journée suivante, ni la seconde, l'aube et le soir s'installant sur la terrasse, près du rire perlé de Zouina, de ses bavardages, du silence, du panorama sur les autres maisons vieillies, au loin la barre du lac blanchi, au loin encore… Le troisième jour, Nfissa s'habille, quitte l'impasse, s'engage dans la première rue ; Rachid, assis à une terrasse de café maure, se lève et se dirige vers Nfissa :

— Je vous attendais, dit-il.

— Je le savais ! répond Nfissa avec audace tout en levant les yeux ; en les lui offrant elle a découvert son attente, au fur et à mesure des mots.

— Alors, vous m'avez fait attendre.

Ton d'homme tranquille. Elle ne répond pas ; elle marche à ses côtés. La rue étroite, encombrée de crieurs, de marchands de légumes, d'ânes et de charrettes, descend droit vers la ville.

— Je voudrais un endroit où nous soyons seuls, demande Nfissa qui sait désormais que ses désirs seront exaucés.

— Oui, dit-il. Je n'en connais pas ici, mais nous marcherons !

Ils continuent d'avancer pendant plus d'une heure. Nfissa redevient attentive au spectacle du dehors ; elle découvre un quartier où elle n'est jamais venue, en marge de la médina, populeux mais sans éclats ni disputes. Ils entrent dans une gargote vide. On leur apporte du lait caillé dans deux bols, puis des brochettes…

— Puisque vous êtes venu, murmure Nfissa, la voix étouffée, vous pouvez m'emporter… si, du moins, vous voulez. Je voudrais être avec vous toujours !

Le ton du dernier mot seul est celui du passé, de l'adolescence dressée.

— Avec moi ?

Rachid paraît distrait.

— Avec vous et à vous ! s'exclame-t-elle.

Elle parle ensuite. “Je vais lui dire ce que je suis”, pense-t-elle en plein émoi et elle raconte. Pas tout à fait un récit, ni vraiment des souvenirs. Moments d'autrefois déversés là en vrac par-dessus la table de fer ; personnages réinstallés entre eux : Nadjia, Lalla Aïcha, les tantes, le bal des autres, les jeudis de la douche, les jeux au ballon et aux cartes dans la pension, les attentes et la mélancolie du dimanche, n'importe quoi. Nfissa n'évoque ni le maquis ni Karim. Rachid écoute intensément, comme s'il s'agissait d'une confession.

Quand ils se lèvent, Nfissa qui a froid va pour remettre sa veste. Près d'elle Rachid a eu un geste pour l'aider ; il la frôle. Nfissa sursaute à peine ; une peur l'allume qu'elle désirera retrouver. L'homme va au comptoir pour payer ; alors, elle contemple son dos, regarde ses larges épaules qui seront toujours à côté d'elle… Elle respire : première aspiration de la certitude.

— Nous nous marierons le plus vite possible ! décide Rachid en s'arrêtant devant l'impasse. Dans huit jours, si cela se peut.

— Comme vous voulez !

— Il faut que je voie quelqu'un de votre famille.

— Comme vous voulez, répète-t-elle, tendue et soudain douloureuse parce qu'il va la quitter maintenant.

Dans la clarté translucide du soir, elle lui fait face, laisse échapper un sanglot. De honte brusque, elle plie le torse.

— Pourquoi pleures-tu ? murmure-t-il d'une voix basse, irritée et en arabe.

— Ne nous quittons pas !

— Viens ! fait-il avec brusquerie.

Ils s'éloignent. Il la fait entrer dans le couloir d'un immeuble. Il parle dans l'ombre.

— Huit jours, il faut attendre huit jours !... Je vais t'embrasser.

Elle s'immobilise, reçoit le baiser, le prend, garde les lèvres, boit le souffle. Il la couvre de ses bras, puis il se détache, la guide à nouveau jusqu'à l'impasse. Dehors, une grisaille flotte dans l'éther.

— Tu peux partir ! soupire-t-elle. Quoi que tu fasses, tu ne me quittes pas.

Ils ne bougent pas. Dans le crépuscule ils se contemplent encore, déjà à demi détachés de ces heures.

— Je te connais depuis toujours ! continue Nfissa avec véhémence, et elle a la sensation de retrouver un écho, resurgi des profondeurs d'autrefois.

Au cours de cette rencontre, l'homme et la jeune fille ont oublié de se dire l'essentiel, et de le comprendre : qu'ils ont la même enfance et ses recoins nocturnes dans l'être, et sa même musique de mystère évanoui.

La mère d'Omar, Lla Toumia, est assise sur une peau de mouton. Elle surveille de loin ses filles dans la cour. Près d'elle, une paysanne arrivée tout à l'heure ; on lui sert le café, on s'empresse ; elle parle, parle : son débit est si lent !

— Je me souviens bien de toi, petite mère, dit Lla Toumia. N'es-tu pas du douar de "Terre Rouge", derrière la montagne ?

"Terre Rouge" a eu tous les malheurs : maisons brûlées, bétail égorgé, hommes parqués et femmes dispersées dans la ville.

— Ecoute, ma petite fille, écoute ! intervient à tout instant la vieille, et elle conclut à chaque fois par un soupir, avant de prendre une gorgée de café brûlant :

— Oh, ils en ont fait, Seigneur ! Ils en ont fait !...

Un jour, les soldats sont arrivés ; ils ont fait sortir toutes les femmes. Contre la haie de figuiers de Barbarie, au loin, les hommes sont restés debout, bras en l'air, devant les sentinelles. "Dansez !" ordonnent les soldats aux paysannes qui hésitent, qui dansent enfin toutes ensemble en un groupe bariolé. Une recrue, une seconde prennent des photographies pour leurs familles en France qui s'initieront ainsi au folklore.

— Ils en ont fait, Seigneur ! Ils en ont fait !...

Un autre jour, ils ont apporté une corde qu'ils ont tendue... "Sautez !" s'exclame un soldat jovial, et les villageoises doivent sauter avec ensemble : photographies pour les familles en France.

— Ecoute, ma petite fille, écoute : une autre fois, ils nous ont fait faire une course. Jusqu'au sommet de la colline. Moi, ta grand-mère, imagine-moi courir !

Elle se met à rire largement, le visage et les rides renversés, la bouche, avec une seule dent, béante.

— Ils en ont fait, Seigneur, ils en ont fait !...

Les femmes ont été descendues en ville : amenées en camion et abandonnées. Elles ont erré dans les rues comme des gitanes ou des diseuses de bonne aventure. Puis elles sont allées s'installer aux portes de la bourgade, près d'un oued, aux "Sables".

— Moi, dit la vieille en se levant, je ne suis pas une vraie campagnarde. Dans ma jeunesse, j'ai vécu dans des familles citadines. Je sais faire beaucoup de choses : autrefois, dans ce quartier, j'allais de maison en maison. Il n'y a pas ma pareille pour piler le poivre, le paprika et la cannelle…

— Toutes mes épices sont pilées pour l'année, répond Lla Toumia.

— Je sais rouler le couscous, ajoute la vieille, près de la porte. Je sais préparer le Bolral *de l'hiver, concasser le blé…*

— J'ai fait provision de Bolral, *dit Lla Toumia.*

— Je ne suis pas une vraie campagnarde. Autrefois…

— Reste, l'interrompt Lla Toumia. Reste parmi nous si la maison te plaît.

— Ecoute, ma petite fille, écoute !… reprendra les jours suivants la vieille paysanne, assise dans la cour, face à la montagne au-delà de laquelle s'étalait le douar de "Terre Rouge".

— Que faites-vous ? dit Julie à Rachid dans la rue. On ne vous voit pas !

Elle souriait, heureuse de le revoir.

— Rien ! Je ne fais absolument rien ! répondit l'homme d'une voix sans accent ; plus tard pourtant, des jours plus tard, elle n'oubliera pas l'écorchure des mots. Puis Rachid ajouta avec un rire sec :

— Je roule toute la journée !

— Nous pouvons rouler tous les deux ! proposa-t-elle tendrement.

— Je n'en vois pas l'intérêt, rétorqua-t-il d'une façon sourde.

Il s'éloigna brusquement plantant là la jeune femme.

Julie, pour la deuxième fois, parlait donc à Rachid, arrivé depuis un mois à Tunis. Quelques jours auparavant, Farid, aux côtés de Julie dans la même rue et presque devant le même café, s'était arrêté, était allé à la rencontre d'un homme grand, aux épaules à peine voûtées, au regard brillant.

"Des pupilles de velours, luisantes", pensa machinalement Julie.

Farid présentait Rachid à sa femme. Ils s'assirent à l'intérieur du café vaste et ennuyeux à cette heure, les matrones qui fréquentaient la première matinée des cinémas y papotaient en groupes tout en prenant leur thé avec des toasts. Des mendiants attendaient près des terrasses que le soleil illuminait.

Aux premières phrases de son époux, Julie s'étonna quelque peu de son insistance pour amener cet inconnu à travailler au Journal. Elle pensa que son époux aurait dû être habitué aux héros de guerre surgissant dans la ville et que les journalistes assiègent ensuite, en mal d'informations sur les maquis de l'intérieur. Ceux-là s'émiettent alors, s'éparpillent peu à peu, dans leur naïveté à se déshabiller des souvenirs, "pour que le monde sache", a-t-on coutume de dire. Ils livrent en pâture chaque morceau de leur grande souffrance figée, puis ils s'apaisent enfin : ils peuvent désormais dormir. Ainsi songeait Julie, et Rachid qui la regardait la trouva belle.

Premier visage de femme proche de lui depuis des années, lui semble-t-il. Le regard de Julie est légèrement fixe, les pupilles grises et tamisées, un intérêt aigu crispant à peine ses traits. Soudain Rachid commence à parler à ce couple dont il n'aura en face de lui, peu à peu, à travers une brume, que les traits tendus de la femme, puis pâlis, puis adoucis jusqu'à devenir impersonnels, cette présence face à lui, halte de fraîcheur après quelles errances dans le désert torride. Il parle deux heures durant et davantage, sans arrêt, le couple l'écoutant attentivement, Farid observateur et témoin, Julie envahie par la voix, les mots, les gestes brefs de la main et des doigts, le regard qui, à intervalles réguliers, se pose sur elle, Julie subjuguée et dont le silence prépare l'offrande à venir.

Lorsque Rachid parlait de la guerre – les jours suivants, Julie ne s'applique qu'à analyser le long discours, sobre, intense et par éclairs piétiné –, il en parlait à la fois en la considérant de loin, bouleversement dans un passé saccagé dont ne subsisterait que la douleur, et pourtant comme y étant encore empêtré.

En fait, il parle à peine du drame, y revenant plutôt après chaque détour de sa pensée en marche. Surtout, et c'est ce que remarqua aussitôt Julie, il n'eut même pas une allusion aux horreurs du présent, aux victimes, au sang enfin que coagulaient vraiment trop vite tous les discours et jusqu'aux articles de Farid.

Au-delà de la guerre, Rachid croyait évoquer le malheur des siens – autre remarque de l'esprit acéré de Julie : il évite de dire “nous” avec enflure ou une force qui veut s'imposer comme Farid et les autres ; il semble ne vouloir s'en tenir qu'à lui : “Chez moi”, dit-il, “les miens”, “dans mon village”, avec une précision d'artisan et, s'il lui arrive de dire “nous” ou plutôt “chez nous”, c'est pour éviter de rendre personnelles ses paroles avec un sourire qui s'excuse. Malheur des siens, non, c'était inexplicablement une esquisse de paix pâlie, de bonheur incertain qu'il traçait et l'on aurait dit, malgré toutes ses réticences et sa réserve, que le fond de son âme s'ouvrait devant Julie ; chaleur et bonté, tendresse bouleversante de l'homme qui se souvient et qui s'attriste.

— Dans mon village, continuait Rachid, peut-être aussi dans tous les autres du pays, les femmes sont comme celles de ma famille : douces, fatiguées et contraintes, mais si attentives. Elles ont trop d'enfants souvent, un mari taciturne, de petits comptes multiples pour cacher la misère, mais elles vivent ! A la fois dans l'attente et dans le souvenir. Cela paraît contradictoire, mais... Elles sont victimes de tout : du Clan, des traditions, de la misère, de l'emprisonnement, oh oui de tout, et même de l'état de victime du mari-maître. Pourtant, répète-t-il avec une obstination dirigée contre lui-même, elles vivent !

— Et les hommes... leurs hommes ? l'interrompt Julie.

Rachid la dévisage un peu absent, comme si la question le bousculait, et fait revenir son esprit en arrière :

— Les hommes... Je ne sais quoi dire pour les gens comme moi, ou comme toi ! ajoute-t-il en tutoyant à brûle-pourpoint Farid. L'autre jour, quelqu'un l'a dit devant moi : les hommes de chez nous ressemblent à des muets... Retrouver les mots pour parler de soi, peut-être faut-il passer par là pour se dénouer. Aujourd'hui, là-bas !... (il eut d'une main un mouvement des doigts en avant qui n'échappa point à Julie), qu'est-ce sinon de grands gestes de bras dans la nuit ? Vivre debout, se dresser : cela coûte des efforts. Alors, combattre mais sans voir clair, sans même s'en rendre compte sinon plus tard, à quoi cela servirait ?... Tant de...

Il s'arrêta net et se leva.

Le cercle des trois têtes se disloqua comme une souffrance. Le narrateur reprit son masque froid, seuls ses yeux sombres et luisants posés sur Julie, puis sur Farid pour dire “au revoir”, pour répéter “au revoir” à

Farid qui insistait encore pour recruter Rachid dans l'équipe du Journal. Rachid disparu, Julie se rassit avec raideur sur sa chaise.

— Partons ! dit doucement Farid.

— Non ! répondit-elle. Je suis lasse ! puis, se rappelant seulement à cet instant la présence de l'époux, Farid tranquille, sûr de son bonheur, de la force de sa femme autant que de sa beauté, Julie se ravisa, se hâta même :

— Oui, oui, levons-nous, je voudrais rentrer !

Dans la rue, elle se sépara de Farid, conduisit en trombe la voiture jusqu'à leur domicile, monta précipitamment les escaliers de l'immeuble sale, retrouva sa chambre, son bain d'eau trop chaude, son lit, se retrouva.

Les semaines passèrent, peut-être les mois. Chaque jour, la volonté de Julie ne s'exerçait qu'à reconstituer à l'avance le temps de Rachid. Espérer l'apercevoir, même de loin, seulement pour l'émoi lent et vif de le contempler, le savoir non loin d'elle, sur le trottoir opposé comme lorsqu'elle passait et repassait face au *Café des combattants* où se réunissaient les exilés. De l'avoir entrevu au sein d'un groupe le plus souvent, avec Omar quelquefois, la laissait vibrante des heures durant. Mais plusieurs journées pouvaient se succéder sans qu'elle ne distinguât sa silhouette ni au café, ni dans quelque rue du centre, ni au Journal où elle arrivait le visage pâli de fatigue, l'esprit bouleversé par l'attente stérile, contrariée aussi de devoir mentir à Farid qui interrompait alors son travail pour partir avec sa femme.

Les rares fois où elle parvenait à rencontrer Rachid seul et sur le même trottoir, le temps se gelait, elle devenait statue arrêtée bien avant que le jeune homme n'arrivât à sa hauteur, si bien qu'il était contraint de s'arrêter à son tour, les premières fois réellement surpris, ensuite sans rien manifester, même pas de la froideur.

Mais les rencontres, avec l'échange de quelques politesses, devinrent exceptionnelles et lorsque Julie comprit lentement que Rachid, l'apercevant de loin, se contentait d'un salut lointain, ou même changeait de trottoir, elle ne souffrit pas. Simplement, elle sut qu'il fallait se décider. Elle s'arrêta à cela, l'esprit enfin paisible les jours suivants, délivrée de la recherche qui halète, de l'angoisse et de ses blancs : certaine qu'à la prochaine entrevue, tout se nouerait entre eux. Elle ne conjectura rien, n'étant pas vraiment sûre que Rachid répondrait à son amour, mais ne pouvant imaginer qu'il le rejetterait. L'attente n'est qu'une plainte déroulée avec patience et qui exclut les possibles de l'horizon.

Ils se retrouvèrent inopinément dans un des studios d'enregistrement de la radio-télévision de la ville. Julie assistait Farid qui préparait avec divers collaborateurs une émission destinée à l'intérieur et aux maquis. Depuis une semaine que Julie avait fixé sa résolution, elle s'était remise à travailler auprès de son mari qui ne s'interrogeait pas. Elle arriva en retard dans le vaste studio et, dans la dizaine d'hommes éparpillés autour de Farid, elle aperçut aussitôt Rachid. D'emblée elle alla à lui :

— Je voudrais vous parler en tête à tête… à la fin de l'émission.

— Oui, répondit Rachid, les yeux interrogateurs, et Julie s'aperçut qu'il était en retard, qu'il n'avait pas encore compris. Elle le quitta, se dirigea vers son mari, pensa à diverses reprises "en retard", parut s'absorber ensuite, pendant une heure, dans l'activité commune.

Elle ne se soucia pas de ce qu'elle pouvait dire à son époux. Elle n'avait nullement l'intention d'inventer quelque prétexte, comme si l'élaboration du moindre mensonge, en cet instant, lui coûterait un effort inutile.

Farid, tout à son travail, ne s'occupait nullement de sa femme (celui qui aime croit porter l'être aimé partout, si bien qu'aux moments dangereux, celui-ci disparaît à ses yeux. Et le gouffre s'ouvre devant l'amour aux yeux bandés...). L'émission nécessitait de multiples interventions, la sonorisation du studio se révélait déficiente ; toute la foule, techniciens compris, déménagea. Rachid et Julie se trouvèrent seuls.

— De quoi vouliez-vous me parler ? demanda Rachid, l'air ennuyé mais avec un scrupule dans la question, comme attentif à ne point offenser.

— Je voudrais vous parler de vous... et de moi ! répondit Julie.

Elle se tenait debout devant lui et venait d'enlever ses lunettes. Peu importait qu'elle n'aperçût pas dans une totale clarté le visage de l'aimé : elle le portait en elle. Elle parla de son amour d'abord, puis de sa vie jusque-là : son adolescence dans une province française, sa tendresse pour son frère, son seul ami, à vingt ans son mépris des hommes et ses multiples aventures... "J'ai eu tant d'amants !" ajouta-t-elle le ton amer, sans feindre la désillusion. Ne se justifiant pas, se révélant seulement : elle évoqua ensuite sa rencontre avec Farid, son enthousiasme d'alors.

— Je ne le cache pas et je ne le regrette pas, expliqua-t-elle, je l'ai admiré. Je l'admire encore mais je sais depuis longtemps déjà, avant de vous avoir rencontré, que cela ne peut pas être le véritable amour.

Elle ajouta ensuite, tendue par l'effort de se cerner devant l'aimé :

— On n'admire en vérité qu'une image, d'une façon ou d'une autre. Or, Farid n'est, sur beaucoup de plans, souvent qu'une image pour les autres, pour moi et, le plus grave, pour lui-même !

Puis, avec une brusque violence, elle écarta de sa pensée Farid.

— Je lui dirai tout, ce soir même : ce que je vous ai dit de lui, et mon amour pour vous.

Elle se dit prête à suivre sur-le-champ Rachid, à lui obéir "avec ravissement", ajouta-t-elle, la voix soudain basse…

— Sur-le-champ, non ! – elle se reprit, je demanderai du temps jusqu'à ce soir pour parler à Farid, pour régler tout. Dès demain matin, je peux partir avec vous, où vous voulez, aller avec vous n'importe où dans le monde !

Elle allait poursuivre quand elle comprit… Depuis un long moment, il attendait seulement qu'elle s'arrêtât et lorsqu'il répondit, lorsqu'elle entendit le "non", plus rien des mots lents et doux de Rachid qui refusait ne compta. Elle eut la sensation de s'écrouler, tomba contre Rachid, la tête contre sa poitrine. Il la prit dans ses bras, tenta de la relever. Un sursaut de Julie : le visage en larmes, elle se mit à baiser la poitrine du jeune homme, son cou, ses traits, avec des mots incompréhensibles de suppliante. Rachid la consolait, à voix basse, la redressait. Elle se remit droite, tout contre lui, seulement attentive à fixer en sa mémoire le visage si proche, à le dévisager avec désespoir, comme si la séparation allait être définitive. Rachid répétait lentement ses mots, parce qu'il devinait qu'elle le regardait égarée et sourde.

— Non ! disait-il, je vous demande de ne rien dire à Farid, que cela reste entre nous ! Je vous promets d'oublier. Je voudrais que vous oubliiez tout vous-même.

Elle refusait le conseil et, farouche :

— J'aurais voulu avoir des enfants pour les quitter pour vous et vous prouver que je peux tout quitter, que je le pourrai n'importe quand, au moindre signe de vous…

Elle quémandait un espoir, la permission d'un espoir ; Rachid ne l'aimait pas, ne l'aimerait pas, cette idée seule lui fit souhaiter d'être morte, peut-être aurait-il besoin d'elle un jour, peut-être…

Rachid, soucieux de ne pas faire souffrir davantage Julie, refusait d'évoquer l'avenir, ne parlait ni de ses sentiments ni de lui-même.

— Non, s'obstinait-il, votre place se trouve près de Farid. Sachez que je vous respecte, que je vous estime profondément, conclut-il avec un accent vif : la voix en suspens, il eut un geste de la main pour s'excuser, tourna le dos à Julie et partit.

Un mois plus tard, ils n'échangèrent pas la moindre phrase en voiture, quand Nfissa descendit et qu'ils roulèrent encore quelques minutes avant que Rachid ne dise, au milieu d'une place vide et laide :

— Laissez-moi là !

Julie se tourna vers lui dans l'obscurité, c'était la première fois qu'ils étaient si proches depuis la scène à la radio.

— N'avons-nous rien à nous dire ? gémit-elle, dans un murmure.

— N'en parlons plus ! répliqua un peu sèchement Rachid.

— Excusez-moi de vous importuner mais…

— Non, vous ne m'importunez pas ! l'interrompit Rachid avec sincérité.

— Rachid, déclara Julie d'un ton obstiné, je vous ai obéi, je n'ai rien dit à Farid. Sachez pourtant que j'aurais préféré tout lui avouer, le quitter, rester seule n'importe où, mais seule pour vous attendre indéfiniment… Je vous ai obéi parce que c'était votre désir…

— C'est toujours mon désir, répondit-il, et il sortit.

Dehors, il laissa la voiture démarrer, puis disparaître, il oublia aussitôt Julie, s'appliqua à revenir en arrière jusqu'à l'impasse où s'était engouffrée Nfissa dont il ne savait que le prénom et qu'elle était une jeune fille de son pays. Il rêva longtemps, l'esprit incertain, puis décida :

"Il me faut la voir, il me faut lui parler !"

Deux jours durant, son attente fut vaine, mais il n'en souffrit pas. Ayant rencontré Omar qui repartait aux frontières, il n'eut même pas la tentation de lui demander des renseignements, alors qu'Omar semblait connaître tous les exilés. Un instinct inexpliqué lui faisait ressentir qu'aux premiers mots échangés avec l'inconnue, il saurait s'il devait s'éloigner – une ombre en face de lui comme tant d'autres, non pas douloureuse comme Julie... mais neuve et jaillissante – ou s'il fallait enfin s'arrêter.

Jours précédant leur mariage... Avec hâte, ils s'occupaient à se connaître. A chaque détail nouveau sur Rachid, les yeux tranquilles, Nfissa souriait :

— Je suis fière de t'avoir aimé sans preuves sur toi-même ! disait-elle, et elle évoqua à son tour la guerre et ses haltes, l'ombre morte de Karim à Tunis, son temps effiloché par le désarroi disparu désormais. Jours si courts à cause des démarches que dut faire Rachid livré aux complications d'état civil dans une administration déjà paperassière.

Puis il découvrit la maison de marbre qu'il désira aussitôt pour eux deux, mais dont le loyer représentait plus de la moitié de son salaire, reconnaissant envers Nfissa de la voir donner son accord, dans un éclat de rire joyeux, à cette dépense imprudente. Inconséquente, tout comme lui, ou plutôt, marchant seul chaque nuit dans la médina il songeait :

"Son appétit de vivre se manifeste en une ardeur constante. Par coquetterie, elle la déguise sous la nonchalance… Véritable temps de chez nous. Allées et venues vers la source qui jaillit et en même temps dans le lit qui s'étale… rivières rares des piedmonts de chez nous…"

Par la suite, il garda l'impression de n'avoir nullement dormi tous ces jours, d'avoir erré inlassablement dans les rues vidées. Quand, dans leur maison pleine d'eux seuls en ce mois de mai, il évoquait ces marches devant Nfissa, elle exigeait qu'à leur retour à Tunis après l'été, ils refassent à deux, durant de pareilles nuits blanches, le même périple dans la médina. Elle ne connaissait point celle-ci, heureuse que Rachid en devînt l'initiateur, puis, au milieu de gambades dans le patio creusé de fraîcheur, après leurs siestes, elle imaginait n'importe quoi : "La médina aux quarante mosquées, toutes blanches à l'intérieur, toutes ouvertes en notre honneur, avec des tapis verts au pied de leurs piliers…" N'importe quoi, pourvu qu'ils en soient le pilier central, le cœur ouvert, la médina nocturne libérée des marchands piailleurs.

Ils vécurent dans la maison de marbre deux, trois mois ou davantage.

— Comme dit le proverbe, "des fers pour s'accrocher contre la misère", déclara fièrement la paysanne en sortant de son foulard une paire de bracelets d'argent qui tombèrent avec un son funèbre. Autour d'elle, les filles de Lla Toumia s'assirent sans rien dire.

Grâce à cette invitée qui ne s'arrêtait pas de travailler depuis l'aube jusqu'à midi, la maisonnée supportait mieux la guerre qui, à partir des versants montagneux visibles de la terrasse, les surplombait.

Lla Toumia gardait l'œil sur ses filles ; la vieille parlait, parlait, évoquait les épisodes de la vie à "Terre Rouge" et le passé serein qu'elle employait dans ses phrases faisait croire que la guerre elle-même était finie et que plus rien ne renaîtrait. La paysanne, comme tous les vieillards, s'habituait vite à la mort.

Elle n'avait jamais eu d'enfants.

— Petite mère, tu ne t'es jamais soignée ? demandait la cadette des filles.

— Oh, si jeune… Après deux ans de mariage, ma belle-mère, que le Seigneur l'ait en sa miséricorde, me dit un matin : "Viens, nous allons chez la guérisseuse !" Elle m'emmena dans un village voisin, à une journée de marche. Quand nous sommes entrées chez la guérisseuse, une dame parée de bijoux, elle nous dévisagea, accepta notre cadeau puis éclata de rire et nous chassa par ces mots à l'adresse de ma belle-mère : "Nous avons planté un pêcher dans notre jardin, mais le pêcher ne portera jamais de fruits !"… Je n'ai jamais eu d'enfants.

Mais la conteuse préférait s'égayer ; une joie rapide plissait ses yeux mouillés par la cécité.

— L'autre jour, voyez-vous, mes petites filles, je faisais ma cuisine. A Terre Rouge, j'ai vécu toute seule dans une chambre dont les murs chancelaient.

— Pourquoi ne pas l'avoir mise en état, petite mère ? Tu as bien dit que tu avais un neveu ?

— Oui, un fils de ma sœur, comment puis-je le lui demander ? Ce n'est pas mon fils…

— Une tante, c'est comme une mère.

— Non, un neveu, ce n'est pas l'enfant de son ventre ! objectait-elle, puis avec un sourire : je faisais donc ma cuisine. J'avais posé par terre le kanoun, *sorti une bouteille d'huile que j'avais mise à côté, j'apportai*

la marmite… Je me levai alors… savez-vous, mes petites filles, ce qui m'arriva ? (elle rit, à nouveau bouche grande ouverte et rire presque vorace). Dieu me garde !… Je me retournai, mon pied marcha sur la marmite, une poterie si fragile, la voilà brisée en deux… J'allai vers le kanoun *mais, voyez comme je suis vieille, j'avais totalement oublié la bouteille d'huile et avec le seul œil qui me reste, qui voit à peine, je crus que c'était le chat qui s'était assis à côté du* kanoun… *Avec un bâton, je me suis mise à frapper, à frapper… et le chat qui ne partait pas !*

Elle rit à nouveau, en silence, bouche béante et toutes les filles firent de même, dans un charivari qui fit surgir Lla Toumia de sa chambre.

— Quand mon neveu et sa femme entrèrent au bruit de la bouteille cassée, ils se mirent à s'esclaffer… Me voilà, la malheureuse, à leur emprunter du savon pour laver toute cette huile par terre !

Les rires continuaient. Sur la montagne, de petits points enflammés brodaient dans le ciel blanc un mystérieux quadrillage. Lointaine, la guerre devenait muette, un clown qui s'agiterait à l'horizon sous des lumières artificielles.

Lla Toumia revint : elle avait préparé quelques vêtements pour l'invitée…

— Tiens ! dit-elle, et elle lui mit de la monnaie dans sa paume pour son bain maure, petite mère !

— Plutôt laisser un héritage à mes ennemis que bénéficier des aumônes, murmura la vieille d'une voix maussade, mais elle garda l'argent.

Parmi les sœurs d'Omar, la benjamine se dressa, fit un geste des bras au milieu du patio, rêva une seconde devant le pan de montagne qu'elle distinguait avec un coin de ciel zébré, puis elle soupira longuement et s'enfuit, après une virevolte, dans l'une des chambres sans fenêtre.

— Comme tu as de la chance ! disait Nessima à Nfissa, d'avoir eu une mère qui ne soit pas émancipée, mais passivement traditionnelle !

— De la chance ? s'étonnait Nfissa qui recevait son amie.

Pourquoi Nessima ne cesse-t-elle pas de questionner, de généraliser, de chercher ?... Chercher quoi ?

— Une femme intelligente, remarquait plus tard Nfissa devant Rachid, est comme une maison ouverte aux vents divers des saisons.

Rachid rectifiait :

— Intelligente et malheureuse...

— Non, protestait Nfissa naïvement, Nessima n'est pas malheureuse, elle est si belle !

— Tu es belle ! avouait plus tard au cœur de la nuit Rachid, seule, tu parais belle à mes yeux, tu le demeures !

— De la chance ! insistait Nessima vêtue d'un tailleur blanc qui rehaussait son hâle. On accomplit ainsi en une fois et avec une chance de réussite le saut de rupture, alors que...

Elle se leva, fit quelques pas en travers du patio vitré, puis sortit avec Nfissa dans le jardin où ronflaient les crapauds ; l'eau coulait sous les orangers.

— Alors qu'avoir une mère qui a subi les premiers malaises de la transition, une sœur aînée ou, comme dans mon cas, de jeunes tantes qui, dix ans avant moi-même, se sont lancées à l'assaut de l'inconnu – elle eut un rire amer – cela devient un trajet si connu... si dérisoire : séances chez le coiffeur, sorties au cinéma avec l'époux compréhensif, mais à condition de se glisser dans le noir après l'entracte et de sortir quelques secondes avant la fin, vite, pour éviter, n'est-ce pas, les chers collègues... enfin, troisième étape, le voile folklorique disparu : ensuite... ensuite quoi ? (elle rit encore, prit par le bras Nfissa silencieuse, aide-moi donc ! dans ton pays, n'est-ce point pareil ? Elle enfla la voix avec une grimace), comme disait mon ex-fiancé dans ses discours : "Le chemin de l'émancipation féminine."

— Puis l'achat des magazines pour apprendre à meubler son intérieur et à recevoir, continuait avec bonne volonté Nfissa, puis les bijoux anciens, oh si beaux, soupira-t-elle, vendus pour du clinquant, puis...

Elle s'arrêta, d'un air de dire : à quoi bon ?

— Dès l'âge de douze ans, reprenait Nessima le visage tendu, la mémoire rêche, on commence à être cernée par les hésitations. Les audaces provinciales, les poses pédantes ou émouvantes des femmes entre elles avec toujours l'inévitable pépiement d'oiseau qui n'en finit pas depuis des siècles. Oui, à partir de douze ans !...

Elle s'arrêta, comme paralysée de provocation, parut souffrir. Nfissa la scrutait.

— A dix-huit ans, lorsque l'on commence soi-même à se poser des questions, à se demander si l'on va répondre au salut de l'étudiant qui suit les mêmes cours que vous, pourquoi pas, quel mal vraiment ? alors la puanteur des échecs des autres, mères, tantes et sœurs, vous environne et vous effraie : elles, elles vous envient simplement parce que vous allez commencer là où elles n'ont pas pu finir, et en effet, pensez donc (elle ne rit pas cette fois), la question du voile ne s'est jamais posée pour vous, vous savez marcher dans la rue, vous allez aux cours toute seule, pas au cinéma naturellement, ni au bal, mais au moins "dehors, comme dit ma mère, vous passez inaperçue" : une silhouette d'Occidentale, l'idéal ! Et voilà, on vous envie cette silhouette alors que vous vous posez des questions sur tout.

— Sur tout !... reprit en écho Nfissa qui désirait apaiser la jeune fille.

— Dans notre éducation, on a tout mélangé : la morale, l'islam, les critères politiques, les convenances bourgeoises. Or, face à tout cela, vous vous sentez un appétit immense de vivre, comme si les générations de femmes asphyxiées, étouffées vous avaient légué leur vie à vivre en même temps que la vôtre !...

Nessima parlait doucement, sans reprendre souffle.

— Oh oui ! répondit Nfissa sans s'en apercevoir. N'avait-elle point ressenti cette spontanéité anonyme et dévorante, "un appétit immense de vivre", disait l'amie si belle, maison ouverte donc aux vents des saisons.

— A cet instant-là, et Nessima retrouva sa voix de blessure, il faut affronter les essais avortés de celles qui ont fait un petit pas sur le seuil, puis qui se sont figées... Alors, leur angoisse vous saisit à votre tour !

Un silence envahi par les croassements puis par le chuintement des rigoles.

— C'est pourquoi, reprit Nessima calmée avec un air de sœur aînée, je t'envie ! Ta mère, ta famille, ce passé autour de toi sont une chance. Tu t'avances les yeux fermés, écoutant simplement ton instinct. Dans le désert, c'est toujours ainsi qu'on garde une chance d'arriver.

— D'arriver ?... songeait Nfissa qui, le même soir, dans les bras de Rachid, rêvait.

— Le jour où je t'ai rencontré, te rappelles-tu ?

Rachid ne répondait rien. Il aimait écouter chaque nuit, avant de s'endormir, la voix diverse de Nfissa. Quand il la quittait tout un après-midi pour se rendre à Tunis et au Journal, elle ne sortait pas, croyait se noyer dans la maison trop grande dont l'immobilité la faisait pareille à ces navires désertés qui se balancent majestueusement contre les quais. Au retour de Rachid, Nfissa trouvait pourtant de multiples histoires à raconter : rêveries imaginaires, sensations de solitaire qu'elle recueillait et revivait pour lui, collier de perles enfilées, jusqu'aux menus dialogues avec la femme de ménage, une villageoise hommasse qui venait de temps à autre. Nfissa la suivait de pièce en pièce et la questionnait timidement :

— Combien payes-tu de loyer ?

— Mille cinq cents.

— Pour une chambre ?

— Une chambre. Ma voisine paye cinq mille, mais elle a une chambre et une cuisine, avec tout : l'eau, l'électricité. Nous, mille cinq cents mais pour les murs seulement. On n'a pas d'eau.

Nfissa n'osait plus rien dire, la regardait déverser des seaux d'eau sur le carrelage de la terrasse, avait honte, tout en suivant la femme-éléphant du jardin au patio. Celle-ci, après de fréquents mutismes, reprenait :

— L'eau, c'est l'essentiel. C'est ce que je dis toujours.

— Tu dois peiner…

— Ah ! ce qu'il nous fait pour la recueillir : les enfants, petits et grands, moi-même…

Une heure après, tandis qu'elle terminait le ménage, elle se plantait devant Nfissa :

— L'eau, c'est l'essentiel, c'est ce que je dis toujours !

La femme-éléphant et la jeune femme prenaient ensuite le café ensemble ; puis Nfissa, restée seule, accueillait plus tard Rachid avec un visage bouleversé.

— Qu'as-tu ? Qu'est-il arrivé ? questionnait brièvement Rachid.

— Rien… oh ! rien.

Elle répétait le dialogue, les soupirs de la femme ; elle se blottissait contre lui, s'excusait de l'avoir inquiété. Lorsqu'ils sortaient pour leur promenade, Nfissa suppliait :

— Etre heureux, dis-moi, n'est-ce pas un scandale ?… La misère (elle ajoutait plus doucement), la guerre que j'oublie, oh oui, je l'oublie. J'oublie jusqu'aux miens, père, mère, Nadjia…

— Un scandale, crois-tu ? rétorquait Rachid taciturne.

Devant cette froissure, Nfissa retrouvait une gaieté de victorieuse, chantait, gambadait, ressaisissait dans un présent de lagune, l'attention, l'esprit et jusqu'aux sens de l'aimé. Elle lui offrait ses lèvres sous un arbre, ils reprenaient leur marche, et la nuit, l'été se déroulaient.

Quelques jours plus tard, les membres du Clan connaissaient enfin Nfissa qui, entourée de Rachid et de Nessima, les recevait au village au bord de l'eau. Elle avait passé la journée à préparer un copieux repas qu'elle servit sur la terrasse mal éclairée. On mangea vite, pour éviter les moustiques qu'attiraient les lampes. Aux compliments des convives, Nfissa regardait Rachid pour les vérifier dans ses yeux. Elle ne faisait nul effort pour diriger la conversation ; Rachid et Omar s'absorbaient dans une discussion. Les autres plaisantaient, admiraient le jardin obscurci, ne semblaient pas dévisager Nfissa qui ne se doutait pas de la curiosité dont elle avait été l'objet, et qui les observait à son tour, l'un après l'autre, calmement.

Soudain, Mounir se tournait vers l'hôtesse, faisait assaut d'amabilités, tout en lui expliquant leurs jeux et leurs distractions.

— Manies accentuées par la prison, disait-il. Un prisonnier qui n'est pas bavard est toujours plus malheureux. Parler remplit le vide.

— C'est vrai !... Comme les femmes, chez nous, qui sont séquestrées... découvrait Nfissa. Quand une femme se tait, c'est qu'elle a perdu espoir. Quand l'espoir est là, elle ne sait même pas ce qu'il pressent, il est là simplement, dans sa voix...

Mounir exigeait l'attention du groupe et décidait de dédicacer à Nfissa une histoire :

— On raconte que la femme de Pharaon était devenue secrètement juive ! Un jour, dans sa toilette, en faisant tomber son peigne, elle s'exclama : "Dieu !" Sa servante la dénonça à Pharaon qui voulut mettre à l'épreuve son épouse. Il fit donc brûler une Juive de ses prisons. Pour sauver la souveraine, à la place du chaudron d'eau bouillante où l'on allait plonger la victime, Dieu lui montrait des anges tenant des corbeilles de roses sur lesquelles s'élevait l'âme martyre. Mais ensuite, Pharaon ordonna à sa femme de dire : "Pharaon est seul Dieu !" Elle refusa. Il décida de la faire crucifier. Au milieu de son supplice, elle voit Moïse s'avancer devant elle et d'un simple regard lui désigner le ciel : elle sourit d'espoir. Voici que ce sourire dans la douleur trouble les amis de Pharaon. Celui-ci, toujours aveuglé, prétend que sa femme est morte folle...

— C'est tout ? demande Marie-Anne.

— C'est tout, répondit Mounir qui se demande alors pourquoi il a choisi cette fable.

— On raconte, poursuivit doucement Nfissa, que le Prophète, au moment de l'élévation, suivait au ciel l'archange Gabriel comme guide quand, sur leur passage, d'une des tombes d'un cimetière, monta un parfum de musc. Le Prophète demanda à Gabriel : "Qui est enterré ici ?" Et Gabriel répondit : "C'est la femme de Pharaon morte en croyante", puis il raconta votre histoire, n'est-ce pas ? demanda-t-elle à Mounir.

— Vous la connaissiez ? s'étonnait Mounir avec une pointe de respect.

— Oui, dit-elle en souriant, ma grand-mère devait connaître les mêmes récits que la vôtre.

— Père sortait chaque jour le Livre de Moïse devant ses enfants et racontait à chaque fois une histoire, ajoutait Mounir.

Le groupe s'était dispersé dans le jardin ; dans le patio, Marie-Anne et l'espion dansaient devant Nessima qui avait mis des disques. Omar et Rachid s'approchèrent de Nfissa. Près d'eux, Mounir en verve discutait avec Kellaf et Hassan.

— Quelle est la fête qui célèbre le sauvetage de Moïse et des Juifs devant l'armée du Pharaon ? interrogeait Hassan d'un air d'examinateur devant Mounir.

— L'Achoura.

— Comment traduire l'Achoura ?

Omar expliquait à Nfissa un des jeux du Clan : "Le Jeu des Ecritures".

— Retrouver, à travers nos fêtes, disait-il, la meilleure traduction en style biblique.

Rachid, novice autant que sa femme, riait comme à un souvenir d'enfance.

— Moi, proposait Nfissa, je traduirais "la Nuit des noyés".

— La Nuit du sauvetage ! s'exclamait Kellaf.

— La Nuit du Sinaï, suggéra Hassan.

Ils plaisantaient tous, Mounir seul les examinait en clignotant des yeux, le visage un peu luisant de sueur, si laid dans cette demi-clarté – le patio seul restait éclairé – qu'il attendrit Nfissa.

— Oh, je t'aime ! chuchota-t-elle en se tournant brusquement vers Rachid.

— Tu es bien ? demanda celui-ci avec douceur.

— Ils sont tous gais, et moi, je suis bien.

Elle s'éloigna, alla retrouver Nessima qui avait à peine parlé.

— Je ne suis pas coupé des autres ! protestait à haute voix Hassan au milieu d'une discussion politique.

— L'engagement, ils parlent d'engagement ! gémit Nessima devant Nfissa.

— Non pas coupé des autres, mais "coupeur de routes" ! rétorquait Mounir dans un brouhaha de rires.

— Qu'as-tu ? remarquait Nfissa qui ne comprenait pas l'humeur de Nessima.

— Tu sais danser ? interrogeait la jeune fille en regardant le couple de Marie-Anne et de l'espion. Celui-ci se laissait pousser la barbe, on ne voyait plus que ses yeux étirés au-dessus de l'épaule nue de Marie-Anne.

— Je danse toujours seule, répondit Nfissa, et elle suivait du regard Rachid. Si nous sortions, si nous nous promenions dans la nuit ?

— Oh, oui ! fit avec une soudaine impatience Nessima. Elle se dirigea vers la porte sans attendre les autres.

Nfissa s'approcha de Rachid, lui transmit l'invitation d'une voix câline ; Omar qui l'entendit répéta la proposition à tous. Deux voitures se trouvaient d'ailleurs devant la porte.

— Si nous marchions, ne serait-ce pas préférable ? objectait Nfissa.

— Allons jusqu'à la mer, je connais le sentier, proposait Omar qui rejoignait Nessima en avant.

Tout en bas du chemin, la lune éclairait les vagues à l'écume scintillante. Sitôt parvenu sur la plage, le groupe s'effilocha en paquets qui s'affalèrent sur le sable. L'eau, par clapotements léchés, gémissait à leurs pieds.

Contre l'horizon noir, au fond de l'immense baie, la montagne "aux-deux-cornes" apparaissait sombre, deux dents de fourche au sommet, tache étrange du paysage ample et nocturne.

— Au pied de la montagne, connaissez-vous le village des potiers ? demandait Omar à Nfissa.

Oui, Rachid l'y avait emmenée. Ils avaient pris le car un lundi, pour ne pas y trouver de touristes. Longue rue de maisons peintes à la chaux, aux fenêtres d'un violet pâli. Les villageoises enveloppées de plusieurs voiles gonflés au niveau de la poitrine et des hanches, serrés aux mollets et d'où sortaient les pantalons brodés à l'ancienne mode, circulaient, silhouettes semblables aux jarres que venaient chercher là les marchands à dos d'âne et les Bédouins avec leurs épouses aux cheveux rouges, parées de tuniques éclatantes, d'un bleu marin ou du même vert que les champs d'oliviers autour des maisons. Tout près, comme oubliée, la mer léchait une plage pure que ne parcouraient que quelques pêcheurs, Siciliens terrés dans des cabanes isolées, le plus souvent. Les indigènes formaient un peuple paisible de jardiniers que Nfissa et Rachid apercevaient après la sieste errant et palabrant, un œillet sur l'oreille. Dans les ruelles, les enfants faisaient des marelles.

— D'ordinaire, disait Rachid qui était déjà venu, des voitures d'ambassade passent en trombe dans la longue rue principale et s'arrêtent chez le vendeur attitré en poterie locale.

Le jour de leur promenade, seul un chameau du Sud se hasarda avec son guide soudanais à défiler dans les ruelles ; lorsqu'il se perdait dans quelque impasse, la joie des enfants s'élevait en rires pointus.

— J'aime ce village ! répondait Nfissa à Omar.

— Quelques kilomètres plus loin, sur la route, se trouve le "village des eaux", ou plutôt "du marabout", expliquait Kellaf, savez-vous que ce sont deux villages rivaux ?

— Qu'est-ce qu'un marabout ? intervenait Marie-Anne.

— Il se tient sur une jambe pour faire la prière, bougonnait Hassan assis près de sa femme qui dormait dans le sable.

— Il rote… il déglutit… on croit que l'esprit sacré parle à travers lui, disait Kellaf.

— Et quand il couche avec une femme, le mari se sent honoré ! ajoutait Mounir.

— Heureux homme ! soupirait l'espion.

— Ai-je dit que c'est un homme ? continuait Mounir. Un animal tout au plus, les zoologistes l'étudient.

— Ses descendants touchent de l'argent. Ils font la quête, des siècles après…

— Oh oui, la "baraka" !… se souvenait Marie-Anne.

— Pour le repos de celui qui déglutissait…

Le jeu devenait collectif. Seul, Omar, qui s'était éloigné de Nessima, se tenait debout, face à la mer, comme prêt à partir.

— "Des eaux", il y a des thermes dans ce village ? demandait Nfissa à Rachid, assis à ses pieds.

— La bénédiction du marabout ! commentait la voix de Mounir, gouailleuse et presque acide. Le marabout a la nostalgie de l'eau, il en fait jaillir quand il s'ennuie.

— Il guérit les lépreux, ajoutait Hassan, comme les rois thaumaturges de France.

— Pourquoi dans ce village ?…

— Parce qu'on a dû tellement prier là, peut-être…

— Pour rendre jaloux les jardiniers athées et bons vivants du "village des potiers", pour les tenter ; les attirer chez lui pour la prière, expliquait Kellaf avec la même fantaisie.

— Et ils succombent ? s'inquiétait Marie-Anne.

— Quand ils sont vieux, sûrement.

— Heureux villages ennemis ! déclamait l'espion qui, pieds nus, s'enfuyait pour barboter dans l'eau, le pantalon relevé sur des mollets poilus.

— Comme dit le proverbe, concluait Mounir sentencieux, "mieux vaut un ennemi rusé qu'un ami borné", et il suivait l'espion.

— L'ami du proverbe, est-ce une allusion ? interrogeait la voix de l'espion dont la silhouette, au loin, se prêtait à des pitreries de vieille comédienne.

Ils s'éloignèrent. Nfissa rêvait. Non loin d'elle, Kellaf, Hassan et Omar s'étaient remis à discuter. Voix basses et absorbées.

— Quand je suis seule avec toi, je n'arrête pas de parler, disait Nfissa en caressant les cheveux de Rachid dont la tête reposait sur ses genoux.

— Nfissa, mon épouse, murmure-t-il en la contemplant de ses yeux renversés, mon foie ! ajoute-t-il en arabe et d'une façon inopinée.

— Chez nous, répondait Nfissa bouleversée par le dernier mot et continuant elle aussi en arabe, la mère dit souvent à son enfant "ô mon foie !" au lieu de "ô mon cœur !". Pourquoi ?

— Je n'en sais rien, soupira Rachid, puis il reprit le mot arabe, répéta le prénom de sa femme, ferma les yeux.

— Le foie sécrète la bile… et la bile est amère, n'est-ce pas ? Pourquoi ?… Peut-être pour signifier que celui qu'on aime devient une source d'amertume… une fois, un jour…

Elle regardait la mer, le groupe en bouquet d'ombres, revint vers la tête de Rachid posée près de son ventre.

— Je t'ennuie ! chuchota-t-elle.

— Oui ! dit-il et il gardait les yeux fermés.

Les autres, près d'eux, continuaient leurs discours. Nessima gisait seule, un peu plus loin. Mounir suivi de l'espion revenait les mains chargées d'algues, quand, du même sentier, débouchèrent deux couples, le voile des femmes qui semblaient jeunes faisant une tache blanche. Ils passèrent près du groupe.

— Vraiment, au nom de Dieu !... dernier mot suspendu d'une voix claire de promeneuse.

En silence, les inconnus longèrent l'eau, les hommes derrière les femmes et marchant à grandes enjambées dans le sable mouillé. Omar et Kellaf se remirent à parler :

— La politique est nécessaire, certes, mais au lendemain du combat !... Quels hommes s'y précipitent autour de nous ? Regarde... des mutilés !

— Mais des vivants, rétorquait Kellaf. Va en Europe, qu'y trouves-tu ?... Des repus !

— C'est cela : affamés d'un côté, repus de l'autre...

— Moi, je ne parle que de la masse ; à plus forte raison les combattants...

— Ils existent, leur pression sur la politique s'exerce.

— La politique, quelle politique ? disait Kellaf en colère.

Soudain la voix de la promeneuse voilée s'éleva à nouveau. Nfissa se tourna du côté des inconnus, elle n'apercevait maintenant qu'une femme avec deux hommes, comme si la chanteuse s'était cachée derrière un rocher. Sa voix montait pourtant, harmonieuse d'abord, puis peu à peu aiguë, lente, modulant ensuite un refrain doux de berceuse : "Nuit, ô nuit !", l'invocation se prolongeait en arabesques qui s'affaiblirent peu à peu. La chanteuse réapparut alors, sans voile, silhouette revêtue d'un linge clair que Nfissa devina transparent. Elle se mit à courir, le chant s'éloignant au fur et à mesure, et les deux hommes, qui la poursuivirent avec des foulées alourdies par le sable, semblaient avides du chant qui les précédait. L'autre femme restait immobile, le voile gonflé par la brise qui s'était levée. Le chant revint : "Nuit, ô nuit !" une dernière volute aiguë puis le silence… Immobile, la femme voilée attendait.

Le Clan s'était tu. Tous regardaient sauf Rachid à qui Nfissa décrivait la scène lorsque le chant fut près de mourir.

— Nous ressemblons à de bons élèves studieux face à la vie !… déclara soudain Omar.

— Ceux qui aiment ne parlent pas, ils chantent, disait de son ton paterne Mounir.

— Formez donc des groupes lascifs, et non dissertatifs, conseillait l'espion au visage perlé d'eau, aux pieds salis.

Ils se levèrent les uns après les autres, retournèrent vers le sentier. Alors seulement, quelqu'un s'aperçut que Nessima pleurait. Nfissa fut auprès d'elle.

— Rien, je n'ai rien… hoquetait-elle.

On chuchota des pourquoi. Marie-Anne rejoignit Nfissa. Elles précédèrent les hommes dans la montée sinueuse. Devant les voitures, quelques brouhahas de voix. Sans doute par discrétion à l'égard de Nessima ("Reste chez nous !" proposait Nfissa mais Nessima refusait, partait avec le docteur et sa femme), quelques-uns s'interrogeaient à haute voix sur les inconnus de la plage.

En travers de leur lit, tandis qu'elle se déshabille, Nfissa, gaie malgré les pleurs de Nessima, évoque pour

Rachid les histoires qu'elle inventait autrefois avec Nadjia, dans les veillées, pour choquer leurs sœurs prudes. Elle mime les conteuses, elle-même et sa sœur, deux jeunes sorcières qui s'ennuyaient des mois entiers où il ne se passait rien :

— Il y avait une fois.

— Une femme à la chevelure jusqu'aux chevilles, et Nfissa défait ses cheveux.

— Belle comme la lune.

— Un homme la demanda en mariage.

— Il était gros.

— Il était riche… Je continue ? ajoute après un arrêt Nfissa qui s'assoit en tailleur sur le lit. Elle exige l'attention pleine de Rachid, tant pis si l'aube est proche :

— La première nuit, il lui défit la chevelure.

— La seconde nuit, il enveloppa la femme nue dans toute la chevelure.

— La troisième nuit, il voulut couper la chevelure : car les cheveux devenaient vipères qui défendaient la jeune fille des caresses de l'homme gros.

— Il coupa la chevelure.

— La jeune fille poussa un cri. Tu m'écoutes ? dit Nfissa à Rachid qui s'assoupit.

— La jeune fille poussa un cri, répète-t-il.

— Elle est morte !

— Je vais entrer en toi avant que nous nous endormions ! murmure Rachid.

— La mer est verte, tous ces jours… songe Nfissa un peu plus tard, les yeux fermés, le corps épanoui.

— Moi, je lui ai dit : "Je te fais confiance ; tout ce qu'on peut venir me rapporter sur toi… je te fais

confiance. Je ne crois que ce que voient mes yeux. Si tu me trahis…"

— Qu'est-ce que tu fais ?

Lla Toumia était allée avec la vieille paysanne au bain ; les filles conversaient seules avec leur aînée, mariée récemment, et une voisine.

— Oh, s'il me trahit, que veux-tu que je fasse ? C'est entre lui et le Seigneur. Je ne lui souhaiterai même pas un châtiment ici, dans ce monde. Mais dans l'autre… c'est entre lui et le Seigneur.

— Dans l'autre monde !… Dieu est le seul Dieu !… dans l'autre monde, c'est plus terrible : tu es dure.

— Que veux-tu ? dans ce monde, ce qui le touche me touche, ce qui l'atteint m'atteint. Non, vraiment, je ne lui souhaite rien de mal dans ce monde, même s'il me trahit.

— Que veux-tu y faire ? un homme est un homme !

— Un homme est un homme. Crois-tu que je suis comme Malika, ma belle-sœur ? Elle, lorsque son mari devait aller en France pour quinze jours, elle a voulu l'accompagner pour ne pas le laisser seul. Mais son père – c'est son père qui commande, il est le patron de son mari – n'a pas autorisé son voyage : il aurait fallu qu'elle enlève le voile, tu penses. Alors, quand son mari est revenu de France, tu sais ce qu'elle a fait ?

— Qu'a-t-elle pu faire, la pauvre, puisqu'elle n'a pas pu elle-même le surveiller ?

— Elle a apporté le Coran et a demandé à son mari : "Jure-moi sur le Livre que je dois me tranquilliser sur ce voyage !"

— Il a juré ?

— Il n'a pas voulu jurer. "Ton père ne t'a pas laissée venir. Est-ce ma faute ? lui a-t-il dit. Non, je ne jurerai pas."

— Je te dis : Moi, je lui fais confiance. Je ne crois que ce que voient mes yeux... Un homme, ça ne se surveille pas.

— Quinze jours seul en France !... Un homme est un homme.

L'une des jeunes filles qui avaient écouté sans dire mot se leva, les yeux éclatants ; elle quitta la chambre en faisant claquer la porte derrière elle. La voisine eut un rire ironique :

— Les filles d'aujourd'hui, elles n'aiment pas entendre cela. Mais cela ne changera jamais : un homme est un homme.

Peut-être est-ce au moment du chant de l'inconnue sur la plage, que Nfissa perçut soudain la fin de l'été. Une tristesse imperceptible qu'elle chassa vite.

Septembre approchait. N'ayant plus d'argent, Nfissa et Rachid décidèrent de revenir à Tunis où la vie serait plus économique. Les derniers jours dans leur maison que Nfissa continuait à sentir comme leur propriété définitive, elle restait plus souvent seule. Rachid était retenu de plus en plus tard au Journal ; en outre, il cherchait un logement modeste mais qu'il voulait agréable pour Nfissa.

Dans la maison vide, sans que rien ne l'y préparât, montait en Nfissa un sentiment comme une mer haute qui enfle, comme si elle allait entrevoir quelque chose de grave – de décisif, pensait-elle dans une mollesse de tout le corps. Un voile qui se déchirait pour quelle découverte... Elle ne savait quoi, elle ne savait pourquoi... Au bout d'un instant (la sensation l'habitait quand elle se trouvait seule, se confondait avec l'impression habituelle qu'elle aimait par-dessus tout d'avoir un temps infini à dépenser dans une vacance et une errance de l'âme – temps neuf et vierge qu'elle remplissait de pensées, actes futiles qui ne se concrétiseraient qu'au moment où elle les recréerait pour Rachid, mais qui, au sein de la solitude, lui faisaient ressentir sa légèreté de vivre, tassée en elle), au bout d'un instant donc, l'émoi proche de l'acmé s'affaissait... il fallait dès lors s'astreindre à tuer les heures, à faire semblant de vivre, à s'ennuyer, jusqu'à l'arrivée de Rachid. L'attente elle-même avait des variantes : plaisir dont l'intensité la faisait déambuler de pièce en pièce ou d'une allée à l'autre du jardin, d'autres fois indolence qui parait ses rêveries d'un flou interminable.

Elle ne faisait rien, pas même quelque agitation qui deviendrait prétexte aux yeux des autres car les autres s'aveuglent toujours, "quelque chose d'utile", comme ils aimaient dire à Tunis, de "positif", de "constructif" – alors qu'elle devinait que seule n'était constructive que cette possibilité de se cerner peu à peu soi-même dans des ébauches d'action sans spectateur.

Lla Fatouma, accompagnée de Zouina, venait quelquefois lui rendre visite et pour Nfissa, la journée entière s'emplissait de préoccupations ménagères. Après le repas, Lla Fatouma ne faisait pas la sieste, elle allait d'une chambre à l'autre, en psalmodiant ses chants sacrés, puis revenait vers Nfissa :

— Tu devrais mettre des pots de basilic à tes fenêtres.

— Nous allons partir d'ici, tante.

— Cela éloigne les moustiques, continuait Lla Fatouma.

— Et les mauvais anges, n'est-ce pas ! ajoutait Zouina vieillie mais toujours belle.

A l'heure du café, sur la terrasse embaumée de jasmins, la femme-éléphant posait la table basse, apportait les beignets chauds, conversait avec les invitées. Nfissa écoutait les papotages.

— Comme Rachid met du temps ! pensait-elle ; elle supportait alors l'attente moins facilement que dans la solitude. Un ennui offensif la saisissait.

— Mon voisin, racontait la femme-éléphant, un homme de quarante ans, vient de se remarier avec une fille de treize ans, mariage chez le *taleb* naturellement…

— De treize ans ? Il l'éduquera, répondit doctement Lla Fatouma qui se levait pour la prière.

La femme-éléphant chuchotait longuement à l'oreille de Zouina qui éclatait de rire, de son même rire en cascade. Nfissa ne demandait rien, mais Zouina reprenait le récit, comme si elle en était l'auteur :

— La nuit, disait-elle en désignant du regard la femme-éléphant, elle surveille le couple parce que leur porte n'est défendue que par un léger rideau. Elle entend la mariée – treize ans !… – rire et proposer à l'époux : "On recommence ?…"

Zouina s'esclaffe une seconde fois, soupire :

— Mes noces, vingt ans déjà, Seigneur !…

— Tu n'es pas vieille et tu es belle ! la réconforte Nfissa qui mange et se surprend à papoter elle aussi.

— Rachid, murmurait-elle le soir même, je ne veux plus rester dans cette maison !

— J'ai trouvé un studio, mais le quartier est bruyant !

— Tant pis ! Partons. Quittons ce village avant que l'été ne le quitte…

Tunis, dans son cœur ancien, voit la blancheur de ses maisons crépies virer par reflets irréguliers au mauve, les jours de septembre, à l'heure du couchant. Les hommes se taisent, rentrent lentement le long des artères d'ombre ; boutiquiers, marchands de tapis et de cuivres surgissent seuls sur le pas de leurs portes et de leur trésor d'Orient, sans voix, brusquement figés. Presque plus de touristes en file indienne dans les ruelles rétrécies. La vie décline, penche. Puis la Grande Mosquée, vaisseau des siècles immobilisés, s'emplit de la foule des vieillards dans leurs toges immaculées ; les mendiants stationnent devant les cours du temple où, dans les bassins de marbre, l'eau des ablutions sourd et rythme la mélopée qui commence. Des salles de prière, l'hymne des voix séniles succède au chant qui, de la plus haute tour, a percé l'azur de son appel par vagues mélodieuses au-dessus des terrasses de la médina.

A cet instant de paix, Rachid retrouve l'impression de se laisser porter par la respiration de l'atmosphère ancestrale. Nfissa marche à ses côtés mais ce ne sont plus les mêmes promenades. Au-devant du couple, s'ouvre la ville dont les habitants vivent ainsi : un petit pas devant un autre petit pas, les ablutions de midi après celles de l'aube, une prière, puis une autre, ainsi, sans jamais de question, le soir, fermer le magasin, le retour, le repas, la femme alourdie par la prochaine grossesse, ainsi jusqu'à la vieillesse et à la toge blanche : un peu plus de prières alors, un peu plus de plaisir à vivre, ainsi jusqu'à la sainte mort islamique. Et, sans nul doute, pour les femmes, le chloroforme agit plus fortement, lustré par plus de fatigue ou plus de douceur myope les soirs de la vie. Mais toujours le silence, ou pis, son plus proche semblant, ce murmure de voix confuses, ce demi-ton invariablement baissé sans jamais le moindre éclat, sans nul sursaut ni réveil, inépuisable chuchotement féminin qui au-dehors se noie en néant mais qu'un enfant de la ville perçoit pourtant, quand il erre à l'instar de Rachid oisif et comme aux aguets de lui-même, pendant qu'à travers les stores baissés le suit quelque soupir de fillette sans visage (seules les filles, au premier âge de la réclusion, palpitent encore d'espoir derrière la lucarne, jusqu'à appeler d'un coup – provocation ou délire – l'inconnu traînant le pas contre la fenêtre trop haute).

La pensée de Rachid se porte ensuite sur Nfissa ; il lui serre le poignet dont il imagine, dans une poussée de désir, la finesse. Il se dit qu'après tout il comprend mieux qu'elle-même ce qu'elle fuit : l'attente qu'elle n'a jamais connue mais qu'elle semble quelquefois avoir rêvée en avance et donc inutilement, esquisse de vie, que son instinct pressentait et que le présent a bousculée sans pourtant l'effacer. Brusquement, Rachid craint qu'une séparation n'intervienne entre eux. Il a peur mais pour elle ?

— Tu seras oublieuse !… accuse-t-il d'un ton abrupt.

Ses paroles sont quelquefois des îles.

— Moi ? proteste Nfissa, pourquoi dis-tu cela ?

Non, décide-t-il violemment tandis qu'ils longent la porte de la Grande Mosquée qui déverse maintenant ses rames de fidèles au pas trottinant, déjà repus par la dévotion tranquillisante, non, n'accepter aucune circonstance où Nfissa risquerait de vivre ainsi, non point amante ouverte, mais renversée dans le passé collectif qui menace. “Nfissa qui naît, se dit doucement Rachid, et que je ne tuerai pas, elle.” Elle ne l'a point entendu.

Le même jour – ils sont désormais habitants de la ville : un quartier de bruits et de rues sales, au rez-de-chaussée leur chambre petite mais claire –, Nfissa apprend l'amour de Julie pour Rachid. Elle l'apprend inopinément, une lueur noire sur une plaine givrée, un vent coulis en plein midi d'août. Au cours de leurs discussions gaies, parce que le soleil est hésitant, qu'une paresse dans l'air les surprend, ou simplement que leur désir, à peine percé, n'est pas assez violent pour les entraîner vers leur chambre, mais sous-jacent les fait se provoquer par pointes taquines – soudain Julie passe sur l'autre trottoir, devant ce café où Rachid n'emmène Nfissa que rarement, préférant d'ordinaire des endroits de silence. Nfissa, heureuse tout ce jour et pour cela extrêmement attentive aux autres, aux toilettes féminines, aux sourires des enfants sortant de l'école. Elle aperçoit Julie qui marche lentement, droite sur ses hauts talons, sans s'arrêter, pas même devant la plus belle vitrine de l'avenue, et Nfissa comprend d'une façon évidente que la passante les a vus, que pourtant elle ne veut pas tourner la tête vers eux, ni saluer ni sourire. Elle comprend, à un je-ne-sais-quoi de la démarche ou du port de tête, que Julie évitera toujours de leur sourire – rétrospectivement Nfissa entrevoit que l'épouse de Farid a toujours été tendue par la politesse et par… par quoi donc, Nfissa cherche.

— Je suis sûre, s'exclame-t-elle et sa voix rit encore dans le cours des plaisanteries échangées depuis le matin, ensoleillées tels des signes entre eux deux, je suis sûre, reprend-elle, qu'entre Julie et toi il y a quelque chose !

Elle a parlé sans réfléchir, s'attendant à une réplique gouailleuse de Rachid et ils se seraient amusés de ce qu'elle jouait à l'épouse jalouse, ils auraient été spectateurs faciles, même si le jeu pouvait aller jusqu'aux blessures énervées, jusqu'aux morsures.

— Je voudrais te faire mal comme j'ai mal, diraitelle avant de tomber sur sa poitrine.

Ils seraient alors dans leur chambre et le temps de la sieste ne suffirait pas pour qu'ils retrouvent, emmêlés, la plénitude ainsi rompue pour quelques heures exagérées.

Elle s'est donc apprêtée à cette comédie ; Julie est déjà loin. Mais Rachid n'entre pas dans le jeu ; il sourit à peine : orage d'un coup pour Nfissa. Elle attend, elle souffre, une première fois, oh oui pour la première fois de sa vie, le doute déjà certitude, la certitude déjà colère, déjà impuissance, l'impuissance froidie dans une lancée de désespoir.

— J'ai donc deviné… sursaute-t-elle bas, voix de soupirs et de larmes mais les yeux secs.

— Non, répond Rachid sur un ton sérieux, ou si peu… Rien en tout cas de mon côté.

Il se tait d'un air grave. Nfissa ne demande rien d'abord. La souffrance l'épouvante ; quelque part, autrefois, une fillette pleure, la tête dans ses bras en arceaux contre le mur, la même enfant courant et hurlant dans des ruelles de médina de nuit (ainsi nos douleurs enfantines resurgissent sur l'écran du présent quand on bute, adulte). Elle ne parle pas. Elle ne pleure pas tandis que Rachid se lève, que docilement sa femme le suit et il courbe les épaules. Un ennui l'alourdit devant ce qu'il juge simple incident, mais l'écorce pour la première fois depuis de longs mois se déchire : le cœur du temps réapparaît, les jours brûlés d'hier, au bout le noir opaque, le mur. La femme marche à ses côtés, têtue et surtout en retard…

La nuit, quand avec une patience d'aîné il lui décrivit la déclaration de Julie, elle persista dans sa crispation. Las, il s'endormit, l'enveloppant toujours. Dans ses bras, au centre du sommeil de Rachid, Nfissa attendit le jour, les yeux ouverts. La souffrance chaque minute, chaque heure, rongeur aux dents minutieuses…

Rachid et Nfissa s'asseyent le lendemain à la terrasse d'un café. Il est une heure de l'après-midi, une heure trente ; presque deux heures. La rue est écrasée par une lumière crue et empoussiérée. Les gens descendent des bus, ou du tramway, à l'heure du retour au bureau. Leurs groupes hâtifs bousculent à peine la lumière violente, comme immobilisée, qui les rend immatériels, insectes déambulant à petits pas mécaniques. A l'horizon, on n'aperçoit pas la lagune mais Nfissa l'imagine : endormie dans l'automne, bleue avec des profondeurs grisâtres. Nul abri dans ses souterrains liquides, aucun espoir de fuite et de sommeil. Hier encore ou dans un profond passé, elle devait paraître limpide, tentante, telles les prunelles d'une femme passive... Aujourd'hui, les eaux elles-mêmes étalées dans ce ventre de la ville morte deviennent présence muette, prolongement d'exil, une barre.

Rachid, assis là au café, dans ce soleil d'une heure de l'après-midi, cette rue large entre lui et la mer au bout, sa femme à ses côtés impénétrable, se sent acculé. Le temps... il y revient toujours. L'agitation du dehors : femmes à talons hauts, fardées quelquefois de couleurs vivaces qui font mal, d'autres enlaidies ou quelconques avec un visage flétri, ombres falotes ; les hommes, frelons asexués qui se pressent ou, s'ils paraissent se promener, transportant au-dessous d'un corps mou une tête aux yeux plats, sans mélancolie ni amertume. Et le soleil de deux heures de l'après-midi persiste, projecteur unique dans un théâtre désolé.

Rachid et Nfissa se lèvent et se remettent à errer comme une seule âme qui chercherait.

Du bonheur, ils se réveillaient conjointement. D'un coup, Nfissa oublia Julie, qui lui devint comme la gardienne d'un royaume inexploré, où chaque nuit son corps naviguait à la rencontre de Rachid, aux confins du plaisir froid, des caresses muées en questions, de l'accouplement à la fois connaissance et déchirement pourtant d'un être double, d'un être unique.

A l'approche de l'orgasme, Nfissa labourée regarde Rachid, le visage révulsé par l'émoi, les yeux seuls suppliant :

— Qui es-tu ? Qui suis-je ?…

La jalousie a drainé la souffrance, puis celle-ci la volupté qui, sans que Nfissa le comprenne, l'éloigne irréversiblement du sommet du bonheur.

Il lui semble maintenant avoir été heureuse et pleine au creux d'un temps infini, autrefois, elle et toutes celles qui l'avaient précédée, chaîne unique d'un gel illuminé, dont resterait un seul paysage : poésie des demeures profondes, jasmin au cheminement alangui au-dessus de patios, contre des murs blanchis à la chaux, femmes errantes dans ces cours, vivantes et quelquefois frêles, mais grasses le plus souvent au milieu des marbres et sous les fleurs graciles, femmes aux yeux larges, pensifs, lorsqu'elles s'accroupissent autour des tables basses surchargées de pâtisseries au miel, de compotes d'oranges ou de coings, femmes au front lisse, à l'appétit continu et qui pépient, leurs murmures se mêlant au gazouillis des oiseaux en cage, lesquels, l'œil pointu et les plumes tressautant, contemplent le tableau de ces femelles absentes d'elles-mêmes, installées dans leurs corps déformés par les grossesses successives – et les chambres, tout au fond, conservent, à chaque nouveau vagissement, la même simplicité austère devant cette vie qui, spasme après spasme, perpétue l'espoir – femmes végétales mortes au cours des siècles et présentes pourtant, telles les fleurs qui s'étalaient dans les vergers saccagés, au temps des royaumes de la Grenade opulente.

III

Rachid est un homme déchiré : moi d'abord, Nfissa ensuite, nous nous sommes trompés sur son compte. Moi, parce que j'ai négligé le temps de la guerre ; quant à Nfissa, alors qu'elle a reconnu d'instinct l'homme vrai dans sa fierté inaltérée, son manque d'expérience l'a empêchée de voir qu'il était abattu de son socle, et de le découvrir un jour la fera davantage souffrir. Mais lui, il le savait. Qu'il n'ait pas voulu s'ouvrir à Nfissa, comment le blâmer ? Devant une source, l'assoiffé ne pense point à dire "j'ai soif", il se penche pour boire, s'oublie… Rachid a bu et l'âme limpide de Nfissa lui a renvoyé sa primitive image d'assoiffé : plus grave qu'un souvenir.

Il est vrai que Rachid n'est pas capable d'oubli, on n'en finissait pas de le penser. Le contraire de Nfissa : elle me donne l'impression de vivre comme une chèvre qui grimpe un versant : un saut après l'autre, un pas après l'autre, nul regard pour l'abîme derrière, peut-être pas même pour le ciel devant, au lieu que Rachid a paru, tous ces mois où il revint à Tunis avec sa femme, comme tourné, d'en haut, vers quelque vertige.

A présent, nous nous trouvons réunis aux frontières ; six années de guerre se sont terminées, la septième commence. L'un et l'autre nous ne dépendons pas, contrairement à notre entourage, du Hibou dont l'importance augmente et que les observateurs étrangers comparent à un Fouché de notre petit monde. Il est vrai qu'il tisse sa toile d'araignée vite, vite, contre les frontières, un mur, prétend Rachid, qui, en tombant d'un coup, fera s'écrouler avec lui le minutieux travail de patience policière.

Je vais plus souvent que Rachid à Tunis. Nous nous isolons souvent pendant les veillées ; notre intimité ancienne est revenue, alors que je ne m'y attendais plus. J'en profite aujourd'hui pour déclarer d'emblée :

— J'ai rencontré la femme de Farid. Elle m'a demandé de tes nouvelles.

Rachid ne répond pas. Il n'y a à attendre de lui aucune confidence, mais dans l'amitié recréée, cela semble se faire implicitement entre nous : Rachid se met à réfléchir tout haut, sur un ton froid.

— Autrefois, dit-il… il s'arrête.

— Autrefois, repris-je, tu penses aux femmes…

— L'amour d'une femme, c'était un miroir sans reflet. Coucher avec elle, c'était casser le miroir, et la femme n'existait plus…

— Julie existe-t-elle ? demandé-je.

— Non, fait-il. Même s'il n'y avait pas eu Nfissa. Mais (il s'arrête, réfléchit puis :) maintenant je connais la souffrance. Comme si le miroir me renvoyait une image qui hurle… qui le comprendrait ? Qu'une femme souffre et que j'en sois la cause malgré moi, même si la femme m'est étrangère, l'idée de toute façon ne me plaît pas… c'est tout ! conclut-il presque sèchement comme s'il m'en veut d'avoir parlé.

Il se lève, puis, voulant rectifier et laisser à dessein notre dialogue sur un ton banal :

— Bien sûr, ajoute-t-il avec un léger geste des doigts, il y a toujours la vanité masculine.

Plusieurs jours plus tard, par un détour tout à fait abstrait, nous reprenons notre conversation. Nuit fraîche d'hiver sans pluie. Nous sommes assis sur une marche, devant un hangar. En face de nous, une cour de caserne ; des camions vont et viennent ; des hommes en uniforme déballent des caisses… ahans de l'effort collectif. Ce matin même, rapidement, nous avons entrevu le Hibou, venu sans que nous l'ayons vu entrer ; derrière une fenêtre il parlait sans gesticuler, la face aplatie par la vitre : vraie scène de conspiration. Maintenant, devant cette agitation nocturne, Rachid et moi nous nous demandons :

— Est-ce de l'armement ?…

— Ou de l'alimentation pour l'armée, tout bonnement ?

La Ligne Morice demeure imperméable. Il est vrai que, ces dernières semaines, chaque nuit a vu des attaques de notre part, pour la première fois, continues. ("Sans doute, dis-je, maintenant qu'il est question, à nouveau, de négociations, le Hibou veut ainsi prouver qu'il est là.") Chaque nuit striée de lumières, de cris, de grenades explosant au-dessus des champs électrifiés. Un terrain de dix lieues de large, haché de faisceaux, labouré de mines, éclairé actuellement à partir de fortins en béton, rivière d'électricité et d'acier qui nous sépare de notre terre et qui s'enfonce jusqu'aux marges du désert…

Le spectacle que nous offre désormais la nuit est grandiose, d'une irréalité métallique, comment dire ? un champ d'avenir et de mort – à peine si notre compagnie qui avance, un homme après l'autre, derrière les trois volontaires du déminage, ressemble à une file d'insectes hâtifs, butant toujours, qui, devant un pylône, qui, devant des barbelés. Deux, trois, plusieurs hommes d'un coup, tombent dans un grondement flamboyant ; tous à terre !

Me relevant, je cherche du regard Rachid, le seul sans uniforme. Un homme gémit “Dieu !”. Nous nous replions… La nuit suivante, nous reprenons la tentative : la marche progressera, un peu plus loin. Dans la journée, les barbelés ont déjà été réparés, d'autres mines replacées ; voici le trou où sont tombés nos trois compagnons d'hier. Nous tâtonnons, nous poursuivons en silence : même étendue immense, mêmes pylônes d'acier ; je me familiarise avec leur couleur bleutée qu'un brouillard fait scintiller.

— Le plan, aurions-nous plaisanté Rachid et moi autrefois au cinéma, est beau… d'un futurisme convaincant… ô inhumanité du progrès et du fer !

— Où mettre des yeux d'homme, des lèvres de femme, des rires d'enfant dans ce métal figé ?

Silence. Détonations brèves. Un juron : “Par Dieu !” De nouveau le retour, et toujours le silence, le halètement de nos frères de marche. Pendant la journée nous dormons tard dans les cases en bois surmontées de tôles ; nous n'aimons plus ouvrir les yeux sur l'éclat de midi.

— Le Hibou, plaisante Ramdane que j'ai retrouvé joyeusement, le Hibou a engendré des milliers de petits hiboux, des bêtes pour la nuit !

Nous sommes au réfectoire : atmosphère chaleureuse, fausse gaieté de ceux qui rient et qui ont peur dans l'ombre ; l'un a sorti un tambourin qu'il frappe au rythme du tam-tam, un second se déguise en femme turque et exécute une danse du ventre ; au sein de cette vulgarité tremblée, nous formons un groupe qui disserte avec un calme plein de componction, y compris Rachid, “le journaliste” l'appelle-t-on là parce que la plupart ne savent pas son nom :

— Le Hibou ? a demandé un petit gros, fils de famille de son état d'avant-guerre.

Certains lui expliquent ce surnom, un troisième intervient :

— Eh bien, le journaliste, veux-tu de l'ambiance pour tes lecteurs ?... "Les volontaires de la mort dorment huit heures dans les baraques de l'armée... Lorsque vient la nuit, le départ héroïque commence... Ils n'ont pas peur. Ils font leur prière... enfin, côté musulman, les autres..."

— Celui qui croyait au ciel, celui qui n'y croyait pas, ponctué-je ironiquement.

Nous rions. Rachid demande un crayon, après avoir tâté ses poches en vain.

— J'écris, dicte-moi donc !... répond-il légèrement.

— Prends simplement des notes, que diable !

Soudain quelqu'un rompt la gaieté unanime. Sa voix est grave :

— Non, qu'il se contente de donner la fiche d'identité des trois morts d'hier. Cela suffit... Le Journal, on ne sait jamais, sera lu par quelqu'un de l'intérieur, il sera alors utile...

— Il a raison...

— Foutez en l'air votre littérature, continue-t-il. Vous voyez bien que vous ne la prenez pas au sérieux.

— Nous ne sommes guère cultivés, dis-je, mais ce qui ne doit pas être pris au sérieux, c'est le sentiment, la mauvaise littérature donc...

— Es-tu contre le réalisme pour notre culture de demain ?

— Trop simple pour moi...

C'est en général, à cette heure du crépuscule, n'importe quel sujet traité. L'essentiel est qu'il porte sur notre pays dans l'avenir dont il crayonne les horizons. Les avis, les heurts, les accords, toujours sur la culture de demain, les tâches urgentes de demain, l'alphabétisation pour demain, le “plus que le pain et les draps à assurer pour chacun”, la participation de la femme, de la femme de demain, naturellement.

On extrait d'un trait la guerre présente, les incertitudes, ces marches à tâtons de la nuit passée, de la nuit prochaine. L'ardeur froide qui nous fera avancer dans les champs électrifiés, comme il est bon de la dépenser pour dessiner l'avenir et rendre demain aujourd'hui ! Moi, j'aime cela, je trouve l'évasion saine.

Ce n'est point l'avis de Rachid.

— Vous vous faites un avenir bien sage, bien raisonnable… alors que demain justement surgiront toutes les confrontations.

— Tu ne jouais pas les Cassandre avec moi autrefois ! ai-je répliqué, d'agacement.

Nous sommes donc assis dans cette cour où l'on décharge des caisses de poudre, ou peut-être des pâtes alimentaires et des lentilles, on n'en sait rien. C'est un de nos rares tête-à-tête. Il semble que, ce soir, il n'y aura pas de départ ; peut-être, une nouvelle période d'accalmie reprend-elle… Je le saurai bientôt, si l'officier sous les ordres de qui je me trouve me dit qu'il n'aura pas besoin de mes services médicaux. Tous les blessés ont été évacués…

— La machine administrative va retisser ses fils… on croit l'avoir arrêtée un beau jour, on est content d'en être délivré… Mais non, ce n'était qu'une panne… A la première minute de fausse paix, le mécanisme repart ! – Je songe un moment, je soupire. – Ma situation est absurde !

Je m'en ouvre à Rachid. Quand il ne s'agit pas de lui, mon ami fait preuve d'un sens pratique particulièrement efficace. Avec fougue, il défend mon “intérêt” :

— Non, reste à cheval entre deux services !

— Cela ne m'enchante pas… La médecine paperassière à Tunis…, je la supporte mal. Autant qu'ils m'emploient à plein temps aux frontières… Là-bas, pour les réfugiés, il faut travailler sur plans et chiffres.

Rachid réfléchit :

— Il y a un an, deux ans, peut-être n'aurais-tu eu que des avantages à travailler ici à plein temps. Ce que tu demandes : l'efficacité et dormir tes huit heures. Tomber de fatigue, c'est la seule manière de vivre pendant cette guerre… Mais maintenant, tu seras sous la coupe du Hibou. Ni un technicien, ni un militant, ni un homme, tu n'es pour lui qu'un instrument parmi les autres !

— Que m'importe ! dis-je. Je ne cherche pas à sauvegarder ma liberté individuelle. Sans quoi je ne serais pas là… ni toi non plus.

— Il ne s'agit pas de moi, décide-t-il, d'ailleurs, comme tu le vois, je suis des services de la presse pour l'instant…

— Avec la permission du Patron à lunettes !

— Il n'a pas osé me dire non, c'est différent. Revenons à toi… Le dernier acte vient de commencer. Si tu ne comptes pas faire carrière dans l'un des deux secteurs : appareil politico-administratif d'une part, la confrérie du Hibou d'autre part, contente-toi de rester sur tes positions : pur conseil pratique. C'est une jungle ici : les "volontaires de la mort", comme a dit l'autre, autant dire le troupeau, en face, quelques fauves à l'appétit commençant.

Ainsi me parle Rachid. Il me dépasse de dix mois à peine, et quelquefois, à l'entendre, il semble mon aîné de dix ans. Preuve pourtant, non de sa maturité, mais de sa naïveté au contraire. Une fragilité secrète que nul ne perçoit en lui sinon moi, parce que j'ai le cœur plus sec, moi et toutes les femmes, il est vrai, qui s'éprennent de cette alliage en Rachid de force vraie, de dureté apparente et d'une bonté si limpide... "un homme véritable", m'a dit Julie, la dernière fois que je l'ai vue et qu'elle s'abandonna par lassitude.

Pour l'instant, Rachid réfléchit, amer, l'air vieilli, en fait préoccupé : peut-être à cause de la lettre de Nfissa que j'ai aperçue dans le courrier de ce matin. Ce regard à la fois passionné et distrait, un désarroi qu'il dissimulait mal...

— Non, je n'aime pas jouer Cassandre, tu devrais le savoir, répond-il à son accoutumée, bien plus tard. Mais je suis plus lucide que vous tous. Oh, certes pas plus fort ; vois-tu, j'en ai tant vu dans cette sacrée tempête !... Cependant, j'ai plus d'espoir en l'avenir (il se rebiffe donc, je l'aperçois à l'éclair de ses yeux), oh, bien plus que ceux qui parlaient tout à l'heure. Car le vrai espoir n'est pas celui des jeunes gens aux mains pures ; ils ont les yeux clairs de confiance et à la première contradiction, le bel espoir s'envole... Le présent par contre me mécontente parce qu'il paraît facile ici... et il ne devrait pas l'être.

Rachid ne sait pas vivre dans la paix du jour. L'enthousiasme, la confiance, la sérénité trompeuse que donne la solidarité, cette chaleur des soldats qui seront les victimes de la guerre, mais jamais ses servants, rien de cela ne l'atteint. Alors que, pour ma part, malgré ma tendance aux sarcasmes, la contagion me prend et j'en suis content. Je revis aux frontières. Cela faisait longtemps (soudain, j'analyse : depuis l'époque, voici près d'un an, où j'ai retrouvé Rachid) que la vie ne m'apparaissait plus une ligne droite. Un seul chemin à prendre, une seule certitude dans le cœur, des tâches quotidiennes... Oh, je suis un homme ordinaire, et j'aime cette simplicité.

Cette dernière année, j'ai cru traverser des périodes d'errances. Un solitaire au Sahara après la tempête ; le paysage a changé : de nouvelles dunes ici, une rivière au cours contraire là, et surtout, Dieu, comme des cadavres de gens égarés dans les tourbillons. Et il n'y a pas que les morts – ceux de chaque nuit dans la zone électrifiée –, il y a les faces étrangères d'un étrange pays que, le vent tombé, le voyageur découvre. Il n'a pas bougé durant la tourmente, il a peut-être même prié, il n'a pas craint de succomber, il a attendu : inexplicablement, il s'est retrouvé mille lieues plus loin, dans des sables différents... Un autre désert, avec d'autres voyageurs, chacun solitaire, certes, mais ne perdant pas des yeux l'autre... visage de Nfissa en premier qui, au long de ces mois où je l'ai connue, a changé, à chaque fois différente, avec, à chaque fois cependant, une unité d'elle-même faite de vibration et de lumière ; silhouette de Julie poursuivant sous les arcades une recherche sans but, son visage défait le dernier jour, ses larmes d'un amour têtu, amour de fille laide collé ainsi sur son physique désirable, que tant de chômeurs du *Café des combattants* convoitent ; image à présent de Nadjia l'inconnue, inexplicablement confondue avec Nessima en pleurs, l'une jeune sœur de Nfissa et si différente, m'a révélé Nfissa elle-même (cette distance m'attire, peut-être aussi parce que Nfissa se demande si sa sœur est en vie). L'autre, Nessima dont, de plus en plus, ne me reste que son angoisse et mon impuissance devant elle... Nessima ou mon remords... toutes ces figures lointaines et familières, se mouvant dans mon désert intérieur. Au-devant d'elles enfin, l'ombre de Rachid que j'ai crue seulement resurgie d'un passé, puis que j'ai trouvée progressivement nouvelle : la moindre expression du visage me ressuscite l'ami de toujours mais, un sursaut de la mâchoire, un dessin tiré de la bouche me le rend inconnu, visage de faune à multiples significations dans un rêve monstrueux et doux… Comme si un cordon ancien qui me retenait à lui se rompt et se renoue tour à tour.

Bien plus tard, en cette entrevue avec Nfissa, celle-ci a eu rêveusement une phrase étrange, peut-être se parlait-elle à elle-même et m'oubliait-elle, mais j'y songe soudain parce qu'elle nous a rendus similaires :

— Rachid, a-t-elle dit, il m'a semblé quelquefois, au moment où je souffrais de son départ, il m'a semblé être comme sa fille… C'est lui qui m'a créée.

Elle a dit ces mots et ce ne fut pourtant pas son côté puéril qui m'apparut, même si sa trop grande vulnérabilité dans cet aveu me blesse. Elle a dû sentir mon trouble et, changeant de sujet, comme si elle ne cherchait pas à me voir pour avoir des nouvelles de Rachid, comme si au téléphone sa voix ne s'était pas noyée de larmes, comme si ensuite toute cette heure où se poursuit notre dialogue elle ne se crispait pas pour m'offrir l'image de l'épouse stoïque (regrette-t-elle cette plainte qui lui a échappé, tel un dormeur qui rêve et dont les lèvres dessinent quelque murmure), elle évoqua Nadjia sa sœur… Je l'écoutai mais songeai à des paroles échangées une fois entre Nessima et moi :

— Nfissa, avais-je déclaré, a été depuis son apparition une source de poésie. Nous en avons tellement besoin !

— Besoin ? disait Nessima qui m'écoutait.

— Oui. La poésie n'est pas du vague à l'âme ni du sentiment coloré, mais une lumière dure, qui remonte du passé en vous… un rien sans doute… une illusion, repris-je.

— Une illusion ? rétorquait Nessima sèchement, en es-tu bien sûr ?

Nfissa rappela les jours de son départ : sur le quai, son père et Nadjia. Celle-ci n'avait pas fait le moindre signe d'adieu :

— Mais elle me regardait, elle regardait !… Ses yeux quelquefois ne semblent pas voir, non, plutôt dévorer, dit-elle puis, la voix inquiète : J'ai peur pour elle, Omar. Depuis des mois, je sens qu'il lui est arrivé quelque chose.

— Pourquoi vous inquiéter ? rétorquai-je mollement. Vous dites qu'elle n'est plus dans sa pension, qu'elle fait partie d'un réseau clandestin. Mais s'il lui est arrivé malheur, vous l'auriez su. Cela oui…

— Cette Nadia dont parlaient les journaux voici un mois… cette bombe dans un bal.

— Ne soyez pas ridicule ! Nadjia ou Nadia sont des prénoms si courants… D'ailleurs votre sœur aura pris certainement un pseudonyme ! C'est là au contraire la preuve qu'il ne s'agit pas de la vraie.

— Est-ce sûr ?

Non, ce n'était pas sûr, et Rachid à qui je rapportai l'inquiétude de Nfissa me le confirmait.

— Une astuce que j'ai moi-même utilisée, disait-il. Garder son propre prénom, l'ennemi est sûr alors qu'il est faux !…

— Peut-être n'est-ce point une astuce chez elle, répondis-je. Peut-être une provocation de plus, prétendre lutter dans un monde clandestin, elle seule à découvert !

— Tu parles d'elle comme si tu la connaissais ! s'étonnait Rachid.

— Non, dis-je, mais Nfissa a dit de Nadjia ces mots que j'ai retenus : “Sa jeunesse est cruelle”, puis elle a ajouté : “Cruelle comme un cygne.”

Ce soir, de nouveau, nous traverserons la Ligne. Ramdane, près de moi, feint une gaieté plus bruyante.

— Je mourrai bientôt, dit-il. Je le sens ! et il cligne de l'œil, siffle à nouveau son air de valse musette. Personne ne le suit dans sa comédie.

— La Ligne, reprend soudain Rachid, appelons-la le *Medjeb*. Autrefois, lorsque les tribus nomades combattaient, on traçait au préalable une ligne derrière laquelle on entassait tout ce qu'on risquait de perdre : femmes, enfants, tentes, troupeau.

— Les hommes ne pouvaient donc plus reculer ensuite ! découvre quelqu'un avec un étonnement joyeux. Vaincre ou mourir.

— Chacun de nous, dis-je, doit donc tracer une ligne qu'il ne franchira pas ? Mais qu'aurait-il de précieux à mettre derrière ? Sa famine pour l'un, ses racines coupées pour l'autre ?

— Chacun n'a de précieux que sa propre personne ! murmura quelqu'un.

Rachid écoute l'un et l'autre ; jusqu'à Ramdane qui parle de ses quatre enfants, et de “sa bourgeoise”, dit-il à la façon d'un titi parisien.

— Les choses sont telles aujourd'hui, soupire-t-il presque avec satisfaction, qu'eux-mêmes, la femme et les gosses, ne se considèrent pas comme des biens à moi. Si j'avais à dire à la “bourgeoise” reste là derrière… comment l'appelles-tu, je parle le berbère, non l'arabe…

— Le *Medjeb* !

— … Reste là derrière le *Medjeb*, elle me dirait : “Pas question, je ne reste pas moi, je m'élance dans la bataille tout comme toi.” Vous le savez ! s'exclame-t-il en se retournant avec une vanité secrète, et les autres qui connaissent sa femme (elle travaille depuis des mois parmi les réfugiés) font de la tête des hochements affirmatifs.

— Les Anciens, reprend Rachid, par ce procédé avouaient avec l'innocence des forts, qu'ils pouvaient avoir peur, qu'ils risquaient d'être lâches. Et ils prenaient ouvertement des précautions contre ce risque. Aussi celui-ci ne survenait pas, non pas parce qu'ils y avaient paré, mais parce qu'ils se l'étaient avoué. Or actuellement que faisons-nous pour la plupart ? Notre vocabulaire est révélateur. Il est enflé par l'emphase et la pose qui, croyons-nous, nous durciront ; alors que nous mourons de peur… Comment luttons-nous ? Non pas comme des guerriers qui auraient peur d'avoir peur, non hélas ! Plutôt comme des suicidés. Non pas le dos acculé contre le meilleur de nous-mêmes : femmes, enfants et tentes, mais seuls, irrémédiablement seuls ! (il haussa la voix)… Dans cette solitude, la mort, qu'elle soit victoire, qu'elle soit défaite, nous ouvre les bras.

— La guerre est une fantasia dans un champ de printemps, chuchoté-je près de Rachid.

Cette même nuit, dès le début de notre marche, Ramdane tomba près de moi, sans un cri.

De la terrasse de la petite maison où elle se cache depuis quelques jours, Nadjia découvre le port à ses pieds. La jetée, longue épée couchée dans la mer trop vive, les quais en figures géométriques noires posées sur la nappe d'eau qui prend, de leurs salissures, la tristesse ; les bateaux enfin, peu nombreux certains jours, mais d'autres fois énormes, bâtiments de guerre qui, de si loin, paraissent immobiles, avec une majesté de cadavres… Lorsqu'un navire sort ou entre, Nadjia en voit rarement la marche : elle en décompose les étapes en instantanés ; le mouvement, pour elle, s'arrête mystérieusement… jusqu'aux volutes de la fumée grise qui se figent à l'horizon.

Car la ville, considérée ainsi dans la splendeur de son port, semble offrir d'elle, avec plénitude, le secret de sa féminité, nombril exposé au vertige de l'horizon – et il est vrai que, depuis des générations, les Européens des transatlantiques s'accoudent invariablement au pont, lorsque s'annonce cette capitale, contemplent, avec la même curiosité que devant quelque dromadaire ou une simple figue de Barbarie, les arcades blanches dont la mer lèche les piliers ; et la cité entière leur devient faisceau éblouissant dans une nuit de harems momifiés… Ils contemplent, en familles pressées de rentrer après la cure en métropole, ou en nouveaux venus avides de ce qu'ils prennent pour l'Orient…

— Là-bas, au sommet, c'est la Casbah, leur révèle quelque complaisant…

La "Casbah" reprend Nadjia, cœur et foie de la ville, "pomme de pin fermée", dit le poète andalou dont la voix, à travers les siècles, s'est perpétuée de terrasse en terrasse parmi les voiles de laine immaculée ou de soie rayée, des jeunes filles qui chuchotent, conspiratrices ardentes ou effrontées… Nadjia sursaute, rabat sur ses joues la soie du même voile : pour qu'on la croie fille de la maison ; devant les paquebots accroupis, la ville, telle une femme qui dans l'indolence prend des formes de sultane, s'étale arc-boutée, une trahison de son visage offerte aux arrivants.

Absente, Nadjia persiste dans sa contemplation ; là-bas, une tache qu'elle reconnaît : le port ancestral occupé par l'amirauté, autrefois repaire d'aigles évanouis… profil de la colline en pente qu'une population joyeuse dégringolait dans la fièvre, envieuse du butin débarqué ! Ils descendent désormais les mêmes marches, les mêmes rues, mais de la déchéance ; les rapaces disparus, ne restent que les corbeaux, les mêmes transatlantiques repartant, le pont allégé du pépiement des familles, les soutes pleines de montagnards au regard fixé vers l'exil et les mines, le dos tourné à la ville qui n'est plus ni lumière ni misère, un simple murmure, un clapotis de l'eau bourdonnante aux oreilles de quelque noyé.

Allées et venues des navires dont certains ne paraissent que des points, vus de cette terrasse où se tient Nadjia. Rien ne lui parvient des bruits et du rythme ; en elle, devant elle, une beauté marbrée d'où la vie, depuis quelque temps, a commencé imperceptiblement à s'égoutter.

Chaque femme connaît un moment où son être devient matière flexible dont il semble qu'on peut tout faire : rendre la femme putain ou la transfigurer ange, merveilleuse, fascinante métamorphose à cause de la simultanéité des deux pôles !... Oui, vraiment, pour chaque femme, cet instant existe, plus ou moins long : une seconde en général au cours de l'orgasme, pour certaines quelques heures, quelques jours à l'aube du premier amour pour la plupart. Puis l'étincelle disparaît, astre dans la mémoire de nuit...

Nfissa... depuis que je l'ai connue jusqu'à ce jour, je pense à elle comme à une lampe ; quand on la contemple, dangereuse équivoque, on oublie que la lumière vient d'elle, on croit qu'elle jaillit de nous, nous, les hommes stériles, amers ; nous croyons l'éclairer et malgré sa maladresse timide, malgré ses mouvements gauches d'oiseau fébrile, elle devient vibrante... Il y en a tant de plus belles pourtant !

Ces pensées me bousculent pendant que je la regarde. Elle est assise près de moi, et j'ai haï avec une soudaine violence cette femme et le ventre de six mois que je devine aisément sous le manteau de laine blanche. Elle est venue aujourd'hui à moi, un sourire éclairant son visage amaigri et ses prunelles claires. Je l'ai emmenée dîner de poissons grillés non loin du port ; elle a désiré que nous retournions sur cette plage de l'été…

— Six mois déjà, murmure-t-elle, nous étions tous là, vous souvenez-vous Omar ?

Je n'ai pas répondu. Je vois bien qu'elle s'est toujours installée avec moi dans cette attitude d'amitié sereine et plate, sans imagination. (L'autre jour, à notre première entrevue, alors que je la raccompagnais chez elle et que nous n'avions parlé que de Rachid, dans un abandon inopiné, ce qui m'avait trompé et qui a entretenu, en moi, quelque obscur espoir, elle a déclaré : "La vertu, n'est-ce pas, c'est un manque d'imagination.")

Je la hais.

Elle réclame des nouvelles de Rachid. Pourtant, se confie-t-elle, non, vraiment, durant ces derniers mois de grossesse, elle n'a pas souffert de la séparation ; après les premiers malaises "s'ouvre un corridor grisâtre qui conduit à un jardin tranquille". Non, elle ne connaissait plus le désarroi d'autrefois. Mais le médecin la mettait en garde contre un accouchement prématuré et Rachid devait être prévenu par moi, ce serait mieux. Elle obéissait à une raison objective ; il était le père, il fallait qu'il sache le danger.

— En fait, continue-t-elle, et c'est la première fois, je n'ai pas vraiment besoin de lui.

Je me suis levé brusquement. La colère, je crois, une violence que je veux maîtriser. J'ai pensé alors "je l'ai vraiment perdue", et, en même temps, l'idée qu'elle était devenue comme toutes celles de son sexe, parfaitement indépendante et tranquille, avec cette manière d'être végétale que je n'ai trouvée à ce stade irrémissible qu'aux musulmanes.

— Qu'as-tu ? demande-t-elle en arabe.

Du banc de cette terrasse vide, Nfissa lève la tête. Elle ne bouge pas. Assise, raide, le dos bien droit et l'ovale du ventre soulevant à peine les boutons du manteau ample, son visage brun éclairé de mon côté. Sa voix incertaine, mais si peu. Image idéale de la proche maternité… Je voudrais éclater en reproches. Je comprends que je l'ai aimée, que je l'aime encore, que je ne l'aimerai plus, non, je ne veux plus la voir ! La mer, en cette nuit d'hiver, est démontée : devant nous, ses vagues furieuses étincellent.

Nfissa demeure là, tête levée, corps alourdi, concernée pour ainsi dire par une autre histoire, se préparant insensiblement au déchirement final, cette seconde engloutie par les vagissements de l'être agressif qui jaillira d'une poussée, avec une brutalité stupide… Peut-être est-ce l'idée de cet instant qui me fait exclure tout à fait Rachid.

Il est des moments dans la vie qu'on voudrait une fois pour toutes oublier, et peut-être renier – qui persistent pourtant en suspens, durcis d'interrogations et dont la richesse, ou simplement l'opacité, reste inexpliquée. Ce qui suit est pour moi l'un de ces instants. Comme si l'amour pour cette femme sort de moi, va se dissiper, mais que demeurent dans son village des ombres dernières : désir, rancune, regret déjà amer devant ce qui aurait pu être et, je m'en souviendrai, une bouffée d'attendrissement inopiné, enchevêtrement dans la ramure du vent, puis… (oserais-je le dire ?) larmes en moi à retenir, larmes filiales… Je me retrouve à genoux devant elle, mes mains tenant ses jambes, les yeux fermés pour lutter contre ces larmes pitoyables mais sans honte, ébranlé si profond et depuis, ne sachant toujours pourquoi… Je pose avec précaution mon front sur ses genoux. Sa voix seule au-dessus de ma tête, chuchotante, retenant mon nom qu'elle répète… sa voix, oh oui, est toute bouleversée, je le perçois et je m'immobilise toutefois, je ne retiens en moi que l'image de madone droite, ventre en avant que je prends soin de ne pas frôler.

— Omar !… Omar !… Qu'as-tu ?… Sois en paix !

Je me rappellerai sa voix, son accent arabe qu'une fois auparavant j'ai raillé, parce qu'il est légèrement chuintant depuis que, dans sa petite ville, les réfugiés d'Andalousie ont déformé le parler des nomades arabes qui s'y étaient auparavant enracinés. Bien sûr, je suis parvenu à ne pas pleurer devant cette femme. Le visage ainsi enfoui dans les plis de son manteau, juste au-dessous de ce ventre où doit remuer déjà la vie indépendante qui l'alourdit, qui l'assourdit, si bien qu'elle devient, malgré ses mots d'apitoiement et de tendresse facile, imperméable à mon affaissement, je reste là longtemps, livré à ma recherche d'elle qui disparaît peu à peu par lentes vagues. Enfin !… mais tandis que je me lève, que nous revenons pas à pas vers la voiture, un attachement nouveau nous lie, me semble-t-il, comme si je m'étais approché mystérieusement d'un inceste, où elle aurait été proche de moi ce soir-là, et ainsi le restant des jours qui suivraient, elle, ma mère.

Oui, il est des moments qu'on voudrait supprimer, mais la pensée aux antennes obscures et tenaces y revient, en tâtonnant dans la pénombre de la mémoire – combien souvent, par la suite, dans des discours parfaitement inoffensifs, dans les discussions qui reprennent entre Rachid et moi aux frontières, l'analyse, d'apparence toujours si intellectuelle chez moi, se nourrit en fait de cet instant que je voudrais détacher de moi, désir si réel qu'il m'a fait refuser de revoir Nfissa depuis. Etrangère, plus étrangère qu'une inconnue m'est-elle devenue désormais.

Mais la scène n'en demeure pas moins vivante, elle continue dans ce soir finissant dont le poudroiement gris emplit les yeux des couples enlacés sur la plage proche, où Nfissa assise ne me regarde plus, mais, après avoir laissé tomber sur moi ses paroles apaisantes, ses mains sur ma tête comme si elle était vraiment mon amoureuse, la voici retournée en elle-même dans son monde autonome où, depuis des semaines, seule et sereine, elle se noie dans l'attente. Finis les doutes, les questions, disparue sa voix autrefois ardente qui interrogeait, qui s'interrogeait.

Relevant mon visage, je la contemple une dernière fois, une dernière seconde avant de partir : me redresser, la haïr dans une lancée puis, enfin délivré d'elle, tuant définitivement son image, je pars, nous marchons, je la raccompagne, je lui tourne le dos. Je l'oublie... Mais la scène continue et ma mémoire la garde, comme une huître sa perle.

Huit jours plus tard, nous nous retrouvons, Rachid et moi, dans la ferme d'un gros propriétaire qui a abandonné ses terres trop proches de la frontière et des tirs de mortier de l'armée ennemie. Dans cette demeure sombre aux murs épais de citadelle, devenue un camp de l'armée de libération, nous nous étendons sur des nattes posées à même la terre. Rachid, amaigri et bronzé, paraît soucieux, avec toujours cette manière bien à lui de se détacher du moment présent. Moi, couché sur la natte, je bavarde, le visage face au ciel et j'imagine que nous continuons, au cours de ces heures de sieste où la campagne dort, où les frères attachés à l'imprimerie et au service de l'information discutent, dans le fond de la salle, du bulletin du jour (blessés, disparus, morts, engagements dans telle ou telle willaya...), le même dialogue, finissant, je ne sais comment, en monologue de ma part.

— Les négociations vont reprendre. Les dernières, crois-tu ?

— Pas forcément. Il semble qu'il y en aura d'autres. Mais la guerre n'est plus qu'au stade du jeu et des calculs. Les soldats sont des pions et les morts, désormais, ne compteront même plus dans la balance. Toutes les guerres finissent ainsi, même de libération !

— La politique reprend le dessus. Cela devrait nous rassurer. Après tout, toi qui as fait le maquis, moi la prison, c'est la paix que nous avons espérée. La révolution, on en parle beaucoup, mais c'est de l'emphase. Inutile de nous leurrer ! L'indépendance, la liberté, on n'en demande pas plus...

Silence. J'attends que Rachid intervienne. C'est classique : le ton raisonneur, la modération lucide pour mieux provoquer, en retour, la réponse orgueilleuse, exigeante... Rachid se tait. Non pas que, devant la banalité de ma fausse désillusion, le piège lui paraisse trop gros ; après tout, je ne l'ai jamais vu réagir comme on l'attend des militants types de l'avant-garde type. Par indolence ? Par un dédain, qui n'est au fond qu'une élégance sobre de son esprit, "dédain" tout de même, pensent la plupart de ceux qui, face à lui, se muent si vite en ennemis mortifiés.

Pas question, en somme, d'un effort pour entonner le discours :

— Nous avons combattu pour la révolution, non pour l'indépendance seule. Justement parce que nous revenons du fond de la nuit, justement parce qu'on a voulu nous dissoudre, et nous ôter notre visage, quand nous apparaissons à la lumière de l'aube, ensanglantés, c'est toujours dressés et les yeux ouverts que nous serons. Un peuple de ressuscités... Autrefois, on a cru nous dénaturer, et nous voici redevenus hommes debout, mal habitués encore au soleil...

On pourrait user longtemps du vocabulaire de circonstance...

Rien à voir, en somme, avec la poussière de ces frontières à l'horizon où, une fois encore, brûle une forêt d'oliviers, rien à voir avec, à la porte, la troupe de femmes et de jeunes filles en loques auprès desquelles il a fallu procéder à une distribution de farine... (même dans la "Révolution", continuer cette écœurante besogne des secours organisés, des distributions charitables sous les auspices d'une des organisations internationales qui surgissent à chaque guerre ou à chaque épidémie, avec des initiales et des légions de vieilles filles en uniforme du dévouement, d'hommes asexués portant lunettes d'écaille et serviettes bourrées de statistiques...). Rien à voir avec le regard de Rachid à cet instant, et sa voix grave tout à l'heure pour m'annoncer qu'il ne pourrait rentrer à Tunis, pas encore, malgré la santé de Nfissa.

Enfin, la conversation repart, après ce lac de rêveries étalées entre nous.

— Dans ces négociations, on trouvera vite un "terrain d'entente", comme on dit dans ce cas, tout au moins je l'espère...

J'emprunte le style de l'ironie, celle-là même, avait dit une fois Nfissa devant Rachid en riant affectueusement de moi, qui entraverait ma carrière lorsque nous serons un Etat indépendant. Ironie malencontreuse, je le sais, il suffirait d'un rien pour l'atténuer dans le coton hydrophile d'une fausse audace, en faire un charme de plus à ajouter à la conversation d'un futur cadre d'un "pays neuf", comme on dit.

— D'un pays veuf, a répliqué un jour Rachid, sans même sourire, mais de quoi ? Du passé sans lequel n'existe aucun avenir ?...

Est-ce cette incidence de ma pensée vers Nfissa qui me fait poursuivre la discussion ?... (Dans mon inconscient à peine entrecoupé de filets de lumière, quelque chose me retient encore à Nfissa, madone assise sur le banc, à l'apparition de la lune...)

— Crois-tu qu'on puisse aspirer à se fondre dans la révolution et ne pas sentir qu'on fuit par là même ses défaites d'homme ?...

— L'homme nouveau, chez nous que sera-t-il ? répond vivement Rachid. Elucider ses rapports avec la vie, comment y parvenir ?... Nous avons trop de nœuds à couper, et en même temps trop de ponts à établir... (Un silence.) En tout cas, moi, je ne me sens pas de taille. Depuis longtemps (et il tourne la tête, il se dresse à demi, sa voix devient métallique), j'ai perdu le ressort nécessaire... Je laisserai cette compensation à d'autres.

— Les nœuds à couper ?... (Je m'interroge.) Tu songes aux meilleurs. Le critère bientôt, hélas ! sera la pureté des intentions, le néant des... Je m'indigne. L'essentiel est la richesse, la capacité de ne rien renier, de tout aborder les yeux ouverts !...

— La richesse, réplique Rachid presque distraitement, qu'est-ce que cela veut dire ?

On va et on vient au fond de la salle : brouhahas de voix, exclamations devant un bilan qui semble de bon augure.

— Tu as une femme qui t'aime, que tu aimes, tu devrais savoir !

Pourquoi suis-je agressif… parce que je me doute que Nfissa lui dira notre scène confuse… Peut-être même le sait-il déjà alors que Nfissa n'est plus pour moi qu'une image immobile que, des années durant, je contemplerai dans le théâtre de mes pensées, sans plus m'intéresser à celle qui lui donnera un enfant !…

— Une femme que j'aime ! Oh, oui ! s'exclame-t-il si doucement, et mon cœur se serre. Pour la première fois, il parle d'elle, ainsi rêveur et en même temps le regard dur, la voix crispée.

— Mais cela complique tout, cela ne simplifie rien ! Non pas que la femme aimée devienne témoin de tes futures démissions, Dieu sait combien certaines femmes peuvent accepter de lâchetés de la part de l'homme, complaisance qui me fait horreur !… Non, tu l'aimes et elle, elle est prête à devenir cire fondante dans tes mains qui la remodèlent… Mais c'est alors une charge nouvelle ! (il crie presque). Un poids de plus ! Car toi aussi, tu n'as pas encore de solution, toi aussi tu te sens informe, tout entier en devenir !

Je me suis hâté, je ne sais pourquoi, à généraliser le problème :

— Ceux qui, demain, devront devenir, avec l'illusion de diriger, les instruments des poussées collectives seront nécessairement mutilés ; cela prend trop de temps à un homme de chez nous, pour réparer sa rupture avec la vie, traduisons : avec la femme… Cela demande trop d'attention et trop d'intelligence, cela mange un homme !… Quand je parle des femmes, il s'agit de celles de chez nous, "nos sœurs", comme on dit entre militants.

— Nos sœurs ! soupire Rachid avec un bref ricanement.

— Le seul cas, ajouté-je, où la fraternité n'est que lâcheté. (Je rêve…) Faut-il se résigner à la conserver ainsi momifiée comme on l'a voulue, dans notre milieu ?… Ce n'est pas de savoir porter des robes, ou marcher dans la rue avec une grâce française, ou présider un repas, ou minauder dans des réceptions, et non plus dans les bains maures ou dans les fêtes féminines, qui change quoi que ce soit !…

Rachid a l'air de m'écouter avec amusement. Je poursuis : féminisme, antiféminisme, on a tant utilisé ces "isme" partout où j'ai bourlingué, dans les prisons, dans les salons, dans les réunions de cellule…

— Si, chez toi, tu rencontres une femme, ou une fille capable d'être une femme, c'est-à-dire, je suppose, faire l'amour dans la lumière, et t'affronter peu après dans des discussions avec toi sur ton pays ou sur la réforme agraire, t'aimer et être susceptible peut-être de ne plus t'aimer, risquer de te trahir un jour, et pourtant demeurer eau de source… soupirer au réveil, saluer l'aube comme nos vieilles, avec les mêmes formules… bien sûr, je schématise, il ne s'agit point de vocabulaire… Une amante te multiplie, on lui demande de venir de la même terre, du même profond que toi et de se dresser vers le même ciel, encore plus haut, ou en tout cas plus vite. Une amoureuse fidèle mais non soumise, docile et pas passive, droite mais trouble, et amorale sans doute, car la morale n'est pas pour les vraies femmes, et spontanée, et par moments idiote, mais intuitive et avec tout cela, grands dieux, pas intellectuelle, surtout pas ce genre de sécheresse…

— Quel programme ! coupe sèchement Rachid.

Il me fait face. Son regard dans le mien est impénétrable. Je comprends pourtant.

— Excuse-moi, dis-je.

Oui, j'ai parlé en projetant devant moi Nfissa. Qu'il sache toutefois que Nfissa, pour moi, est disparue. Du moins ressent-il, j'en suis sûr, combien je ne peux éprouver à son égard de jalousie : plus fort encore que mon rêve d'une femme où m'engloutir, il y a cette attache vivace, telles les racines d'un cactus, de notre fraternité. D'ailleurs, la rancune n'est point dans sa nature, ni la méfiance ; très vite son esprit mobile s'élance.

— Ailleurs, reprend-il, on peut supposer que la révolution est affaire de méthode. Mais il n'existe pas comme chez nous, au centre même de notre vie, une zone vide qui est la mort, depuis des générations, de la puissance femelle. Il ne s'agit point de pudibonderie comme pour les Anglo-Saxons, ni du carcan de quelque église, comme ailleurs en Europe !... Cela atteint jusqu'à l'homme seul qui devra rééduquer et son sentiment, et sa sexualité. Car l'on a retiré de la femme tout devenir, qu'il soit gargouillement des entrailles ou élan de l'âme...

Je me suis tu. Est-ce lui qui parle, est-ce moi ?... "L'homme de chez nous", je me répète...

— Il s'offre dans son lit une vierge ignorante. Neuf mois après, elle n'est devenue qu'une mère opaque à tout ce qui fleurit dans la vie, adulte trop tôt quand il s'agit des misères de la faim, de l'argent, de... jamais adulte pour le reste : un bébé pendu à sa mamelle, c'est elle qui se prolonge, qui s'enfuit dans l'enfance...

— Est-ce la faute de l'homme ?

J'interviens avec véhémence mais Rachid ne m'entend pas...

— Et l'acte sexuel ? Bien sûr, elle n'est pas forcément froide, mais trop souvent l'effroi devant le simple éveil des sens la laisse pantelante. L'acte sexuel ne devient que l'antichambre des maternités sans angoisse. ("Sans angoisse", je reprends en écho, "est-ce vrai, Nfissa, est-ce ?...") Ce passage qui devrait suffire à emplir une vie est ressenti comme une malédiction pour nos femmes, une fatalité qu'elles subissent et dont, entre elles, certainement, elles doivent se plaindre.

Je l'écoute, je me demande alors quelle raison le pousse à rester, à ne pas retrouver Nfissa. Peut-être parce qu'elle ne l'a pas appelé ?... A l'horizon, la forêt a cessé de brûler. Un camarade de l'imprimerie, qu'intrigue notre conciliabule, nous appelle à la fenêtre pour nous le faire remarquer. Rachid se lève le premier. Je le regarde s'éloigner : son pas est souple, combien de temps encore restera-t-il inquiet ?

Depuis que Nadjia ne désire plus se cacher, il lui arrive, lorsqu'elle s'assoit dans la rue sur un banc ensoleillé, ou plus rarement, à une terrasse de café (seule, ouvrant grand les yeux, muette ; le monde n'est-il pas une scène déployée, pourquoi y serait-elle clandestine ?), il lui arrive, à la simple vue d'enfants sortant par groupes de l'école, de se croire soudain dans son village, elle-même quittant l'école en compagnie de Nfissa. Une bouffée d'irréalité la saisit ; les enfants traversant la rue, cette femme en train de fumer à la table voisine, la patrouille sur le trottoir opposé laissant un creux derrière elle, le cercle de retraités à chapeaux mous devisant bruyamment, le garçon de café aux cheveux de jais plaqués de brillantine, et au regard fuyant, seul Arabe comme elle, tous des personnages... Quelque part le rideau va tomber, ils s'en iront sans saluer, et Nadjia assise à cette terrasse, comme au balcon de sa mémoire, restera immuablement spectatrice, le cœur froid, malgré le soleil de printemps, l'âme absente, aucune voix ne palpitant en elle sinon, comme tout à l'heure, lorsque les enfants avec leur cartable l'ont reportée dix, quinze ans en arrière, car la vie – racines souterraines s'irriguant du sang mystérieux que nourrit tantôt la poésie des moments fugitifs, tantôt le désespoir de bravade et surtout le bonheur durci des révoltes –, oui, la vie s'est fichée pour Nadjia (ailes de papillon happées par le papier d'un abat-jour rose) à une place coloniale de village – toute sa vie durant, se dit-elle, elle demeurera ainsi sur la rive, algue déposée sur la berge hors des profondeurs sous-marines, si claires, si vertes, où elle s'enroulait. Toute sa vie, autour de la place, tourneront les couples endimanchés, femmes à la beauté piquante, mi-espagnoles mi-corses, hommes au visage rougi et transpirant sous l'effort, la fanfare dans le kiosque cliquetant, tandis qu'au-delà du cercle de lumières multicolores, stationne la foule arabe des ouvriers agricoles et des montagnards ; l'une des danseuses, soudain lasse, ou faisant semblant, quitte son cavalier, rejoint d'une démarche fluctuante sa famille compréhensive qui attend au bord de la piste ; elle arrive vers eux, s'arrête mollement devant la foule anonyme, multiples yeux, qui d'un même regard d'ombre la dévore, elle tourne la tête, une seconde, vers cette masse nocturne, tel l'insecte qui, dans sa course éblouie par la lampe, est repris un instant par le noir, puis elle se rapproche en riant du cercle de famille, reprend son souffle et, comme enfin réanimée, retourne, les yeux brillants, les bras tendus, vers son partenaire tandis que la danse continue, que Nfissa et Nadjia, juchées à la lucarne du grenier, regardent, fillettes fascinées, à demi endormies à la fin lorsque, autour du kiosque, ne tournoient plus que deux ou trois couples inlassables, la foule des ouvriers agricoles s'étant elle-même effilochée dans la nuit trop avancée… Enfin, le silence des montagnes voisines descend sur le cœur du village, plane au-dessus de la place salie aux lanternes à demi éteintes, et Nadjia, assise encore, mais assoupie, n'entend pas sa mère qui la soulève dans ses bras, la descend malaisément par l'échelle du grenier, puis l'allonge dans le grand lit ouvert entre l'aïeule et Nfissa gémissante dans ses rêves, comme Nadjia ensuite souriant dans le vide, les yeux fixés aux tournoiements de la valse, dehors, sous les lampions de la place illuminée.

Farid vient aux frontières passer quelques jours. Un camarade du service social m'apprend comme un secret que Julie a demandé qu'on l'affectât dans une maison d'enfants :

— Elle a choisi de diriger une maison loin de Tunis comme si elle tenait à se séparer de son mari.

Je n'en informe pas Rachid. Ces jours où, dans l'imprimerie de la ferme, je retrouve quotidiennement Farid en plein travail, j'ai tout loisir d'observer celui-ci. Dans le dernier numéro du Journal, je relis un poème signé d'une initiale.

Les mots ne suffisent pas à déterrer l'histoire
et c'est avec du sang qu'on éclaire les mémoires.

Je reconnais Farid dans les derniers vers. De son malheur conjugal, dont sans doute il ne devine pas la cause (Rachid, en dehors du travail, évite Farid, mais ce dernier est habitué depuis le début à la réserve de mon ami), s'apercevant en outre avec déchirement que, sans Julie, sa vie est soudainement arasée, Farid se lance à corps perdu dans son métier. Ses défauts s'accentuent, mais sa principale qualité, qui est, à mon avis, une sorte de crispation lyrique, s'affirme.

En analysant les causes de l'aliénation chez le colonisé, la pensée de Farid ne tourne plus comme une machine neuve, dont le fonctionnement l'éblouit lui-même. Il part inconsciemment de sa propre mutilation face à l'âme vague, amibe aux formes multiples et qu'il croyait fécondes, de Julie, et, dans cette source nouvelle, son accent prend de l'ampleur… Tandis que tous les autres lisent son éditorial du jeudi, je parcours les poèmes qui occupent la page culturelle, j'extrais les vers de Farid des sonnets trop souvent fleur bleue ou des alexandrins pompeux qu'envoient combattants des frontières et emprisonnés de France. Au milieu de cette guimauve aussi touchante que les fleurs artificielles dont la laideur pare nos intérieurs familiaux, aussi ridicule et douce que le velours que pose dans ses cheveux crêpelés quelque fiancée de nos villages, se détachent les vers abrupts, quelquefois la prose limpide secouée d'une enflure ou d'une colère, de Farid.

Son âme est-elle. La passion du polémiste, la violence de l'accusateur, la partisanerie du politicien, ces multiples côtés qu'assume séparément chacun de mes compatriotes, se juxtaposent ainsi en un seul ; je pense pourtant que, sublimés dans leur forme poétique, ils recouvrent en fait une "féminité" de Farid.

J'emploie ce mot en discutant une nouvelle fois avec Rachid. Il tombe d'accord avec moi, et même joyeusement, il est content "de nous voir nous rencontrer, spontanément, comme autrefois". Il enchaîne :

— Oui, tu n'as pas été dupe, toi non plus. A Tunis, le succès de Farid vient de raisons contraires : on aime sa violence, et le romantisme de son désespoir, alors qu'en réalité, il cherche à se rattacher ; oui, c'est cela, comme une femme…

— Tu parles de lui comme d'un rival ! dis-je violemment.

A dessein, je cherche à blesser Rachid. Pourquoi, je n'en sais rien. Mes mobiles me sont obscurs, mes sentiments. Je préfère Rachid inquiet ; de sa lucidité, je ne retiens que l'implacabilité et j'oublie que la lucidité de la souffrance devient destructrice inévitablement si… si le ciel, je suppose, contre lequel elle est projetée, ne change point. Mais je suis injuste. Le ciel de Rachid évolue imperceptiblement comme un cœur de décembre sur la Méditerranée, mais je ne le sais pas, je ne suis pas un homme de la terre au regard perspicace, à l'attention aiguisée au changement subtil des saisons. Plus tard, lorsque Rachid retournera à Tunis et que derechef il sera loin de moi, je comprendrai qu'à nouveau j'ai été aveugle à une mue de mon ami.

Toujours est-il que, ce jour-là, il ne répond rien à mon attaque ; même pas par cette indulgence détachée qu'il opposait autrefois à mes impatiences et à mes accès de mauvaise humeur contre lui. A vingt ans, j'avais alors assez d'esprit pour reconnaître, une fois l'accès passé :

— J'ai été jaloux de toi… Il faut t'y faire. Tu seras toujours un solitaire, car tu piqueras toujours la vanité des autres, des hommes du moins !

— Quel avenir me prédis-tu là ? plaisantait-il. Ne réussir qu'avec les femmes, quelle perspective ! Les femmes, je leur parle au lit, pas ailleurs, ajoutait-il avec une exagération telle que nous riions.

Dix ans après, je ne provoque plus évidemment un tel dialogue, et Rachid lui-même n'a pas le cœur sans doute à reprendre ces plaisanteries, mais pour l'essentiel l'ami n'a pas changé. Et moi, au lieu d'être satisfait de le voir identique, au lieu de le remercier de cette authenticité dont je n'ai autour de moi nul autre exemple, je crois y déceler quoi exactement ?…

Un malaise persistant me saisit dans nos paroles. Alors que nous évoquons Farid, soudain, je me demande : cette immuabilité de Rachid n'est-elle pas liée à quelque impuissance ? Le mot sitôt lâché, je pose un point d'interrogation. Je crains en fait une telle question. Après tout, qui arrivera vraiment à nous montrer un jour le chemin ? – ce lendemain, préconise Rachid en plein brouillard.

Ce jour-là, deux hommes, différemment, me serons exemplaires : Farid et l'ardeur vibrante de sa voix dont l'enthousiasme et la colère dissimulent une fêlure définitive, ou Rachid et son masque muet, sa silhouette racée, son regard fier, sa vie enfin coïncidant avec une pensée totalement libre, où s'entremêlent, comme le cuivre dans l'ivoire de nos palais vermoulus, la confiance sans cesse renaissante et le désespoir inguérissable, Rachid tourné vers son passé, vers une jeunesse auréolée dont il boit le souvenir de bonheur dans les prunelles de Nfissa. Deux hommes opposés (mon esprit de géomètre schématise) : Farid, un homme abandonné à l'âme faible, à la pensée dure et brillante comme l'acier, parce qu'il retrouve au bout d'un exil de trente années son pays en gestation ; Rachid, aimé des femmes, aimant sa femme, au cœur ferme mais à la pensée nouée parce que sans doute il commence à peine son propre exil et que, dans ces préliminaires du malheur, toutes ses racines frémissent. Au fond, ma méchanceté légère, lancée par inadvertance, par pure habitude amicale – aimant et connaissant Rachid, je crois pouvoir frapper seul et l'estimer assez pour ne point l'épargner –, a touché juste.

— Tu en parles comme d'un rival !

J'aurais dû dire “comme d'un contraire” ! et je m'aperçois aussi combien l'amour de Julie a été nécessaire, combien il a obéi à une intuition exacte, je dirais même, intelligente.

De ce cheminement de ma pensée, Rachid ne devine rien. Un long silence s'est creusé entre nous, chacun livré à ses réflexions, et je retrouve avec plaisir ces instants d'affection partagée. Combien de temps resterons-nous vraiment amis, ou n'est-ce que l'ombre de notre amitié ancienne qui se présente à nous, donnant à la cour de cette caserne laide, à cette fin de journée, au bord d'une nouvelle marche vers les pylônes de la Ligne, une douceur mélancolique ? Peut-être même suis-je déjà seul à percevoir la fluidité du passage ? Rachid, encore une fois, demeure immuable. Je suis donc son ami immuable. Parce qu'il ne change pas, parce que mon attachement pour lui ne s'altère pas. Certes, c'est logique. Mais la réalité ne l'est pas.

Rachid ne finit pas de me fasciner du spectacle de lui-même qu'il me donne. Or, notre amitié n'est plus pourtant que souvenir d'amitié. Ombre morte ? Non. Simplement, nos vies sont désormais parallèles, alors qu'autrefois nous nous faisions si souvent face. Je dis tout cela mais…

Un jour, plus tard, après la guerre, j'en parlerai à une jeune fille : je l'imagine pâle, à la robe blanche devant les baobabs du parc exotique de notre capitale. Elle m'écoutera ; ensuite, elle me sourira et trouvera avant moi la réponse. Un jour, après la guerre…

Le dernier abri où l'organisation mène Nadjia est un vieux logis de la Casbah. Elle loge dans la pièce du haut avec la mère d'un prisonnier qu'on doit guillotiner incessamment. De là, on descend deux ou trois marches, on aboutit dans une cour minuscule. Dans les deux pièces sans fenêtres qui y donnent, sont installées deux familles avec quatre ou cinq enfants chacune.

Vers la fin du jour, ceux-ci restent à jouer dehors. Les femmes s'assemblent en haut, chez la vieille : elles cousent pour les résistants. A cette heure proche du couchant, Nadjia sort dans la courette, s'assoit sur une marche, près du bassin. Elle lève la tête.

La pluie succède au soleil qui perce à travers les nuages blanchâtres ou d'un bleu sali mais virant peu à peu au gris métallique.

Je suis la sœur de l'égarée
De celle qu'on a vendue jadis dans la maison du bey
De celle qu'aujourd'hui bousculent les policiers.

Ainsi commence la nouvelle chanson. La vieille l'a rapportée ce matin, après sa visite au fils. Parmi la foule des visiteuses, un paysan la fredonnait…

Nadjia contemple le ciel. Les nuages marchent tous vers la même direction, imposants, lents, séparés les uns des autres, semblables, songe-t-elle, à des bêtes énormes de troupeaux mouvants. Soudain, leur course se fige. A travers leur troupe, la lumière tamisée du soleil se dissimule, comme le serait une chandelle visible de la rue malgré des rideaux épais ; cet éclat diffus submerge tout : cette maison d'abord au blanc soudainement immaculé, puis ailleurs, partout, s'exalte Nadjia, toute la ville avec ses immeubles striés, ses taches de jardins et de verdure, le son lointain d'une voix d'enfant qui se rapproche, le roulement en bas des voitures et de leur flux, la mélopée d'un aveugle tuant ses poux, le grondement proche des hommes bottés, tous ces bruits que Nadjia imagine, inondés eux aussi par la lumière brusquement apparue, s'atténuent à leur tour dans un tamis de douceur cristalline.

Quand, à l'aube, le lendemain, les soldats encerclent la maison, Nadjia sort dans la cour ; et spasmodiquement, elle éclate de rire.

— Que Dieu nous protège et protège les enfants des croyants, chuchote la vieille qu'on emmène aussi.

IV

Lorsque le départ de Rachid fut décidé, Nfissa comprit qu'elle l'appréhendait depuis des semaines. On parlait partout d'une mobilisation générale des émigrés. Rachid n'avait-il pas haussé les épaules ? Devant Omar et Nessima, il avait analysé :

— La Ligne est infranchissable. Mais il s'agit de gonfler au maximum les effectifs militaires pour les prochaines négociations, et aussi pour l'issue finale : la prise du pouvoir.

— Une tactique seulement ? s'étonnait Nessima qui renonçait mal au romantisme dont elle parait les chefs de la guerre. Omar et Rachid lui expliquaient une fois de plus les conflits internes, l'existence d'un triumvirat, la position trop forte du Hibou… Nfissa restait ailleurs.

Le mois d'octobre s'écoula avec ses rafales de vent, ses averses. Le studio n'était pas chauffé. Quand Nfissa attendait Rachid, elle prenait la couverture du lit, en faisait un sac autour d'elle et, face à la fenêtre, étudiait. Elle préparait son dernier examen. Rachid, pour ne point la déranger, allait chaque soir au cinéma ; lorsqu'il rentrait, ils descendaient le matelas au sol parce que Nfissa trouvait le lit incommode et ils s'enroulaient l'un à l'autre pour s'endormir.

Le matin, Rachid devait partir tôt. Nfissa s'habillait ; pendant qu'il se rasait, elle sortait et marchait cinq cents mètres jusqu'au plus proche marchand de beignets.

— Bonjour, Lalla ! saluait celui-ci avant d'entonner sa première mélopée.

Nfissa repartait avec son paquet huileux et chaud, regardait passer, dans les lueurs des réverbères qui s'éteignaient, les tramways de l'aube ; durant ce retour, par suite de l'effort qu'elle avait dû faire pour se lever tôt (ils avaient bavardé bien avant dans la nuit et quelquefois, jusque dans le sommeil, leurs deux corps soudain s'entrepénétraient si bien que Nfissa sortait à peine d'un rêve pour se trouver pleine de Rachid…) et parce que, dans la pénombre, une peur la prenait de se trouver seule dans la rue sur ses hauts talons, enfin à l'idée du petit déjeuner à partager avec Rachid, de leurs paroles qui seraient enveloppées du souvenir de leur fusion nocturne, cette marche lui était à la fois harassante et exaltante.

Jamais, lui semblait-il, même si sa journée devait être marquée de mille tâches aussi ordinaires, jamais son corps ne se fatiguerait. La marche hâtive, avec l'odeur des beignets qu'elle associait au plaisir de Rachid qui en était gourmand, devenait son premier acte du matin, un rituel.

Elle allumait le feu dans la cuisine où l'on ne pouvait que se tenir debout. Elle préparait la table de bois blanc, y mettait la nappe brodée par ses sœurs (elles avaient réussi à l'envoyer lors du mariage). Rachid sifflotait dans le cabinet de toilette. Elle le rejoignait pour lui essuyer son rasoir et ses lames, le regardait se laver : à pleines mains s'éclaboussant la face, le cou et la poitrine. Rires… elle fixait la nuque qu'il avait fine et qui l'émouvait (chaque partie de son corps n'était-il point chacune de ses qualités, elle les lui décrivait tant : "Ta poitrine est ta confiance, tes épaules ta force, ton cou ta tendresse, tes longues jambes ton élégance, tes hanches ton seul défaut grave – et elle riait, et elle exagérait : – ta luxure !").

Quand Rachid partait, elle se remettait au lit, le matelas remonté à sa place. A la fin de la matinée elle sortait faire le marché. Si Rachid tardait pour venir déjeuner, elle mangeait un fruit, puis buvait café après café pour s'encourager à réviser ses cours. Cet examen lui coûtait. Elle le passa avec mauvaise humeur, mécontente d'avoir été frustrée de promenades nocturnes au cours de ce mois.

Le vent devint insupportable et, avec lui, l'odeur du lac. Mais le bonheur de Nfissa monta encore, un fleuve aux premières pluies : flots violents et plaine étale tour à tour…

Rachid partit un jour de novembre. Les deux semaines précédant son départ, il choya Nfissa sans nulle arrière-pensée, elle n'en douta pas.

— Tu as réussi à ton examen. Demande-moi ce que tu veux !…

Elle prit le temps de réfléchir. Elle aurait voulu qu'il lui achetât quelque chose, quoi ?… Une alliance, pourquoi pas, les mœurs occidentales avaient du bon, ce serait un objet de lui, qu'elle garderait jusqu'à ce qu'elle devienne cadavre un jour. Mais elle renonça à ce désir : leurs ressources pécuniaires étaient minces, ils avaient dû cesser de déjeuner au restaurant et elle se mettait à la cuisine, brûlait des plats, se décourageait. Elle grillait finalement comme autrefois des poivrons et des tomates, faisait des salades, préparait des rougets ou un plat de crevettes… Pas question donc de bijou ; elle trouva la réponse le soir même :

— Accepte ce reportage que Farid te propose, cela te fera circuler dans la ville et tu m'emmèneras partout. On ne se quittera pas.

La vacance dura plus de dix jours. Le photographe venait les chercher tôt et ils partaient dans les faubourgs populeux qu'ils découvraient. Il s'agissait de montrer la condition féminine dans ce pays qui bénéficiait de près de six ans d'indépendance.

— Cela fera réfléchir nos manitous sur la question ! avait soupiré Farid.

Comme il avait épousé une Européenne, il ne pouvait lui-même directement aborder le problème. Le biais du "pays frère" proposé en exemple avait été jugé plus habile.

Nfissa avait l'impression de travailler avec Rachid. C'était elle qui liait conversation avec les jeunes filles ou les vieilles qui, un bidon sur le dos, arrivaient à cette fontaine publique. Les visages s'ouvraient. Le reportage devenait papotage. On aboutissait dans quelque logis où l'on ne pouvait refuser le thé que Nfissa trouvait trop fort. Rachid parlait peu, observait sa femme, l'imaginait vivant partout, partout la même avec son sourire qui se donnait.

— Ici aussi, tu séduis les vieilles.

— Habitant avec elles, elles m'auraient mariée à toi de toute façon ! répliquait Nfissa.

Elle ne s'apitoyait point sur leur pauvreté ; l'attitude du photographe, un jeune Français insoumis, secret et timide, lui paraissait théorique. Elle ne retenait de ces visages, souvent creusés, que l'instant où ils s'illuminaient. Une bouche édentée se déchirait, mais pour un rire, suivi d'une exclamation joyeuse.

— Que Dieu te prête longue vie ! s'exclamaient-elles à tout propos.

Et c'était vrai, la vie éclatait lorsque le soleil changeant d'automne dénonçait leurs hardes, ou la maigreur des enfants qui jouaient dans la boue autour des fontaines.

Il y eut d'autres matinées aussi joyeuses. Ils visitèrent à trois tous les marchés de la ville, tous les cimetières aussi et même le vendredi, les lieux saints que les officiels tentaient d'interdire. Nfissa ne se sépara de Rachid qu'une fois : dans une mosquée où elle rejoignit le coin des femmes. Elle ne pria pas, elle avait oublié les formules, mais elle se laissa pénétrer par la beauté des voix, par la poésie du Coran puis, brusquement, sortit en larmes. Dans la cour, elle se rechaussa.

— Qu'as-tu ? interrogea Rachid qui la rejoignit.

— Rien... Une vieille priait près de moi et elle avait exactement la voix de ma tante.

— Ta tante est morte depuis longtemps ?

— Depuis dix ans, répondit-elle simplement.

Elle aurait pu dire depuis hier. N'était-ce point hier son enfance, la chambre des filles, le grand lit et l'aïeule qui psalmodiait dès l'aube. Quelque chose l'en séparait, ce n'était point le temps.

— La guerre, cette horrible guerre !...

Elle murmura ces mots et, pour la première fois, se sentit une haine inquiète, ne s'agissait-il pas d'une rivale ? Sur le retour, ce matin-là :

— La mobilisation, on en parle toujours ? demanda-t-elle et elle tourna la tête vers le photographe qui conduisait la camionnette.

Aucun des deux hommes ne répondit. Mais le soir, Rachid annonçait qu'il dînait avec un responsable militaire :

— Rien de spécial, ajouta-t-il. Il est de la même ville que moi. Depuis le temps qu'il insiste, je n'ai pas réussi à m'en défaire. Un militaire de carrière, sans plus... Un héros pour journalistes : il racontera l'expédition qu'il dirigea dans les confins du désert, c'est une épopée que tout le monde connaît... Tu viens ?

— Je viens, décida-t-elle.

Elle n'écouta rien de l'épopée. Le héros se révélait courtois et d'une politesse sans défaut : il avait été sous-officier pendant vingt ans dans l'armée française. Vers la fin, ses plaisanteries furent légèrement pimentées ; ils n'avaient bu pourtant que du petit-lait.

Des discours du militaire jovial, Nfissa ne retint que le mot "convoquer".

— Pourquoi te convoquerait-il ?

— Rien, dit Rachid. Il prend au sérieux ses fonctions.

Ils rentrèrent à pied à travers les rues désertes.

Le lendemain, le reportage se poursuivait auprès des bourgeoises de la ville. Rachid voulait y renoncer ; mais Jean, le photographe, tenait à ses images : "Un folklore comme un autre", soutenait-il. Nfissa suggéra de juxtaposer les portraits des femmes à la fontaine et les matrones parées de leurs bijoux "sans commentaire", ajoutait-elle puisqu'on ne pouvait se permettre la moindre pointe critique à l'égard du pays hôte.

L'organisation féministe réunit donc une dizaine de ces dames dans une maison d'architecture italienne. Certaines étaient jeunes, une ou deux d'une beauté réelle, quoiqu'un peu grasses. Nfissa se prit au jeu de la réception ; après quelques minutes, elle en sut assez sur le prix des bijoux, sur la diversité régionale des toilettes. La plus élégante affectait un air distant et ne parlait que de mode parisienne.

Rachid se contenta d'être l'assistant muet du photographe. En sortant, il éclata en reproches auprès de Nfissa :

— Ce genre de vie semble assez te plaire !

— C'est une découverte, expliqua-t-elle. Je n'ai pas rencontré tant de luxe chez nous !

— C'est cela, envie-les !

Elle haussa les épaules, puis le taquina :

— Tu semblais assez au goût de ces dames !

— Toi la mondaine, moi le joli cœur !

— Ton numéro du bel indifférent leur a été irrésistible…

Jean, qui s'amusait de leur querelle, les déposa chez eux. Ils avaient tellement mangé de pâtisseries que Nfissa se dispensa de préparer le repas. Rachid tira les rideaux sans dire mot à sa femme ; elle vint se blottir contre lui dans le lit étroit. Ils firent la sieste pour se réconcilier. Quand ils se levèrent et sortirent, le crépuscule approchait.

Dans la ville, leur promenade fut rêveuse. Nfissa pensait aux mots d'amour de Rachid dans la pénombre. L'intensité de son bonheur, ces jours-ci, augmentait sans cesse, mais ce n'était plus la limpidité de l'été infini… Les flots du temps charriaient des scories ; Nfissa y songea vaguement tandis que, sur le boulevard principal, elle apercevait le *treno* qui arrivait de banlieue. Il lui rappela leur village au bord de l'eau : désolé et frileux devait-il être à présent, sous les blessures de l'automne. N'importe, elle regretta qu'ils n'aient pas eu assez d'argent pour y loger encore. Superstitieuse, elle croyait à l'efficace des lieux.

La semaine suivante, Rachid reprit son horaire de bureau au Journal. Nfissa replongea dans ses heures de solitude. Le vent cessa, les averses se firent rares. La ville, à nouveau ensoleillée mais avec des nuances pâlies, glissait passivement dans la fragilité de l'hiver.

Un soir, Omar vint les voir à l'heure du dîner. Il était d'assez méchante humeur : la situation dans les camps de réfugiés restait catastrophique. Dans son service, on oubliait les incidences de la guerre pour ne vivre que dans la hantise d'un orage ou d'inondations : les tentes, dans les camps du Sud, ne tiendraient pas une seconde année, des cas de maladies graves éclataient… On ne ramenait pas seulement des orphelins à la capitale ; des mères de plus en plus nombreuses, la face muette, tendaient leurs enfants aux responsables en visite.

L'impatience se manifestait partout.

Nfissa écouta le récit tout en servant un couscous sans viande.

— La paye est irrégulière au Journal, dit Rachid. Contente-toi de notre ordinaire.

— Si tout l'argent ne va qu'aux armes, je me demande à quoi celles-ci servent maintenant ! grogna Omar. Je n'ai pas vu le moindre canon !

— Ne t'interroge pas ! répondit Rachid. Les maquis sont décimés, la Ligne Morice n'a pas été franchie, mais, paraît-il, la bataille diplomatique s'annonce bien…

Toute la nuit, Nfissa rêva de femmes en haillons et des bébés malades. Elle s'agitait, gigotait contre le corps de Rachid, s'en éloignait et tombait, hors de la couverture, sur le sol. Constamment dérangé, Rachid la cherchait de la main dans son sommeil. Il plaquait le corps de Nfissa contre son dos : "Enroule-toi !… enroule-toi !…" répétait-il d'une voix de somnambule. Egarée au milieu des visages de la détresse, des tentes rapiécées, des étendues de sable et de cailloux, Nfissa entendait au loin le soupir : "Enroule-toi !" La voix inquiète ramenait son corps docile.

Au réveil d'une telle nuit, Rachid retint Nfissa dans ses bras.

— Tant pis pour le Journal !

Il la prit à la première aube et ils restèrent livrés longtemps à une somnolence commune. La fenêtre sans rideaux laissait pénétrer le jour. Ils persistèrent, le visage de Rachid sous le drap, celui de Nfissa dans l'aisselle de Rachid. La rue vibrait de bruits et de chants et

Nfissa trouvait la musique merveilleuse. Des paysans passaient contre leur fenêtre pour se rendre au marché proche : l'un annonçait en mélopée sa menthe et ses épices, l'autre déclamait ses radis et ses tomates, des enfants près de l'immeuble faisaient des rondes et entonnaient des chœurs patriotiques.

Après le départ de Rachid, Nfissa étouffa de bonheur. Elle décida de sortir, entra, au centre de la ville, dans des magasins de tissus, choisit sans acheter puisqu'elle n'avait pas d'argent, sortit avec désinvolture. C'était toujours ainsi lorsque la joie la saisissait : elle feuilletait des magazines, se parait de mille toilettes imaginaires, en était tout excitée, et le soir auprès de Rachid discutait même des coloris. Elle rendit visite à sa tante, écouta ensuite Zouina : soupirs, aspirations, envie d'une liberté comme celle de Nfissa. Celle-ci en était gênée comme d'une équivoque ; elle pensa à Rachid, ressentit d'une façon aiguë combien il ne la quittait pas, combien son propre corps le retenait… Elle repartit.

Dans l'impasse, Lla Fatouma la rappela : elle avait oublié de lui donner un plat de gâteaux.

— Cela va m'encombrer ! se défendait Nfissa.

— Pour Rachid, voyons, je sais qu'il aime les sucreries… Tu m'excuseras auprès de lui ! Mon Dieu, mon Dieu, moi qui te laissais aller en oubliant : un lion a rugi devant moi, c'est sûr… ma pauvre mémoire ! Je me fais vieille…

Sur le retour, Nfissa rencontra Julie. Elle s'arrêta tout naturellement, fut d'une amabilité indolente à son ordinaire et sans hypocrisie.

— Je vais chez le cordonnier, dit Julie.

— C'est mon chemin, je vous accompagne.

Nfissa, au premier instant, avait oublié : la vraie Julie, c'était pour elle, cette ombre voilée de noir qui, une nuit précise, lui avait indiqué les terres de volupté dont Nfissa n'était plus jamais sortie.

"Je devrais lui en être reconnaissante. Je ne regrette pas le plaisir, cette autre voie frémissante, exaltée et aride pour retrouver Rachid... Pourquoi la percée a-t-elle eu lieu à ma première souffrance ? Est-ce ainsi pour toutes les femmes ?"

Tout en marchant près de Julie, plus petite que celle-ci, plus élégante, Nfissa s'interrogeait. Le silence s'installait entre elles. Julie ne devinait rien, prenait le calme de Nfissa pour de la naïveté : elle allait auparavant refuser sa compagnie puis avait soudain désiré aviver sa souffrance aux côtés de Nfissa. La distraction de celle-ci la blessait.

Le cordonnier remit à Julie sa paire d'escarpins.

— "Julie Delcour", avait-elle annoncé à l'artisan, mais elle s'irrita la seconde d'après. "Elle croira que je tiens à mon nom de jeune fille parce qu'il est français, que je dédaigne celui de Farid, par relent de racisme... Certainement."

Nfissa, toute à ses pensées, ne remarqua le détail qu'à son retour. Les deux femmes s'étaient séparées sur des termes de politesse oiseuse.

— Elle a donné un autre nom... songea-t-elle. Farid n'existe plus pour elle. Elle aime... Nfissa se refusa à accoler le nom de Rachid à celui de Julie, mais elle s'étonnait réellement : comment peut-on aimer sans réponse, sans jouissance ?

Dans leur chambre, elle oublia tout : Julie au seuil du corridor nocturne, les regrets de Zouina altérée par la quarantaine proche. Elle attendit Rachid, répara tant bien que mal le désordre de la pièce, s'appliqua à ne pas brûler le dîner, rêva enfin dans le noir.

Cette nuit-là, Rachid fit un cauchemar. Endormi, il se mit à rire par saccades et ce rire réveilla Nfissa. Elle se souleva sur le coude, contempla son époux qui s'agitait, puis qui leva les bras et hurla :

— Tiens-toi ! tiens-toi bien !...

Nfissa lui caressa le front, tenta de le calmer sans le secouer.

— Oh Nfissa ! Nfissa...

Un sanglot. Tout le corps de Rachid se crispa, il se recroquevilla contre les hanches de sa femme ; ses mains la tâtaient et hagard, il reprenait :

— Oh Nfissa !... ma Nfissa !

Elle voulut le réveiller. En vain ; il ne dénouait pas son étreinte.

— Je suis là ! murmura Nfissa. Je n'ai rien.

— Oh tu parles ! tu n'es pas morte... non ne bouge pas, je t'en prie. Un médecin ! il se retourna, lança les draps de côté, un médecin ! cria-t-il.

Il continua ainsi longtemps. A ses côtés Nfissa pleurait. Les yeux ouverts, il hoquetait encore :

— Ne bouge pas !... non...

— Je t'en prie, répétait Nfissa, je n'ai rien. Tu as fait un rêve. Un rêve !... et elle recommençait ses mots inutiles.

— Tes jambes, chuchotait-il, sourd. Ne les bouge pas.

Ses mains les frôlaient à peine et la caresse, pour Nfissa, fut déchirante.

La nuit pâle qui traversait les carreaux faisait à Rachid un masque de tragédie. Soudain, Nfissa se leva, il hurla, elle alluma... comme un éclair de lutte entre eux, là sur le matelas, par terre. Il fixa sa femme d'un air pâle.

— Qu'y a-t-il ?

Elle éteignit, revint contre lui.

— Rien... dors...

Il l'enveloppa et leurs corps ne se quittèrent pas jusqu'à l'aube. Le matin, elle n'en parla pas. Plusieurs nuits consécutives, les cauchemars le reprirent, moins violents toutefois. Et aussi le même rêve : il persistait à appeler le médecin pour Nfissa, il pleurait sur ses jambes.

Peu avant de surgir du sommeil, il semblait que l'inquiétude lui restait. Il recherchait Nfissa si elle s'était éloignée, l'embrassait goulûment et ils se réveillaient tous deux au milieu du baiser, mais les mots alors, les soupirs, l'adoration formulée vibraient en Nfissa longtemps : Rachid la parait de noms de fruits ; chaque jour, son premier désir végétal se confondait avec la fin de l'inquiète nuit et de ses images houleuses.

— Mon arbre ! répondait Nfissa mais pour elle-même. Elle avait conservé de leur bonheur le mutisme de la plénitude. Ces aveux la troublaient… Elle les répétait avant d'aborder le jour.

Aspérités de la peur, striures d'une angoisse sans raison… La jeune femme réagit : deux, trois jours s'écoulèrent pour elle dans un bonheur intense. Elle marchait et elle se sentait heureuse. Elle montait les escaliers d'une rue et elle se trouvait légère, les yeux pleins d'images, et la vie persistait à être belle. Le ciel pâlissait, elle rentrait par crainte de l'averse ; l'odeur du lac s'atténuait ou au contraire s'insinuait davantage selon les heures, et Nfissa riait. Habitude perdue de son adolescence, elle se surprit à danser de longs moments dans leur pièce si petite, lorsqu'elle allumait le poste de radio qu'Omar leur avait prêté. Le silence de nouveau s'approfondissait. Rachid frappait à la porte. Elle lui ouvrait, n'osait lui sauter au cou, mais dès qu'il s'asseyait, elle prenait sa pose préférée entre les jambes de l'époux, posait la tête sur son genou.

— Raconte ! exigeait-elle.

N'importe quoi, tout ! Ils parlaient et s'écoutaient tour à tour. Puis ils sortaient dans la nuit, atteignaient les lumières du centre, évitaient les rencontres, mangeaient des sandwiches aux câpres et au thon et revenaient silencieux. Trois, quatre jours. Davantage certainement… Une nouvelle coulée.

Un jour, Nessima survint brusquement, dérangea Nfissa dans sa sieste, elle demanda un café et se répandit en reproches :

— Oublieuse… reprenait Nfissa sans se défendre, presque étonnée de la vérité.

— Tu te laisses vivre.

Elle lui apportait des livres. Nfissa admirait sa toilette, son fard.

— Comme tu es belle ! disait-elle avec sincérité.

— Pendant l'été, avait rapporté Nessima à Omar, je suis allée les voir à deux ou trois reprises. Je ne sais pourquoi le spectacle de leur bonheur me paraissait alors une chose plate… ainsi quand j'allai à une exposition de Cézanne en compagnie de l'espion : il avait l'air d'espionner jusqu'aux tableaux, mais moi, je ne comprenais pas d'abord d'où venait cette beauté simple… (puis elle revint à Nfissa et Rachid, avec un sursaut qui agita ses longs cheveux). Ils forment à mes yeux une sorte de monstre à deux visages ! N'est-ce point cela un couple ?… On a envie de leur dire : “Qu'attendez-vous, ayez des enfants, faites comme tout le monde : des projets, des économies, des relations. Devenez un «ménage» comme on dit !” Elle rit, Omar perçut l'écorchure de la voix. “Sinon quelque chose risque de vous arriver !”

Lors d'une autre visite, au cours de ce même été :

— Que diable ! s'exclamait Nessima. Achetez des meubles ! Cette maison n'est pas une mosquée !

— A quoi cela servirait ? rétorquait Nfissa. Nous ne sommes pas chez nous !

Nessima faisait de son mieux : elle donnait des adresses de brocanteurs, de matelassiers ; elle indiquait des magasins où les assiettes de porcelaine ne coûtaient presque rien parce que dépareillées, elle... Nfissa se dérangea jusqu'à un tapissier italien qui lui recouvrit un fauteuil pour le prix d'une housse de voiture. Pour le reste, elle écoutait, notait quelquefois des adresses, puis se tournait vers Rachid :

— Tu veux ?

— Décide donc toi...

— Mais tout, racontait Nessima à Omar, reste chez eux à l'état de projet ! Jusqu'aux livres qui s'entassent par terre... Il est vrai qu'ils payent un loyer si cher ! Ils ont cette maison, ils n'ont envie de rien d'autre.

— Et Rachid ? Comment l'as-tu trouvé ?... demandait Omar.

— Je ne sais pas... réfléchit Nessima. Calme, tranquille, je crois. Nous avons bavardé Nfissa et moi, puis nous sommes allées le rejoindre sur la plage. Et, dans le studio d'Omar, elle dévêtit son corsage pour lui montrer la croix blanche qu'avaient laissée les bretelles du maillot sur son dos. Omar y déposa un baiser.

— Je mettrai des décolletés pour toi ! promit-elle, elle s'arrêta, le surprit dans un rêve. Qu'as-tu ?

— Rien, dit-il en la caressant distraitement. Chez nous, autour des maisons, le muscat doit être mûr.

— Non ! s'exclama Nessima, les soldats ne l'auront pas brûlé.

C'était juillet alors, et le Clan se réunissait tout entier autour d'une pastèque qu'on dépeçait au soleil.

Nessima chasse ces souvenirs, entraîne Nfissa dehors. Une demi-heure après, elles se promenaient dans un jardin public. Dans une allée, Nessima pleura, puis sécha ses larmes, se repoudra.

— Il faut que je parle ! que je dise à quelqu'un…

— Oui ? s'inquiétait Nfissa qui se délivra de son indolence.

— A propos d'Omar… Je n'ai pas résisté à mener ma petite enquête. Je sais parfaitement qu'il sera furieux s'il l'apprenait ; mais je n'ai pas résisté… Il faut que je comprenne !

— Comprendre quoi ?

Nfissa voulait ralentir la confession. Nessima pourrait ensuite la regretter. Elle, par exemple, elle ne pourrait jamais parler haut, ainsi.

— Pourquoi nous sommes toujours… en suspens ! Je l'aime, je le lui dis, il…

— Qu'as-tu appris de ton enquête ?

Nfissa forçait Nessima à s'asseoir. Cette scène la peinait : elle croyait Nessima énergique.

— Il a une maîtresse. Il va chez elle tous les jours ces temps-ci… Une danseuse. Une fille très jeune, très maigre, peut-être même tuberculeuse !

Nessima aurait été prête à la parer de toutes les malédictions. Elle réprima un sanglot et sa face parut bizarrement avide aux yeux de Nfissa qui ne sut rien conseiller.

Elles reprirent leur promenade, durent quitter le parc parce que deux importuns les interpellaient. Elles trouvèrent Rachid à la maison : il était rentré tôt, croyant surprendre Nfissa, l'emmener au cinéma. "Enfin payé !", annonça-t-il. Malgré leur insistance, Nessima ne voulut pas se joindre à eux.

— Tu ne nous dérangeras pas ! et Nfissa voulait être tendre.

— Tout au contraire… continuait Rachid.

Nessima, têtue, les remercia et s'enfuit.

Avant de se coucher, peu avant minuit, Rachid restait à fumer en silence, sans se résoudre à éteindre.

— Il faut que je te raconte ce rêve… Peut-être partira-t-il de cette façon.

— Celui où je me blesse ? interrogeait Nfissa.

— Oui… C'est bien à ton sujet. Je vois une grue immense avec une femme, une vieille paysanne qui, à un bout, tend la corde, puis la tire… A l'autre extrémité, il y a toi transformée en fillette, jupe courte, genoux nus, mais tu gardes ton visage de femme. Tu sembles t'amuser. Tu te laisses porter par la corde… Tu ris. En te voyant ainsi, je suis gai, je ris aussi… Quel beau paysage autour de nous ! Un champ immense avec des fleurs, des mimosas, j'en retiens l'odeur… et des violettes, je crois près de moi. Une voix chante… mais c'est toi ! Un refrain que je ne connais pas, un air céleste. Tu te balances, tu montes, tu descends, oh à peine quatre, cinq mètres. Je suis vraiment heureux. Je te regarde. Soudain…

— Soudain… reprit Nfissa.

— J'avais oublié la vieille. Je me tourne vers elle ; elle tire la corde, tu montes de plus en plus haut, tu ne ris plus… tu cries. La vieille tire de plus en plus la corde, l'agite même avec, sur son visage ridé, une expression féroce : tu te balances dans le ciel, de droite à gauche, de plus en plus fort, tu hurles… Moi, je ne sais pourquoi, je regarde toute la scène, mais je suis impuissant… comme soudé au sol. Je ne peux que t'appeler : “Tiens-toi bien !” Je crie ton nom… Je ne peux même pas prier la vieille… et c'est la catastrophe ; tu tombes comme un sac, debout sur tes jambes. Je suis sûr qu'elles se sont brisées, je crie… après, je ne sais plus sauf que cela devient horrible… En arrière, le rire de folle de la vieille s'amplifie, se prolonge…

Nfissa éteignit la lampe.

— Entre en moi ! supplia-t-elle. Je serai toujours vivante ! Si je tombe un jour, tu seras là et tu me raccommoderas.

— Je te raccommoderai, promit Rachid en caressant son corps nu, puis il s'affala sur elle.

Avant de s'endormir, il la maintenait ancrée en lui, il murmura :

— Peu m'importent les rêves d'ordinaire. Mais… cette paysanne qui te précipite, je la connais, sais-tu ; je tiens à te le dire.

Nfissa écouta le souvenir, le premier souvenir de Rachid.

Elle lui sut surtout gré d'avoir révélé la scène cruelle à l'abri de leur plaisir. Dans un douar, une vieille femme avait donné des renseignements à l'armée ennemie ; on ne se contenta pas de l'égorger ; par représailles, on égorgea auparavant la fille, une toute jeune fille, devant la mère.

— Tu étais présent ? demanda Nfissa après un silence.

— Nous étions trois hommes. Je suis sorti quand on lui a annoncé qu'elle allait mourir. Lorsque j'ai refermé la porte, elle avait la même expression sardonique que dans mon rêve… pendant que j'attendais dehors, stupidement (il cria ce mot, haleta puis doucement), notre justicier de service prit l'initiative d'immoler aussi la fille…

— Il faut oublier ! soupira Nfissa en se serrant davantage contre Rachid. Je suis là… Le rêve te quittera.

Rachid agrippa sa femme qui s'endormit la première.

"Je méprisais ceux qui, sitôt débarqués du maquis, se débarrassent des bagages encombrants de leur mémoire… Mais n'avais-je pas tort ? Ils ne recherchent que la paix, ils ne sont plus hantés… même Nfissa : «Il faut oublier», m'a-t-elle dit."

Le soliloque de Rachid dura jusqu'au chant du coq puis il sombra dans un sommeil mouvant. Nfissa se réveilla la première en l'entendant se plaindre :

— La vie est aigre… La…

Elle ne comprit pas la suite hagarde. Elle embrassa Rachid, le secoua doucement. Dans un demi-réveil, il se souvint :

— J'ai assisté hier à mon propre enterrement…

Ce même jour, Nfissa se résigna à aller consulter une doctoresse pour des troubles persistants. Quand elle sut qu'elle était enceinte, elle n'eut aucune réaction. Elle remercia, paya et sortit.

Elle erra longtemps. Le froid la pénétrait. La pluie avait transformé certaines rues en bourbiers.

— La vie est aigre ! répéta-t-elle en reprenant la première phrase de Rachid. Non, je ne lui dirai pas. Je ne dirai rien.

Elle ne sut s'expliquer ses raisons. Quel danger tentait de distordre leur couple ? La guerre avec le risque d'une séparation, cet enfant qui allait survenir sans que Nfissa y eût jamais pensé, ces rêves, ce passé enfin qui alimentait les hantises…

— "Tu peux partir !" Je dirai cela le moment venu.

Elle se répéta la décision ; son détachement ces jours derniers ne venait-il pas de la langueur et des premières nausées ?

— Je t'aime comme le monde et la foi ! éclata-t-elle au cœur de leurs étreintes, la nuit suivante.

Il sourit de cette expression enfantine de leur parler commun.

— "Je t'aime comme le monde et la foi !" répéta-t-il après elle, d'une voix troublée. Je n'ai dit cette phrase qu'à ma mère dans mon enfance.

— Je suis contente de te la redonner à présent, répondit Nfissa.

Auparavant, lorsqu'ils étaient rentrés de leur promenade nocturne, Rachid avait trouvé une lettre sous la porte ; on le "convoquait" le lendemain, à quatre heures du matin, une mission partait aux frontières.

Nfissa parcourut le billet par-dessus l'épaule de son mari. Au matin, ils restèrent dans les bras l'un de l'autre, puis Rachid se leva à l'heure habituelle. Nfissa alla en hâte acheter les beignets. Dehors, dans le gris de l'aube, elle tremblait. Elle parla à Rachid peu après :

— Que je ne te gêne pas dans ta décision, Rachid… Tu… Tu peux partir si tu le dois. Je saurai t'attendre !

Elle récita la fin très vite, pour qu'il ne perçoive pas l'accent mouillé de larmes.

— C'est vrai, répondit-il tout bas, il faut que je décide… Oh ce n'est pas pour lui, ajouta-t-il avec un signe de la main vers le billet du militaire, l'imbécile, il n'a pas compris que je ne dépends de personne… Il me suppose une ambition secrète ; certains ne peuvent concevoir qu'on ne puisse rien rechercher, du moins au-dehors… alors, il croit m'appâter : une mission !

Nfissa se forçait à avaler son café, à grignoter un bout de beignet : la rancœur de Rachid dissipée, que resterait-il ?

— Je déciderai aujourd'hui, conclut-il.

A midi, lorsqu'il revint, il annonça :

— Je pars demain matin. C'est Farid qui m'envoie. Lui, au moins, je connais ses intentions !

— Je préparerai tes affaires, répondit simplement Nfissa.

Elle sut qu'elle n'allait pas pleurer. Une sécheresse l'avait saisie et c'était pis.

L'après-midi, Rachid sortit : il voulait s'endetter pour que Nfissa ne manque pas d'argent ensuite. Elle ne chercha même pas à le retenir, alors qu'en d'autres temps, elle aurait réclamé jusqu'aux secondes de sa présence…

Des importuns la dérangèrent : le propriétaire de l'immeuble et sa femme, un couple loufoque qui amusait Nfissa et Rachid. La sympathie devait être mutuelle : l'homme tenait à avoir ses locataires à dîner ce soir même ; Rachid à ses yeux était auréolé du prestige du maquis.

— Nous ne pourrons pas, s'excusait Nfissa. Mon mari sera occupé…

— Eh bien, demain ? répondait-il. N'est-ce pas Germaine ? – c'était son expression favorite. Il ne pouvait faire un pas sans questionner sa femme : une Juive à la tête de poupée, aux cheveux d'un noir de jais.

Nfissa remerciait, promettait que ce serait pour plus tard… Au retour de Rachid, elle raconta la visite. Ils sortirent. Maintenant que ce départ prenait réalité, Nfissa s'attardait aux discussions anodines. Rachid répondait à peine. Ils dînèrent dehors, dans un petit restaurant espagnol. Rachid proposa le cinéma.

— Tant pis, si je ne dors pas cette nuit ! Je récupérerai pendant le trajet…

Le film se déroula pompeusement. A l'entracte, par hasard, ils trouvèrent le propriétaire et sa femme installés devant eux. Nfissa, gênée, s'apprêtait à bafouiller… L'homme n'était qu'heureux d'aller fumer en compagnie de Rachid. Après le spectacle, il les entraîna chez lui.

— Nous avons déjà dîné, avertissait Rachid.

— Eh bien, il y aura des bouteilles de Coca-Cola dans le réfrigérateur. Elles vous attendaient… n'est-ce pas Germaine ?

Nfissa se laissait faire avec presque de l'indifférence. Quand ils rentrèrent chez eux, il était deux heures du matin.

— Je dois partir à cinq heures, dit Rachid.

— Ne nous endormons pas, n'est-ce pas ?

— Tu te reposeras ensuite ?

— Oui, promit-elle.

Elle sourit amèrement : ce mot de repos quand il s'agissait de leur séparation !

Nfissa restait là, assise, les bras ballants. Elle leva lentement son visage vers Rachid.

— Je vais remettre le matelas par terre, veux-tu ?... Couchons-nous et entre en moi... oh ! ce n'est pas pour le plaisir.

— Bien sûr, dit doucement Rachid.

Après, elle resta dure. L'âme et les entrailles nouées. "Dure, c'est tout", pense-t-elle.

— Tu dormiras ? demande Rachid, promets-le-moi.

— J'essaierai.

— Il y a des cachets. Prends-en un.

— Non ! je ne prendrai jamais de somnifère, sursaute-t-elle. Mais rassure-toi, je dormirai.

Nfissa se lève, se met à préparer quelques affaires.

— Je n'ai jamais été une bonne ménagère... Toutes tes chemises ne sont pas prêtes... en voici deux.

— Tu sais, dit-il, je n'en aurai pas besoin !... L'uniforme.

— L'uniforme... répète-t-elle, et elle se sent irritée. Elle aurait voulu qu'il soit habillé d'elle...

C'est au tour de Rachid de se taire. Il la désire parce qu'il sait qu'il ne l'a pas atteinte. Assise sur le matelas, il l'attire par les chevilles. Elle tombe lentement... Quand ensuite il l'entend gémir, c'est comme s'il lui enlevait un poids de l'âme.

— Tu dormiras, répète-t-il.

Elle ne répond pas, mais il la devine enfin docile, consentante, et, tout au long de ce voyage de l'aube, il la sentira en lui, son gémissement profond et lent, à l'instant de l'orgasme, continuera le long de la route en lui, délivrance, allégement… “Nfissa est sereine et je n'ai pas à m'inquiéter.”

Il sera midi quand il descendra de la jeep au premier casernement, à quelques centaines de mètres de son pays et de la guerre. Nfissa, elle, se lève le cœur vide, presque un jour ordinaire… De longues heures plus tard, surgie enfin du nid de volupté et de ses eaux, elle se demande confusément comment vivre maintenant, comment mettre un pied devant l'autre, et jusqu'à quand ? La nuit tombe qu'elle n'est pas sortie de chez elle ; de nouveau, elle se recouche (elle a classé toutes les photos de Rachid, son seul travail) ; elle semble entendre, comme quelques heures auparavant, la voix chuchotante de Rachid à son oreille :

— Tu dormiras… tu dormiras…

Le lendemain, elle sort rapidement, achète de quoi manger et se terre à nouveau. Sans comprendre. C'est au tour des lettres à présent… elle en fait un paquet mince. Elle se tourne vers l'armoire : le linge de Rachid, ses propres affaires ; elle s'arrête au milieu d'un rangement, entend comme un écho : “Je ne suis pas une bonne ménagère”, elle a un sourire d'excuse comme si Rachid était là, comme si elle ne regrettait pas vraiment.

Puis elle se remémore : Rachid l'a laissée sur le matelas, elle n'a pas voulu s'habiller, ne s'est pas recouverte malgré le froid. Volontairement elle a exposé son corps à Rachid. C'est lui qui a exigé :

— Je veux te regarder entière. Je veux te contempler…

Ensuite, Rachid, debout, s'habillait sans la quitter des yeux ; il a ajouté, avec une douceur fugitive dans le ton :

— Ne vas-tu pas avoir froid ? Tu devrais te couvrir.

— Non, regarde-moi, ne m'oublie pas !

Il se mit à genoux, embrassa son ventre encore plat. Elle entoura son époux de ses bras, l'étreignit, le colla sur ses hanches. Au milieu du baiser, il se releva, la releva… Comme tout cela ne finissait pas ! Elle coula lentement jusqu'à ses pieds :

— Pars tranquille… Je vais m'endormir !

Il hésitait, attendait, infiniment patient soudain comme si son départ devait être reporté.

— Recouche-toi, dit-il. Je fermerai la porte.

Elle s'allongea. Il resta là encore, une minute, deux, puis elle l'entendit dans le couloir, elle se cacha la tête dans l'oreiller, ne voulut point entendre l'huis frapper… il était parti.

Et maintenant, voici qu'elle se déshabille en plein milieu du jour.

— Nue, pour la première fois de ma vie, je me vois tout à fait nue… Ainsi m'a contemplée Rachid.

Elle regarda le reflet, puis une question insidieuse, interposée soudain par le froid du miroir :

— Est-ce la dernière fois ?… Ne reviendra-t-il pas ?

Elle se rhabilla, tourna dans la pièce, à l'affût d'autres rangements à faire, se rappela le temps d'automne, à la maison familiale, et les jours de grand nettoyage : on ouvrait tous les matelas, les coussins, on lavait la laine, on recousait de nouveau les housses séchées… puis les tapis… puis les rideaux… Quoi encore ? Sa mère, pendant des heures, errait comme elle aujourd'hui dans toute la demeure, recherchant opiniâtrement tout ce qui pouvait rester encore à laver, à ranger, avant le froid… Les jours d'automne… tristesse et douceur du soleil… on se préparait à hiverner. Après, c'était la nourriture : la viande de mouton à saler, les poivrons à sécher, à piler, à conserver dans l'huile, les tomates… quoi encore ?

Les olives à concasser… les jarres à remplir d'huile, les bocaux étincelants de miel… quoi encore ? Le père entrait, sortait, transpirait… Le couscous avec toutes les variantes, les grands carrés de linge immaculé sur lequel on étendait cette semoule qui séchait…

Assise sur le lit, Nfissa revient du passé : "Je vais traverser l'hiver moi aussi bien plus qu'une saison hélas !" Alors, seulement, elle se rappela qu'elle attendait un enfant ; six ou sept mois lui paraissaient sans signification, autant dire un siècle.

Le troisième jour, elle ne sortit pas, demeura inactive. Etendue sur le lit. A midi, lorsque Nessima arriva, Nfissa lui ouvrit et l'accueillit calmement :

— Je voudrais travailler, lui dit-elle ; peux-tu me rendre service ?… quelque chose qui m'absorbe. Rachid est parti aux frontières et je vais être seule.

— Parti, comment cela ?

— Parti, fit sèchement Nfissa.

Elles déjeunèrent ensemble. Nfissa ne voulait pas sortir :

— Pas au café, pas dans la rue, gémit-elle.

— Où donc ?

— Je ne sais pas, chez toi, si tu veux… j'aime votre jardin… et ta mère, je bavarderai avec elle !

— Je t'y dépose ! répondit Nessima, j'ai rendez-vous avec Omar (elle venait de décider cela d'un coup). Je ne m'attarderai pas. Naturellement, tu restes chez nous ce soir.

Nfissa n'opposait plus de résistance. Elle se laissa guider et la mère de Nessima fut heureuse de ne pas prendre son thé seule, sous les magnolias. Elle bavardait tant… Nfissa souriait, la contemplait.

Nessima voulait demander à Omar la raison du départ de Rachid. Tout excitée, elle se disait que Nfissa paraissait bizarre et qu'elle aurait besoin de son amitié à son tour. Pour la première fois, aussi, elle s'étonnait : ce mariage lui avait paru sans fissure.

— Ainsi, conclut Omar presque méchamment, cela semble te rassurer puisque même eux ont des problèmes !

Nessima ne répondit pas, mais le fixa, les yeux agrandis de peine.

— Je ne me trompe pas, continuait Omar. Je ne t'accuse pas d'être jalouse de ton amie, et de te réjouir aujourd'hui… Non, disons que cela te donne plus de confiance pour nous deux. Tu te dis : "Peut-être que nous ne tournons pas en rond" ; ou plutôt, ce qui revient au même : "Tous les couples sont de tristes manèges… sans exception !"

— Cesse de me tourmenter ! supplia Nessima. Pour l'instant, je désire être utile à Nfissa. Si tu sais quelque chose…

"L'instinct maternel lui devient une compensation", pensa Omar imperturbable.

— Je ne sais rien ! répliqua-t-il d'un air de s'en moquer.

Quand elle partit, il ne termina pas son travail. Il erra longtemps dans la médina ; il désirait se trouver seul.

— *S'il bouge tout le temps, dit la première, en piétinant et de bas en haut, nuit et jour, c'est une fille…*

— *S'il se balance lentement et latéralement dans ton ventre, puis s'arrête, c'est un garçon !*

— *S'il t'alourdit, c'est une fille !*

— *S'il te rend légère, c'est un garçon !*

— *S'il te fait tomber cheveux et cils, et sourcils, c'est une fille.*

— S'il te fait pousser davantage cheveux et cils, c'est un garçon.

— S'il te donne des sensations de brûlures, c'est qu'il porte déjà cheveux, et c'est sans doute une fille.

— Si tu ignores les brûlures, il naîtra sans cheveux, et c'est plutôt un garçon.

— Si... interpelle la plus malicieuse de l'assemblée, ma voisine a eu des jumeaux, un garçon et une fille. Alors, dites-moi donc qu'est-ce qu'elle a pu ressentir ?

Un charivari s'ensuivit. Les plus vieilles avaient, de toute façon, réponse à tout.

— Oh ! moi, s'exclama une voix enjouée, je ne me sens bien qu'en état de grossesse. Elle rit insolemment. Et j'accouche presque en marchant ! Ma dernière, douze j'en ai, pensez donc, ce fut une fille prématurée : elle mit trois jours entiers pour mourir.

Elle rit encore, plus faiblement.

— Chaque matin, je priais : "Que l'ange Gabriel vienne la toucher de son aile !"... Le troisième jour, enfin, elle rendit l'âme... Et maintenant, de nouveau...

Elle tapa d'une main énergique sur son ventre rebondi.

Dehors, dans le quartier, la rafle continuait.

Farid téléphona pour prévenir qu'il rentrerait tard. Julie nota la sollicitude de la voix, puis reposa le récepteur. Elle soupira de soulagement, traversa la pièce aux meubles disparates et alla se contempler dans le miroir : elle se trouva bouffie, presque défigurée.

Autrefois... ses aspirations d'adolescente : se voir en amoureuse tragique... Mais le malheur n'embellit pas, au contraire, se dit-elle ; peut-être à certains éclairs quand elle suppliait Rachid, avec la volonté de le convaincre… cette façon de se dire pendant des mois : “Je l’aime tellement… je finirai par le séduire !” Maintenant, l’espoir l’avait abandonnée, et sa lumière s’était dissipée. Lors de leur dernière rencontre, à Rachid marié :

— Puisque je ne suis pas la femme qui doit être aimée par toi ! avait-elle déclaré.

Elle l’avait tutoyé par provocation désespérée, il s’était tu, et dans sa propre voix, elle sentit un accent se défaire définitivement…

Une haine lui restait à l’égard de Nfissa. L’air lointain que prenait celle-ci en public…

— Elle ne l’aime pas ! accusait Julie, et elle ajoutait avec un accent farouche : Elle ne le mérite pas !

Elle aurait admis une Nfissa émerveillée devant Rachid, mais l’émerveillement de Nfissa éclatait au secret du couple, embué de tendresse, de sensualité et d’un rassasiement du cœur… Julie aurait compris une épouse aux petits soins avec l’homme aimé, une ménagère étriquée se dévoilant par mille gestes devinés d’amante, mais Nfissa encore chrysalide, par une réaction instinctive due au puritanisme de son éducation musulmane, tamisait son bonheur et voilait leur amour devant les autres. Au-dehors, même aux côtés de Rachid, elle se sentait “nue”, comme disaient les vieilles de chez elle. Solitaire certes, mais forte, mais elle-même et cette preuve de la continuité de leur amour la remuait. Autrefois, la solitude la desséchait, ainsi lorsque mourut Karim et que, devant ses geôliers, elle s’astreignait à ce rôle de parade : la révoltée…

Julie se dévêtit, plongea lentement dans la baignoire. Elle avait dépassé depuis quelques semaines la trentaine ; ce qui lui avait paru un tournant dangereux lui devenait indifférent… La jeunesse, la vieillesse, la beauté à conserver ne signifiaient rien désormais. Elle prit soin de son corps, puis de son visage et de sa peau, avec des gestes d'automate, et elle le remarqua avec un humour noir : "C'est cela, la civilisation !" Elle aurait jadis répété une telle remarque devant son mari : la camaraderie de leur première intimité subsistait seule. Farid souffrait de voir Julie changée, et il arrivait à celle-ci de lui en vouloir ; leurs rapports n'étaient même plus faciles :

— Décidément, se dit-elle, il me faudra lui parler... le quitter...

Elle ne se jugeait point coupable. Elle aurait aisément avoué à Farid sa déclaration à Rachid, mais Rachid avait insisté :

"Que cela reste entre nous ! Non, n'en parlez pas à votre mari !"...

En vérité, elle aurait aimé se dépouiller de cette minute où elle avait tout joué : "Je lui parlerai ce soir même ! Je quitterai Farid aussitôt...", comme si ne pouvant avoir le bonheur, elle offrait à Rachid tout le désordre, tout le découragement qu'elle causerait... Or, même ce malheur actif, même cette action noire et bouleversée de son amour de mal aimée, même ces éclats qui lui auraient empli l'âme parce qu'elle aurait su que Rachid était spectateur tout au moins, même ce drame, il le refusa. Elle avait obéi. La façon même dont il tranchait, calmement, sans autorité superflue, elle le devina si bon... le regard triste qu'il posa sur elle... Des mois plus tard, le trouble causé par ce regard la poursuit... elle n'ose même pas imaginer le moment où il l'aurait habitée, nourrie, tout son corps n'étant plus qu'un miasme hurlant dans le vide.

"J'aurais su le guérir, le détendre...", se dit-elle tout en s'habillant et, devant la glace, parce qu'elle allait se peigner, sa main en l'air, désolée, eut un geste de caresse... le mouvement suspendu, Julie s'arrêta, effrayée de cette illusion de présence fugitive, puis la souffrance retomba autour de sa bouche, au coin de ses yeux secs. Depuis ce jour où elle pleura sur la poitrine de Rachid, ses larmes s'étaient taries.

Sa pensée revint à Nfissa. Un contentement, malgré son malheur, habitait Julie, confirmation de ce qu'elle s'obstinait à répéter :

“Si elle l'avait vraiment aimé, serait-il parti ? Non...”

Noire, cette phrase dansait en elle.

Les jours suivants, elle rencontra Nfissa dans la rue, dans un bureau, ou au sortir d'un magasin. Leurs saluts étaient différents : froid de la part de Julie, spontané, presque souriant chez Nfissa, Julie ne se douta donc pas que sa rivale savait. Elle recevait une image de Nfissa de plus en plus rétrécie.

“Les femmes se comprennent”, aimait pourtant dire Nfissa à Rachid, et elle s'amusait du ton sentencieux qu'elle prenait. Mais face à Julie, elle brouillait de plus en plus les cartes ? Hypocrisie ?... Elle saluait Julie, se lançait dans quelque bavardage, se donnait en représentation (l'œil de Julie restait terne, un “regard de grenouille”, avait remarqué Nfissa un jour), tout cela sans effort, sans même le plaisir de la duplicité. Un soin particulier le prenait toutefois de ne pas nommer son mari, de ne pas faire d'allusion de près ou de loin à sa vie conjugale. Pour le reste, Nfissa jouait en s'abandonnant...

Elle s'interrogeait quelquefois sur les raisons de ce comportement. Un jour, avant le départ de Rachid, elle s'imagina avoir trouvé : son bonheur lui donnait de l'humilité devant les autres femmes.

— Que penses-tu de l'humilité ? avait-elle dit à Rachid, puis en jouant la pédante : quelqu'un a dit : “L'humilité est l'antichambre de toutes les perfections”...

— Non, répliqua Rachid avec violence, de toutes les défections !

Elle fut surprise, ne livra pas sa pensée.

Rachid aux frontières, Nfissa commença à travailler à l'hôpital, au service de la pharmacie. La responsable du service était une amie de Nessima, intellectuelle sympathique et mère de famille ; au laboratoire, elle tournait autour de Nfissa avec une curiosité de mouche. Maussade, Nfissa se voulait scrupuleuse et, excepté ses retards matinaux (la lourdeur du sommeil, se réveiller sans Rachid la décourageait à l'avance de toutes ses tâches), elle se jugeait irréprochable. Quand elle traversait la cour ombreuse de l'hôpital, ces femmes à l'air malheureux, assises sur un banc, ces parents de malades, ces chaînes tristes de pauvres, bref cet écœurement lui était aiguilles dans le cœur. Contradictoirement, elle surmontait alors sa propre désolation.

Au début, Nessima et sa mère, Lla Fatouma et Zouina l'avaient prise en charge tour à tour. Elles avaient fini par deviner sa grossesse. Quelque temps, Nfissa accepta d'être dorlotée. Un jour, cela faisait plus d'une semaine que Rachid était parti, elle sortit de l'hôpital, et s'apprêtait machinalement à se rendre chez sa tante, quand elle éclata en larmes. Elle s'assit sur un banc ; le pavillon de chirurgie était tout près. Par la fenêtre d'une salle au sous-sol, deux hommes, des malades hâves en pyjama, mais debout, la regardaient. Quand elle s'en aperçut, elle se secoua et s'enfuit. Elle décida de revenir au studio, “chez nous”, se dit-elle.

Lla Fatouma, un peu offusquée de la voir préférer habiter seule, prit l'habitude de venir souvent, les fins d'après-midi. Quand elle ne pouvait pas, à cause de ses genoux douloureux, elle envoyait une vieille servante aux nouvelles. Celle-ci apportait des friandises, des bouquets de menthe fraîche ou simplement quelques œufs.

Nfissa n'en continuait pas moins à se recroqueviller. Même Nessima en fut découragée. Au lieu de venir voir Nfissa, elle interrogeait sur celle-ci son amie pharmacienne. Quand elle apprit l'inquiétude de Nfissa à propos de sa jeune sœur, elle réapparut.

— Je vais faire jouer les influences politiques de ma mère, veux-tu ? Peut-être ainsi saurons-nous si on recherche toujours Nadjia ou si elle a été arrêtée…

— Non, nous ne pouvons qu'attendre. Notre ville, là-bas, n'est plus qu'un camp fortifié !… Les insurrections militaires du côté français compliquent tout !

Nfissa écrivait à sa famille, des lettres qui passaient par des amis de France. Ce n'était que questions sur Nadjia. Bizarrement, elle associa l'enfant qu'elle portait à Nadjia. Mais elle ne recevait aucune réponse, les lettres ne devaient point arriver à destination, son inquiétude montait… A l'hôpital, quand par lueurs son regard devenait hagard, elle ne se défendait plus : à travers cette angoisse fraternelle, son désarroi d'épouse se libérait…

Sur l'insistance de Nessima, elle retourna voir la doctoresse. Celle-ci lui fit diverses prescriptions qu'elle ne suivit pas. Elle se sentait de plus en plus réticente et vulnérable : réticente à l'égard des autres, de leur bienveillance ou de leur sympathie (dans la rue, elle évitait de saluer même ceux du Clan), vulnérable vis-à-vis d'elle-même. La fatigue physique, dans le tramway, durant les secousses, l'alourdissait et elle ne voulait pas en convenir. Certaines heures s'écoulèrent de détresse.

Elle se comporta avec quelque incohérence, décida, sans raison, d'aller voir Omar à son bureau. N'allait-il pas aux frontières ? Il lui parla de Rachid et cela lui fit du bien. Elle s'ouvrit de son inquiétude pour Nadjia, évoqua longuement celle-ci… ces mots, ces phrases auraient dû être adressés à Rachid. Parler à quelqu'un d'autre que lui des siens, de son enfance, la gêna. Elle s'était laissée aller à le faire, elle se le reprocha et se referma davantage.

Elle prit l'habitude de rentrer à pied de l'hôpital. La marche la laissait épuisée : elle s'allongeait sans même dîner. Mais, auparavant, elle avait été tout regard et tout ouïe, un carrefour pour le spectacle des autres, échos, souvenirs, images diffuses… Nfissa passe devant une école maternelle, à quatre heures de l'après-midi ; les classes frissonnent de la hâte précédant la sortie. Des sons cristallins par une fenêtre, un silence autour de l'accent grave de l'institutrice française, une fusée de rires devant le portail. Nfissa marche lentement, l'esprit vide comme si ces bruits d'oisillons venaient envelopper son ventre…

Elle réfléchit, s'interroge :

— Pourquoi aimerai-je mon enfant ? Pour cet écho, cet arrêt attentif des murs et des cours qui protègent ces palpitations enfantines ? Pourquoi…

Le souvenir se lève neuf. Dans son village, au-delà de l'horizon, l'école : séparée en deux, une moitié pour les filles, une autre pour les garçons ; elle se trouvait en face de l'église, et pour Nfissa qui n'entrait jamais dans celle-ci, ce voisinage était mystérieux. Par la fenêtre, la silhouette de pingouin du curé la fascinait. Il sortait à quatre heures précisément, et dès qu'elle l'avait aperçu, elle prêtait l'oreille à la cloche de la cour… Dehors, quand les fillettes croisaient le prêtre, elles récitaient en chœur, sur un air chantant : "Bonjour, mon père !", toutes sauf Nfissa que le curé fixait pensivement en répondant, sur le même ton de la mélopée : “Bonjour, mes enfants !” Elle livrait ensuite à sa mère sa perplexité :

— Les Françaises, tu sais, elles disent “mon père” à quelqu’un qui n’est pas leur père !

— C’est comme cela chez eux ! répondait la mère, placide… ce qui n’empêchait point Nfissa de rêver la nuit au curé, à la face blanche enveloppée de noir et qui persistait, avec une douceur inquiétante, à garder l’œil sur elle. Le lendemain, peu avant quatre heures, elle regardait par la fenêtre l’église de briques roses, le clocher peint de neuf ; une minute après, même cérémonial : la robe du curé, puis la cloche, leur brouhaha éclaté…

Dans la gerbe jaillissante de la porte, Nfissa heurte une écolière qui la dévisage, sans curiosité, l’œil plat, dirait-on. Ainsi, pense-t-elle avec confusion, avoir un enfant, c’est retrouver sa propre enfance et y naviguer jour après jour. Cercle rassurant de la mémoire, un pas en arrière, puis un autre, et un autre…

Un second mois passa ; Nfissa redevint sereine, à peine alourdie. Autour d’elle, on lui demandait de plus en plus fréquemment :

— Travailles-tu encore ? Ce n’est pas prudent. Prends un congé !

Mais sa silhouette ne révélait qu’à peine son état de grossesse. Coquette par accès, Nfissa se surveillait dans les vitrines, surtout lorsqu’elle marchait. Un jour, elle se crispa de mécontentement :

— Moi aussi, j’ai la démarche de l’oie des femmes lourdes !

C’était exact. Elle décida alors de cesser le travail à la fin du mois. Serait-elle prête pour l’attente végétale ? Ce poids au ventre, ce n’était pas un enfant, bien qu’il remuât, comme s’il voulait s’imposer à elle, pauvre misérable fœtus, mais son courage d'épouse, le seul remède pour Rachid et elle.

Elle ne songeait point délibérément à l'enfant. Elle avait avoué son indifférence à Zouina, la plus attendrie de ses connaissances ; celle-ci avait eu l'inévitable réponse :

— Tu changeras ! Tu verras… Quand l'enfant sera là…

— Oui, je sais, l'instinct… avait répondu Nfissa, déçue.

Un jour, dans la rue, une fatigue l'obligea à entrer dans un square. Elle s'assit sur un banc ; des fillettes, presque à ses pieds ; leur air absorbé, leurs disputes ensuite… L'une des deux louchait et ses lunettes rondes la transformaient en petite vieille acariâtre. Elles sautillaient, l'une après l'autre, un pied en arrêt une seconde, puis repartaient avec méthode au-dessus des figures géométriques tandis que leur voix de fausset scandait un air…

Nfissa regretta son ventre, son âge. En une seconde, à nouveau, le présent se renversa : elle et Nadjia dans la cour, juste sous le néflier… s'étire le temps de la marelle, pendant la sieste, après qu'on leur eut recommandé le silence à cause du père fatigué au retour de la ferme… Nadjia chantait et Nfissa, lorsqu'elle sautait tout comme la fille à lunettes, regardait la haie de roseaux proche qui les séparait du jardin voisin… à cloche-pied ainsi, sans jamais se tromper et, face à elle, la cour longue, les roseaux au fond, les arbres solennels du verger voisin, tout devenait horizon immuable, familier, un royaume.

Le rappel de cette enfance inquiéta Nfissa qui, machinalement, tira un pan de son manteau sur son ventre. Un enfant à elle… peut-être une fille qui, lentement, revivrait cette même enfance. La paix revenue, elle jouerait à la marelle sous le néflier, elle sourirait à la haie de roseaux, aux arbres mystérieux du jardin derrière…

— Revivre mon enfance, ainsi par procuration, et ne pas, pour autant, dérober au présent l'attention ? Y réussirais-je ?… Non… il me faudrait ralentir le pas moi-même.

Nfissa connaissait, pour l'avoir rencontrée chez autrui, parents ou amis, la complaisance de l'adulte qui au spectacle de sa progéniture se retrouve précipité dans son passé… attendrissant ? Non, Nfissa se révolta : est-ce là le sentiment dit maternel, vivre soi-même son autrefois, pendant que l'enfant le rêve ?… Mais alors il fallait payer le prix : ralentir le présent, le pâlir. La vie devenait cercle, et le cercle rassurait. Un cercle, cela redonne la béatitude de l'embryon dans le ventre obscur.

Nfissa se dressa, sans un regard pour les filles qui jouaient, inlassables. Etait-elle en train de renier l'autre ?… "L'autre de mes entrailles." A ce dernier mot, elle frémit, eut l'impression d'avoir choisi entre Rachid et elle, une impasse.

Elle ne dîna pas, bien qu'elle eût faim. Elle se mit au lit et, soudain, pleura sans raison, sans amertume, simplement parce qu'elle ne comprenait point et qu'en cette heure Rachid lui devenait nécessaire. Seul, il la dénouerait… il y avait sa joie à lui, si simple, qu'il lui avait décrite dans une lettre.

Tard dans la nuit – elle avait négligé de fermer les persiennes et le ciel nocturne, pâle en ce cœur de l'hiver, lui apparut proche –, tard dans la nuit, elle parla en elle-même à Rachid. Elle disait qu'elle ne voulait pas d'une vie encerclée, qu'elle ne voulait rien ralentir, ni atténuer, qu'elle se sentait de la force pour aller de l'avant, que l'enfant lui faisait peur et peur ce dernier sentiment… elle s'endormit en plein tourment.

Au matin, elle se trouva claire. Elle écrivit à Rachid. Elle parla des fillettes du square, de l'hôpital et des malades, du bol de lait qui avait remplacé son dîner de la veille, des persiennes oubliées et du ciel cette nuit, au-dessus d'elle. Elle rejeta sa tristesse et toutes ses complexités. En post-scriptum, elle avoua qu'elle avait pleuré d'avoir eu besoin de Rachid. Quand celui-ci lut la lettre, il s'arrêta avant les derniers mots : au milieu du bruit de la chambrée et de la poussière du dehors, il vit le lit sous la fenêtre, Nfissa avec son bol de lait, puis couchée en chien de fusil selon son habitude ; la main de Rachid frémit, il finit distraitement la phrase et s'assombrit du désir d'elle.

Quand ma sœur est revenue de chez le malade et qu'elle m'a dit qu'il avait les pieds enflés, j'ai su que c'était la fin.

— La jaunisse… C'est la fin quand on devient noir.

— Noir comme l'esclave ! Il avait même la face, les doigts, et jusqu'aux paumes, noirs…

— Ma sœur a eu la jaunisse et on l'a emmenée chez le médecin : puis, on la lui a "coupée" ; elle a guéri peu après ; aussi, on ne sait si c'est l'un ou l'autre.

— Comment l'avez-vous "coupée" ?

— Pour la jaunisse, c'est facile : tu prends une marmite en fer-blanc qu'il te faut acheter neuve et petite. Tu y déposes un peu de ton urine, et tu la fais cuire sur la braise d'un kanoun, ceci au-dehors, dans ton jardin ou ailleurs, mais au-dehors… jusqu'au moment où la marmite éclate et se brise d'elle-même. Tu prends alors

les morceaux de la marmite et tu les jettes au-dessus de ton toit, ou de ta terrasse… Ainsi, guérit-on, dit la visiteuse, de la jaunisse !

— On peut ne pas y croire, mais on peut en guérir. Certainement… C'est comme les ganglions.

— Oui ?

— Un bon remède que la belle-sœur de ma sœur a essayé : tu prends le gosier d'un mouton lorsque tu achètes des tripes. Tu l'isoles, tu lui fais trois nœuds et tu lui tiens promesse dans ces termes : "Je te jure de te délivrer partout où je te trouverai." Tu jures donc de ne plus manger de tripes, du moins celles où on a coupé et mélangé le gosier. Quand tu entres chez des gens qui préparent ce mets, tu leur demandes d'en délivrer le gosier…

— C'est tout ?

— Oui, c'est ainsi qu'on guérit aussi des hémorroïdes… La belle-mère de ma cousine, enfin, la fille de mon oncle paternel, lorsqu'elle les avait, la pauvre, son visage devenait comme une poêle, noire et large… Elle étouffait.

— La pauvre, que la paix soit sur elle !

— Le médecin lui disait de faire une opération pour les enlever. "On m'enlèvera la vie en même temps", lui répondit-elle pour refuser… Eh bien, sa promesse au gosier du mouton l'en a guérie !

— Les hémorroïdes ! soupira la seconde femme. Si j'ai un jour une ennemie, eh bien je lui souhaite des hémorroïdes jusqu'à sa mort !

— Prends garde, rétorqua la troisième, ce que tu souhaites à un ennemi ou à un beau-fils, dit le proverbe, sortira pour celui que tu aimes !

Nfissa, sa lassitude augmentant, cessa son travail. Elle eut besoin, pour son dossier de maladie, d'une fiche d'état civil. Elle retarda la formalité le plus tard possible. Enfin, un jour de lassitude, elle entra à la mairie et attendit derrière une file de femmes, la plupart voilées. De rester debout la fatigua ; on lui avança une chaise. Elle s'assit, remercia. Elle se trouvait ainsi à côté de la table, dans une salle aux mosaïques passées sur lesquelles on avait suspendu des portraits officiels, le regard éclairé d'un optimisme de commande.

Entre l'employé et ces ménagères qui avaient besoin de ces fiches pour toucher leurs allocations familiales, Nfissa se croyait un intermédiaire peu important certes, mais présent. Elle observait ces carnets usés, aux coins quelquefois tachés de graisse, à moins que, par un soin particulier, on ne les eût recouverts avec du plastique qui faisait penser à la toile cirée des tables de cuisine. Certaines des pages se devinaient pliées en long, ce qui signifiait : un enfant mort, ou sans doute l'époux – alors l'homme de plume, l'air important, le crayon lent, dépliait méticuleusement la feuille, il épelait le nom du défunt sur la feuille pâlie, notait les détails signalétiques… Nfissa écoutait ; indifférent, avec la gravité du fonctionnaire, l'employé inscrivait les différents mariages, les nombreux enfants, quelquefois la plainte de celle qu'il entendait à peine, parce qu'elle avait murmuré comme une lépreuse : "Je n'ai pas d'enfants." Elle pliait le dos, tirait sur son voile, signait avec le pouce souillé préalablement d'encre, ou d'un sigle qu'elle traçait avec application comme un motif de broderie. L'homme s'exclamait : "A une autre !" et Nfissa reprenait depuis son début le vertige d'une vie, ainsi résumée en quelques lignes tracées par un scribe sur une fiche imprimée rose.

Lorsque son tour approcha, Nfissa se leva et se mit derrière la seule femme qui l'en séparait. Tout d'abord, Nfissa ne la regarda pas. Elle s'apprêtait à sortir ses propres papiers et, malgré le repos qu'elle avait pris, la fatigue ne la quittait point. Une lassitude de tous les membres, une oppression dans la poitrine. Quand la femme dit, d'une voix à peine perceptible :

— Non, il n'est pas avec moi !

Nfissa leva les yeux, la fixa : c'était une de ces jeunes femmes au type accentué de Berbère, au nez court, aux pommettes saillantes, et à la peau tannée et brune ; habillée pourtant à l'européenne, mais pauvrement, ce qui la rendait vieille et pitoyable. Les cheveux crêpelés, tirés en arrière à la manière ancienne ; sans henné toutefois ; des boucles d'oreilles en or retenues, à la façon des femmes du peuple, par un fil passé à travers le lobe percé de l'oreille ; un manteau en serge marron, visiblement usé, lui faisait perdre le reste de féminité qu'elle aurait pu garder dans cet accoutrement. Malgré cela, des yeux sombres à la prunelle brillante… qui se mouilla quand elle répétait plus haut à l'employé qui s'étonnait :

— Non, il n'est pas mort ! Il s'est égaré.

Son arabe n'était point de la capitale, mais du Sud vagabond.

— Tu as perdu ton enfant ? s'étonna l'employé avec impatience car il appréhenda aussitôt les formules exceptionnelles à inscrire.

— Tu as perdu ton enfant ? répéta Nfissa en étouffant mal l'exclamation ; alors la femme tourna la tête vers elle.

— Oui ! répondit-elle avec douceur – pendant notre guerre. Voici cinq ans… Je ne sais ce qu'il est devenu.

— Toutes les recherches ont été faites ? demanda l'employé entraîné lui-même par l'intérêt de Nfissa, radio, photos dans le Journal, commissariat ?…

— Oui… reprit la mère avec douceur ; elle regardait toujours Nfissa qui gémit comme si on la frappait sur-le-champ. "Comment est-ce possible ? pire que la mort… et elle est là, la mère, elle est là !…"

Elle était là, le regard durci tout à coup ; peut-être crut-elle lire de l'apitoiement dans le visage bouleversé de Nfissa qui chuchota :

— Les soldats ? Ce sont les soldats qui te l'ont pris ?

Mais la femme détourna les yeux et supprima de son univers la plainte voisine d'elle, elle regardait au loin, non pas distraite mais fermée et se refusant d'aller plus loin, s'appliquant à conserver au souvenir sa gangue… Le regard têtu des folles, pensa Nfissa qui ne pouvait s'arracher au spectacle.

L'inconnue répéta plusieurs fois : "Non… non… oui" aux questions de l'employé, avec un air de somnambule, comme si elle n'entendait rien et par simple automatisme.

— C'était le fils de ton premier mari, ou du second ? interrogea-t-il.

— Du premier ! dit-elle puis, en guise de signature, elle fit un triangle avec une virgule au milieu, prenant bien soin, pendant la durée de l'opération, de cacher de son autre main son nom inscrit sur le livret, comme si elle s'était mise à se méfier de Nfissa. Munie de sa fiche rose, elle disparut comme une voleuse.

Nfissa, pendant qu'on s'occupait d'elle, restait plongée dans la douleur de l'inconnue qui lui avait été transmise par ce simple côtoiement. Quelque part, en Nfissa, une voix de mère sans visage pleurait intarissable, pleurait comme autrefois dans les enterrements de l'été lorsque le jour est long et que le deuil alors se prolonge sur les terrasses, à cause de la chaleur ou de la langueur du crépuscule et de la nuit qui s'attarde dans son approche.

En rentrant, elle trouva une lettre qui lui apprit l'arrestation de Nadjia. On ne savait rien d'autre ; personne, jusque-là, n'avait pu entrer en contact avec elle, ni parents ni avocat. Nfissa n'eut pas le courage de dormir seule. Elle sortit en hâte, se fit conduire en taxi chez sa tante. Celle-ci venait de partir : le lendemain était fête religieuse et Lla Fatouma entreprenait alors un pèlerinage à un saint populaire au-delà des collines. On y égorgerait les deux moutons qu'elle avait achetés, elle entrerait ensuite en transes dès le matin, jusqu'à la prière collective du début de l'après-midi.

Zouina descendit de son appartement, délaissa son vieil époux pour dormir auprès de Nfissa : deux matelas étendus par terre et Zouina chuchotant dans la pénombre, racontant diverses historiettes. Nfissa s'efforçait d'oublier Nadjia dont elle n'avait pas parlé, retrouvait néanmoins sa sœur derrière le bruit de Zouina, fillette aux longs cheveux tirés en tresse et qui chantait insolemment le refrain d'un fantaisiste d'alors :

Oh, mes amis, je vais vous conter
Ce que, de mes propres yeux, j'ai observé
Voici, hier, ce qui est arrivé :
La fille de mon voisin, je l'ai rencontrée
Sans voile, ni même d'une voilette la moitié
Dans le square elle se promenait
Comme une chrétienne, habillée
Oh, mes amis, je vais vous conter.

Toute la famille, et même le père ordinairement maussade riaient des mines de Nadjia…

— Encore ! la suite ! demandait-on.
— Le refrain, disait Nfissa, tu sais :

Moi, mes amis, je n'en peux plus
Avec nos femmes d'aujourd'hui...

Nadjia reprenait le refrain, avec une danse comique pour ses huit ou dix années, guère davantage alors ; elle soupirait à la fin :

— Je mets ma main sur ma tête ; je n'en sais pas plus !

Rire des soirées du passé, chuchotements complices derrière les persiennes tombées, où êtes-vous désormais ?... gémit Nfissa allongée auprès de Zouina qui pépie puis s'arrête en entendant Nfissa chantonner :

Moi, mes amis, je n'en peux plus
Avec nos femmes d'aujourd'hui...

— Continue, gloussa Zouina en s'asseyant sur son matelas. Les bras nus, elle se mit à frapper des mains. Depuis longtemps, elle n'a eu de nuit si gaie.

— Mon vieillard de mari, s'esclaffe-t-elle, on pourrait célébrer sept nuits de fête au-dessous de lui, il ne sortirait pas de son sommeil !

— Nadjia a été arrêtée, dit soudain Nfissa, la voix étranglée.

Lla Fatouma revint le lendemain soir, rosie et rajeunie par le bien-être religieux.

— Je me suis nettoyée de mes malheurs ! Que Si Abdelkader el Jilani, saint parmi les saints aimés de Dieu me protège et protège ceux qui partagent le pain et le sel avec moi ! murmura-t-elle en embrassant Nfissa.

"Protégera-t-il Nadjia, se dit sans ironie celle-ci, le sang des deux moutons égorgés la protégera-t-il ?"

— Je reste chez toi, annonça-t-elle à sa tante.

Le printemps approchait avec ses fleurs de jasmin et de cerisier ; les Bédouines venaient vendre des paniers de jujube sur les seuils… Jours de pluie, jours d'un ciel laiteux ; dans les rues proches de l'impasse, Nfissa surprend l'instant où, d'un coup, malgré l'affluence ordinaire, un silence inexplicable s'étale. Les voitures, en roulant sur l'asphalte mouillé quand elles remontent des avenues centrales, traînent un bruissement continu entre les flaques ; soudain, un rayon de soleil traverse le couvercle de la brume uniforme et dans la déchirure, le ciel se découvre, un lambeau de gris pâle et de bleu attristé.

Nfissa s'arrête : en elle, la même déchirure dans un puits de silence. Au carrefour où elle se tient, les immeubles ont été récemment blanchis, certains avec un goût de fête villageoise, quelques-uns exhibant des géraniums sur des balcons peints en bleu vif. Dans cette débauche de chaux dépensée par une hygiène joyeuse de pauvre, voici qu'une maisonnette écrasée entre deux immeubles apparaît : demeure violette au portail vieillot, avec une main de Fatma comme loquet et, dans ce décor de gris et de bleu confondus (éther de fin de pluie, murs immaculés sous un ciel cotonneux), la note de parme pâle sembla éclairer tout le paysage.

— Nadjia ! soupira Nfissa.

L'éblouissement papillonna, puis le rayon de soleil disparut, la pluie fit étinceler l'asphalte, les gens, comme s'ils attendaient cette éclaircie, sortirent en foule de ces mêmes immeubles, les voitures en file remontèrent la rue en pente, le glissement crissant des pneus sur l'eau s'allongea… Silence brisé d'éclats : des enfants en volée envahirent le carrefour, avant de se disperser au-delà, vers le quartier des villas. La maison violette, seule, demeura aile d'oiseau passé dont une plume tombe sur la terre… Nfissa s'immobilisait, les yeux dans le vague ; le moment éphémère flottait encore, réminiscence de bonheur… Elle eut un sursaut, ramena le col de son manteau sous son menton, se retourna pour payer, et la solitude la reprit.

Les jours suivants, elle évita ce café. Quand elle traversait le carrefour – elle retourna au studio chercher les lettres de Rachid, puis rendit quelques visites à la doctoresse, revit encore Omar –, le violet de la maison écrasée ne lui apparut plus que comme un bleu sali. Quelquefois, lorsqu'elle longeait le même trottoir, silhouette raidie (plus elle s'alourdissait, plus farouchement elle se redressait, et dans son visage qui maigrissait, les pommettes saillaient davantage), son regard, devant la maisonnette, associait soudain la couleur violette à celle des boules d'indigo qu'utilisait sa mère, les jours de grand lavage…

Nadjia et Nfissa enfants s'amusaient à en voler à leur grande sœur effrayée :

— C'est un poison ! ce n'est pas un bonbon !

Et les fillettes pouffaient effrontément. Nfissa jurant qu'elles avaient avalé une des boules, Houria, bien qu'elle se doutât du mensonge, se mettait à pleurer – ces disputes se répétaient presque chaque semaine, Nfissa pour le seul plaisir des rires (ensuite elle jouait aux billes), Nadjia silencieuse à son habitude, fascinée plutôt par la teinte profonde de l'indigo, et c'était justement dans ce silence de leur dernière que Houria croyait trouver une confirmation des dires de Nfissa.

Seule dans la rue, Nfissa revit ces jours de lavage, cet indigo qui déteignait leurs poches de tablier… leurs rires, et la bouche de Nadjia que Nfissa peignait de stries violacées pour affoler Houria… Nadjia entre les gardes désormais, même pas dans une prison civile, avait précisé le père : “Une bombe en plein café”, c’était le chef d’accusation, l’aveu qu’on tenterait de lui arracher… Tout devant Nfissa se mélangea : la rue avec la maison au mauve finissant, la bouche souillée de Nadjia enfant, la recherche dans les prisons et ce camion, là, qui la heurte près du carrefour, qui…

Ce matin-là vit la chute de Nfissa qu’on emporta à l’hôpital le plus proche.

Nessima, prévenue seulement le lendemain, accourut. Pendant trois jours, on espéra sauver l’enfant. Nfissa était maintenue dans l’inconscience. La première fois, lorsqu’elle reprit connaissance, elle aperçut dans une brume épaisse une forme vague de visage. Elle devinait seulement le regard.

— Rachid ! gémit-elle, et aussitôt elle s’imagina voir Nadjia écartelée sur un lit de tortures. Elle pleura. Elle sentit tout le bas de son propre corps, jusqu’à la taille, rivé dans quelque gouffre. Double souffrance ; son arrachement comme d’une prison souterraine de métal – elle le tenta, n’y réussit pas – et pendant tout ce temps, l’image de la sœur exsangue proche, si proche…

— Rachid ! répéta-t-elle après que l’infirmière, appelée par Nessima, lui eut administré une piqûre de morphine.

Le troisième jour, Nfissa se réveilla, ouvrit les yeux une seconde, le temps de voir que personne ne se trouvait à son chevet et que la salle où elle était bruissait de chuchotements, de pas furtifs, de pépiements des lits voisins :

— Mon accouchement a été au forceps… au fer… Le docteur, c’est quelqu’un d’extraordinaire. Un Turc… Il parle quatre ou cinq langues…

— Tu aimes l'hôpital.

— J'ai peur des suites, oh oui, j'ai peur... Le docteur m'a prévenue : "Une fausse couche, elle laisse toujours des suites !"...

— Mon Dieu, que Dieu t'en préserve ! Achète des cierges et va au tombeau de Si Abdallah !...

Nfissa voulu se retourner, fuir les chuchotements : elle gémit.

— Je n'ai rien senti... le pire, c'était six heures avec le laminaire.

— Le laminaire !

— Mais bien sûr, voyons, il faut tout t'expliquer ! Tu as vu des aiguilles de cordonnier...

Nfissa retomba dans une pénombre ouatée.

Le brouhaha continuait, les voix se confondaient comme au bain maure, lorsque la vapeur détend les sons et les muscles.

Nessima avait espéré quelque temps qu'une fausse couche serait évitée. Puis elle n'avait pas quitté la salle lorsque Nfissa, pendant l'opération, criait, criait, à ne plus s'entendre elle-même. Ensuite, la douleur plus lente dura plus de six heures...

— Au moment du curetage, on l'a anesthésiée ! murmura Nessima dans le couloir face à Rachid arrivé en trombe.

Lorsqu'il entra et put la voir, Nfissa gisait, les cheveux plaqués sur le front par la transpiration. Une odeur aigre de médicaments et de linge souillé traînait encore autour du lit. La pièce paraissait sale. Quatre autres lits, d'où des têtes surgissaient à demi du drap, l'œil avide de curiosité accroché à Rachid qui demeurait immobile, le dos tourné.

Nessima entra et le poussa à sortir.

— Je voudrais voir le médecin, marmonna-t-il.

Devant le praticien, il formula sa demande qui fut acceptée. On le laissa seul plusieurs minutes : impassible, il ne détacha pas son regard de l'œil morne du fœtus de six mois, jeté dans un sac au milieu d'un liquide sanguinolent et qui puait.

Nfissa, dans son lit, croyait percevoir un hurlement interminable de sirènes, mêlé aux vagissements de nouveau-nés qui, pour la plupart dans ce pavillon, mourraient quelques jours après.

C'était un jour écrasé de chaleur, comme il y en a quelquefois dès le début du mois de mars.

V

Ces négociations sont enfin les bonnes. Les opérations ont cessé aux frontières. Quand de Tunis on m'a appelé pour les instructions décisives, j'ai laissé derrière moi un silence de théâtre planant au-dessus des casernements et des camps de réfugiés.

Plus que les paroles, les regards s'épient. Chaque jour compte. A l'intérieur, les tueries ne cessent pas. A Tunis dès mon arrivée, j'apprends que mon ancien maître d'arabe est mort, abattu par hasard au coin d'une rue, dénoncé par sa djellaba orientale qui semblait retenir dans ses plis sa théologie poussiéreuse. Je le reverrai toujours, pleurant à ma sortie de prison et répétant : "Vous, les jeunes..." d'un air coupable. Il nous prenait pour des héros. Eh bien, c'est lui qui donnera son nom à une rue ou à un jardin... A quoi d'autre encore ?... Il est mort, c'est tout.

La fête de la fin du ramadan est survenue. Certains espéraient pour cette occasion le cessez-le-feu. Ce n'est point encore une fête de la paix... le jour, chez nous, des carrés de semoule, des triangles aux amandes, des croissants de sucre, le jour du pain bis et des galettes en cercle ou en étoile, ornées d'œufs peints sur lesquels on place des petits oiseaux en pâte... Enfants, nous allions manger ces galettes au cimetière, nous cassions les œufs durs entre les tombes pendant que nos mères chuchotaient au-dessus des morts. Je rapporte ces souvenirs à Samia qui a refusé un gala de danse pour rester avec moi. Je suis arrivé chez elle les bras pleins de pâtisseries et, dans un paquet, un châle de soie pourpre que j'ai acheté en médina. Dans le logis sombre où elle habite désormais seule, elle s'est dévêtue et a enveloppé son corps nu dans la soie. Quand elle va et vient pour me servir le café, les franges lui arrivent à mi-cuisses ; je regarde sans désir ses jambes de chèvre maigre.

La veille, deuxième jour de mon arrivée, j'ai visité les maisons d'enfants ouvertes récemment. J'ai laissé pour la fin celle qui a été confiée à Julie pendant mon absence. Trente kilomètres en voiture au sud de la capitale, quelques collines et, au creux d'un vallon, cette ferme – les bâtiments sont plutôt inconfortables mais le terrain autour offre mille ressources pour les enfants. On y a regroupé les orphelins les plus âgés : des garçons entre douze et quinze ans. Les hangars ont été aménagés en ateliers d'apprentissage ; un terrain de football, un petit bois au loin ; c'est la campagne…

— Je suis contente d'avoir des garçons de cet âge, dit Julie qui m'a paru tellement amaigrie.

Quand nous sommes descendus de la fourgonnette et que je me suis avancé vers elle qui nous accueillait entre les deux sous-directeurs, je l'ai dévisagée posément. Devant mon hésitation, elle a eu dans les yeux une sorte de bravade.

— Je ne croyais pas que ce serait vous !… quand je vous ai vu, j'ai espéré un moment que vous ne me reconnaîtriez pas… m'avouera-t-elle ensuite, lorsque la visite touche à sa fin et qu'après la petite collation qui nous est offerte, je m'isole avec elle. Nous nous éloignons sous les arbres.

— Vous avez changé…

— Je le sais.

Je voudrais lui demander si elle n'est pas malade.

— L'air ici vous fera du bien. Mon ton reste contraint.

— Il est bon pour les enfants, répond-elle calmement. C'est pour cela que nous avons pris cette maison. Malgré l'inconvénient de l'éloignement.

Quelques garçons viennent nous entourer… On nous invite à une représentation théâtrale : "Une dernière répétition avant demain, la fête", précise Julie en souriant. Son expression me laisse perplexe. Là, au milieu de ces orphelins aux visages heureux, elle paraît leur sœur aînée, ou leur compagne de jeux. Plus tard, quelques semaines avant notre retour commun au pays, quand elle ira jusqu'à s'ouvrir librement, et que parler et reparler de Rachid ne lui laissera aucun repos, il m'arrivera de lui dire banalement (notre capitale éclate alors de rires, d'hymnes et de farandoles, ivresse collective qui frôle l'hystérie, qui… Dans l'imprimerie du Journal où nous nous serons retrouvés, Julie pleurera juste avant l'entrée des ouvriers) :

— Si vous aviez eu au moins un enfant !…

Je joue si mal le rôle de confident.

— Ce n'est pas ainsi que j'ai rêvé d'être mère ! Elle relèvera la tête, avec ce même éclair farouche que je lui vois aujourd'hui. Le jour où j'ai rencontré Rachid et puisque je l'ai aussitôt aimé, j'étais alors enceinte de trois mois. J'ai avorté dans la semaine qui suivit… La seule chose que je n'ai pas dite à Rachid ; ni à Farid d'ailleurs, continuera-t-elle plus bas. Non, ce n'est pas ainsi que j'ai rêvé d'être mère !

Maintenant, sur la scène, un parachutiste de douze ans emmène un patriote guère plus âgé mais plus éloquent et qui déclame : "Vive les âmes de nos martyrs !

Vive la Révolution !" C'est la fin… Les enfants entonnent pour finir le chant national.

— Farid vient-il ? ai-je repris ensuite.

— De temps en temps. Il nous a envoyé à deux reprises des gars pour des reportages. Ils questionnaient les enfants… Ensuite, je n'ai pas voulu : qu'on laisse ces garçons vivre normalement. Avec tous ces souvenirs qu'on leur quémande, ils finissent par se donner de l'importance… Ils ne sont que victimes, hélas !…

Nous marchons en silence.

— Votre visite, savez-vous, me fait plaisir… Julie hésite. Voyez-vous Nessima ?… Un de vos collègues a parlé de vos fiançailles.

— Non, répondis-je. Elles ne se feront pas.

— Pardon, je ne croyais pas être indiscrète, bafouille-t-elle.

Je proteste de la main.

— Je ne sais pourquoi, Nessima ne m'aime pas… son regard, quand il se pose sur moi, est hostile… Pourtant, depuis longtemps, je me demandais en quoi nous ressemblons-nous ? Maintenant je le sais.

Elle s'arrêta net. Je continuai intérieurement : "Deux femmes qui aiment sans espoir ?" Non, je ne le crois pas. Ce n'est ni le succès ni l'échec qui détermine un amour.

— Nessima, dis-je, est livrée à la peur et je ne veux pas être la branche à laquelle on s'accroche… D'ici un ou deux ans, au plus, elle choisira un mari, ou elle croira choisir. Elle devrait prendre un diplomate, sa beauté siéra aux rôles d'apparat… Et puis, elle voyagera souvent, elle oubliera… Elle pourrait avoir des amants, pourquoi pas ? Elle confondrait sa peur avec celle du scandale… A quarante ans, elle la prendrait pour la crainte de vieillir, et comme elle sera certainement une bonne mère, à cinquante ans, elle aura peur pour le bonheur de ses enfants… Je lisais toujours de l'appréhension sur le visage de sa mère, lorsque j'allais leur rendre visite.

— C'est ainsi, remarqua tout bas Julie, que vous tuez les gens après les avoir abandonnés ?

— Je m'abandonne aussi, dis-je, ne croyez-vous pas ? Et d'ailleurs, je n'oublierai jamais Nessima…

— N'avons-nous pas tous peur ? s'exclama-t-elle. Puis avec provocation : D'ailleurs, vous, que cherchez-vous ?

— Ce que je cherche ? Elle me forçait donc à m'interroger. Vous me prenez de court. J'ai tellement pris l'habitude de dire "nous" pendant cette guerre…

Julie eut dans les yeux un éclair, comme si elle pensait – et je le compris : "Ainsi, c'est Farid qui les subjugue, c'est à cela qu'ils rêvent tous, le lyrisme de la politique…" car je continuai, incertain :

— L'indépendance, le socialisme, le pain pour tous…

— Mais, vous, vous, Omar Hellal, la trentaine… célibataire ?

— Moi ? Rentrer dans mon pays d'abord pour y travailler… Me marier ? Oh, vous savez, "l'amour", je ne crois pas cela très important pour nous… Cela ne l'est pas, n'est-ce pas, pour un enfant ? Il ouvre les yeux, il regarde… L'amour, c'est à un autre âge, quand on ne sait plus quoi faire de soi-même, quand on en est trop plein !… Nous, nous nous découvrons à peine, et nous ne sommes pas encore embarrassés de la découverte… Nous voulons respirer, marcher sous les arbres, ne plus sentir la faim, ni la gêne, faire du sport, rire…

— Nous… ! répéta-t-elle avec ironie, et elle éclata de rire bien franchement.

— Certes, si je trouve une fille qui ressemble… je ne sais pas, moi… peut-être à l'idée que je me fais, de mon pays et des miens…

Elle s'arrêta de rire ; je la vis pâlir.

— Pardon, Julie, je n'ai pas voulu vous blesser…

— Non, dit-elle, c'est moi qui m'excuse. Je vous croyais faible en réalité.

— Justement, je le suis. Ne vous y trompez pas !

De tout ce bavardage, je ne garde – j'y pense le long du trajet qui me ramène aux frontières – qu'une suite de "pourquoi", comme si cela faisait longtemps que je ne m'étais pas prêté aux confrontations d'autrui, comme si, durant tous ces mois, j'avais persisté à faire le sourd… Rachid n'est plus là – je constate soudain –, ne sera plus jamais là, et de notre fraternité, quelque obscure blessure semble reportée sur cette nouvelle Julie, enlaidie, hélas ! dont les yeux seuls, par le désespoir qu'ils livraient, restent dignes de cet amour.

A la fin de la visite, j'allai rejoindre mes compagnons puis juste avant le départ, lorsque je revins et me décidai à dire :

— Ecoutez, Julie… peut-être voulez-vous me poser quelque question… je…

Elle me fixa sérieusement, son visage traversé d'un frémissement, mais elle ne dit rien : c'était pourtant comme si elle suppliait, comme si…

— A propos de Rachid, commençai-je. Il est revenu des frontières voici plus d'une semaine. Sa femme a eu un accouchement prématuré et l'enfant est mort. Nfissa se rétablit. Ils s'apprêtent sans doute à faire leurs valises… Je dis "sans doute" parce que je ne les revois plus.

Elle ouvrit la bouche pour remercier ; aucun son ne sortit, seules des larmes inondèrent son visage. Je lui tournai le dos et partis. J'ai préféré lui faire mal, moi, plutôt qu'un étranger. Elle avait dit si doucement : – "N'avons-nous pas tous peur… ?" et cette plainte, cependant, me semblait au-delà de la peur.

Avant que notre camionnette ne démarrât, je vis au loin sa silhouette si différente qui tournait le dos, avec des jambes si maigres qu'elles s'arquaient maintenant, je revis l'image balancée dont justement j'appréciais les jambes et le port lorsqu'elle passait, pleine d'espoir, sous les arcades de l'autre côté du *Café des combattants*. Etait-ce Nfissa qui avait tué et cet espoir, et cette silhouette, ou le couple de Rachid et Nfissa, "ce monstre à deux têtes", comme disait Nessima ?…

Sur les vingt kilomètres qui nous séparent de la capitale, mes deux compagnons laissent leur gaieté se disperser. Chacun raconte ce qu'il fera le premier jour de la paix, puis le jour du retour… Moi, je pense à ceux qui sont restés en route, les morts certes, comme disait l'enfant de la pièce de théâtre, "les âmes de nos martyrs", oui, bien sûr, mais surtout nos vrais morts de la guerre, ceux qui demeurent dressés et qui, au lendemain de la paix, vont errer, l'âme en ruine, eux, les plus morts d'entre les morts.

De sa couche, Nadjia, les yeux entrouverts, suivait sur la toile proche les ombres mouvantes que dessinait un rayon de soleil. Elle ne pensait à rien, simplement à suivre le balancement des formes, algues brunes flottant sur la toile verdâtre à l'extrémité d'un faisceau poussiéreux qui coupait la tente en diagonale… La jeune fille blessée (elle ne sut compter le temps de son délire) s'endormit à nouveau, un pan de toile se souleva, un garde s'approcha du lit, observa Nadjia puis ressortit pendant que, dehors mais tout contre la bâche, dialoguaient avec une sourde colère deux officiers parmi lesquels un médecin militaire.

— Je transmettrai ma plainte en haut lieu !… gronda celui-ci. Il est inadmissible…

— Rien n'est inadmissible, coupa le colonel qui tourna les talons.

Nadjia ouvrit encore les yeux, la dernière phrase dite dans un éclat de voix lui étant parvenue à la sortie du garde. Son regard se refixa sur les ombres qui ne bougeaient plus, elle réfléchit avec lenteur :

— Ce sont des feuilles d'arbre !… des feuilles d'arbre ! se dit-elle avec émotion et soudain, dans cette joie absurde, elle perçut enfin le tunnel de ces derniers jours d'interrogatoire, parmi le halètement des inquisiteurs autour d'elle.

Son pied était devenu insensible, elle ne sentait qu'un poids lourd au bout de sa jambe droite, celle-ci elle-même donnant l'illusion d'être transformée en poutre.

— Ma sœur… ma sœur ! souffla une voix près d'elle.

Nadjia se raidit, referma les yeux.

— Aïcha, c'est moi… écoute-moi, ma sœur !

La traîtresse… Aïcha avait dû se glisser dans le noir, peut-être entrée par-derrière… Ils voulaient lui faire croire cela… "leur piège", faire confiance à cette fille, une citadine de son âge…

— Ecoute, tu ne veux pas suivre mes conseils, tu as tort !… de toute façon, ils savent tout !… Tu ne leur apprendras rien… qu'ils te libèrent, c'est l'essentiel pour toi, tu n'es pas inculpée… et, avec ta jambe, on te soignera.

Nadjia n'écoute plus ; ils n'avaient pas compris. Bien sûr, c'était visible, elle avait simulé la folie, muette à travers les crochets de toutes leurs questions, invulnérable en dépit de leurs tristes stratagèmes, tendue dans le silence, mais celui-ci était devenu voyage fluide, depuis ce jour où elle avait cherché à s'échapper, où la sentinelle avait tiré et où elle s'était effondrée dans son sang.

— Tu es la Nadjia de la bombe ! Inutile de le cacher, voici une photo !

— Trois tués dont un enfant, une dizaine de femmes blessées… Depuis la bombe du casino, le plus beau massacre…

— Même sur cela, on passera… Mais le réseau !…

— On le connaît de toute façon, le laboratoire de photo…

Elle les regardait alors, chacun des quatre devenant tour à tour le nocher de sa barque aux Enfers, dans le délire qui l'enserrait.

— Des feuilles d'arbre ! répéta-t-elle après que Aïcha, découragée, dut partir.

Mais lorsque Nadjia rouvrit les yeux, la pénombre s'était installée, le soleil avait dû tourner et voici qu'elle se laissait absorber par la nuit définitive, son corps naviguant à plat, ses longs cheveux défaits et embroussaillés depuis tant de jours, flottant ainsi indéfiniment, l'image des arbres (elle les avait aperçus pendant l'éclair de sa course au centre même de la caserne, sur la colline au-dessus de la capitale) la renversant bien au-delà.

— Ma petite fille…

— Qui me guérira, ô mère ?

— Ma petite fille, rappelle-toi toutes nos herbes… pour chaque mal je ferai un onguent, pour chaque blessure un réconfortant…

— Qui me guérira, ô mère ?

Elle s'appliquait à poser les questions, à imaginer les réponses, elle qui, durant toutes ses années de pensionnat, n'avait jamais langui de sa mère, seulement de ses jeux sous le pigeonnier, elle qui, pendant ses abris successifs, avait oublié le village et les intérieurs pullulant d'enfants, voici que des images se présentaient, bruits et murmures confondus dans un clapotis, tout au-devant, la large silhouette maternelle, ses parfums rares et sa chair d'un tel éclat, ce chuchotement enfin d'une nuit d'enfance perdue, quand Nadjia et Nfissa ensemble avaient eu leur coqueluche et que, durant leur fièvre, Lalla Aïcha leur épelait les médecines des aïeules, fière qu'on n'eût pas besoin de faire venir le docteur, elle récitait, les fillettes au visage embrasé l'écoutant attentives :

— Qui me guérira, ô ma mère ?

— Prends des feuilles d'absinthe et des feuilles de noisetier, ajoutes-y de la menthe sauvage séchée, un brin de thym et du laurier, demande aux Bédouines du marché quelques brindilles de "l'arbre de Meriem", peut-être aussi une infusion des "noix de berger", en sortant du bain, bois des gorgées de ce mélange, puis avale un œuf cuit dans ces herbes…

— Des feuilles d'absinthe et de noisetier, reprend la jeune fille à la jambe alourdie et qui pue sous la tente.

— "Il n'y a pas d'amour heureux", chante le poète, dis-je à Rachid, au cours d'une de nos dernières discussions aux frontières, dans ce reflux de notre fraternité, qui précéda notre séparation finale. Les paroles, le ton amer, les sursauts de l'ami planent en moi tandis que je circule à Tunis que je vais bientôt quitter. Définitivement, je crois.

J'apprécie la vacuité de ces jours. Je me sens triste, je me sens heureux, mais d'un extrême à l'autre, j'éprouve comme un vertige que j'aime ; il convient à mon tempérament. Je ne me fixerai, me dis-je (et voici que je ne converse plus désormais avec Rachid mais avec moi seul), ni à un lieu, ni à un instant de ma vie, ni même à un visage. C'est ce que j'apprécie en Samia, elle ne sait point être visage, ni regard (car je crains avant tout l'inquisition de la tendresse)... mais un corps simplement, si souffreteux qu'il m'émeut quelquefois. A peine ai-je fait le tour de quelqu'un ou de quelque chose, que je cherche à aller ailleurs. Je suis et la route, et le voyageur. Je suis le nomade, à l'inverse de Rachid ancré quelque part dans son passé.

Je trace aujourd'hui le constat d'échec, qui me pousse à clore ce récit : ne pas avoir réussi à cerner Rachid, mon double et mon contraire à la fois... Un jour, Rachid s'était exclamé devant Nfissa en me désignant d'un doigt taquin – c'était à l'époque du village au bord de l'eau, lorsque je leur rendais visite et que me frappaient le rire nouveau de Rachid, le calme indolent de sa femme :

— Voici le perpétuel adolescent ! disait-il. S'il prétend qu'il a trente ans, ne le crois pas. Et même plus tard lorsqu'il dira en avoir quarante. Age mental définitif : vingt ans !

Il riait de moi, heureux lui aussi de notre adolescence commune, et sans doute fier de me la prêter définitivement ; pourtant, pour la première fois à mon sujet, Rachid se trompait !

Je repense à ces réponses plates que je fis à Julie : l'indépendance, le pain pour tous, le réveil total... Elle ne s'en moqua point. Elle voulait me connaître – je ne fus pas dupe de cette curiosité-là – pour comprendre mon amitié avec Rachid. J'avais eu beau prendre l'air détaché, à peine amusé, de l'air de dire :

— Bien sûr, je sais ce que valent les slogans politiques... Je suis éclairé, moi, je n'y crois pas de la façon aveugle d'un naïf !

Elle sentait que derrière cette ironie de façade, je croyais tout de même, sinon à l'absolu de ces termes, du moins à l'espoir d'atteindre la première étape, surtout à la nécessité de me consacrer à ce but général, tout en sachant que, d'une certaine façon, je la limitais.

Peut-être y ai-je pensé aussi, mais plus confusément, lors de ma rupture avec Nessima, elle, pleurant malgré ses fards et répétant :

— Pourquoi ne m'acceptes-tu pas ? Tu sais que je t'aime vraiment… Depuis ces derniers mois, tu m'as donné l'illusion que tu t'y accommoderais… Tu as changé ? Pourquoi ne m'acceptes-tu pas ?

Elle hoquetait cette phrase. Je me taisais, la contemplais : son chignon était tombé depuis l'instant précédent où elle avait été dans mes bras… et cette discussion avait éclaté, l'avait empêchée de se remettre devant la glace, de rebrosser ses cheveux acajou, de les tresser avant de les relever (gestes habituels après nos caresses. J'aimais la regarder alors, quelque chose enfin de paisible émanait d'elle… elle ne sut jamais que ce fut durant ces minutes que je fléchissais, jusqu'à me demander si elle serait ma femme…).

Au cœur du chagrin et de ses protestations, elle m'apparut tellement désirable. Ses pleurs, ses yeux un peu fixes, ses sourcils dont l'arc était si pur, jamais altéré par le moindre crayon, tirés soudain vers les tempes en un tic nerveux, son nez un peu rougi et, sur la paupière inférieure, une ombre de rimmel déposé par les larmes… je la contemplai intensément et elle s'en aperçut, en fut troublée une seconde, réflexe inquiet de femme sur le qui-vive. Puis à nouveau, son désespoir agressif :

— Je t'en prie, Omar… explique-moi ! Tu as changé. Tu reviens des frontières après plusieurs mois d'absence, je ne te rencontre que par hasard… cette danseuse chez qui tu passes toutes tes nuits… Explique-moi, je ne dirai rien si tu m'expliques.

Je la désirais toujours. "Non", décida une voix dure en moi. J'interrompis brutalement Nessima.

— Te rappelles-tu ce que tu m'as dit un jour ?… Nous étions au parc de la ville, celui qu'on traverse pour aller chez toi…

— Oui ? demanda-t-elle absente et égarée, comme s'il s'agissait d'un entracte.

— "Sois tranquille, je ne prierai jamais ! Comme tous les faibles, je veux paraître fière. Je veux en donner l'illusion." Tu as bien dit cela, n'est-ce pas ?

Elle se tut. Ses larmes s'arrêtèrent d'un coup. Elle tourna la tête et sortit. Je n'ai entendu qu'un gémissement à peine intelligible : "Omar", peut-être… et la vision que je garderai d'elle restera celle de ses cheveux non peignés, de son chignon tombé. L'instant suivant, me parvint le bruit de sa petite voiture qui démarrait.

Alors, mécontent de moi mais sans véritable remords, je me demandai avec insistance, en réponse à ce dernier appel sourd de Nessima :

"Pourquoi cette cruauté ?… ai-je eu si peur de céder ?"

"Tu as changé", reprochait la voix plaintive.

Non, me répondis-je, je viens de dépasser un stade, d'avancer… Avec un égoïsme sinistre, je regrettai un instant que Nessima n'ait pu surmonter sa peine : j'aurais pu parler posément, expliquer pourquoi j'avais choisi avec netteté ce "non" car je ne voulais pas de ce couple !… La laisser m'aimer ainsi seule, comme si, toute une vie durant, elle allait s'efforcer de me happer ma substance… En fait, ce n'est qu'intuition vague que je tente de démêler à présent. Alors qu'en réalité je restais là, étalé sur le divan, dans la pénombre, mécontent à la fois de moi et des pleurs de Nessima, me répétant : "Pourquoi cette cruauté… ?"

Je fais donc partie de ce groupe d'hommes que Rachid prétend asexués, ou, dans ses moments de moindre sévérité (avec une enflure de parodie qui l'amuse) "des hommes dévorés par l'Histoire" pour parler le langage conventionnel. A travers l'action oratoire, la sincérité douloureuse destinée à convaincre, que recherche-t-on en vérité, sinon, au lieu de la face immense et anonyme du "peuple", sa propre réponse… celle que tout homme attend d'une femme, la réalisation de soi-même ?… Nous préférons à la fois nous perdre et nous retrouver au sein de la multitude, comme n'importe quel mâle le fait, à la seconde du plaisir, dans les entrailles de la femme saccagée… Nous discourons et, dans notre propre écho, nous imaginons notre image, telle qu'elle apparaît dans les prunelles luisantes de l'épouse renversée… Même mirage, nostalgie identique de la puissance… Mais – et je le dis avec amertume – alors qu'une telle ivresse séduit davantage parce qu'elle est multipliée quantitativement (le prestige, le vertige du pouvoir), elle devient pourtant plus dérisoire que celle que reflète un seul être, qu'il soit la plus pitoyable des femmes… Car dans cette dernière alternative, demeure un risque, puisque l'être le plus paisible peut vous tromper un jour et l'on se rend compte par là même que l'on a trompé également. Tandis que l'homme à la recherche de soi-même devant cette face ombreuse appelée peuple, à chaque échec, à chaque erreur se camouflera aisément la traîtrise… S'il se trompe ici, il s'enfuira par là… jusqu'à la fin, la chasse mensongère continuera… Où est le risque en vérité ? Au plus, il conviendra s'être trompé de clan, de parti, de méthode… semblable à l'acteur qui, s'il n'a point été applaudi, accusera la pièce, ou l'auteur, ou le théâtre même où il s'est produit...

— N'est-ce pas simplement la différence entre la foi et l'amour ? Celui dont tu parles, le militant politique, est devenu l'homme de foi de notre âge moderne...

— Peut-être, répondis-je à Kellaf, et je pris la décision de retourner voir Samia ; pourquoi ne pas l'emmener avec moi, au pays, en faire une maîtresse attitrée... Puisque passivement, je me laissais engager dans les rangs de la foi moderne, comme dit Kellaf, autant préserver dans ma vie un semblant d'amour...

Cela, je n'en parlai pas à Kellaf, ni à quiconque d'ailleurs, mais je compris davantage pourquoi je n'avais pas voulu de Nessima à mes côtés. Comme si elle me disait : "L'amour, je m'en charge toute seule", avec en outre l'impression de se dévouer, ce qui m'aurait poussé davantage dans cette sacrée politique.

— Naturellement, repris-je après un silence, l'homme de foi choisit la Révolution.

— Le vocabulaire s'use si vite de nos jours ! rétorqua-t-il en haussant les épaules. La Révolution ? Un filet qui permette de ne pas sauter dans le vide, sans plus.

— Ou de ne pas sauter du tout.

— Mais non, ironisa-t-il, car bien sûr nous sommes pour le socialisme, plus une version, modèle récent, de l'islam, plus un neutralisme positif, plus...

Je ris à peine. J'aurais voulu le quitter pour errer en solitaire... Il tint à m'entraîner chez Mounir.

— Nous nous moquons aujourd'hui de tout, déclara Kellaf dès l'entrée, car la guerre vit ses derniers jours.

— Ses dernières heures... rectifia Mounir d'un air d'être au courant.

— Ses dernières heures, reprit Kellaf, alors assassinons l'enthousiasme de commande !

Leur bavardage continuait ; je m'étais mis à observer autour de moi. Ce service était installé dans un vieil immeuble où le Hibou, le "patron" ici, n'apparaissait que de rares fois ; lorsque Mounir était sorti nous accueillir, son air sérieux devant les autres me mit mal à l'aise : la comédie perçait toujours à Tunis, où chacun flottait entre la familiarité cordiale que l'on attendait du militant, et le formalisme qu'exigeait la hiérarchie déjà existante.

Dans les réunions du Clan qui se tenaient encore à *L'Aquarium*, Nessima continuait à venir, secrète comme une statue exotique ; les jeux se déroulaient avec le même meneur, un Mounir enjoué et de plus en plus gras. On m'avait dernièrement initié au jeu dit de "l'opposition".

— Comme tous les jeunes espoirs de demain à Tunis, m'expliquait doctement Mounir, nous faisons de l'opposition, puisque nous avons un gouvernement, même s'il est dit provisoire. Provisoire dans ses succès, mais malheureusement pas dans ses échecs et ses insuffisances. Tout jeune doit bien commencer par là, cela défoule, cela exerce mieux sa rigueur. De plus, il perfectionne son art oratoire… Ainsi nous prenons de l'avance, pour qu'au bon moment nous soyons prêts.

Un journaliste étranger se trouvait parmi nous, amené là par le dentiste, ou par l'espion, je ne sais plus.

— Prêt à quoi ? rétorquait Nessima qui gardait ses éclairs d'innocence.

— A être du bon côté, naturellement ! répondit Mounir satisfait de son ton, et il lançait un clin d'œil à Kellaf que les journalistes avaient surnommé l'Incorruptible.

Kellaf, sans jouer le dédain, ironisait à son tour :

— Ses fonctions actuelles l'obligent à tellement de sérieux qu'il en souffre !… pardonnez-lui son cynisme.

(Il se tournait vers Nessima, ou Marie-Anne.) Il joue tant à être grave qu'il lui faut paraître désinvolte ensuite, il joue tellement au pur qu'il lui faut, pour sa propre estime, avoir l'air d'un salaud...

Dans l'un ou l'autre rôle, pensai-je à présent dans le bureau de Mounir, sait-il où poser son être véritable ? Brusquement, Mounir, dont la gaieté dans le monde contrit où je vivais m'avait souvent réconforté, m'apparut différent : incertain lui aussi. Sitôt la porte fermée et seul avec moi, il soupire, va pour se laisser aller, sourit.

Kellaf est sorti. Je regarde le mur orné de photographies de magazines : nos femmes manifestant au cours des journées de décembre, les étendards face aux soldats...

— Ce sont nos femmes qui ont fait cela, tu te rends compte !...

— Oui...

— Je les ai mises là... Objectivement, c'est une erreur de ma part. On va me coller l'affiche du féminisme. Hum... Il y a des erreurs que j'accepte de faire. (Silence, puis rire gêné au début, se délivrant peu à peu.) Que veux-tu, dans mon secteur, j'avance !... J'étais numéro quatre ou cinq voici un an, me voici le numéro deux maintenant...

— On me l'a dit en effet...

— Mon vieux (pourquoi diable s'excuse-t-il ?), je ne suis pas plus bête qu'un autre... Mon père était un marchand de cuir. Ses opinions nationalistes lui ont servi dans le commerce, mais surtout il avait de la finesse, le plaisir des contrats et des marchés à conclure, assez de distance pour se croire extérieur... On n'est jamais dans le coup, on est courtier pas plus...

— Oui, vraiment, tu seras un bon représentant... dans la parade qui commencera avec la paix...

Mounir allait répliquer, sur un ton de défense ou de désinvolture, je ne sus, quand Kellaf revint.

— La maison est sens dessus dessous… on annonce l'arrivée du grand patron.

— Le Hibou contrôle-t-il vraiment son appareil ? On raconte…

Je haussai les épaules.

— Quelqu'un devant moi – Kellaf parle bas, d'un air de conspirateur – a grondé, dans la gargote où je déjeune : "L'indépendance acquise, on réglera nos comptes !"

Mounir éclate de rire…

— Connaissez-vous l'histoire de l'homme qui tua quatre-vingt-dix-neuf âmes ? Une histoire de nos vieilles…

— Raconte, demandai-je. (Tous trois ainsi dans ce bureau nu et orné de photographies de femmes voilées qui chantaient, il me semble être à *L'Aquarium*.) Une dernière histoire de toi, peut-être ne te reverrai-je plus avant longtemps, et alors, tu auras pris le masque définitif de quelque fonction ?…

Il hésita, sourit avec une réelle bienveillance, commença dans son arabe à l'accent hoquetant par moments, et pointu le plus souvent :

— Un homme lourd de péchés, après avoir tué quatre-vingt-dix-neuf âmes, connaît le repentir et va consulter un docteur de la foi. "Dieu acceptera-t-il mon repentir ?" demande-t-il tout inquiet.

— Tu as tué quatre-vingt-dix-neuf âmes et tu oses aspirer au pardon ? s'indigna le théologien.

— Je me repens, supplia l'assassin.

— Tu ne seras point pardonné ! répéta le docteur de la foi.

— Alors l'homme, saisi de colère, tua de ses propres mains le théologien, et accomplit donc son centième crime.

Mais de nouveau, le repentir lui revint. On lui conseilla d'aller rendre visite à un saint. A sa demande, celui-ci répondit prudemment : "Les portes du pardon sont toujours laissées ouvertes par Dieu."

Ainsi encouragé, l'homme aux cent crimes décida de quitter sa tribu et d'aller faire retraite au sein d'une oasis d'ermites. En cours de route, il rendit l'âme.

— Alors, demanda Kellaf qui s'amusait.

— Les anges du mal et les anges du bien accoururent en même temps autour du cadavre. Ils délibérèrent, délibérèrent, ma foi, jusqu'à se disputer entre eux. Dieu dut envoyer pour servir d'arbitre un de ses archanges qui proposa un moyen de conciliation : "Comptez le parcours que cet homme a fait depuis son départ, et celui qu'il lui restait à faire jusqu'au lieu de purification... S'il est plus proche des repentirs et des prières, que le prennent les anges du bien."

C'est ce qui arriva. Ainsi s'explique pourquoi un homme qui tua quatre-vingt-dix-neuf âmes, plus un théologien, a pu entrer au paradis !

— Amen ! fis-je, et je sortis.

Le lendemain, j'arrivai aux Frontières où j'allais m'installer jusqu'à la fin.

Rachid resté au chevet de Nfissa, j'ai vécu seul le jour du cessez-le-feu. Discours et proclamations officielles. Partout, dans les camps de réfugiés, dans les cabanes des paysans qui reviennent, les youyous des femmes déchirent l'air.

Je rentrerai le dernier chez nous, je l'ai voulu ainsi et je me le suis dit abruptement tandis que, devant nos yeux, s'ouvre enfin la Ligne d'acier comme un visage convoité trop longtemps ennemi.

Si Othman ne se résignait point à rejoindre le village. Dans la capitale, il ne fréquentait personne ; il mangeait dans des gargotes à l'entrée de la Casbah, puis il rôdait autour de la grande place, face au port. Il s'asseyait dans un square, côtoyait des chômeurs et des mendiants, se sentait pour la première fois comme eux, démuni et l'âme vide. Il avait traversé tous ces jours de tumulte : les patrouilles qui scandaient l'asphalte de leurs bruits de bottes, les convois militaires qui débouchaient soudain, les manifestations de jeunes Européens qui s'excitaient en vociférations devant les soldats impassibles, en un clin d'œil, la place se vidait d'Arabes qu'ils fussent en haillons ou en complet-veston. Ce décor de houle lente allait peu à peu faire basculer la ville ; Si Othman fuyait comme les autres passants devant les groupes qui renversaient une voiture, dévastaient un magasin ou un café maure.

Une fois il eut vraiment peur : il était assis devant une tasse de thé, sans penser à rien et le vague à l'âme ; il n'avait même pas perçu le danger, comme il le faisait depuis quelque temps, machinalement. La terrasse était déjà déserte quand les premiers cris retentirent. Des silhouettes apparurent : de loin, on les prenait pour des gamins, quelque groupement sportif peut-être… Quand ils approchèrent, il vit certains armés de matraques. Les cordons de soldats qui faisaient le contrôle à l'entrée de la Casbah firent quelques mouvements anarchiques. Si Othman, au-delà de sa dérive intérieure, regardait avec une curiosité de presbyte la tache claire de leurs uniformes ; soudain les soldats disparurent.

Les arrivants se révélaient plus nombreux qu'à l'ordinaire. Leurs slogans étaient confus, Si Othman n'y prêta pas attention ; une somnolence le saisissait. Il fixait la tache dorée de son verre de thé ; à sa droite, l'horizon où se confondait la barre sombre de la mer, à sa gauche, la masse inclinée de la Casbah comme une coupe de lait renversée ; face à lui, le square, les arbres vénérables, la place désertée, ne restait que le pépiement des oiseaux dans les branches, un dernier pas d'homme qui se hâte... La file des taxis noirs, toutes portières ouvertes, tels des catafalques prêts à servir, lui parut une traînée de désespoir. Les premiers manifestants passaient à l'œuvre : un taxi de la file était bousculé. Les flammes se mettaient à le lécher, le vacarme...

Alors Si Othman, vit la scène. En lui montait l'émoi de la peur ; pourtant, il ne bougeait pas, comme dans un rêve où lentement l'horreur vous engloutit et noie toute volonté. Un jeune garçon, presque un garçonnet, brandissait un revolver ; il cria deux ou trois fois un mot incompréhensible, puis il se mit à viser, dans une attitude plastique d'une réelle noblesse, comme s'il posait pour quelque sculpteur invisible... Au centre de la place, à la sortie du square, près du portillon métallique, un vieillard dans un burnous immaculé tâtonnait ridiculement, bras en avant, se heurtant au banc, tombant à demi, se relevait et se remettait à tourner comme une mécanique déboulonnée. Le coup de feu partit, l'homme tituba, sursauta, tomba en travers du banc, poitrine en avant et Si Othman comprit alors que le vieillard était aveugle ; une tache blanche sur le banc, sous un palmier haut et frêle, les silhouettes de manifestants gesticulant : Si Othman vit tout cela en un éclair, il se dressa, le corps saisi d'un tremblement nerveux, il recula de quelques pas, se retrouva à l'intérieur du café maure où deux garçons tiraient les stores métalliques, où des hommes s'accroupissaient derrière le comptoir, il recula encore, ouvrit une porte, se trouva dans un réduit noir, huma des odeurs d'urine, répéta à voix basse : "Allah ! ô Allah !" et attendit.

La peur l'avait enfin sorti de lui-même. Les jours suivants, il ne quitta pas l'hôtel, se fit apporter un repas à la chambre, se méfia brusquement du garçon :

— De ma race oui, mais qui me dit qu'il n'est pas traître ?

Ce fut ainsi qu'il oublia la colère qui l'avait habité. Il ne comptait plus les jours depuis sa présence ici, au cœur du drame et de la folie. Au début, il allait et venait entre la capitale et le village. Puis lorsque l'avocate lui écrivit, lui assura qu'elle sauverait Nadjia ("sauver", c'était son propre mot ! Il hausse les épaules maintenant…), il jugea sa présence nécessaire dans la ville. Il emmena à nouveau sa femme et ses deux filles chez ses belles-sœurs, il ferma le lourd portail, donna les dernières recommandations à l'ouvrier qui, depuis l'incendie de la ferme, logeait chez lui et s'occupait du poulailler, des vergers ("Ne dors pas seul ici, tu seras plus en sécurité dans ton douar… Prends toute la volaille, je te la donne… Viens cueillir les citrons et les mandarines dont tu as besoin… Tout va pourrir sur les branches"), et il arriva pour s'installer dans cet hôtel. Le propriétaire était bien vu à la fois des autorités et des patriotes, il donnait de l'argent aux uns et aux autres, rien à craindre pour la sécurité…

L'avocate, une jeune Parisienne qui débutait, au visage harmonieux, aux bras nus et rougis de soleil, contemplait face à elle cet homme maussade, et elle habillait d'un charme romantique le malheur qu'elle croyait deviner.

Elle parla de signatures recueillies, montra deux articles de journaux découpés ; Si Othman voyant imprimés son propre nom, et le prénom de sa fille, eut honte : ainsi, on s'emparait de lui, des siens, de ses filles !

— Mon père avait raison, songeait-il avec mécontentement, il disait toujours à Dieu : "Seigneur, protège-moi d'avoir des filles ! Plutôt une tâche d'homme de peine pendant sept années que sept filles à nourrir et à marier."

Il ne dit mot à la Française qui terminait son récit.

— Vous êtes bien aimable ! proféra-t-il, et le dernier mot, dans son impropriété, se transforma en un merci de pauvre qui émut l'avocate.

Nadjia après avoir traversé un mois dramatique se trouvait en sécurité, affirmait-elle... Elle-même était là pour obtenir le transfert de la jeune fille en France. Un député de Paris, un ministre même lui avaient donné des recommandations utiles. Elle obtiendrait qu'on juge Nadjia en France.

— D'ici là... conclut-elle avec un mouvement des doigts, l'issue est peut-être pour un mois, quelques semaines...

— Si Dieu le veut, murmura Si Othman, les yeux absents.

En quittant la jeune femme – elle lui téléphonerait chaque jour, le mettrait au courant pas à pas de ses démarches –, il avait marché longtemps, s'était même trouvé dans un quartier résidentiel où sa toque rouge, à la turque, devenait provocation. Il se dit qu'il l'enlèverait, puisque maintenant il avait adopté l'habit européen, pourquoi rester attaché à ce couvre-chef traditionnel ?...

Le récit des souffrances de Nadjia lui revenait et il s'en pénétrait peu à peu, avec un goût âcre dans la bouche ; son amertume augmentait... "Nadjia emmenée par les militaires, remise entre les mains de cet officier tristement célèbre, dans son camp au-dessus de la capitale… Sous la tente, Nadjia torturée… Son pied cassé et qui s'était mis à puer, les premiers soins toujours sous la tente… Ce traître, un jeune intellectuel qui faisait carrière dans l'armée, et prétendait l'avoir reconnue… Le plâtre de sa jambe deux fois successivement cassé. Enfin ce médecin de l'armée qui avait protesté, menacé de porter plainte."

A l'étonnement de l'avocate, Si Othman n'insista pas pour voir Nadjia, maintenant qu'elle était dans une prison civile. Il alla une fois rôder autour de la maison d'arrêt, c'était jour de visite et les abords étaient blancs de voiles de femmes. En ces jours de ramadan, elles se chargeaient de couffins. L'une, près de Si Othman, se plaignit des formalités de vérification pour la nourriture…

Ensuite, parce qu'il l'avait promis à sa femme, il eut la velléité d'aller rendre visite au père de Rachid. Il portait l'adresse sur lui : Houria l'avait glissée dans son portefeuille, l'écriture même de Nfissa, de là-bas, de l'exil… Mais il n'y alla pas.

— Nos parents par alliance ! maugréa-t-il, autrefois… autrefois, c'était nous, les familles, qui nous connaissions… les jeunes s'unissaient ensuite et Dieu voulait que ce fût pour la paix !

Il avait promis à sa femme et il regretta sa promesse…

— Nfissa… elle viendra avec lui… Alors seulement…

Il disait toujours "lui" au lieu de Rachid, comme si celui-ci était le légendaire voleur de mariée qui circule dans les récits de bonne femme. Comme si Rachid s'était emparé de Nfissa, et lui, le père, ne pouvait s'empêcher de sentir cela comme une rivalité.

Ses sentiments, au fur et à mesure qu'il déambulait dans la ville en fièvre, devinrent de plus en plus confus.

Il n'avait pas réellement souffert pour Nadjia, bien qu'il se sentît incontestablement soulagé et qu'il eût besoin tous ces jours de l'optimisme volontaire de l'avocate. Nadjia, pour lui, s'était évanouie bien avant son arrestation, toutes ces longues semaines où elle était recherchée, où même à la maison on attendait un signe d'elle ou de l'organisation, sa mort ou son martyre, on ne savait… Alors la fierté de sa femme augmentait, chaque matin elle bénissait tout haut ses filles, remerciait Dieu de lui avoir donné de "vraies musulmanes", c'est-à-dire des héroïnes, mais lui, seul homme parmi tant de femmes (outre la vieille paysanne et Yahia, une vieille tante était venue chercher asile) s'imaginait soudain exilé de quoi… de l'enthousiasme ?

Au village, la considération dont il avait joui grâce à sa prudence taciturne et à sa régularité d'homme précis, avait augmenté : les paysans venaient les jours de marché plus nombreux pour le saluer. A nouveau il se sentait un autre… un ressentiment confus, irraisonné naissait en lui.

Quant à la peur, cette maudite peur qui l'avait envahit… Ce jour où l'on tua sous ses yeux le vieillard aveugle… comme elle l'avait déjà auparavant mutilé. Les soldats descendaient de leurs camions en une seconde et lui, debout devant son portail, tout frémissant, il se répétait :

— Les femmes… l'honneur des femmes !… Moi vivant, aucun soldat ne rentrera !

Au début, les perquisitions avaient épargné sa demeure à lui, le seul notable. Dressé sur le seuil, les mâchoires crispées, il cherchait de ses doigts au fond de sa poche, le chapelet à dévider… Une fois, le lieutenant, un nouvel officier au village, pénétra de force avec quatre hommes. Si Othman recula jusqu'à la seconde porte, dut l'ouvrir… La cour déserte et bien ordonnée, le silence de la demeure car Si Othman avait fait toutes les recommandations : chaque femme habillée, bien emmitouflée, mais alitée avec un bon prétexte : l'épidémie de grippe asiatique.

— Vraiment ? s'était exclamé le lieutenant aux fines moustaches.

Il était passé de pièce en pièce ; dans la dernière, les multiples têtes sur l'oreiller… Elles avaient dû tout de même se lever et l'officier les avait comptées, en les dévisageant l'une après l'autre. Lalla Aïcha avait maugréé, ses lèvres remuant en silence.

— Que dit-elle ? avait demandé le lieutenant plein de morgue.

— Elle prie !… prétendit Si Othman en roulant exagérément le r.

— Elle prie !… répéta Si Othman à celui qui sortait de la pièce. Les quatre soldats le suivirent et le silence reprit possession des pièces.

Si Othman dut sortir aussi ; pour la première fois on le mêla à la file des villageois qui restèrent debout, bras en l'air jusqu'à la nuit. Quand enfin il entra :

— Sont-ils revenus ? hoqueta-t-il à sa femme.

— Non… Que Dieu les maudisse ! répondit-elle, puis elle dévida un chapelet de souhaits où il était question de Dieu et des "fils de la France".

Cette peur qui pourrit les hommes seuls tandis que, lui semblait-il, les femmes à la maison, et ailleurs, partout, jusque dans la rue depuis ces manifestations de décembre, trouvaient une force soudaine. Dans la capitale, il se crut délivré. Ne lui restait que cette colère : contre ses filles, Nfissa autrefois, Nadjia ensuite, l'une et l'autre se tenant la main pour s'éloigner de lui, le maître jadis, aujourd'hui seulement un homme qui tremble dans un cagibi noir exhalant une odeur d'excrément ; Nadjia et Nfissa qui en courant ainsi chacune aux quatre coins d'un horizon dévoilé semblaient pourtant continuer à sourire, complices émerveillées, à leur mère assise en tailleur sur le dallage nu, elle, la femme nourricière, installée dans la lumière du passé.

Lorsque l'avocate lui annonça que Nadjia avait été transférée la veille à une prison de France, il déposa doucement le récepteur, se sentit faible et pleura en solitaire, dans cette chambre d'hôtel enlaidie.

Dehors, on pouvait entendre les rumeurs de la ville, assourdies, menaçantes, comme le murmure d'un prélude d'opéra.

VI

Rachid était revenu des frontières en compagnie de Farid. Omar avait omis de le préciser à Julie.

Au volant de la jeep, Farid avait longtemps monologué, selon son ordinaire… Rachid l'avait écouté parler du Journal, de ce qui avait été fait, de ce qu'il restait à faire, "avant tout, ajoutait-il, établir un bilan".

— L'essentiel, continuait-il, garder pour plus tard non pas tant le souvenir du combat, mais son rythme plutôt. Avez-vous remarqué, Rachid, combien dans notre pays – c'est ce qui m'a frappé, lorsque j'y suis revenu après tant d'absence – la malédiction essentielle est une sorte de torpeur. Ne nous y trompons pas, cette somnolence subsiste malgré le combat, Heidegger ne définissait-il pas notre pays comme celui du couchant ?

— Le combat… dit soudain Rachid. Je n'ai pas eu la chance de combattre aux premières lignes, là où, face à la mort, on s'inonde de ciel, d'idéal… Je me suis trouvé dans l'épaisseur de la horde… Qui dira un jour quelle bête se levait en elle en même temps que l'ivresse ? Un peu comme un homme endormi, accroupi, qui se redresse. Son cœur, ses yeux s'allument certes, mais aussi ses griffes, ses dents, ses tripes…

Farid se tut, attendit, se rappela dans une lancée douloureuse ce jour où Julie à ses côtés contemplait, fascinée ! Rachid qui parlait, se souvenait.

— Je n'ai aucune liste de souvenirs, poursuivait Rachid tandis que leur jeep traversait Le Kef, cette bourgade où il a rencontré Omar l'année précédente déjà. Il y en a des tas pourtant, ceux que j'ai vus, ceux que d'autres ont rapportés. En ce temps-là, entre partisans (Rachid s'arrêta et, pour la première fois, mais avec difficulté), entre frères, ce qu'a supporté, ce qu'a assumé l'un, l'autre croyait l'avoir vécu à son tour… ce n'est point une illusion. Cette communauté n'est pas toujours réconfortante, elle est plus souvent tragique : tu endosses la souffrance du compagnon, mais aussi sa faiblesse…

Farid ne disait toujours rien…

— Une balance, il faudrait… Se rappeler un fait héroïque qui exalte l'âme, et trouver son équivalent, son ombre qui attriste, qui désole. Oh oui, c'est peut-être à cela qu'il faudrait s'atteler, ne crois-tu pas ? pour un grand témoignage de notre lutte.

— Ou plutôt, continua Farid, parler de soi et de ses problèmes les plus intimes : l'inadaptation du couple, en contrepartie, ne pas oublier la faim des autres, un paysan sans terre…

— Peut-être, rétorquait Rachid, mais tu projettes déjà les problèmes dans l'avenir et moi, ne m'intéresse que la liquidation du passé. Mon point de vue est utilitaire sans plus.

— Un exemple, s'exclama Farid, je veux un exemple !

Rachid ne répondit pas. La jeep traversa la bourgade, se retrouva sur la route. “Combien, pensa Rachid, j'ai hâte de retrouver Nfissa, je ne m'inquiète que d'elle…”

— Il y a dans toute vie, dit-il soudain, interrompant le silence, une part d'ombre et une autre de lumière, telles les deux faces d'une orange sur l'arbre. A nous de délimiter l'ombre…

La jeep roulait maintenant sur une route droite.

— “Jusqu’à Tunis, la campagne restera ainsi plate, comme le dos de la main”, disent nos vieillards, reprit Farid, après avoir jeté un coup d’œil, dans un tournant, à un paysan qui labourait avec une charrue séculaire.

— Un homme retourne sa terre, quelle chose simple ! remarqua Rachid presque à mi-voix. Mais il y a plusieurs sortes de terre, et plusieurs sortes de labours… Je ne pense pas à la réforme agraire…

— A quoi donc ? demanda Farid.

— Je pense à l’homme et à la femme…

Rachid s’arrêta, eut un sourire puis son visage se ferma. Il ne dit mot jusqu’à la fin du voyage. Il pensait qu’il était un homme à avoir trouvé la terre qu’il lui fallait. Mais la terre, l’humide, la sombre terre pouvait-elle attendre ? Non, non, se disait Rachid tout au long de la route jusqu’à Tunis, elle est sous ma garde, ai-je le droit de la laisser s’assécher ?… Et il rêvait à la rivière de tendresse dont il avait soif, il eut peur que ce filet ne se tarît, que lui-même ne devînt comme ces paysans de chez lui au visage trop dur, à la peau trop tannée, au front muet, cette tristesse ancestrale, il l’avait fuie… Sa femme était pour lui quelque village ceinturé de figuiers de Barbarie, palpitant de bruits enfantins, de youyous de femmes berbères aux robes multicolores qui reviennent les jarres pleines de la fontaine… quelque patio de rêve et de marbre aux fillettes habillées de voiles et qui dansent, les poignets et le cou ornés de guirlandes tandis que lui, garçon aux yeux émerveillés, se croit au paradis et que sur les terrasses, accompagnant la mélopée de la vieille chanteuse aveugle, le son rythmé et monotone du tambourin se prolonge avec la nuit.

Devant la jeep découverte, le vent s’était levé, par brusques rafales. Les deux hommes plièrent la tête.

— “Laisse passer le vent et tiens-toi au solide”, dit un de nos proverbes, murmura Farid, puis à son tour, jusqu’à l’arrivée, il ne parla plus.

La menthe et l’olivier
Ont reverdi le sentier
Te souviens-tu des palmiers
De la chamelle et de son lait ?

Mon amour que j’appelais frère
Toi qui es mort à la guerre
Nous aimions nous aimer naguère
Aux portes bleues du désert

La menthe et l’olivier
Ont reverdi le sentier.

Les femmes vont à la fontaine
Tous les matins de la semaine
Le soleil couche au cimetière
Je n’y fais jamais de prière.

Te souviens-tu des palmiers
De la chamelle et de son lait.

Rachid sortit de la maternité, erra dans les jardins de l’hôpital.

— Bonjour ! s’exclama Jean le photographe. Quelle surprise !…

— Bonjour ! répondit Rachid en reconnaissant le jeune homme.

— Je te réquisitionne, c’est pour un reportage, Farid y tient…

Rachid se laissa entraîner. Ils cherchèrent longtemps avant de trouver le pavillon psychiatrique : les malades étaient toutes des femmes récemment transportées des frontières. Elles accueillirent les deux hommes avec indifférence. L'infirmière-chef recommanda à Jean d'opérer avec discrétion ; on promit à quelques-unes que des photos leur seraient remises ensuite. Celles qui savaient passaient leurs mains fébriles sur leurs cheveux, demandaient en vain quelque morceau de miroir, d'autres piaillaient comme des fillettes excitées.

Rachid, devant ces pensionnaires habillées de tabliers en vichy ou de robes de chambre bariolées, s'absorbait peu à peu : ces murmures, ces cris suraigus perçant un silence soudain, faisaient une palpitation énervée dans ces salles tristes aux plafonds hauts. Une jeune femme s'approcha de lui, avec des yeux mauvais.

— Fadila ! cria une infirmière aux aguets.

— Laissez-la donc ! chuchota Rachid qui fixa la malade.

— L'un console son cœur d'une datte, l'autre le laisse sur la braise !

Elle proféra ce proverbe comme une malédiction. Rachid continuait à la dévisager.

— La braise éclaire comme la lune ! répondit-il tout bas en arabe et en improvisant le vers.

Jean suivait la scène sans comprendre. Machinalement, il centra son objectif sur la jeune femme qui reçut les mots de Rachid à la manière d'un compliment : son visage changea d'expression, s'illumina de douceur, elle pencha la tête, la berça un moment d'un air de réécouter la rime.

— Partons ! décida violemment Rachid.

Il sortit le premier du pavillon. Jean le rejoignit, lui cita des chiffres :

— La plupart sont des rescapées du dernier exode. Certaines ont perdu leur enfant, beaucoup sont veuves et sans famille, on a trouvé la plupart égarées dans les forêts de la frontière…

Rachid n'écoutait plus. Un écœurement le saisissait : n'y avait-il que des victimes autour de lui, partout ?…

— Ce n'est pas parce que la vie est triste qu'il faut s'attrister. Alors que faut-il faire ? Rester plongé au milieu de toute cette misère, et faire semblant de l'oublier ?… L'accepter parce que quoi… parce que c'est la vie ?… N'est-ce pas fuir, fuir lâchement ?… Alors, cria-t-il devant Nfissa allongée dans leur grande maison, que faut-il faire ? Ne pas bouger… comme si l'on portait sur son corps une blessure inguérissable, la fixer continuellement, ou plutôt faire semblant de l'oublier jusqu'à oublier vraiment de temps en temps la douleur… Lorsqu'elle vous donne des lancées, seulement alors la contempler…

Rachid ne s'arrêtait pas de parler. Il avait sorti Nfissa de l'hôpital. Comme Nessima avait loué pour l'été suivant leur ancienne maison du village au bord de l'eau, elle avait tenu à y inviter Rachid et Nfissa pour qu'ils restent jusqu'à leur départ. “Mon seul cadeau”… avait-elle insisté et ils avaient compris qu'elle désirait les voir repartir, mais en arrière, dans leur passé qui ne passerait pas, dans leur bonheur qui leur serait toujours au-delà, et jamais disparu…

Rachid parlait et Nfissa qui le contemplait semblait le voir devant elle, disperser sa souffrance, ses violences, ces obscures années qu'il ne démêlerait jamais tout à fait.

Il était ivre ; elle le voyait dans cet état pour la première fois. Sa demande avait été inattendue mais elle s'y était soumise, était sortie elle-même acheter quelques bouteilles, elle avait demandé des précisions, pour elle tous les alcools n'étaient que du vin, le vin proscrit de son enfance, l'ivresse étranglée dans son monde. Elle avait servi Rachid, s'était étendue ensuite et, du canapé, le regardait gesticuler, se dresser, parler, enfin, se délivrer.

— C'est la dernière fois que je bois, avait promis Rachid.

Elle le regarda en spectatrice puis peu à peu submergée par ce flot soudain, emportée à son tour par un désir d'inexorable attention : Rachid souffre donc et, violemment, il croit pouvoir se vider devant la femme aimée.

Ce ne fut, hélas, que des cris et des monologues étouffés : l'ascension de l'ivresse cahota, tel un cheval mal dressé.

— Tu les vois, elles… des filles de chez nous, paysannes ou citadines, peu importe, mais toujours la scène classique, combien de fois l'ai-je vécue, mon Dieu !… Se mêler aux paysans du marché, attendre à la sortie du camp où les soldats finissent par les libérer, elles… Elle sort, tu la vois là, la tête voilée, les yeux souvent baissés. L'un des nôtres murmure près d'elle la même phrase, la sempiternelle phrase.

Et Rachid revit la scène, les yeux rougis, la voix durcie :

— "Y a-t-il eu dommage, ma sœur ?"

— Alors ? s'exclame Nfissa, vibrante.

— Elle répond presque toujours : "Il y a eu dommage" et il faut ensuite penser à l'enfant qui naîtra, le prendre dès sa naissance pour qu'elle puisse retourner dans sa famille, faire semblant de croire que rien n'a changé… Rien de changé ! soupire Rachid avec un sursaut, et il se met à déambuler dans leur pièce, celle qui a vu leur nuit de noces, que l'on a fermée tout l'hiver et où ils reviennent aujourd'hui, blessés tous deux.

— Mais ce n'est pas le pire, clame Rachid après avoir bu à même la bouteille…

Nfissa se lève, s'approche de l'époux, l'entoure de ses bras de convalescente. Il la regarde comme de loin, séparé d'elle par un océan, une mélancolie dans ses yeux étroits. Elle remarque la noblesse de son visage et combien l'ivresse, contrairement à ce qu'elle aurait pu appréhender, semble le purifier. Simplement, il n'est plus fermé, sa douleur ancienne craque enfin…

— Ne peut-on pécher que dans le présent ? A l'instant précis du crime ? Non… ce qu'on fait, Nfissa, on le fait toujours en état de sommeil. Un jour, quelqu'un, un passant, n'importe qui vous fait mettre la lumière sur cet acte, crûment, et c'est alors qu'on en tombe malade… Le souvenir ? Le remords ? (Il ricane.) Non, c'est trop simple… Si l'on vous donnait la possibilité de refaire le crime mais les yeux ouverts, alors l'on serait vraiment un criminel, mais d'une façon certaine, on en serait libéré. Alors qu'ainsi… tu vois l'image passée : toi, oui c'est toi et pourtant non !… Finalement cette distance avec le mal accompli te fait souffrir, protester, et certainement pas le remords.

Il revient à la vieille femme de ses rêves. “Pourquoi ne parle-t-il que de femmes ?” songe Nfissa qui pleure sans même se rendre compte. Pour la première fois de sa vie, un être la bouleverse et elle se croit impuissante.

— Laisse mourir le passé. On peut tout refaire, tout recommencer, puisque la guerre est finie… finie ! sanglote-t-elle et elle se blottit de force dans ses bras, elle veut de force le sortir de ces années où elle n'a pas existé.

Rachid parle toujours. Il dit qu'il est resté quatre années sans coucher avec une femme, qu'en arrivant à Tunis, il coucha avec une danseuse et que, pour la première fois, au lieu de rejeter le dégoût qui s'ensuivait toujours sur la passagère, il a lié cette nausée à lui-même.

— Depuis ce moment-là… Toute cette boue que l'on transporte soi-même, comme on voudrait saisir la moindre occasion pour en éclabousser autrui…

Il a son geste habituel de la main droite, doigts en avant qui chassent la fin de la phrase.

— Mais moi ? interroge Nfissa en larmes. Elle s'abat contre la poitrine de Rachid.

Il la prend alors, pour la première fois depuis si longtemps. Elle a mal, mais ce n'est point pour cela qu'elle pleure au cœur même du plaisir : l'homme l'habite et malgré la houle, qui la fait sombrer dans un murmure marin envahissant ses tempes et ses oreilles, secouant sa nuque puis ses reins, malgré le plaisir, elle pleure puisqu'il lui transmet ainsi son fardeau, qu'il tombe ensuite près d'elle, toujours rivé à elle, l'emprisonnant comme son seul recours, retrouvant dans un sommeil qui l'abîme un calme momentané. Nfissa, les yeux ouverts, ne bouge pas.

Elle se souvient comment ce jour-là, à l'hôpital, elle entrouvrit les yeux, se crut morte tout en apercevant, dans une buée légère, au-delà pour ainsi dire de son propre cadavre, le visage de Rachid, son immense visage qui, comme ce soir, s'éclairait d'une noblesse attristée. Elle avait refermé les paupières.

Sur la couche, Rachid repose contre son flanc… Nfissa, durant toute cette ivresse, a vu Rachid indépendant d'elle, loin d'elle et pourtant présent, pourtant une partie d'elle… Tout ce qui a habité Nfissa au cours de leurs instants de volupté, ensuite de ses journées d'insouciance, puis d'absence et de rêveries, tout lui revient à la fois mais mystérieusement unifié.

Les jours suivants, lorsque son corps cesse d'être endolori, elle retrouve quotidiennement la plénitude de ce sentiment. Au creux du lit conjugal, quand, en plein midi ou au cœur de la nuit, ils se nouent et se contemplent, elle reconnaît cette même émotion dans les eaux de la volupté. Dans leurs instants plus doux et ordinaires, Nfissa assise à une terrasse face à Rachid ou marchant près de lui, dans quelque rue, de nouveau retrouve cette sensation de jeunesse avide, de force naïve, oh oui, comme elle aime Rachid et comme la vie s'étale pleine !

Chaque nuit ta porte bat
C'est la saison du muscat
Chaque jour nouveau sabbat
Des forçats c'est le combat

La menthe et l'olivier
Ont reverdi le sentier

Veuve j'ai vendu le tapis
Puis j'ai erré dans l'oasis
Des feux allumaient la nuit
O mon arbre mort mon ombre enfuie

Te souviens-tu des palmiers
De la chamelle et de son lait

La paix devenait imminente. Nfissa s'était mise à préparer leur départ ; détachée déjà de Tunis, prête à renier la ville de l'exil et des incertitudes, elle attendait, ancrée encore dans la maison de marbre et le village-au-bord-de-l'eau. Elle s'imaginait qu'ils passeraient la frontière parmi les hordes du retour, puis qu'ils franchiraient à pied, et en prenant leur temps, les champs de ruines et d'espoir.

Sans raison, Rachid n'allait plus au Journal, et même se désintéressait du voyage. Un matin, il ouvrit un cahier, tourna le dos à Nfissa et commença à écrire…

Il avait cru qu'il pourrait évoquer la guerre ; ce ne fut point elle qui ressuscita…

En arrière, les couleurs et les bruits se levaient, quelques ombres, un gémissement anonyme de femme, en arrière… là où il faudrait trouver un raccord… avec quoi ? Les jours suivants, il fut assuré davantage qu'il devait ranimer un passé plus profond ; il persévéra, s'acharna.

— Pourquoi écris-tu ? demande enfin Nfissa et elle exige, d'un air de dire : "Plus jamais, désormais, je ne te laisserai m'échapper."

— Je t'en prie, gémira-t-elle plus tard, asseyons-nous sur le seuil de chez nous, faisons n'importe quoi, regardons les autres passer… Tiens, s'exclame-t-elle dans un sursaut, redevenons nomades, je travaillerai tout comme toi !… Peu m'importe pourvu que nous dormions ensemble, chaque soir, que je te sente toute la nuit et que je ne sois pas trop épuisée pour pouvoir jouir de notre sommeil.

Il ne répond pas, il l'enlace. Ils s'allongent en plein midi et, quand il veut la prendre, Nfissa, en larmes, plaide :

— Je te désire tant, Dieu m'est témoin, mais réponds-moi, réponds-moi si tu veux que je me donne.

Rachid se tut et s'emmura dans son nouveau travail, des matins successifs. "Pourquoi ? Pourquoi ?" semblait le harceler Nfissa et Rachid lui en voulut, de son exigence, mais aussi qu'elle se refusât chaque nuit. Le jour, elle savait sourire, en offrant son visage d'un air audacieux au soleil et à Rachid, se disant avec orgueil (jusqu'à quand ? sursauta une voix en elle) : "La mort de l'enfant ne m'a pas brisée, non… quelque chose de nous deux perdu à jamais quelque part…"

Rachid parla un jour :

— Un homme s'enivre tous les soirs, puis ses actes, ses paroles, ses sentiments en un lent vertige disparaissent dans la nuit où il tombe. Mais quelque part, n'est-ce pas ? un miroir a bien dû conserver ces instants... Je suis cet homme qui, le lendemain, recherche partout ce qui est irrémédiablement perdu... Je suis sur les traces de moi-même.

Elle rêva, puis avec une ardeur soudaine :

— Si j'avais vécu avec toi ce temps du maquis, j'aurais été ta mémoire, n'est-ce pas, et... – elle pensa : "Et nous ne serions pas si malheureux."

Il répondit que tout n'aurait pas été pareil ; en vérité, en était-il sûr ?

— Oh oui ! songea-t-il avec violence, je l'aime et cet élan en moi, jusqu'où m'aurait-il poussé ?

Rachid trouvait Nfissa quelquefois lourde, peut-être parce qu'il ressentait davantage combien il ne pourrait s'en séparer. Comment reposséder le passé s'il ne pouvait se retrouver seul et vidé ? Sa femme lui interdisait et l'amertume et l'assouvissement, elle ne désirait que la course en avant. Mais comment pouvait-elle prévoir que cette précipitation dans un avenir forcément opaque réserverait d'inévitables houles, et Rachid qui espérait le répit...

Voici que j'interviens, moi, le narrateur, qui les ai suivis pas à pas jusque-là et qui, à ce terme où tout commence pour eux, m'apprête à couper le fil de leur histoire. M'aura-t-on suspecté d'indulgence à l'égard de la femme aveuglément frémissante ? Alors que l'homme croit porter déjà son fardeau, ce sera elle, sa déchirure. Car je sais à l'avance – vieux préjugé ? – que la guerre qui finit entre les peuples renaît entre les couples...

Je les regarde pourtant une dernière fois, sans nulle tristesse. Ils marchent dans la ville et, comme toujours lorsqu'il déambule, Rachid cherche, s'interroge. Une image lui revient : un matin, dans une willaya, cette forêt entièrement brûlée, mais un seul arbre intact, solitaire. “Comprendra-t-elle et le feu, et l’incendie un jour ?” se dit-il en sentant Nfissa auprès de lui, le pas plus affaibli s’imagine-t-il.

“Mon alouette naïve”, pense-t-il, se rappelant soudain cette expression que les légionnaires appliquaient aux prostituées-danseuses de son pays, de celles qu’il a connues lui-même autrefois, symbole à la fois d’une déchéance extérieure et d’une lumière en elles tout à fait anonyme... Pareillement, la lueur et la foi dans les prunelles de Nfissa, comme en ce lendemain d’ivresse dont il ne se rappelle rien, ne paraissent-elles point cela justement, une telle ignorance en face d’un dehors pourri ?... Les prostituées, pour entretenir cette flamme, dansaient devant les légionnaires.

— Et toi ? songea-t-il en regardant Nfissa. Quelle sera ta danse qui te permette de jouer et de vivre à la fois ?

Naturellement, il ne sait plus, de leurs dialogues, quelles sont les paroles énoncées, lesquelles restent interrogations muettes.

— Mon amour pour toi ! répondit Nfissa.

Autour d’eux, la ville de Tunis se secouait, comme si la torpeur du lac proche rivalisait avec, dans les ruelles fraîches, le bourdonnement nouveau des réfugiés : l’annonce de la paix transformait ceux-ci en mouches agacées qui persistent à chercher contre les murs quelque sortie.

La troupe de femmes parvint jusqu’à la rivière ; au-delà à l’est, l’orée du petit bois d’où partaient les premiers vallonnements de la montagne.

Ces quelques heures depuis le cessez-le-feu, un murmure confus montait de la petite ville, de ses jardins alentour, de ses maisons blanches. Les voiles remplissaient les ruelles ; celles qui n'avaient pas osé sortir comme la mère d'Omar et ses filles, ou celles qui n'espéraient plus un fils vivant, n'avaient point quitté les terrasses : de là, la montagne paraissait, en ce premier matin, la même, mais submergée de silence.

Devant la rivière desséchée, les femmes s'arrêtèrent : certaines, hésitantes, stationnèrent là, déposant à leurs pieds les sachets de gâteaux de semoule et de miel qu'elles avaient préparés hâtivement au cours de la nuit ; d'autres, plus impatientes, enlevèrent leurs babouches ou leurs vieilles chaussures d'homme pour s'engager dans les cailloux de l'oued : quand ils apparurent, une dizaine seulement, maigres, leurs uniformes salis de poussière. On n'apercevait d'eux que leurs silhouettes, on ne devinait que leur essoufflement comme s'ils avaient marché la nuit entière, dégringolé tous les versants montagneux pour être là les premiers. Déjà chaque femme cherchait du regard l'image du fils, chaque cœur précédait la seconde des retrouvailles… en vain.

Les jeunes gens de la ville étaient absents, morts sans doute, et ces maquisards débouchaient là, à des centaines de lieues de leur point d'attache. Interrogatifs, leurs yeux regardaient les femmes qui, maintenant en cohue, déferlaient, s'exclamaient. Lorsque la plus vieille entonna le cri perçant du triomphe, les autres déjà embrassaient ces hommes au visage hâve, au regard de bête traquée. Seule au loin, une femme sanglotait.

Deux jours plus tard, dans l'Algérie exsangue, le printemps commençait.

Alger, 1965 / Paris, 1966

TABLE

Préface 7

Première partie : Autrefois 11

Deuxième partie : Au-delà 177

Troisième partie : Aujourd'hui 217

BABEL

Catalogue

170. RAUDA JAMIS
Frida Kahlo

171. HOMÈRE
L'Iliade

172. HOMÈRE
L'Odyssée

173. RAMÓN CHAO
Un train de glace et de feu (la Mano Negra en Colombie)

174. ROBERT DOISNEAU
A l'imparfait de l'objectif

175. ALEXANDRE DUMAS
La Chasse au chastre

176. JACQUES GAILLARD
Beau comme l'antique

177. PIER PAOLO PASOLINI
Théâtre

178. JEF GEERAERTS
Black Venus

179. MICHEL TREMBLAY
La grosse femme d'à côté est enceinte

180. MICHEL TREMBLAY
Thérèse et Pierrette à l'école des Saints-Anges

181. BRAM STOKER
La Dame au linceul

182. LOUIS EDMOND DURANTY
Théâtre des marionnettes

183. EDMOND DE GONCOURT
La Faustin

184. CONRAD DETREZ
Les Plumes du coq

185. NICOLAS VANIER
Transsibérie, le mythe sauvage

186. BERBEROVA
Où il n'est pas question d'amour

187. DANIEL DEFOE
Robinson Crusoé

188. ANTON TCHEKHOV
La Mouette

189. ANTON TCHEKHOV
L'Homme des bois

190. INTERNATIONALE DE L'IMAGINAIRE N° 5
La Scène et la Terre

191. PEDRO CALDERÓN DE LA BARCA
La vie est un songe

192. ALEXANDER LERNET-HOLENIA
Le Régiment des Deux-Siciles

193. ARISTOPHANE
Les Oiseaux

194. JEAN-PIERRE FAYE ET ANNE-MARIE DE VILAINE
La Déraison antisémite et son langage, dialogue sur l'histoire et l'identité juive

195. JACQUES POULIN
Les Grandes Marées

196. SIRI HUSTVEDT
Les Yeux bandés

197. ROBERT PENN WARREN
Les Rendez-Vous de la clairière

198. JOHN BANVILLE
Le Livre des aveux

199. JOHN MILLINGTON SYNGE
Théâtre

200. ISAAC BABEL
Récits d'Odessa

201. ISAAC BABEL
Chroniques de l'an 18

202. FÉDOR DOSTOÏEVSKI
La Logeuse

203. PACO IGNACIO TAIBO II
Sentant que le champ de bataille…

204. FRÉDÉRIC JACQUES TEMPLE
Un cimetière indien

205. INTERNATIONALE DE L'IMAGINAIRE N° 6
Le Liban second

206. SHERIDAN LE FANU
Carmilla

207. ANDRÉE CHEDID
La Femme de Job

208. DANIEL ZIMMERMANN
Nouvelles de la zone interdite

209. NAGUIB MAHFOUZ
Le Voleur et les Chiens

210. MOHAMMED DIB
Au café

211. AMADOU HAMPÂTÉ BÂ
Oui mon commandant !

212. NANCY HUSTON
La Virevolte

213. FRANÇOIS POIRIÉ
Emmanuel Lévinas

214. MATTHEW G. LEWIS
Le Moine

215. ROY LEWIS
Pourquoi j'ai mangé mon père

216. RUSSELL BANKS
Sous le règne de Bone

217. BARBARA GLOWCZEWSKI
Les Rêveurs du désert

218. GEORGE SAND
Mademoiselle Merquem

219. JACQUES POULIN
La Tournée d'automne

220. SIR JOHN HUNT
Victoire sur l'Everest

221. MICHEL TREMBLAY
Un ange cornu avec des ailes de tôle

222. MURIEL CERF
Une passion

223. PHILIPPE DE LA GENARDIÈRE
Legs

224. YING CHEN
La Mémoire de l'eau

225. DOMINIQUE ROLIN
L'Infini chez soi

226. ISABELLE EBERHARDT ET VICTOR BARRUCAND
Dans l'ombre chaude de l'islam

227. MADISON SMARTT BELL
Save me, Joe Louis

228. POLIDORI
Le Vampire

229. BETTINA LAVILLE ET JACQUES LEENHARDT
Villette-Amazone

230. TAYEB SALIH
Saison de la migration vers le Nord

231. FÉDOR DOSTOÏEVSKI
Crime et Châtiment, vol. 1

232. FÉDOR DOSTOÏEVSKI
Crime et Châtiment, vol. 2

233. WILLIAM SHAKESPEARE
Hamlet – Macbeth

234. CLAUDE PUJADE-RENAUD
La Danse océane

235. CLAUDE PUJADE-RENAUD
Martha ou le Mensonge du mouvement

236. JEAN-MARC DUROU
L'Exploration du Sahara

237. FRÉDÉRIC H. FAJARDIE
Des lendemains enchanteurs

238. JAN VALTIN
Sans patrie ni frontières

239. BERNAL DÍAZ DEL CASTILLO
La Conquête du Mexique

240. EMMANUEL KANT
La Fin de toutes choses

241. HELLA S. HAASSE
Un goût d'amandes amères

242. THÉOPHILE GAUTIER
Les Mortes amoureuses

243. *
Contes d'Asie Mineure
recueillis par Calliopi Moussaiou-Bouyoukou

244. JEAN-LUC OUTERS
L'Ordre du jour

246. CLAUDE PUJADE-RENAUD
Belle Mère

247. ISAAC BABEL
Cavalerie rouge / Journal de 1920

248. VICTOR HUGO
Lucrèce Borgia

249. MARQUIS DE SADE
Lettres à sa femme

250. JACQUES BERQUE
Les Arabes / Andalousies

252. EILHART VON OBERG
Tristan et Iseut

253. ROLAND DORGELÈS
Route des tropiques

254. MICHEL TREMBLAY
Douze coups de théâtre

255. PAUL AUSTER
Smoke - Brooklyn Boogie

256. MOHAMMED DIB
Le Talisman

COÉDITION ACTES SUD – LEMÉAC

Ouvrage réalisé
par l'Atelier graphique Actes Sud.
Achevé d'imprimer
en avril 2005
par l'imprimerie Liberdúplex
à Barcelone
pour le compte
d'ACTES SUD
Le Méjan
Place Nina-Berberova
13200 Arles.

N° d'éditeur : 2461
Dépôt légal
1re édition : mars 1997
N° impr.